山水

路内 著

人民文学出版社

目 录

第 一 章　拦惊马　　/　　1

第 二 章　话前尘　　/　　28

第 三 章　合家欢　　/　　58

第 四 章　周爱玲　　/　　90

第 五 章　枯山水　　/　　123

第 六 章　父与子　　/　　165

第 七 章　看山水　　/　　193

第 八 章　文武道　　/　　227

第 九 章　往年事　　/　　275

第 十 章　新中国　　/　　303

第十一章　满江红　　/　　413

第十二章　欢乐英雄　/　　448

主要人物表

路承宗：路二祥与小玉子之子，周爱玲的丈夫
周爱玲：路承宗的妻子
路志民：路承宗与周爱玲的大养子
路国强：路承宗与周爱玲的二养子，杨子红的丈夫
路国权：路承宗与周爱玲的三养子，路文贤的丈夫，儿子石磊
路国庆：路承宗与周爱玲的四养子，袁芙蓉的丈夫
路文贤：路承宗与周爱玲的五养女，人称五姐
路二祥：路承宗的父亲
路承玉：路承宗的妹妹，第一任丈夫汪有光，第二任丈夫半条龙
黄启宣：黄家小少爷
许先生：本名许文昭，青年会女子夜校的老师
汪有光：路承玉的第一任丈夫，赌场老板
柳队长：新四军太湖游击队队长
福山大班：台湾银行吴里分行行长
逢阿大：吴里烟馆赌场老板
半条龙：逢阿大的徒弟，路承玉的第二任丈夫

姚厂长：汽车维修厂厂长
路宝生：路承宗的堂叔
袁芙蓉：路国庆的妻子，父亲是热水龙
杨子红：路国强的妻子，二婚带有一孩，即朱康
朱　康：杨子红与前夫所生之子
石　磊：路国权与路文贤的儿子，小名查理
小　宝：路志民的儿子，本书故事的讲述人，在小说中未直接登场

第一章 拦惊马

一九七八年晚秋,我的三叔路国权在浣清乡某公社插队到第三年,尽管卖力,仍然不擅长干体力活。有个同屋的插队青年嫌他碍手碍脚,让他滚回城里,"找你的后爹去吧"。其实我祖父不是国权的后爹,是养父。话讲得难听,国权找了根绳子想吊死在宿舍里,但那房梁太低,时不时磕着他的额头。我三叔继承了他亲生父亲的身高,赤脚一米八五,瘦得像根竿子。他想起河对岸有棵大树,树下经常坐几个闲散的农民。吊死在树上也不错。

远处有公鸡在叫,趁农民们都还没醒,路国权戴上那副透明框近视眼镜出门,天色微亮,想起一包没抽完的烟,又回去揣进衣兜,然后他忘记了死,叼着烟在田埂上走了一个钟头,顺着河找到了公路。此地离家尚有二十公里,他看了看脚下破了洞的解放鞋,失魂落魄向西走去,朝阳正在他身后升起。

同一天早晨,我的四叔路国庆开一辆天蓝色的长途汽车出城往东,他不是司机,没有驾驶证,只在吴里长途汽车公司做了一年的卖票员。他要去袁塘镇见一个叫袁芙蓉的姑娘,并娶她。袁芙蓉的爸爸是镇上开老虎灶的,他声称女儿应该嫁给有前途的汽车司机,而不是"像娘们一样在车上卖票的临时工"。为了证明自己不是娘们,路国庆开车去了袁塘镇。

路国庆的领导急赶到我祖父家,一个年长女子,一个中年女子,还有他的汽车驾驶员,是年轻女子。我祖父路承宗正在公用客堂间喝米粥,他刚刚从长途汽车公司的司机岗位上退休下来,那份威严还在。两位女领导语速飞快,情绪紧张,路承宗放下筷子,敲了敲他的不锈钢饭碗,她们立即闭嘴,并盯着他看。他问:"国庆是怎么学会开车的?"

"我们不知道。难道不是你教的吗?"年长的女领导大声反问。

"我从来不教小孩开车,"路承宗平静地回答,"我想让他们活得长一点。"

"是我教的。"女驾驶员哭丧着脸说,"对不起,路师傅,我不应该教战斗英雄、特级司机的儿子开车。"

"开车又不是写毛笔字。谁教会都一样——教不会的谁都教不会。"路承宗拿起筷子继续吃饭。

"可他还没有驾驶证。"

这句话点醒了我祖父,另外他想起,汽车是国家财产,撞瘪了问题很大。他抬头看了一眼,此刻我祖母周爱玲女士,身披黑色呢大衣,一脚踩在门槛上,划亮一根火柴,点燃嘴里的香烟,把烧灭的火柴梗弹到树下。未等路承宗开口,爱玲说:"国庆学会开车有一阵了,车技还好。"

"为什么不早告诉我?"

"如果我告诉你他今天是去袁塘镇呢?"爱玲朝院子里吐了一股烟气,她念过些书,有时讲话会绕圈子,"你最好把他追回来。"

关于路国庆和袁芙蓉的恋情,在我家已经经历了十个日夜的争吵,拍碎了一块玻璃台面,摔烂了两个碗。事情的起因是,这趟往返于青浦和吴里之间的长途汽车,袁塘镇是个大站,路国庆和女驾驶员每天会在这里落脚两次,休息十五分钟。除了卖汽车票之外,他还从二哥路国强手里搞了些红色或黄色的纱巾,兜售给袁塘镇的妇女,仅仅三天,也就是说累计四十五分钟,纱巾售罄(他甚至换了十个鸡蛋),这时,老虎灶的袁芙蓉出现在他眼前。她是来退货的,她的黄色纱巾上有一个洞,而向来离柜不换的路国庆,这一次从口袋里掏出了一块碎花的蓝色丝巾,送给了她。这是腊月里发生的事,八个月以后,路国庆声称要娶她,他将她形容为像春天的芙蓉花一样美丽,而我祖父厌烦地纠正道,春天没有芙蓉花。他不喜欢袁塘镇的袁芙蓉,自有其理由。我父亲路志民端着饭碗说:"袁塘是城镇户口,但属于上海,四弟要娶个上海本地女人也不错。"我祖父说:"你这话势利。"他的饭碗被拍到了天井里。志民是长子,其时四十一岁,这一巴掌被拍得十分没有面子。接着,路国强表示,他可以去一趟袁塘镇说亲,最近他又能搞到一批纱巾。"你这是投机倒把。"路承宗又一挥手,把路国强的饭碗也拍飞了。一九七八年时,我家穷得连碗都不剩几个,此后吃饭,凡聊起这件事(路家喜欢在就餐时开会),大家都护着手里的饭碗,另外给了老路

3

一个不锈钢碗。

此刻,路承宗想象着那辆驶向乡野公路的长途汽车,它摇摇晃晃,左支右绌,然后栽进了沟里。这没什么,他这一生作为特级司机不但把车开翻过,还有车撞了、车炸了、车被飞机扫射,诸多事故。看到他走神,我祖母又提醒道:"如果轧死了农民,是要坐牢的。"这次她把嘴里的烟喷在他的秃顶上。

"我从来没有轧死过人。"路承宗头顶冒烟站了起来,"我去把他追回来。"

"让五姐和你一起去。"我祖母说的是我的小姑,排行第五的路文贤。她找了一圈,发现路文贤不在家。

"五姐去派出所领人了,昨天国强倒卖粮票被抓了进去。"

我祖父听到一声奇怪的惊叫,有点压抑,十分短促。他转过头看看饭桌前坐着的三位女性,年长的和中年的都在发呆,女驾驶员正捂着嘴,惊恐地看着房梁。他想了一会儿。尽管这是国庆的司机,但因分属两条线路,他一直没时间认真地会一会她。照理说,该是她来拜老路的码头。

"奇怪,我们俩居然不认识。"老路问,"你是谁呢?"

"她叫杨子红,去年从公交公司调来的,以前开长龙汽车。"女领导介绍。

"这个名字很熟。很久以前国强提起过你。"老路陷入沉思,他正在把脑子里的某段记忆和眼前的人拼接起来,"很久很久以前,后来没有下文了。"

我祖母走过来拍了拍路承宗的肩膀,催促他快走。关于次子路国强和杨子红的恋情,她比老路知道得多一点:她爱上了他,

4

她是个女驾驶员,这个家里除了老路以外,其他任何人都不可以学驾驶,因此很难说老路会答应这桩婚事,对了,她还有一个五岁的儿子呢。她同情地看看丈夫,心想你能同时拦住两个傻小子找媳妇吗?

盘问另一桩恋情,时间显然不够。路承宗往外走去,过了天井,穿过一道黑暗的走廊,踏上石子路面,隔壁薛大头的长江750侧三轮摩托车正停在花坛边,昨天刚加满油。老路讨厌侧三轮,讨厌这种左右不对称的东西,然而这是他唯一可以用来追上路国庆的交通工具。摩托车发出一声低吼,磬磬哐哐开走,人武部的薛大头听到动静追了出来,大喊道:"我儿子还在车斗里!"

"你儿子在这里。"我祖母从花坛里拎出两个小孩,一个是我,一个是薛大头的儿子。接着我看见五姐领着鼻青脸肿的路国强从街道另一边走来。

七十年代后期,吴里的街道上看不见太多汽车,城里巷陌纵横,大马路也不宽,多为混合道,两车错身时旁边骑自行车的人就只能颠上人行道。一条人民路贯通南北,双车道,两侧种着高大的梧桐树。长途汽车公司在人民南路,墙外就是轮船码头。路国庆正是从这里开出一辆快报废的大车,没出任何状况,由南至北跑过市区,到达北门,这一天他本来应该休息。出城时有位交通警察拦了他一下,问怎么回事,这车连反光镜都碎了。他撒了个谎,说去修车厂。交警没怀疑,国庆顺利过关,沿着公路向东,直奔袁塘镇。

半小时后，路承宗的摩托车开到，交警认得他也认得车。"路国强刚过去。"

"他是路国庆。老二是路国强。"老路叹了口气，没再说其他事，"他开得快吗？"

"开得很快，卷起了一堆落叶。"

老路希望儿子能记住他说过的话：在城里要开得快，在乡下要开得慢。因为在城里，没有一个人会给慢吞吞的汽车让路，疯子般的驾驶员更令人敬畏；而乡下的公路尽管空空荡荡，却经常有蒙头蒙脑的农民直冲到你面前，有时候是他们的牛，有时候是成群的鸭子，有时候是个头比鸭子大不了多少的小孩。更可怕的是农民在公路上晒谷子，一踩刹车汽车会像溜冰一样滑出去，最恶劣的情况是他们一边晒谷子，一边烧荒，能见度只有两米，这时有一个小孩赶着一群鸭子从路基下杀了出来⋯⋯

天凉了，风刮得他很冷，公路边偶尔有农民的身影闪过让他不时警惕一下。这辆摩托车的电喇叭已经坏了，但它发出的巨大轰鸣可以让农民知道，有一个不要命的家伙正在道路上飞驰。朝阳已经升起，始终看不见大车的影子。"开慢点。"他提醒自己，与此同时把油门拉上去，"我这样开汽车，是把别人的命攥在自己手里；我这样开摩托车，是把自己的命交给了老天爷。"

傻小子路国庆啊，他什么道理都没学，就把车开上了路。我祖父的摩托车往袁塘镇疾驰而去，并一路痛骂。一个冷静而有尊严的驾驶员，开车是不会骂街的。老路反思了一下，得出结论：因为我退休了，现在只能算是个业余驾驶员。

这一天上午，路国权搭着一驾牛车，慢腾腾走了三里地。

公路上经过的卡车按响喇叭,赶车的老农民一阵恐慌,尖厉的巨响易使牛马惊逃。路国权说:"他们是故意的,图个开心。"老农民问路国权,从哪里来,到哪里去。路国权说,知青,回家去,不想干了。老农民很体谅。"我就知道你是知青,"他说,"你穿白衬衫,领子是干净的,戴透明框眼镜,你家里一定是知识分子。"

"不,我爸爸是个驾驶员。特级。"路国权介绍,"他教我一定要洗干净衬衫领子。"

"特级司机是给首长开车的。"

"不,他给老百姓开车,长途汽车。"

一辆天蓝色的客车按响喇叭从对面开来,急刹车停在他们身后。牛叫了一声,随后跑了起来,老农民和路国权两人被掀到路面上,紧接着驾驶员从汽车上跳了下来,对着路国权大呼小叫。另一边,老农民大呼小叫地追着牛车跑了。路国权捡起眼镜,没碎,又戴回到脸上,认出那个情绪激动的家伙乃是他四弟路国庆。"那驾牛车恐怕会闯祸。"他徒劳地说了一句,路国庆已经把他拉上了长途汽车。"你好像开错了方向。"路国权说,"我要回家。"

路国庆完全没在听,他说起了一个梦。"昨天晚上,我梦见了袁芙蓉,她要嫁给老虎灶隔壁供销社的干部。我一下子就醒了,二哥没回家,我猜他睡在了杨子红家里。二哥说他一不做二不休,一定要娶杨子红,还有她五岁大的儿子一起娶回来。我想起袁芙蓉要嫁给供销社干部,就跑到院子里,顶着月亮,抱着香樟树哭了一会儿。"

"昨天晚上我也没睡着,"路国权说,"我在房梁上挂了根绳子想吊死自己。"

"你一不高兴就想死,这样不好。学学我吧,找个女朋友,你就不会想死了。"

路国庆把车速提起来,他相信大风可以让三哥清醒些。路国权则坐在副驾位置,这是长途汽车卖票员的专座,椅背上挂着一只脏兮兮的帆布包,里面装着票夹,但没有钱。他摸出一个铁皮哨子,这也是卖票员的家什,车辆在拐弯时他们通常会把脑袋半伸到窗外,威风凛凛吹响哨子,又或是有不讲理的乘客对着司机和卖票员无休止地嚷嚷,他们也用哨声来回敬。哨子是卖票员唯一的战斗武器。路国权把它塞进嘴里,吹了两下。

"吹啰啰很开心的,"路国庆按响喇叭,"你试试看吹得更大声些。"

"你的车上为什么没有乘客?"

"这是我偷来的车。"路国权说,"我今天必须见到袁芙蓉,还有她爸爸,让他们看看我是会开汽车的。"

上午十点半,这辆各处零件都在发出声响的旧车,喇叭惊人,吹着啰啰,开进了袁塘镇,停在一间小礼堂前。一名刮鱼鳞的妇女被惊住,手上挨了一刀。闲人们围拢过来看热闹。不远处的镇政府,三间瓦房挂着一块招牌的地方,冲出来几名穿中山装的干部,以为是搞什么庆祝活动,然而并没有领导莅临。我的两个叔叔下车,大家认出了路国庆,纷纷祝贺他荣升。一九七八年,在中国大地上,司机是如此高档的职业,没有一辆汽车是属于私人的,司机们掌控着国家财产、人命,及一种近乎权威的方向感。

"我当上驾驶员了。"路国庆宣布,并介绍身边的人,"他是卖票员,吹嘟嘟的。"

他们肩并肩走进百花巷,找到了袁家的老虎灶,堆满砻糠和柴片的地方,墙壁尽黑,灶台上烧着好几壶开水。隔壁是间小茶馆,桌子极为铺张地一直摆到街上,一名茶客正在给笼子里的画眉喂食,享受着他的好时光。路国庆十分不满,向三哥指出,此乃封资修,这些乡下的镇民好久没经历运动,需要教育一下,不过他迅速看见了袁海棠戴着碎花蓝丝巾走出来,此物系他投机倒把的罪证,也系定情信物,不知道怎的落在了袁家二姐手里。

"这里没有供销社。"路国权看着老虎灶说。

"那是我做梦,梦里有,实际上没有。"

"如果没有供销社,你为什么要梦见?"

"我的梦里有袁芙蓉就够了。"

袁塘镇百花巷开老虎灶的袁家,他们的三个女儿依次是春梅、海棠、芙蓉,她们的爸爸叫袁水龙,绰号热水龙,本镇知名人士,早年曾在上海的茶室里做过跑堂,因此见着些世面。他坐在躺椅中,把手里一个油光发亮的紫砂茶壶交给袁海棠,又招手,袁春梅从店里跑来,递给他一块热毛巾。这鬼地方所有一切都热气腾腾,他擦了把脸,斜着眼睛看这对兄弟。路国权问他弟弟:"哪个是你相好?"路国庆惘然,回答说二者皆非。她们跑进跑出,伺候着老爹,唯独不见袁芙蓉。这时袁海棠飘过他们眼前,不轻不重地扔下一句话:妹妹不在家。

"是的,芙蓉不在家。"热水龙幸灾乐祸地喝了口茶。

路国庆从来没有和此人正面搭过腔，老虎灶上的人难缠，看过《沙家浜》都知道。他不得不走到躺椅前，居高临下看着热水龙。后者目光炯炯，一张大圆脸，被热毛巾敷过以后显得很嫩。

"我开上汽车了。"路国庆说，"后面那个是我的卖票员。"

"你的车呢？"

"在小礼堂门口停着，要是不信，你去看看好了。我可以开给你看。"路国庆的语气竟有些卑微，并从路国权的口袋里掏出香烟，递上一根。

热水龙站了起来。我三叔正在笼子前逗鸟玩，看上去真的很像一个容易走神的卖票员。"他不是卖票员，他是你哥哥。你家的情况我已经打听得一清二楚。"热水龙拍了拍路国庆的肩膀，像奖励儿子一样，或者更准确地说，仿佛可以接管路家的这个儿子。春梅和海棠端出几碟菜、两壶酒，午饭时间到了。

挑粪的农民告诉路承宗，一辆天蓝色的大客车刚刚开过去，他松了口气。他不但要追上路国庆，并计划在其进入袁塘镇之前截住，他可不想去见热水龙。三个月前他就托人到袁塘镇探明情况，据说袁芙蓉美丽、健康，还有点娇憨，是个不错的姑娘，但这热水龙的底细，他可不太好说出来。他估算了一下时间，半小时追不上就全完蛋了。他并不擅长开侧三轮摩托，既要速度也要安全，实际上是听天由命。接着他看见一驾牛车迎面冲来，老农民拽着车尾在地上拖行。路承宗大喊一声，紧急捏闸，惯性把他送上了车龙头。牛奇迹般地停下了，有一瞬间和他脸对脸，老农民在车尾发出一声长叹："我的妈呀。"

"这是公路,不是给你家跑牛车的。"路承宗大骂,"滚到田埂上去。"

"这是生产队的牛,不是我家的。"老农民振振有词。

这条路上的农民都不怕死。牛车横在了路中央,路承宗跳下摩托车,除了秃顶,他看上去不像六十岁的人,声音洪亮,动作迅疾,对不怕死的农民来说也有几分威慑力。他挽住牛绳,把它往路边拖,牛顺从地跟着他走了。老农民呆呆地看着。路承宗对着牛说:"为什么呢? 因为我小时候放过牛。"老农民很不服气,坚持让牛继续赶路,可这牛只要一到公路上,就横着不肯走。幸好没有车经过,两人在道路中央相持了好一会儿,路承宗忽然想起还有正事要干,他问老农民:"有没有一辆天蓝色的大客车开过去?"

"有! 就是它吓到了我的牛。"

"随你的便吧,希望卡车撞死的不是牛。"路承宗跳上摩托车继续赶路。

他开到袁塘镇时已经是中午,太阳耀眼,晚秋的凉风吹起,有一种肃杀感。这里才是他的家乡,但他已经很少对人提起。五十年代这镇只有一座缓坡水泥桥,现在四面通车,随便开。石板路还是解放前的,小礼堂则建于一九五七年,他曾经拉着一车演员到这里来表演,此后这镇就从江苏划归上海,正卡在边界线以东。如今礼堂正门上方用水泥砌成的红星已黯然失色,曾经参与革命的人统统消失了,剩下一群无头苍蝇。一个散发着鱼腥味的女人正举着她的手向周围人诉苦,虎口贴了好几层橡皮膏,仍然渗出血来。他看到了天蓝色的大客车。

"车上的人呢？"老路问。

他同样被人围住，因为在这座小镇上，侧三轮摩托比大客车更为罕见。镇政府的人又跑了出来。"吴里市人民武装部。"一个小孩横过脑袋念着摩托车上的字。路承宗与干部们亲切地握了握手，这一套他很熟。"我在找一个叫袁水龙的，开老虎灶的。"干部指向百花巷，并纠正，此人绰号热水龙，喊这个就够了，他不值得尊重。说话间有个老百姓企图爬进车斗威风一下，被路承宗拽了出去。接着，在开进百花巷的时候，一根晾衣竿从右边伸出来，直接戳在了他的腰眼里，把他捅下了车。他立马爬起来追车，很欣慰，认为自己的严厉是明智的，如果允许那个傻瓜上车，现在被捅穿的就是一颗脑袋。

因此，那一天中午，我祖父来到老虎灶门口时，样子已经十分难看，不但灰头土脸、饥渴交加，还受了点轻伤。他看见一个脸很大的男人，坐在茶馆门口，桌上摆着酒菜，吃得杯盘狼藉。路承宗知道他就是热水龙，一个令人讨厌的家伙，中午喝大酒，斜着眼睛瞟人。他把摩托车停在了热水龙眼前。

"你这车太吵了。你有七八年没开吴青线了，你那时还没秃顶，你后来去哪里了？"热水龙问道。袁塘镇的人讲话总是你你你我我我，显得比较没有教养。

"我开吴梅公路了，现在退休，不开了。"老路关了发动机。

"退休好，像我这种开老虎灶的人，没有劳保，只能'做到死'。"热水龙继续悠然。

"农民才配讲这句话。"

他坐到了热水龙对面，袁家的老婆和两个女儿全都跑了出来，问他要不要吃中饭。这户人家的女人热情好客，讲话也不难听，让老路宽慰了一点。他从她们的脸上一个个看过去，其中一位会意，回答说袁芙蓉不在家，出去了。

"我要杯茶就够了。"老路对女人向来很客气，接着问，"路国庆是不是也出去了？"

"不，他们在里面躺着呢。"

他们？躺着？路承宗起身走进灶间，见我的两个叔叔，较矮的那个直挺挺躺在一张长凳上，较高的那个蜷缩在砻糠堆里，他们全都喝醉了。老路拍拍国权的脸，顺便从砻糠堆里找到眼镜，吹了吹，给他戴回到脸上，又踱到长凳边看国庆，他的眼睛居然睁着，直直地瞪视着房梁。"司机不可以喝酒。"路承宗嘀咕了一句。他觉得什么东西在抖，向下一看是自己的手。

"你的两个儿子，一个喝了一斤醉了，一个喝了两杯醉了。"热水龙说，"他们酒量不一样，长得也是七高八低……"

"我有五个小孩，他们都不是我亲生的。在吴里，认识我的人都知道。"我祖父正色回答，"你可以直接说出来，不用这样鬼鬼祟祟地问。"

趁着这对未来的亲家吵嘴的工夫，让我讲一讲我祖父居住的小巷吧，它叫废太子基。很奇怪的名字，非巷非街，在吴里可谓别致。我祖父住在77号第二进，有三间房，客堂公用，兼作厨房，天井里一棵香樟树系我祖父手栽。一九七八年时，我父母迁出废太子基另立门户，三间房分别归我祖父母、二叔四叔、小姑居住。三叔在乡下插队。

那是极为平静的年代,大喇叭里已经没有嘹亮的歌声,有线广播音量不大,镇日嘀嘀咕咕,或唱些评弹和样板戏。我父母平日上班,早晨把我扔在祖父家里,傍晚接回家去。废太子基几无行人,十分乏味,给我留下最深印象的是我祖母每个下午一边抽烟一边拆着劳保手套,那些纱线攒起来可以织一条毛裤。她是一个有威望的女人,来自上海杨浦,年轻时见过世面,没进过单位上班,到老也无工资劳保。她有五个儿女,统统都是领来的,并一个接一个地养大了。她还养一只白猫,这猫只要天气好就在屋顶上待着。

正是这个深秋的早晨,我的小姑五姐牵着鼻青脸肿的路国强走进废太子基,凡目睹此景的邻居们均幸灾乐祸,唯有薛大头仗义,挽起袖子说要去报仇,五姐说不用了,这是被纠察队打的,还有四十斤全国粮票落在了某人手里,薛大头立即同情地看着路国强,说你为什么不报我的名号,人武部比纠察队大呀。汽车公司的女干部们见不是头,嘴上打了个滚迅速开溜,我祖母望着两条背影冷笑,忽然想起她们是三个人,那么另外一位呢?她回过头看见女驾驶员杨子红泪水滚滚,摸着路国强肿胀的嘴唇。五姐嗔怪道:"别碰,他会疼的。"

"你们认识了多久?"我祖母问杨子红。

"十二年了。"

也就是说他们十六七岁就认识了,那是一九六六年。我祖母意识到自己听到的消息不全,她不是爱上了他,而是再续前缘。她又把五姐拉到角落,问了问情况,确定杨子红的丈夫在五年前死于生产事故,一个倒霉的电工摸到了高压线,确定是她把路国庆招到了自己车上做卖票员,这很仗义但也暴露了她的心思,同时确定了她五岁的儿子不是路国强的。我祖母勉强松了口气。

路国强已经说不出话来。五姐又跑回去对杨子红解释:由于他嘴硬,被纠察队逮住以后主要打的就是嘴,为了防着他认清脸孔又顺便打了他的眼睛。我祖母在香樟树下站了一会儿,等杨子红哭干净。周爱玲女士,一生见惯风浪,片刻心痛那四十斤全国粮票,随即忘怀。她掸去衣服上的烟灰,将杨子红叫到卧室里,请她坐在床沿上。这一年我祖父家里只剩些破烂家具,唯有那张漂亮的大铜床,条纹床单,床沿铺着一条碎花毛巾毯,尚可请人坐坐。我祖母望着窗外,缓慢而直接地问道:"如果你们结婚,小孩是送回夫家,还是带在身边?"

杨子红变得犹豫,她的手抚过毛巾毯,无意识地摘下一根线头。我祖母请她住手,织物已经很旧了,经不起她折腾。杨子红说:"路国强没有和我说过要结婚的事。"

"夫家还有人吗?"

"有一个风瘫的婆婆和一个在乡下种地的公公。"杨子红摇摇头。

"不知道路国强愿不愿意,"我祖母喘了口气说,"愿不愿意带一个小孩。"

"他自己也是领养来的。"

"你这么想事情可不大好,路国强不是路承宗,路承宗能做到的事情路国强未必可以,路国强想做到的事情路承宗未必答应。"

这话把杨子红绕晕了，一个开长途汽车的司机，听到这种话只想按喇叭。她又摘下一根线头，我祖母不得不从竹匾里抓了一把干枣给她，希望分散一下她的注意力。接着，卧室房门忽然被推开，路国强闯了进来，他用肿胀的嘴巴嘟嘟哝哝说了一串话，屋里的两人全没听懂，五姐上前翻译道："二哥的意思是，他要娶杨子红。"我祖母不说话。路国强继续嘟哝，然后指指自己嘴巴，又指指肚子，这回大家都明白了，嘴很痛，肚子饿了。他指手画脚的样子十分滑稽，一时间杨子红又羞又乐，她站起来正告路国强："我会把咱家那四十斤全国粮票要回来的！"

我祖母摇摇头，揭开米缸盖子，抓了两把放在铝锅里，拉着五姐离开，任由她对冤家互诉衷肠。她想提醒他们，别高兴得太早，路承宗是不会允许家里出现另一个司机的，同时她又想，也许应该劝劝他了，别那么固执。从前，开汽车是一门危险的职业，并不仅仅关乎人命；以后，以后的事情谁又能猜得到呢？

汽车是德国人发明的，火车是英国人发明的，飞机是美国人发明的。美国的汽车叫福特，德国的汽车叫奔驰，苏联的汽车叫伏尔加，波兰的汽车叫波罗乃兹，日本的汽车叫丰田，中国的汽车叫红旗。日本和英国的汽车方向盘在右边，其他国家在左边。热水龙夸夸其谈，路承宗不明白他为何这么亢奋，这家伙明明是个茶水博士，无甚高明可言，为什么他要对着一个特级司机谈论汽车？

"封建社会歧视劳动人民，说他们是引车卖浆之流。"热水龙继续信口开河，"你驾驶员就是引车，我开老虎灶就是卖浆，我们是阶级兄弟。"

"我开战车的,上过前线。"路承宗面无表情提醒道,"你的热水最远卖到过哪里？"

这句话非常伤人,热水龙沉默了,眯起眼睛盯着路承宗。如果不能和特级司机平起平坐、正常对话,那么他的女儿袁芙蓉,一个镇上的姑娘,又该怎么踏进废太子基？那座城里全是些势利而狂妄的小市民。桌上的菜已经凉了,路承宗坐在他对面,喝了几口热茶,也不吃饭,更不碰酒。先前热水龙献上的一堆奉承,特级司机亦无动于衷,看上去是听惯了好话,油盐不进。热水龙回到灶间洗了把脸,我的两个叔叔仍处于醉酒状态,混账小子们连礼物都没带就躺在了他的地盘上,他决定,不再继续奉承——这群拥有城市户籍的男人,样子都太难看,他们不配这么骄傲。

热水龙走了出来,路承宗注意到他又斜着眼睛看人。此人变脸快,不是个好人,更可能是遗传的。两人再次对面而坐,热水龙的语气也变了,懒洋洋像个干部。

"实际上,我见过你的,那时你在袁塘镇,你都不是镇上的人,是乡下的。你的爸爸,是个拉车的。"

"我倒是不太记得你了。"

"因为我比你小十岁,你年轻的时候,我还是小孩。"热水龙又接回了前面的话,"至今这一片,还有几个乡下人姓路。"

"论出身,我是车夫的儿子没错。难道我要承认自己是地主的儿子吗？"

"讲讲你的儿子吧。他没有做上驾驶员,他喝醉了全都说了，汽车是偷来的。他说最主要的原因是你不想让他做驾驶员，很多人劝过你，你一句也听不进。现在我要劝劝你，驾驶员是很吃香的工作。你的爸爸拉车，你开车。你不要因为儿子都不是你亲生的就不给他们做驾驶员。所有的驾驶员，他们的儿子，都是驾驶员。"

"你要是有个儿子的话，会让他天天在这里泡热水吗？"

"我没有儿子。"热水龙说，"如果有，我会让他们去做驾驶员。"

我祖父暗暗叹息，这个蠢货什么都不懂，他以为做司机就是给领导开车，吃得好睡得香，按着喇叭让马路上的老百姓滚一边去，他不知道这种威风的代价是什么。"我情愿自己是个开老虎灶的，"路承宗说，"我见过的死掉的司机，从这里排队能排到小礼堂，我见过的死掉的领导，能坐满小礼堂……"

即便是热水龙这样的精明鬼，现在脑子也不够用了。"请你讲点道理。我为什么要为你的儿子操心？因为他好像要做我的女婿，亲女婿，不是领养来的女婿。"热水龙忍不住骂了一句脏话，"这种事情难道是要我来求你吗？"

"再会。"

路承宗站了起来，从他这个角度望过去，路国庆正缓慢地从灶间门槛上爬出来。此地不宜久留，更不宜谈婚论嫁。他跨过路国庆跑进灶间，路国权还在睡，他把这瘦高个扛了起来，后者喊了一声，爸爸。接着他感到自己的腿被路国庆抱住了。"做你们的爸爸比做司机还难，而且不会有退休的时候。"路承宗把两个儿子连拖带拽，一个放进摩托车斗，另一个骑在后座，他跨上了车,听见哐当一声巨响,是热水龙在拍桌子。

"你不要太过分了,"热水龙冲过来抓住摩托车龙头,"看见过领导死掉有什么了不起的,我也看见过。"

"你看不起劳动人民,希望女儿嫁一个驾驶员而不是卖票员,觉得驾驶员是上等人——完全错了,错得不可收拾。"

"你有什么可神气的?你做了几十年上等人,现在居然不承认自己是上等人。你确实上过前线,可是你的历史不干净,你在四十年代给日本人开过车,别人不知道,我知道。你老婆会做铁板鱿鱼,我也知道。"

这句话激怒了路承宗,他启动了摩托车。"让我提醒你吧,你的爸爸叫袁中仁,一九四二年就是在吴里日军宪兵司令部,他出卖了游击队的战士,他们统统被日本人杀死了。袁中仁做了汉奸,一九四五年被国民党枪毙在一个乱坟堆里,从此以后,你就不承认那是你爸爸了。这件事我本来不应该说出来,人的爸爸死掉总是件难过的事,可是你那么喜欢讲以前的事情。"路承宗摇头,"放手,再会。"

他摆下了热水龙,完全不想看那张沮丧的脸,反光镜里留下一道身影。他让路国庆抱紧自己,顺手打了路国权一头皮,令其清醒一下。他高喊着让开让开,唯恐再有一根晾衣竿横戳出来,把车开到小礼堂前,大客车还在,没出什么差错。他把两个儿子弄上车,将摩托车停到镇政府门口,告诉他们吴里市的人武部会派人来取车。此刻是下午二点,阳光正好,可以不用那么慌张地离开。他陪着干部聊了一会儿,听说乡下的知青们都在自发返回吴里和上海,已经管不住这些年轻人了。"最近两年很太平，不过看上去又要变天了，我还是早点回家吧。"他回到车里，看到路国权抱着车杆一副很难受的样子，又觉得有些愧疚。他没能守住所有的儿女，让这个最没用的去了郊区插队。

"爸爸，我难过得想死。"

"你不会死的，你现在就跟我回家。"

路国权下乡已经三年，某种程度上是在为路国强还债，后者作为"老三届"，靠了老路的关系硬是进了农机厂，成为一名钳工，逃过了轰轰烈烈的上山下乡运动。人们看在眼里，等他另一个儿子成年时，工作队和动员小组车轮大战进了废太子基，再要蒙混过关是不可能了，他想这回好歹不是去黑龙江或云南，浣清离吴里不过几十公里，冬天一样冷，夏天一样热，就这么答应了下来。没想到那鬼地方竟然穷得一干二净，甚至不通路。路国权并不会种地，他在那里挖了三年的沟渠，再挖下去，浣清就可以和黄浦江连通了。

路国权不适合待在乡下，他适合去读书，光耀门楣。这是路承宗的看法，其隐含的意思是我们路家实在太没文化了，我父亲路志民做营业员，路国强是个投机倒把的钳工，路国庆是个犯了花痴的卖票员，至于五姐，人很聪明，但不是读书的料子，做算术题就像挖沟一样艰难。这一个个领养来的孩子，做不成驾驶员也不应该这样，连个干部编制都没有。

路国权仍然坐在副驾，老路发动汽车，手很稳。"还是汽车好啊，我已经两个礼拜没摸方向盘了。"道路似乎变得开阔，车向西行，太阳落在他的斜上方，他从口袋里掏出墨镜戴上，终于又回到了特级司机的岗位上，过往数十年的荣光正在被风吹散。

路国权问:"你退休以后还能开车吗?"路承宗答:"不能了,我是国家的人,国家没有汽车需要我开了。"他向后看了一眼,想把路国庆叫过来,指导一下车技,顺便炫耀墨镜。自从他退休以后,路国庆就一直想把它搞到手,可是,那个路国庆去了哪里?我祖父摘下墨镜,又看了一眼,一个年轻姑娘正拉着座椅把手,摇摇晃晃走向他。

"你是谁?"

"我是袁芙蓉哪,伯伯。"

"路国庆呢?"

"在车尾睡觉呢。"

"我的妈呀。"老路大喊起来,"你们全家都在车上吗?"

"不,只有我一个哪,伯伯。"

现在他有两个选择,其一是把车开回去,让袁芙蓉下车,其二是开回吴里,让袁芙蓉到废太子基吃晚饭。前者更容易些,但他实在不想再回到那地方。我中计了,他想,只要开回去,热水龙就会站在镇口斜眼看我,说我拐带他女儿。饥饿感升上来,回到袁塘镇恐怕吃的还是老虎灶的饭,老路狠狠心踩下油门。"明天你坐长途汽车回袁塘镇吧,"他告诉袁芙蓉,"不过那趟车的卖票员肯定不是路国庆了。"

"为什么哪?"

"因为他偷开汽车,犯了错误,他要写检查。"老路心想,无证驾车啊,但愿不是坐牢。

"他可以带我在吴里玩玩。"

这个没什么心机的姑娘。我祖父指指车上的告示——车辆行驶严禁和司机聊天。汽车公司所有的车上都贴着这张纸,正是他本人倡议的。这座城市四围的郊区有很多爱说话的人,农民们一旦上了车,往往把驾驶员当成是他们的班主任,春游似的,问个不停,聊个无休。有一年他的徒弟王定方就这样走神,把车开进了河里。

回程总是更轻快,天凉了下来,风把云吹成一缕缕。车到一个草棚边,一群知青朝路承宗挥手,他停了车,问清都是要回吴里的年轻人,其中一个戴眼镜的姑娘认得路国权,两人打招呼。老路开车门放他们上来,知青们哗笑,横七竖八坐下骂娘。

"请不要在我的车上骂领导。"

"我们骂的是生产队长。"

"生产队长随便骂。"老路大笑起来,"我就是这么势利。"知青们怪叫起来。他没回头,背对他们伸出右手,竖大拇指。这是他自认为最潇洒的动作,在朝鲜战场上,冲封锁线的时候他曾经这么比划。

这天下午车开进吴里,离晚饭还有一段时间,知青们在城北下车散去,正赶上农机厂下班,骑自行车及步行的人们堵了路,他们都拎着厂里新发的冬季劳保用品,两副纱线手套,一双棉皮鞋。老路很高兴,认为路国强也应该有这些东西,不过一个钳工班的师傅告诉他:路国强又被市中心的纠察队抓了。老路领首点头,这件事他已经知道,五姐去领人了,"又"字用得好,他回家应该教育这个儿子,另外要问明白,杨子红是怎么回事。他脸上露出一丝笑,钳工班的师傅觉得这笑诡异。"他被纠察队打了，损失了四十斤全国粮票。"师傅夸张地拍了拍自己的脸。

"打我的儿子。"

"打得很严重，脸花了。"

我祖父怒火冲天，开了车就往市中心赶，没留神闯了个红灯。守岗亭的警察正在换班，他们看见天蓝色的大客车呼啸而去。"畜生。"早晨那个警察骂了一句，同样怒火冲天，抢过一辆三轮车在后面慢慢追他。

一九七七至一九七九年之间，吴里的投机倒把主要集中在市中心和轮船码头两片区域，我二叔爱去市中心，原因无他，轮船码头离汽车公司太近。倒卖粮票有一条专门的街道，热闹得很，其中上海粮票和全国粮票是硬通货。戴红臂章的纠察队不常出现，凭着心情，毫无预警地执行任务，把街道两头一堵，这些社会蛀虫尽入彀中。队员们自然会抄走钱和粮票，私分掉一些，上缴一些，不常打人，除非遇到特别横的。

带头动手的那人大家喊他焦师傅，是非曲直已难说清，路国强称焦师傅先打了他耳光，焦师傅说路国强见了纠察队居然给自己套了个红臂章，属于间谍行为，应该就地枪决。道理总是归拳头大的人，但也有人不怕拳头大。下午三点，杨子红从废太子基出来，单枪匹马开了一辆长途汽车，直接堵了纠察队的门，由于她的车技太好，只给焦师傅留了一道两寸宽的缝，这样的话焦师傅就只能从车底下钻出去，但是焦师傅不想这么卑贱，更不愿交出四十斤全国粮票。他们也不记个账，完全忘记路国强手里有多少粮票，只记得打他打得很累。

焦师傅站在门里边拍着车子大骂，然而杨子红已经弃车离去，坐在两百米外的点心店里吃馄饨。杨子红的手有多狠，有围观群众趴在地上向焦师傅介绍：一九六七年吴里第一中学的校长，他那条左腿就是被杨子红打断的，当时她十六还是十七岁；另外，你打的是特级司机路承宗的儿子，他儿子都是领来的，比亲儿子还金贵，打他们相当于打那些进了坟墩的爹娘。焦师傅倒吸一口冷气，办公室里就剩他一人，打电话找汽车公司的领导求救，下午四点半，我祖父和领导同时赶到了。

两位女领导已经被这一连串的事情搞得疲惫不堪，很幸运，大客车完好无损开了回来，她们先上车处理了一下路国庆，勒令停工写检查，一份不够写三份。后者已经醒了，喷出酒气，抄了一根撬棒打算下车给二哥报仇，领导、女朋友、三哥全都扑上去架住他，这样他就不敢再动弹，误伤了任何一个都不太好。接着他们看到我祖父钻进了车底，去和焦师傅谈判。"他打不过纠察队。"路国庆大喊。理智的女领导提醒他："'四人帮'已经下台，在这座城里，没有人敢打你爸爸。"

不，事实上路承宗刚从另一侧钻出来，焦师傅手里的棍子就举了起来，但他的秃顶很亮，及时挽救了他。焦师傅警告我祖父，谈可以谈，若有第二个人钻进来，棍子不会客气。"我知道你有二三十个徒弟，有开卡车的，有开军车的，还有去开了坦克。"

"听说你打了我的儿子，我没有见到他，不知道打成什么样了。"

"不是我一个人打的，很多人打的。"

"打出内伤了吗？"

"没有，打的是脸。"

"好的，很多人打一个人的脸，这张脸我猜得出什么样了。"我祖父找了张椅子坐下，吩咐焦师傅，"去倒杯水，我又饿又渴，今天讲了有一整年的话。"

"你让我给你倒水？"焦师傅简直不相信自己的耳朵，在这座城里，只有领导才配让他端茶送水。

"是的，去给我倒杯水。"老路又说了一次，"我要没记错的话，你爸爸一九五七年在长途汽车上弄丢了个信封，里面是十二块钱。是我把那信封交还给了你爸爸，他还写了封感谢信到汽车公司。你爸爸叫焦宗业，阀门厂的技术工人，拿到过劳模，一九六八年他去世前还给我写过信，说很感谢我。我不配让你给我倒杯水吗？"

"我爸没跟我说过这事。"焦师傅有点发蒙。

"我可以给你看信。你爸爸的字写得很好，是个有文化的工人，不是苦力，也不是杀坯。"

"我的爸爸啊。"焦师傅嘀咕了一声，"你这是在讽刺我，路师傅。"

黄昏时人们围在纠察队办公室门口，晚饭时间到了，里面没有什么动静，有人企图从车底下钻进去看个究竟，但被一脚端了回来。人们饿了，渐次散去，再大的热闹也不如吃饭重要。

路氏兄弟及领导吃完了馄饨出来，众人赞袁芙蓉美丽，而袁芙蓉则在心里暗暗惊叹我路家实不愧为吴里市的地头蛇、山大王，敢去纠察队虎口拔牙，要知道在袁塘镇上，数十年来这类红臂章可谓所向披靡，连热水龙都不敢招惹他们。

"这很正常，"路国庆继续吹嘘，"吴里的四清组、工宣队、革委会、联合指挥部，我爸爸统统认识。"

"这些现在都没有了。"杨子红说。

"如果还有的话，就不需要谈那么久了。"

他们走了回去，听到纠察队里面用力拍打车子的声音，杨子红缓缓挪开了长途汽车，路承宗和焦师傅走了出来，脸色愉悦，极为投缘。

"我只求你一件事就是不要再让你儿子到我的地盘上来投机倒把，这样我很难做。"

"好说。"

"如果倒退三十年，我愿意和你结拜兄弟，"焦师傅说，"以后你的事情就是我的事情。"

"也好说。"

不管是三十还是五十年前，他的结拜兄弟们全都死了，这件事焦师傅不知道。路承宗摸了摸口袋里的粮票，共六十斤，四十斤全国粮票是原物奉还，二十斤本地粮票是汤药费。看上去不多，他告诉儿子：在公路上撞死一头牛，汽车公司也就是赔这么多而已。等他晚上回家看到路国强肿胀的猪脸，又会后悔没砍了焦师傅一只手。

这天黄昏他办妥了所有事情，和焦师傅握别，再回身看到两个傻里傻气的儿子，尽管很累，心生一种满足感。一个人积了点德行，无非是为了将来别人打他儿子的时候留个情面。他已经有点老了，难有能力做更多的事情，也不会再有人把遗弃的小孩放在他的汽车上。他想起另一档事，然而杨子红没停车，径自开走了。"等会儿你给我讲讲杨子红到底是怎么回事。"他对国庆说，"你一直瞒着我，你全知道。"

"我想知道你是怎么把纠察队的人吓住的。"国庆说。

"这是密谈。历史上有很多事，到底是怎么商量出来的，没有人知道。"

"他看起来很佩服你。"

"凡事都要学会讲道理，驾驶员尤其。踩刹车是道理，加油门也是道理。如果不承认做人要讲道理，就会把车冲进人群里。"路承宗教育儿子，并宣布，"现在散场，回家吃饭。"

"先不要散。"那骑三轮的警察走了过来，他穿着醒目的白色制服，"我等你们很久了，你开着大客车闯了一个红灯，然后逃走了。"

"是的，对不起，要罚款吗？"

"无证驾车，很严重。"

无证驾车的是路国庆，路承宗不打算让这个儿子再惹上麻烦。"大客车是我开的，我有驾驶证。至于早上嘛，那已经是过去的事了……"

"我说的就是刚才的事。"警察笑嘻嘻地说，"老路，你忘记自己已经退休了，六十岁以上的人是不能开大客车的。跟我去分局吧，可能要拘留你几天。"

我祖父愣了好一会儿，然后囔出了一句当时十分流行的话："老子坐过国民党的牢，坐过日本人的牢，现在……"

话未说完，嘴已被女领导捂住。

第二章 话前尘

路承宗记得自己第一次见到轿车，当时他十岁，还在袁塘镇上的私塾念书。黄家姑太回镇探亲，她从上海来，坐的是一辆黑色敞篷轿车。同日有一群兵在几个便衣的带领下也进了镇，要缉拿私塾先生的儿子，说他是从上海逃回乡下的共产党。兵在屋子里横冲直撞，私塾先生拉住儿子的胳膊不放，兵朝他脑袋上敲了一枪托，私塾先生倒在地上，学生四散奔逃，一片大乱。承宗将砚板和毛笔装进布袋，奔过两条街，又上了石板桥，到镇口看见黄家姑太的轿车被几十个镇民围着，司机拼命按喇叭，那个年代的汽车还是皮喇叭，发出短促的哔哔声。镇民不懂，以为是招徕围观，黄家的佣人在车前推推搡搡，发出哦嘘哦嘘的声音，这是赶人，镇民们更不理解，究竟是赶是招？司机急了，大喊道："汽车会轧死人，都滚远点。"姑太穿洋装，戴一顶大花帽，手执烟杆。她用烟杆捅了捅司机的后脖子。

"什么死不死的，讲话要吉利。"

承宗凑上前，伸手去摸车，被佣人觉察，一脚将他踢进了人堆。汽车是不能摸的，沾了手汗会掉漆，所以你们看，驾驶员都戴着白手套。镇民们嘻嘻哈哈，抬杠问黄梅天淋雨了怎么办，佣人回答不上来。姑太很不耐烦，说她的汽车好得很，美国货，绝不会掉漆。

石板桥不能过汽车，台阶上有两条细轨是给人力车走的。姑太下了轿车，踩着皮鞋往桥上去，镇民们仍旧跟着她。另一边，兵们押着犯人出镇，到了桥上忽见一群人发出啰唣，迎面涌来。便衣慌了，对兵头说，就地正法。兵头把私塾先生的儿子推到桥栏上，拉枪栓照着后背打了一发子弹，尸体栽落河心。镇民们刚见着轿车，又不期然听见枪声，恐惧和兴奋一起涌上，发出尖叫，并四处逃窜。"丘八，你们竟敢在我眼前杀人。"姑太大骂，扶额头要晕倒，女佣连忙搀住。承宗看见自己的爸爸路二祥拉着洋车飞速赶来，一把接住姑太，黄家众人连推带拽将她接走了。那几个兵气不过，朝天放了两枪，下得桥来，对着汽车吐了口唾沫，大摇大摆走了。

尸体漂在河面上，血水泅开，现在围观的人知道，确乎杀人了。兵匪一家这道理没错。私塾先生赶到，趴在桥沿上大哭。承宗走回到汽车前，那司机已经停好了车，摘了手套在树下抽烟。承宗呆呆地看着车。"现在人少，你想摸就摸一下吧。"司机扔了烟头，向河那边望过去，已经围了好几层看客，这一次他们仍旧发出啰唣，有人被挤落到河里，扑腾着大喊晦气。

"再稀奇的东西都比不上看杀人，对吗，小兄弟？"

承宗的手摸到了保险杠，接着摸过反光镜，碰到车门。他试图将手伸进驾驶座，司机制止了。"方向盘不能摸，这是我的吃饭家伙。"

好比厨师的菜刀，剃头匠的推子，当兵的枪，吃饭家伙不能让人摸，这是规矩。路承宗绕车三圈，最后提出，白手套能不能给他戴一下。那司机人高马大，又多看了他一眼，叮嘱说："读书郎，戴手套开汽车的，是车夫。"

"先生，开汽车和拉洋车，哪个好？"这小孩问司机。

"那当然是开汽车比较好。"司机叹了口气，"至少吃得饱饭，不会有风吹日晒之苦。"

正在这时，我曾祖父路二祥拉着洋车又跑了回来。路承宗说，那拉车的车夫正是他父亲。司机懂了，这眉清目秀的小孩，穿得干净，抱着书袋子，实际上出身低微，是个苦力的儿子。

路承宗家住一片菱塘边，距袁塘镇三里地。一百年前的袁塘镇相当繁华，是个四面环水的城关镇，有官道，有邮政所，商铺数十家，船运码头两座。这里的日子过得殷实，大财主六七户，小户人家也吃得到肉，未曾见过谁家卖儿卖女。承宗的父亲也就是我的曾祖父路二祥先生，在此给黄氏家族拉包车。黄家老爷人不坏，是个开明绅士，修路造桥攒了些好名声，他也珍惜这名声。承宗的名字就是黄老爷给取的，二祥不识字，问是什么意思，黄老爷说就是继承先祖的志向。二祥心头一凉，他的爷爷少时由苏北逃荒过来，跟着一群灾民，走得太急，连自己家在哪里都忘了，更别提什么族谱，再往上数三代搞不好是猴子。二祥说："我不想让儿子也拉车。"黄老爷指正，承宗二字，并不是说他继承你拉车这份活儿，更不是学你爷爷倒霉逃荒，那是指你们宗族的血脉和威望！想让儿子有出息，长大一点就到私塾里识几个字，然后去酱菜店做个伙计比较好。黄老爷到过上海南京，有些见识，他知道，将来世界不会是人拉车，袁塘镇上也将出现电车、汽车、摩托车，取代人力，而酱菜永远不会过时。二祥听了更凉，原来世界变幻，拉洋车都未必能做得到头。次年又得了个女儿，这回没让黄老爷想字，自己取名叫承玉，乃因我的曾祖母名叫小玉子，她家是从山东逃荒来的，也没家谱。

袁塘镇的交通工具，主要是轿子，出远门用船或马车，第一辆人力车是黄家置办的，那时二祥还在给黄家挑水，黄老爷见他忠诚可靠，身体也不错，特为送到吴里的洋车行，跟人学了几天把式。拉车也是要学的。回镇以后，又让二祥去账房学了百十来个字，可以不必做睁眼瞎。黄老爷是个讲究人，很注意开明绅士的身份，懂科学，有经济头脑，有时和二祥聊天，也不管他听不听得懂，指摘时弊曰中国之病有三，一军阀掌权，二民众愚顽，三读书人不争气；振兴中国之要点有三，一教育，二工商，三武备；如何振兴方法有三，立人，立法，立规矩。如此滔滔不绝的三条。二祥记性好，黄老爷讲什么话都能背下来，回家一字不差转述给儿子听，再叮嘱道：你出去不要说这种话，容易挨嘴巴。承宗问为什么，二祥说，包车夫只能长耳朵，不能长嘴。

给黄家拉洋车规矩大，腿脚快，身体棒，起势落架有讲究，要紧的是干净。干净有三：仪表，手脚，嘴巴。穿着得体，不偷东西，也不说三道四，这是黄家的面子。二祥是个守规矩、重信义的人，有一阵生病，黄家换了个车夫，该车夫站在墙根尿尿，被黄老爷看到，十分嫌恶，赶他跑路，让管家来招呼二祥。二祥得意，想想看，一个车夫的成就，无外乎东家来请。

　　承宗十五岁时，母亲死了。先是嚷肚子疼，摸额头发烫，出了一身身冷汗，随后躺倒在床上，请了镇上的郎中来看，无济于事。这么熬了几天，有懂事的人说必须得送上海去看西医。二祥到主人家讨了某个诊所的地址，立刻出发。本地有一条吴淞江，一头通往上海，一头通往吴里，父子二人搭了一条船，把小玉子用棉被裹了裹，放进船舱，船家摇橹，走得不徐不疾。承宗问二祥，拉车可否？二祥摇头说，太远太远，有二百里路，车子会跑散架，他本人也会累吐血。到半夜，承宗靠在船篷下睡了过去，二祥也昏沉，听老婆没了动静，伸手一摸人已经凉了。二祥大哭，惊醒了承宗，爬过去摸到亲娘的脚，再摸到手，摇了摇，知道她已经死了。

　　他来到船头，见月色清幽，映在水面，秋天的芦苇被风吹过，沙沙声起伏不断。他不知道的是人原来可以这样静悄悄地死去，蹲在船头哭了一会儿，自此没了亲娘。

　　二祥说，早知道小玉子会死，他吐了血也把她拉到上海。船还得往前走，父子二人上了岸，轮流背着小玉子，借着月光又走回了家。

　　"当时年代，如果有公路、有汽车，人是救得回来的。"多年后承宗这么说，"人死了，要用车子送，比较体面。背着尸体走一夜，心都裂开了，这样不好。"

　　一九三六年，白虹贯日，野狐入营，中日局势再度紧张。路承宗十八岁，长得油光水亮，肩宽背厚，兄弟们送一个绰号叫小白龙，可惜窝在酱菜店做学徒。这是黄老爷介绍的活计，黄老爷这个人就像很多社会贤达一样，喜欢替穷人安排前途，然后观察这小子争不争气。承宗身上散发着经久不去的酱菜味，二祥发愁，说一个正经人不应该是酸臭的。黄老爷这回倒是不讨论做人的规矩了，捻着胡子讲百里奚啊，伊尹啊。二祥多年来听他念叨这些典故也差不多能明白，就是先苦后甜的意思。

这一年黄老爷身体不大好了，据算命先生指点的延寿术，在袁塘镇北边行了最后一次善举，一座石构水泥桥跨河而过，坡度缓，桥面宽，可以通汽车。河对面就是黄家的仓库和码头，自此二祥拉大少爷去盘库，就不必再费劲爬石桥了。该桥定名万年桥，黄老爷没偷工减料，造得相当坚固，用了五十九个春秋，到一九九五年被一辆十吨拖车压垮了。

中秋节这天，承宗从酱菜店出来，走到赌场门口，小老板汪有光新剃了一个光头，站在街边向他招手。承宗拱手说："兄弟，我手面没钱，不赌。"汪有光说："你家阿妹上了黄家小少爷的汽车。"接着他们看见一辆半新不旧的福特轿车从北边过来，这是史上开进袁塘镇的第一辆汽车，有划时代的意义。一个小时后，它将以另一种方式被记录在地方志上。

这位小少爷叫黄启宣，性格顽劣，绰号短命八郎、阴间童子。因是庶出，没资格继承家产，按财主家的规矩将来必是给一笔钱去外面谋生。算命先生给此子下了定论：命局相撞，败家还克父母。果然在他九岁时，亲娘病故。把这小孩交到其他姨太太房里，人人嫌弃，说他不识好歹，头皮撬，嘴巴毒，不必等其长大了败家，可能未满而立就会死于非命。有这样的名声，家里的佣人也低看他一眼。他母亲下世时正落大雪，二祥赤脚穿一双布鞋，孤身一人拉了车子将他从邻镇接回家来奔丧，到了黄府门口，二祥将他抱下车，这个懂规矩不插嘴的车夫，此刻却叮嘱了一句：小少爷，亲娘没有了，自己要好好的。这个小孩并非没有良心，抱着车夫的脖子哭了一会儿，擦干净眼泪进去给亲娘送葬，自此喊路二祥阿叔，与路承宗兄弟相称。

小少爷在吴里读了几年中学，黄家并无送他读大学的打算，据说他亲娘留了一笔钱，遗言称供他到东洋留学，为此还学了日语。中学毕业，他野在外面，出入酒馆舞厅，倘若回家便是逼问几个哥哥，钱在哪里。大少爷忍无可忍，双眼望天告诉他：从来没有这样一笔钱，又反问道，要是你可以去东洋留学，那为什么我读了个中学就回家了？小少爷回答：因为你他娘的想做老爷，独占家产，回来晚了就没你的份。

汽车停在赌场门口，小少爷伸出油水光滑的三七分头，招呼二人上车。承宗拉车门，副驾坐着个女人，果然是他妹妹路承玉。我的姑太，绰号小红菱，十六岁就在镇上打麻将推牌九，生性骄蛮，阴晴难测，后来成了汪有光的妻子，做上了赌场老板娘。她斜着眼睛把哥哥推了出去。

女人爱坐车，就像黄家姑太。承宗觉得有伤体面，拽住妹妹的胳膊。她极不情愿，嘟嘟哝哝下车，气恼之下踢了路承宗一脚，汪有光趁机占了她的位子，小少爷大笑，福特轿车拐了个弯往西走了。

"会嫁不出去的。"承宗叹气。

"那就嫁给小少爷，"承玉说，"将来你喊我二嫂。"

"你给他做姨太太还差不多。"

"笑话,他身上一个铜板没有,偷了家里的钱买了辆旧车,黄老爷知道了必定赶他出门。这种潦倒鬼,我岂肯做他小老婆?只有你这种人要与他称兄道弟。"

承玉越说越生气,甩胳膊往家走,刚到街心,小少爷的汽车又兜了回来,连按喇叭让她避让。这时街道两旁的住户全都拥到了家门口,他们在做一件乡下人此后数十年乐此不疲的事:看汽车。有人议论,黄家买车,怎么先给这小杂种开。知道内情的人答:在上海学会了开车,偷了家里钱买的,车是气派,可惜落在败家子手里。

这天下午,路二祥坐在石桥边,黄家的管家过来,让他去万年桥仓库接大少爷。管家发现二祥在哭,问他原因,二祥说小玉子的忌日快到了,他想她。管家很操蛋地说,你可以再娶一个。二祥摇头说,这跟再娶一个没关系,我不是没有了老婆,我是没有了小玉子。管家惊讶,觉得二祥讲话变得有道理了,让他少想,快去仓库。二祥在河里洗了把脸,拉洋车往北走,从桥堍下拐上万年桥时,正遇着小少爷的车,侧向将他撞出去一丈远。二祥的头磕在树干上,没出血,躺在地上望天。

"汽车撞人了也。"桥面上的人围拢过来。小少爷和汪有光二人哆哆嗦嗦下车,走到二祥面前,见他睁着眼,还喘气,汪有光懂些医术,蹲下去摸二祥全身上下。二祥坐了起来,问道:"你为什么摸我?"汪有光说:"检查你手脚有没有断。"二祥说:"我撞的是头。"汪有光不摸了,站起来告诉小少爷:"他没事了,头脑比平时还清楚。"二人松了口气,开始数落二祥,怎么能这样拉车，人冲在前面横着出来了，汽车刹不住。二祥捂着头说："拉车的都得冲在前面。"爬起来看那辆洋车，它在原地转了半圈，正前方的横杠断了。小少爷也回过去看自己的车，倒是没事。小少爷还挺高兴，嘀咕了一声，说这车经得起撞，汪有光实在听不下去，说："铁撞肉啊，兄弟。"

那是发生在袁塘镇的第一起汽车交通事故，围观的人够多，大家没有讨论明白，开车和拉车的，究竟谁责任大些。"众位，"小少爷说，"这部洋车也是我家的。"

"那么二祥撞了个跟斗，算谁的呢？"有人问。

"我也摔个跟斗给二祥看，这样是不是扯平？"小少爷反问。

"你摔跟斗不是二祥撞的。"

"那我给二祥跪。"

小少爷直挺挺跪了下去，双膝着地，是跪亲爹的姿势。二祥吓一跳，本来坐在地上，现也跪下。小少爷笑了，说："阿叔，这些人并不是给你张目，只为看我丢丑，如果是我家老子撞了你，他们早就让你给他跪下了。我干脆给你磕个头吧。"二祥拦住说："小少爷，你快走吧。好在是撞断了横杠，辕杆没坏，我还能将就着拉一把，等会儿大少爷来了，你就走不掉了。你这车我也听说了，是偷了钱买的。"二祥的脑子越来越清楚，小少爷听了有点害怕，拍腿站起，掏了一个大洋抛给二祥，和汪有光爬上汽车，倒开着过了桥，往镇外去了。等他们消失，二祥也爬了起来，去摸他的车子。人们等着二祥像以往一样，撩右腿踢起横杠，将左右辕杆握在手里，但这回他没有做这个动作，横杠断了，他弯下腰，费劲地提起辕杆，把洋车往万年桥上拉。

人们喊他,他像聋了一样没听见。

他走到桥中间时叹了口气,人们看见他停步,撒手抛落辕杆,就像一头老牛挣开了终生为伴的驾辕。他摇摇晃晃来到桥边,慢慢坐了下去。"头疼。"他嘀咕了一句,背靠在桥栏上,死了。

这一天承宗从酱菜店赶到万年桥上,没找到洋车,周围人说,已被管家收走。又问肇事者,周围人说,短命八郎听说出事,开着车子一道烟往西,看来是逃到吴里去了。

二祥活了四十二岁,这一回,承宗背着爸爸的尸体走回了家。二祥的双手挂在承宗胸前,晃啊晃,走到家,满月升起,金黄色一轮,映在菱塘之中。承宗卸了门板,架在两张长凳上,将二祥轻轻放上去,兄妹二人大哭一场。承玉问:"出门还好,为什么人说死就死了?"承宗不知道该怎么回答,支走妹妹,把二祥的衣服解开,烧了一锅水给他擦身。

人死不过是瞬间的巧合,司机最能理解这一点。多年以后,老路回忆起来,如果那天他没有把路承玉拉下车,二祥就不会死,也就不会有后面的事了。又说,亲娘因为没有汽车死了,亲爸因为有汽车死了,这到底是什么命,仿佛天晓得。

这天半夜黄家没有来人,倒是汪有光提着灯笼到场,先跪下磕头,又走上前端详二祥。承宗说:"不必再看,没有外伤,骨头也没断。脑子里撞成什么样就不知道了。"

汪有光讲了个道理:二祥未必是死在小少爷手里,汽车开走的时候,二祥能说话能走路,身上完好无损,只是撞断了车杆,而这洋车本来就是黄家的,无从赔起。打官司要验尸,尸首无伤,官司不好打。此类事故如果发生在上海,双方谈清价钱,付掉现钱,就没有倒扳账的道理了,横一点的有钱人说不定还能把车夫打一顿扬长而去,小少爷赔一个大洋,算是不错了。承宗摇头说,二祥身上没有一个大洋。汪有光说:"大概是被边上人摸走了。"

二祥的命只值一个大洋,还被人摸走了。当晚汪有光陪着他们守灵,承宗问,如果确系车子撞死,能赔几个钱。汪有光说他也不知道,这种事情第一次发生在袁塘镇,在上海撞死一个洋人,赔英镑法郎,倾家荡产也不够,撞死一个叫花子则付点烧埋钱,几张票子而已。归根结底,人命的价钱不一样。三人算了大半夜,算不清二祥身价几何,多少钱可以换亲爹的命,如果是自己的命多少钱愿意卖出手?

"能多谈就多谈点吧,总不能让小少爷抵命。"汪有光说。

"你是来做说客的。"承玉听明白了。

"先让他躲过这一阵,现在回家,他的腿和车都保不住。他那些哥哥,都恨不得他死。"

"黄家到底认不认?"

"有钱赔就行了,你管谁认账呢。"

"难道我爸是做贼被黄家打死了吗?"承玉诘问。

"不,二祥叔死得堂堂正正,"汪有光很无奈地回答,"堂堂正正的倒霉。"

第二天天亮,承宗听门外一阵哭喊,出去一看,并不是黄家来人,而是他的堂伯大庆和堂叔幺贵,领了一群与路家沾亲带故的人过来。承宗头大了一圈,大庆在当铺做头柜朝奉,幺贵是喇叭手。如果照黄老爷的说法，路家确有宗族威望的话，这个会算账的伯伯和长于红白事的叔叔就是台柱子，他们包办了路家的光荣，并且是有见识的人，平时看不上二祥，现在上门来做主了。

大庆揪住承宗问了几句，接下来做的事，是把二祥的尸体挪了个方向，头向西，这是规矩，人死向西走。又问寿衣老鞋置办与否，承宗摇头。"纸也没烧啊。"大庆跌足。这时幺贵从腰里拔出喇叭，一通胡吹，夜间的凄凉之气一扫而空，小孩在屋里屋外蹦来蹦去，女人们问要不要烧热水给二祥再洗个澡，他看起来灰头土脸的，大庆制止，洗得太干净抬到黄府门口就没那么惨了。说罢把二祥的布鞋除了下来，承宗问何故，大庆说："光着脚抬过去，更惨。"

"为什么要抬过去？"

"不抬过去怎么赔钱？"大庆说，"黄家赖账，镇上人人皆知。"

"昨天夜里就应该把尸体放到黄家门口，你背回家做什么？"幺贵插嘴，继续吹喇叭，大家讲话声音又变成了喊。四个乡民过来，要抬门板，承宗急了，连忙拦住。他再找汪有光出主意，后者早已溜得不见踪影。

上午阳光很好，凑吉利日，行倒霉事。路家的亲戚们押着承宗，吹着喇叭来到黄家门口，好事者来了一两百号。黄家三少爷站在台阶上，他的肺不大好，一阵乱咳。众人聚在台阶下静默不语，唯恐张着嘴把他的唾沫也吸进肺里，幺贵继续吹喇叭。

"二祥呢？"三少爷问，"听闻你们要抬尸来见。"

39

"二祥停在家里。"大庆变得恭敬，作揖请安，"三少爷，你看这个事情怎么办呢？"

"老爷知道了，眼下找不到启宣，也不知道车在哪里。事情没查清，查清了就给你们一个交代。老爷嘱托下来，二祥给黄家做工多年，无论如何，棺材钱照付，回头去账房领钱。"三少爷说，"不要再吹喇叭了，我耳朵疼。"

"晓得了，少爷。"幺贵收起喇叭，鞠了个躬，伸出手。三少爷翻了个白眼，又一阵乱咳，幺贵的手一直没放下，就等着他咳完。三少爷很无奈，用手帕擦擦嘴，从兜里摸出一张票子给了幺贵。幺贵得钱，嘀咕了一句：今日没白来。三少爷说："这档事，以后让亲儿子来就行了。谁是亲儿子？"承宗心想你在装大头蒜，我是二祥的亲儿子难道你不知道吗？他走上一步，让三少爷看清。那位又轻咳两声，随时都会再次发作的样子，对着承宗点点头，跟跄着回去了。黄家大门掩上，咳嗽声渐渐飘远。

根据大庆的分析，为什么出来招呼他们的是三少爷，而不是大少爷二少爷？因为大少爷和二少爷可以做主，三少爷不是，他是痨病鬼，讲话没分量，进棺材指日可待，黄家找了个痨病鬼出来敷衍他们。大庆捋胡须说："这样的场面还是由我来说话吧，你年轻，必定吃亏。"

"你为什么刚才不说？"

"我被幺贵的喇叭吹糊涂了。"

"棺材钱要不要呢？"

"拿了再说。"

大庆失算了，账房给的不是现钱，管家陪着承宗到棺材铺买了口薄皮棺材，分量不重，众人抬在手里议论道，比小玉子的那口略好些，三长两短五块板之间没缝隙，配二祥似乎也差不多了。幺贵这回没有吹喇叭，指点说棺材板厚不厚也没什么意思，埋到土里就这么回事，还是现钱比较划算。喇叭手对于生死参得透，他们只考虑现钱。这么胡搞一通，浩浩荡荡回到家里，把二祥盛殓入棺。管家拍拍承宗，偷偷告诉他：别让亲戚沾这事，啸聚一堂固然能多赔点，但到手的钱你也得分出去不少，不划算。承宗会意，问小少爷的下落，管家说，怕是躲到吴里去了，他在那边有相好的女人，吴里的马路比较宽，希望他不要再撞死人。承宗又问，会怎么处置小少爷，管家摇头，做了一个向门外弹鼻屎的动作。

我的曾祖父路二祥经过一番折腾，最后埋在了距袁塘镇三十里远的麒麟山中，本地风俗远葬，路氏家族的诸多亲戚东一个西一个地长眠于此，那是一片林木葱翠的丘陵，主峰二百多米，有一条小径从山脚下蜿蜒通过。坟的位置离小径不远，是二祥自己选的，那里埋着小玉子，二祥理所当然也就躺在了她身边。墓碑朝北，说明他们都是从北边来的，有一丝顾念家乡之意。他和小玉子都没有留下照片。每谈及此，老路就会对儿女们说，这也无所谓，反正跟你们也不像。儿女们反对，话不是这么说的，他们都是路家养大的，闹着要去上坟。老路苦笑，在一九五五年，为了开一条公路，施工队进了麒麟山，没给老路打招呼就开工了，等他想起来的时候，我们路家凡是埋在山脚下的亲戚们，包括大庆和幺贵，统统成了公路的一部分。

谈赔偿是不容易的，拖得越久越赔不到。有人从吴里带来消息，说肇事者在一间娼寮里住着，花天酒地，一时不会回来。路家一群农民，形同散沙，除了大庆以外没人进过城，商量不出个头绪。亲戚们撺掇承宗去吴里捉住小少爷，又被大庆拦住。说娼寮去不得，承宗没成亲的小伙子，进去休想脱身。

又过了几天，《申报》报道了这起事故，小少爷肇事并且赖账的新闻写得有鼻有眼，至于记者是怎么打探到消息的，那得问问同镇的袁少爷。袁家与黄家向来不对付。文章不无讥诮地称黄氏家族为富不仁、草菅人命，并提到"车祸"。与火灾、匪患、天谴一样，袁塘镇的人又学会了一个新词。袁少爷索性买了两百份报纸，剪下那一页，张贴在了各处墙上，上面有黄家小少爷的近照，不甚清晰，隐约能看到他穿西装、梳小分头的油滑嘴脸。另有一具尸体的照片，裹在草席里，露出两个赤脚，可能是上海哪条街上的路倒尸，被用来顶替了二祥。

承宗辞了酱菜店的活，兄妹二人披麻戴孝，等着事情有着落。最着急的人仍是大庆，每日来闻讯，并带来消息。他说一页报纸被风吹进了黄家大院，正落在议事厅前，黄老爷捡起一看，直接气昏过去，灌了参汤才醒，如今讲话都不大利索，万一黄老爷也死了，这笔赔偿金怕是要落空。话说到这里，汪有光送来了一百元，说是小少爷给的。

"这一百元到底是什么钱？"承宗问。

"我也说不清，黄启宣行事没尺度，你自己看着办吧，我只管送到。"汪有光说。

两家未曾谈判画押，这钱照理不该收，但大庆替承宗做了主。一百元够买一辆洋车,子承父业值得考虑。等到汪有光走了,路家亲戚们都来了。大庆把这整钱破成了零钞,开始分钱,他和幺贵为索赔出过力,各拿走了二十;当日到场吃喝过的,每户拿走五元;又有日子过不下去的穷亲戚纷纷伸手,借走一元两元,众人一哄而散,承宗承玉手面上只剩了二三十元。大庆所说的洋车就这么拆了。承玉忽然明白过来,追上去问:大庆伯伯,剩这二三十块,怎么买洋车?大庆说:你再去多要点呗。幺贵吟唱道:一个穷人与其病死,真不如找辆轿车撞死哪。

一个月后,小少爷回到袁塘镇,他仍然开着那辆肇事汽车,土路上扬起的灰尘和车喇叭声令镇民们望风而逃。他觉得威风。轿车来到万年桥,只见桥面上站着躺着十来个乞丐,小少爷停了车,不明就里,管家跑过来告诉他:你赶紧把车停到仓库里,这伙人在桥上商量着怎么能被你撞一下,然后赔个十块八块。如今短命八郎是出了名的败家子、冤大头。小少爷连忙照办,经由万年桥走回了家。早有人通报大庆,大庆撂下手里的活,从当铺狂奔一里地来到黄府门口,只见黄家的几位兄长面色凝重,正拿粗麻绳反绑小少爷。大庆假意关切,问为什么绑他。

"黄家是有家规的,"大少爷回答,"启宣犯了家规,父亲吩咐绑了去见他。"

"他是开车撞死了二祥……犯了国法。"

小少爷大笑起来。"大庆你有所不知,他们是恨我偷钱买汽车。这才是家规,至于撞死人这种事,他们不在乎。可这笔钱本来就是我亲娘存着供我去东洋的,他们不给我留学,那我爱怎么花就怎么花,想买什么就买什么。大家要不要评个理?"

43

"有道理。"围观者起哄,"你家的钱花光了最干净。"

大少爷一言不发,铁青着脸把绳子勒紧。小少爷嚷了起来:"黄家的人爱演戏,演给你们看,土财主冒充名门世家。"众少爷一起骂道,畜生。其中二少爷脾气暴躁,从三少爷手里抢过手帕堵了黄启宣的嘴,黄氏家族一群胖胖瘦瘦的少爷押着他进了去。大庆跌足。大少爷回身质问:别以为黄家不知道,已经有一百元赔给路家,既然两清,还要怎样?

"尊敬的大少爷。"大庆眨着眼睛说,"到底该赔多少,我们两家没有谈定过。"

"一百元是巨款,只会多,不会少。"大少爷伸出一根手指,竖在自己鼻尖。

"搞不好应该赔两百元呢?"大庆赔笑,竖起两根手指。

"你这是讹人。"大少爷甩袖而去。围观者撺掇大庆,说这回短命八郎估计是被扔井里去了,一命换一命,你们路家不可能再拿到一角钱。大庆点头称是。他在当铺干了几十年,知道财主家的底细,异母兄弟之间往往戾若仇雠,遂拔腿往承宗家去报信,生恐这伙人麻利地把小少爷炖成一锅鳖汤。

承宗在饭庄点了几个素菜,喝上酒,过了一会儿管家与汪有光过来,让他不要再吃,小少爷回来了,被绑进了家门,现今黄老爷有请。承宗让伙计把酒菜留着,放下筷子往外走,听到外面一阵哗然,一辆运货卡车杀气腾腾开来,声响震天,停在饭庄对面的晒场上,车上下来一个司机,长得雄壮威猛,剃着光头,脑壳是方的。司机环顾四周,镇民们正往远处躲,他问承宗:"小兄弟，这些人跑什么？"

"本地不久前撞死了人，他们看见汽车害怕。"承宗答道，"撞死的是我父亲。"胖大司机上下打量他，承宗拱手问："师傅从哪里来，去哪里？"

"去吴里，回上海。"

胖大司机拍拍他肩膀，进了饭庄。承宗觉得眼熟，走到卡车边猛然想起，这就是当年给黄家姑太开车的司机，姑太已在前年病故，他是如何开起了卡车？承宗欲回身打招呼，汪有光说："兄弟，赔钞票要紧。"管家拖着他来到黄府门口，中午时分，看客们已经散去，大少爷立在台阶上居高临下望着承宗。

"父亲欠安，仍念念不忘二祥的后事，不管是赔一百元还是两百元，你我两家未曾谈定，故此是我黄家做事不地道。今天启宣到家，父亲请你来谈一谈，该是多少就是多少，多不退，少可补。"大少爷仰天落泪，拉住管家的手，"父亲真是袁塘镇三百年来第一位义人。"

承宗心想，我父亲大概是袁塘镇三百年来头号倒霉鬼。抬步进黄府，四周静悄悄，佣人们都踮着脚尖走路。二祥的车子停在角落，一名车夫缩脖子蹲在车边，愁眉苦脸，身上脏兮兮的，心想黄家倒也不讲究了。说到底，干净的车夫好使，邋遢的车夫也好使。跨过三道天井，黄家有一座议事厅，只见小少爷跪在台阶下，身上的绳子除掉，衣服也扒了一层，犹如罪人。承宗走到他身边，小少爷抬头，抽自己一嘴巴。大少爷关照："不要演戏了，打自己也省不下一个铜板。"

"我是为对不住自家爷们兄弟。"小少爷争辩道。

议事厅久久没有动静,大少爷进去探视。承宗在厅前立着,见小少爷垂头丧气,应该说的话,也不知道从何说起。小少爷跪累了,索性坐在地上,拉承宗一起坐下,两人四目相对,只得摇摇头。小少爷问:"你在想什么?"承宗回答:"本来心里还有几分恨意,事到如今,也没什么可以恨的,只想多赔几个钱。"小少爷说:"实诚,兄弟。钱也不是我出,趁我老子脑筋还清楚,能多赔些最好。"承宗说:"终究人穷志短。"小少爷说:"如何志不短,难道要我抵命吗?我那几个哥哥倒是肯,可你拿走我的人头又能派什么用场?"

厅里传来一阵糊着痰音的喘息声,少爷们排队出现。小少爷连忙跪起,梗着脖子望天。接着,姨太太和丫头扶着黄老爷出来,坐在议事厅上首。

"掌嘴。"黄老爷说,"每人打十个耳光。"

这就是黄家的家规,厅里的少爷们一个个走出来,幸灾乐祸,臊眉耷眼,轮番照着小少爷脸上抽去。最后来了个年幼的,是大少爷的儿子,才十来岁。小少爷双颊微肿,冲孩子瞪了一眼,这孩子丝毫不怕,朝他脸上吐了口唾沫,站到自己爹身边。承宗暗叹,这户人家家规是挺严的,人却不怎么厚道。这一通折腾完了,少爷们扶着黄老爷走出议事厅,来到台阶下。承宗见他步伐飘摇,一张脸肿着,全无血色,确信是沉疴难起。这位袁塘镇的风云人物,青年时秀才及第,盛年时拥护共和革命,晚年铺路架桥办学堂的开明绅士,他的名声远至吴里和上海皆有人知晓,此刻看来,生命快走到尽头。承宗想起黄老爷的好,要是没有他,自己只怕还在乡下种地,连忙上前行礼,黄老爷侧过脸看他。承宗也侧过脸，意识到他一只眼睛已经盲了。

"该死的汽车，害了二祥，也害了正经子弟。"黄老爷说，"中国不该有汽车。"

这不符合他一贯的看法，过去黄老爷认为交通是国家的根基，不然何至于捐钱造桥。黄老爷说："我近日才明白，中国不产石油，一旦和日本开战，海洋封锁，所有汽车皆成废铁。过去鼓吹汽车，是误国。"那群少爷连连称是，问黄老爷应该怎么办。黄老爷说："应该买飞机，把有限的财力都用到飞机上，和倭寇决一死战。汽车用木炭就行，开得慢点不要紧的。"那边黄启宣扑哧一声乐了。黄老爷伸出手，拍了拍承宗肩膀，又摸了摸小少爷的头，背身向议事厅走去，少爷们要扶，被他拒绝了。众人站着跪着，目视他的背影。这一姿态意味着他将要作出某个重大决定，毫无商量余地。只见黄老爷一手扶住门框，左脚艰难地跨进门槛，右脚却不动，微微转头扔下一句话。

"把这辆汽车赔给路承宗。"

"我的车啊！"小少爷哭了出来。

大庆与幺贵来到承宗家，见大门紧闭，人都不知去了哪里。大庆忽然问幺贵，有没有进过黄氏祠堂。幺贵得意，说自己做吹鼓手还真进去过一回，那里摆着一口敦敦重的楠木棺材，是黄老爷百年后所享，说是百年，其实也就是今年明年的事儿了。祠堂里牌位好多，还有画像，院里种四棵笔直的柏树，有一抱粗，锯下来能做全套家具，祠堂门口挂的那块匾，崖柏的，值一根金条。

大庆想的是另一件事。路氏家族落脚在这里也快一百年了，他们生根发芽结果，人丁兴旺却没个族长，更没有修族谱。大庆记得自己的奶奶活了九十三岁才死，比袁塘镇任何一个财主都长寿，而如今路氏家族中最年长的就是他本人，假如有一个宗族存在，他应该是族长。宗族需要祠堂，造祠堂需要一笔钱。幺贵听见钱字立刻摇头。大庆望着天，嘀咕道，祠堂也可以简朴些，不要参照财主家的豪奢做派，如果能从黄家赔到五百元，分一半出来，也许能办成这件事。

　　幺贵仍然摇头。"大庆，我们路家人是不少，可他们都是些不识字的农民，他们连怎么磕头都不会，像木桩一样戳下去朝地上咚咚咚撞三下，然后伸手抓供品塞到嘴里。磕头不是这样的。"大庆指责幺贵见识短浅，怎么磕头不重要，有了宗族，路家就不会被黄家欺负，如果再有人被车撞死就可以由他大庆出面去谈，至少能多赔点。

　　"你简直是在做白日梦，"幺贵嗤笑道，"做族长得像黄老爷那样，有产业，肯出钱，能服众。你是个头柜啊，大庆。"

　　大庆叹气，退一步想，先修本族谱怎么样？幺贵说："你记得我们的爷爷叫什么名字吗？"大庆想了想，说他叫保财。幺贵问："那么他的爸爸叫什么名字？"大庆摇头，不知道。幺贵说："他的爸爸名字里有个狗字。我觉得，如果祖先名字里有狗字，最好就不要修什么族谱了。"大庆说，我们可以瞎编一个名字。幺贵真的不耐烦了，他说路家全是些穷光蛋、倒霉鬼，还有你这样喜欢骗自己的人，路家不配有族谱。幺贵拔出腰里的唢呐，对着菱塘吹出一串凄凉的调门，摇头说："我只希望黄老爷今年能死掉，给他做白事能挣不少钱的。"

两人久等承宗不来，起身回镇，见对面跑来一个黑脸娘姨，也是亲戚，在黄家厨房打杂的。这娘姨拉住大庆，告诉他，承宗已经进了黄府，并且，那辆车现在归了他，傻小子富贵了！大庆问清是汽车，不是洋车，拔腿往镇上跑，一不留神跌进了水沟，湿淋淋爬上来。幺贵说："大庆啊大庆，你去和承宗分一辆汽车吗？你分得到几个车轱辘？"大庆说："幺贵啊幺贵，你忘记我是头柜朝奉了，只要是个东西，在我手里都能估出个价钱。"幺贵醒悟，不敢相信有这么好的事情。

"我要把这辆汽车变成路家的祠堂。"大庆慨然说。

这天下午，承宗得到了一把车钥匙，一片茫然走出黄府，众少爷冷着脸看他，意思不言自明：此等奢华富贵之物，看你怎么弄到菱塘边的破房子里去。小少爷垂头丧气嘀咕，大意是：新派、开明的黄老爷，到了晚年却容不下一辆汽车，可见人是会变糊涂的。家里一位年轻的姨太太犹在数落小少爷：汽车这东西，在袁塘镇用不上，有洋车和船就够了，弄个这么贵的玩物，又是何苦？小少爷一贯尖牙利嘴，想都没想就回答她：你才是那个玩物。姨太太愣在原地，不堪其辱，嚎了一声回去找黄老爷讨公道了。

黄家所有的少爷都站在台阶上，不打算陪承宗去仓库。车是他的了，但这座镇上，除去小少爷以外，没人会开车。承宗心里没底，要一辆汽车有什么用，真不如给一笔现钱，最好能搞一百个银元。管家陪在承宗身边。走到万年桥上，管家说，你

49

不会开车,先放在这里,找个司机来也行。承宗茫然点头,正在犹豫,见路承玉和汪有光从桥面上迎过来,承宗把前后事情讲了一遍,汪有光开赌场的,知道关窍,笑笑说:"你也没落个字据,今日不把车搬走,明日黄家反悔,这车就不是你的了。"管家翻了个白眼。汪有光亮起嗓子喊了一遍:黄家仁义,半个月前不慎撞死了二祥,如今把个汽车赔给了路家。桥上无人应答,两三个乞丐望着他们。汪有光说:"不要紧,我先回去叫几个伙计一起来抬车,顺路再喊一遍,让大伙都知道买卖落槌。"

承宗带着妹妹进了库房,站在那辆车前,仍旧发呆。漆水锃亮的福特轿车,他伸手去摸,忽然觉得一阵难过。这是撞死他亲爸的车,尽管如此,它仍然显得气派、漂亮,穷人攒一辈子钱都买不起的东西。他拉开车门,钻到驾驶座上摸了摸方向盘,招呼承玉进来,承玉却说:"我嫌晦气,不想再坐了,你也下来吧。"

这天太阳西斜,承宗用一根粗麻绳拉着轿车出仓库,往镇外去,汪有光带着伙计在后面推车,路承玉走在车边。万年桥上有人远远地看着,羡慕的自然是指路家发了大财,嘲笑的自然指他们沐猴而冠。忽然河对岸黄家的高墙里传出一阵哭喊声,管家侧耳听了听,拍额头说:"不好,老爷升天了!"返身往家跑。承宗发了一会儿呆,心想黄老爷居然就这么死了,刚才看上去还能撑一阵的。走了一段路,听到身后传来汽车声,承宗回头,见那辆货车从万年桥上开来,到他们身边停下。方脑壳司机伸出头看,承宗觉得不好意思,放下肩上的麻绳,对这人拱手。司机问:"兄弟,车子坏了?"承宗说:"车是好的,没人会开。"司机笑了，开车门下来。承宗说："师傅，我们认识。"司机没听明白，端详了他一会儿，问道："你想把这辆车弄到哪里去？"承宗说："弄回家。"接着他意识到，从这里到家皆为土路，汽车洋车都没法走。他所想的只是把这贵重物品拉走，然后它就归自己了，至于能去哪里根本来不及商量。穷人就是这样没出息。

轿车最终开到了一片打谷场后面，离家还有半里地，中间隔了一道窄窄的沟渠，车却无论如何过不去了。方脑壳司机告辞离去，承宗想要送他些吃的，那司机摆摆手，自顾走了。承宗久久地望着他的背影。汪有光说，不如你也去学开车吧。这主意不错，比得了一百元钱买辆洋车强。

他们走回家，天快黑了，黄家一个跑腿的佣人带来小少爷的亲笔信，说了两件事：一是老爷归西，少爷们寻思着把这车要回去，眼下家里一片大乱，莫等他们腾出手来；二是大庆和幺贵已经来过，看样子是要卸车轱辘，让赶紧把车藏起来。信中句句都是车子，未见有片言悲痛哀悼。汪有光问佣人，黄老爷是怎么死的，佣人哭丧着脸笑了起来。

"小少爷说姨太太是玩物，姨太太告到了老爷面前，老爷一听，二话没说，倒下去蹬腿，蹬了几下，就没气儿了。"

"明白了，黄老爷到底还是被他儿子气死了。"

承宗清楚地记得，农历九月十六的夜里，天上又是圆月，远处传来呜呜的声音，像是吹法螺，向着袁塘镇的方向去了。他站在菱塘边，天地之间显得冷清，有一个念头催促他，该走了。向东是上海，向西是吴里，小白龙虽然没见过大世面，也知道四海之内什么什么的，总之是些结交朋友、安身立命的道理。他回头问妹妹，如果我出去谋生，你一个人活得下去吗？小红菱比他达观，回答说只要你寄钱回家，我活得比谁都好，但你不要把命弄丢了，也不要缺胳膊少腿回来。

二更天时，小少爷来了，头发一片乱，身上沾满泥，手里提着小皮箱。小红菱抬手给了他一个嘴巴，小少爷这一天挨了不少巴掌，惊诧道："车子都赔了！"路承玉说："车子可以还给你，命却还欠着。"小少爷无言以对，进屋子找到二祥的牌位，跪下磕了头，大哭三声。承玉鄙夷道："亲爹死了，你难过吗，哭了吗？"小少爷说："也难过，也哭了，这两个爹看上去都是我害死的。"

小少爷是逃出来的，起初在屋子里蹲着，郎中来了又走，亲戚与仆人皆尽哭嚎，四处纷乱，唯独没他什么事，忽然福至心灵，明白再待下去等到哥嫂们腾出手来，不但会夺回那辆车，还会夺走他的命。他找到了自己的皮箱，屋里也没什么值钱东西，拿点属于已故亲娘的旧物，趁乱从后门闪出去，看到屋檐上的一轮月亮，灯笼已经换成了白色，知道自己不会再回来了。

在二祥的牌位前，小少爷又掏出了一百元，想赎回他的汽车。承宗觉得不可思议，这个人的下场应该是去讨饭，他怎么还惦记着汽车。经由承玉提醒，他明白了，车远远不止这个价钱，而他路承宗是不可能站在街市上去叫卖汽车的，第一没有买主，第二他也不知道该怎么把车开出那片打谷场。承宗不肯收钱，摇头说："我想再多要点。"

"再多就只有砍只手给你了，兄弟。"小少爷说。

两人僵持着，远处传来人声，承玉推门去看，见一片火把灯笼，排成长龙从田埂那边过来，打头的那人在火光下照得清楚，是大庆。小红菱急忙回屋，抢过钞票对着两个嘀嘀咕咕的男人大喝了一声："快跑吧！"

他们扔下了她，跌跌撞撞向外跑，小少爷问车在哪里，承宗指向前面打谷场。小少爷大喜，商量着开车一起去吴里或者上海，承宗也高兴，把车钥匙交还给他，再回头看到那一串火光围住了家门。到了打谷场，月光照得遍地如霜，汽车还在原处。忽然有人从草房后面转出来，这次是幺贵，手提灯笼，喇叭别在腰里，还带着几个乡民做帮衬。

"有人密报我，说车在这里，我没有告诉大庆，不然你们肯定走不掉。"幺贵在笑，"小少爷，你的哥哥们在找你。"

这意思是要拿黄启宣去领赏。小少爷再一次福至心灵，抛出手里的皮箱，对幺贵说："这个送给你，里面全是钱。"远处又再传来呼喝声，大庆的声音顺着风飘来："不要放走了他们。"幺贵喜不自胜，趴在地上打开皮箱。小少爷迸出一股大力，撞开众人，奔向他的汽车。承宗也想跟上，却被幺贵拦腰抱住。

"你不能走。"

路承宗试图甩开幺贵，后者像牛皮糖一样黏在他身上，那几个乡民不太敢碰小少爷，对承宗却没怎么客气，一哄而上架住了他。小少爷发动汽车，伸头向外看了看，见承宗被三五个人叠罗汉一样压在地上，眼看着那一丛丛灯笼火把就要追到打谷场，他叹了口气。

"再会，兄弟。"

汽车倒着开出了打谷场，随即调了个头，往东去了。幺贵在这当口打开了皮箱,见里面只有几件衣服,一双皮鞋,一只半新不旧的铜花瓶,不由跌足,招呼那几个乡民去追车。乡民们相当识趣,说:"我们不敢,怕被他撞死。"幺贵破口大骂,提裤子运了口气,拔腿追了上去。

路家本来应该有一座祠堂,就这么阴差阳错地开走了。等到大庆带人赶到,路承宗趁乱滚进了一条旱沟,整个打谷场被火光照亮,人人怒气冲冲,像土匪开大会。汽车渐行渐远,消失在黑暗中,很快连车声都听不见了,承宗顺着沟爬出去一段路,看到黄家二少爷身穿孝服带着人杀气腾腾赶来,连忙低头伏身。两伙人碰头,相互指戳继续叫骂,路家称黄家偷走了汽车,黄家称路家趁火打劫。忽然一阵惊叫,大庆也直挺挺仰倒在地,蹬腿不停。二少爷大骂:"演戏,演戏!"大庆闭眼喊道:"幺贵,今日我死,就在这地方造我路家的祠堂啊。"众人提醒他,幺贵已经追汽车去了也。

人们忘记了承宗。他继续往前爬,一直到远处田埂,再站起来看,身后那群人还点着火把在吵,月光照在前方,小少爷的车子早就没了影子,也不知道他是往东拐呢还是往西拐。承宗摸了摸口袋,钱还在,看来是要靠两条腿走到上海去了。

袁塘镇至上海向来是坐船,有一条砂土路在吴淞江南边,可以开汽车。一·二八淞沪抗战后,日本迫使中国承认上海为"非武装区",军队自此不能驻扎,当局造这条路,就是为了在战争再次爆发时能将部队和装备运入上海。

承宗沿着这条路向东走,后半夜累了,在路边找了个稻草窝棚睡下去。天气挺凉，醒时见一道霞光远在天边，上了大路，对面就是波光粼粼的吴淞江，他到水边洗了把脸，蹲在那儿望了望，想起当年背着亲娘往回走的情景，有点发愣，忽见大路那一边有个人拖着沉重的步伐向他走来，仔细一看是么贵。

么贵比他更脏，身上沾满泥巴，一根袖子裂了，挂在手肘上，一只脚好像是崴了。承宗问："么贵叔，你怎么会在这里？"么贵说："我追了很远。"承宗看了看来路，点头说："真的很远。"么贵说："我一直追在汽车后面，快要跑死了，汽车也没有停下。"承宗说："你腿脚真好，我跑不了这么远。"么贵悲从中来，拔出喇叭说："人是跑不过汽车的。"

么贵吹起了曲子，是白事还是红事，承宗也不知道，时而悲伤，时而欢快，芦苇丛里的鸟都飞了起来。承宗向他招招手，继续往前走。

他年轻，步伐轻快，索性脱了鞋子光脚走。他觉得饿，但是还撑得起。道路上有三三两两的农民，也都和他一样光着脚。他打算趁没人时到地里刨个山芋吃，填饱了肚子可以蹲在岸边搭船去上海。太阳升了起来，江上只有渔船。这是他第一次出远门，小白龙总要入江入海，他喜忧参半，身后传来汽车喇叭声，回头一看，么贵早已没了影子，一辆卡车开过他身边停了下来。还是那个方脑壳司机，承宗十分高兴。方脑壳司机说："我想起来了，你就是当年找我要戴白手套的小孩。"承宗说："正是，师傅能带我去上海吗？"方脑壳司机哈哈大笑，问道："你这就要去上海，是犯了事还是破了产？看样子不像发了大财。你的车呢？"承宗说："师傅，一言难尽。"

这位叫作关山度的师傅,是承宗的开手老师,江湖上喊他二爷。他曾经是黄家姑太的私人司机,梳分头穿洋装,会吃西餐,会讲几句洋泾浜英语,姑太病逝后,他去了机器厂开卡车,如今两手是茧,剃了光头,穿一件半旧工作服,仍旧洗得干干净净。他给我们路家留下的一句话,被反复讲了六十年:一个像样的人,要穿干净衣服。

承宗套上鞋子上了车,先讨吃的,关师傅递给他一个铝饭盒,里面有两个冷馒头,承宗掰了半个吃掉,看了看饭盒盖,隶书字体刻着"上海顺昌机器厂",并一个"关"字。关师傅说:"两个馒头全是你的。"承宗说:"师傅,半个足够。"把前后事情讲了一遍,关师傅沉默不语。承宗问:"师傅,我做得对吗?"关师傅说:"我是驾驶员,向来听得多,讲得少。上了我车的人,我不问因果,不问对错。你做得在不在路子上,以后自己会明白。"承宗说:"师傅说得对。我认识的人,都太喜欢讲话了。"

大车向东,经过了小镇和村落,道路有时颠簸,有时平坦。行到某一处,承宗忽然问关师傅,能不能教他开汽车。关师傅看了他一眼,问说:"想学东西,你知道规矩吗?"承宗说:"我做过酱菜店的学徒,什么规矩都可以,打杂做苦工,任凭责骂,三年出师门,头一年挣来的钱给师父一半。"关师傅说:"不是那些规矩。"

教开车是要收钱的 —— 不会开车的人一辈子都开不好,会开车的人十天半个月就出师,特别会开车的只需要一天。学不学得会,都是这么一笔钱,不用拜师磕头,不用给师父家挑水喂猪擦地板,师父家没有这些东西,只有一辆车,徒弟能做的就是擦擦车、加加油。油也不能给你管，怕你倒卖。出师以后，各安天命，车子开到沟里不要怪师父教得差，撞死了人不要报师父的名字，师父担不起。教开车就是一笔钱的事。

关师傅问："懂吗？"

承宗说："懂了，不知道要交多少钱。"

关师傅说："没个定数。租界里有人教开车，按时计费，半天十来块，给你开两三个钟头。能学会开车、倒车、停车，看得懂油表，学点交通规则，就可以了。"

承宗说："那我身上的钱怕是不够学会。"

关师傅又看了他一眼，想了想问："就算学会了，你以后去哪里？"

承宗说："我也不知道。"

关师傅问："在上海有朋友亲戚吗？"

承宗说："一个也无。"

关师傅又想了想，说："小孩，我们好像有点缘分。"

承宗说："师傅的意思我都懂，我也不是很傻，学会了开车，没有工作，我还得去讨饭。上海是个大码头，一个人混不下去的。师傅能给我一口饭吃吗？"

关师傅说："你不笨。你拜我做义父，我留你在机器厂。"

承宗说："其他都好说，但我不能拜你做义父，因我出生时已经拜过义父，而且是个神，不是人。"

关师傅问："奇了，是谁？"

承宗说："是关云长关二爷。"

关师傅说："妈的，那不就是我吗？儿子。"

第三章 合家欢

吴里长途汽车公司隔壁是轮船码头，到一九七九年，这一带变得热闹起来，知青回城，乡民进城，多年不见的烧香老太太也出现了，她们三五成群，背着布袋，穿着乡下特有的蓝布裾子，头上裹着毛巾，于农历初一、十五来到城里。本城有一座定慧寺，就在废太子基附近，打倒"四人帮"以后，那里逐渐有了香火。码头车站一带市集初现，多是卖零食和针头线脑，面点和饭食仍旧由国营店经营，那里收粮票。汽车公司对面是一座小型商场，破破烂烂的，卖些单调的日用品，食品柜台上聚的人最多，也就是说，到这一年，吃的东西供应得不错。

黑市在轮船码头后面，沿河种着一排柳树，每一棵树下都是一个交易点。这里安静，神秘，流传着各种黑话，比如把一块钱喊成一分钱（若干年后把一百块钱喊成一块钱），把一分钱喊成一根毛，把粮票喊成砻糠，把布票喊成袖套。做黑市的人通常徒步而来，绝不骑自行车，因为纠察队出现的时候他们的车子很可能会落在对方手里。市场经济还没有实行，穷归穷，人们身上有一种弥散的欢快气息。唯独路承宗愁眉不展，因为他退休了，歇在家里，诚如他所说，国家不需要他开汽车，他也就没有汽车可以开了。多年来，他连自行车都没有，有一天去旧车摊买了辆磬哐作响的，他安排好了一天该做的事：先骑车去汽车公司看一看路国庆吹着哨子出车，是的，路国庆虽然学会了开车但他还是个卖票员；再去人民商场看我爸爸路志民怎么急红了眼辱骂顾客；绕道一圈去图书馆探访路国权复习功课，他想考大学，最起码考个电大；陪着爱读书的儿子吃顿午饭，老路出城，进农机厂，路国强未必在钳工班，这样的话他会再去一趟黑市，看看那里有无他的踪影；最后他回到家里，看着五姐发愁，路文贤不想再去街道工厂上班，现在成了个待业的。

"让你的儿女们学开车。"我祖母坐定，与他商量。

路志民不能再做营业员，他脾气又耿又娇，没法与顾客打交道，而人民商场有一辆小货车目前没有驾驶员。路国庆不必说，他需要调到驾驶员岗位上，检讨书已经从去年写到今年，汽车公司领导都换了一个，他还在写。路国权想考大学，他考不上的，想做知识分子简直痴人说梦，最好是去给领导开轿车（他是个近视眼！我祖父大声反驳）。路国强应该去农机厂开厂车，他们厂里上下班的客车，那个驾驶员下半年就要退休了。至于五姐，我祖母看了老路一眼。

"五姐怎么了？"

"国权从乡下回来以后，她就特别开心。"

"国权下乡的时候她也哭得最伤心，她到底怎么了？"

"你的五个小孩都不是亲兄妹，老路。"我祖母不想再说下去。

老路无动于衷，仍然拒绝教儿女们开车，关键一点是他手头没车。有一度，杨子红登门，她声称可以教会我家所有人开车，用她那辆比房子还大的长途汽车，她说路国强要学会开车就是今天明天的事。老路提醒她：一个人学会开车，如果没车可开，用不了半年就会忘记。他这辈子最怕的就是这种人：声称自己会一件事，然后一上手就弄死了人。

"和你们想的相反，学开车是最后一步。"他比划了一下：首先，你得有一个驾驶员的职位，其次是他们允许你去考一张驾驶证，再次是有一辆车可开，最后才是学开车。而那个驾驶员职位——他奶奶的，有多少人梦寐以求，你们知道不知道？比考大学还难。现在你们居然要我一下子搞到四个还是五个？"即使我没退休，我也办不成这么多事。很抱歉。"

杨子红惋惜地说："路师傅，如果你当初是给领导开车，你现在就能通到关系了。"

"什么领导？多大的领导？"老路大声反问。

"市里面的领导。"杨子红说，"车队都知道你的故事，领导让你去开轿车，你不去，你说自己喜欢开长途汽车。大家都很佩服你。"

"如果我当年去了，我有一条腿可能已经被打断。"

他在暗讽杨子红一九六七年的粗暴行径，后者听懂了，脸上一阵铁青。老路心想，我管多了，显得像她长辈，这可不妙。他调转话头解释，当年市里面就一辆轿车，在二十个驾驶员中精选一位，有一多半是复员军人，这个职位本来就应该给部队回来的同志。接着，他反问我祖母，知不知道现在市里有几辆轿车？

那是百废待兴的日子，各个局的局长都骑自行车上班，国家没有那么多轿车，上一次吴里出现大队轿车是西哈努克亲王来访。老路说上星期看见一辆波罗乃兹抛锚在路边，司机在前面开，后面两个干部在推。这车的性能比伏尔加差好几个档次，他想看看是谁这么倒霉，上去一问，是市长和秘书。他帮着推车，秘书还发了根烟给他。这市长也不太像样，胡子拉碴，擦汗用袖子，连块手帕都没有。作为一个司机，他觉得破破烂烂式的艰苦朴素非常丢人，他从年轻时就知道国家应该有很多汽车，那叫富强，比穷横好。

他仍然骑车在城里打转，数着街上的汽车，无非是客车和卡车，还有本地常见的三轮摩托，带一个绿色的罩子，人们喊它"蛤蟆车"，也在机动车道上跑着。有时会遇到郊区农民开着手扶拖拉机进城，他们把这突突乱跳的东西当成载人的交通工具，那年代没有超载的说法，车斗里往往装十几二十个人，还有禽畜。这一天下午，路承宗在农机厂门口，先是看见了一辆国产上海牌轿车开过，他十分兴奋，接着又责备自己，这几年可能是落后了，看见一辆轿车就情绪激动，以前年代满大街灯红酒绿他都没当回事。他可是带着解放军战士一家伙缴获了资本家七辆豪华轿车的人物。接着他看见一辆手扶拖拉机，冒着黑烟在后面追轿车，车上一群农民快乐地喊叫着，轿车，轿车。路承宗想，他们还是和以前一样，有点无知，有点好笑，看见轿车就情不自禁。这时有人在车斗里对他大喊："小白龙！"老路定睛望去，见一人跳下了手扶拖拉机，一张白嫩大脸急速来到他眼前，是袁塘镇的热水龙。

热水龙仍在打探路承宗的底细，甚至包括他的童年。对于袁塘镇那次相会，热水龙说，堪称双龙会。他在给自己脸上贴金。"请不要喊我小白龙，那是旧社会的绰号，"路承宗厌恶地说，"当然，你还是叫热水龙，一世都是热水龙。"他想骑车走，然而拖拉机已经开远了，热水龙跳上了他的书包架。"我已经在拖拉机上站了一个钟头，腿不行了，拉我去市里吧，亲家。"

"你为什么不坐长途汽车？"

"那辆汽车半路抛锚了，我的女儿陪着你的儿子呢。"

路国庆的婚事已成定局。老路费劲地把热水龙带进了市里，后者提出了一个更过分的要求：今晚搭住在你家，我们好好聊聊。"你在城里就没有其他亲戚吗？"老路发问。热水龙摇头说："我爸爸被枪毙那年，三亲六故全都断了，我没有亲戚。"

"你现在倒不怕说自己爸爸是汉奸了。"

"现在不怕了，以前怕。现在就是有点丢人而已，反正他已经被枪毙了，跟我没关系。"热水龙说，"我和你，历史都不干净。"

"请问谁的是干净的。"

这天夜里热水龙在废太子基吃过饭，看我祖母拿出一张钢丝床搭在公用客堂，抱出干净的被褥枕头，他居然表现出了一丝感激，站起身道谢，在老路看来，不啻犯罪分子悔过自新。"我以为你们会看不起我。"热水龙说。我祖母笑笑："没人会看不起你，还有你的女儿们。"热水龙说："亲家，亲家，你也是上海人。"我祖母说:"是啊,你想说什么?"热水龙说:"我也在上海市里工作过,我们讲上海话吧。"我祖母说:"我已经忘记上海话该怎么讲了。"热水龙感到周爱玲气势凛然,既可亲,也不可亲。他掰着手指头提出了另一个要求。

"让国庆和芙蓉结婚吧,虽然他们年纪还不大,但总归是要结婚的。国庆是四儿子,你们的二儿子国强还没有结婚,四儿子先结婚是不对的。要么这样吧——让国强和杨子红先结婚吧。"

"我见你个大头鬼。"路承宗嚷了起来,"你算老几,敢到我家里来安排这个,安排那个?你是个上海乡下人,热水龙。"

门外传来一阵喧哗,路国庆拉着袁芙蓉的手回来了,后面是路国权和五姐,再后面是磨磨蹭蹭的路国强。我祖父扒开前面四个人,走到大门口观望,果然杨子红蹲在门口,翻着白眼不肯进门。

我祖母对路国强和杨子红的婚事不置可否,乃有一条重大理由是杨子红曾经打断过第一中学校长的左腿,而在遥远的一九六七年,恰是周爱玲为校长接好的腿骨。她年轻时学过点中医,会抓药,对骨科不太熟。那次接骨差点疼死校长,其惨叫声让周爱玲也深受刺激。后来那校长还挺埋怨我祖母,因为断腿痊愈后变长了一截,他成了后天的跛子。"当时医院都关门打烊了,爱玲要不动手的话,校长可能会变成一个缺了左腿的跛子,这两种跛子是很不一样的。"我祖父为她申辩,但校长不想明白这个道理。

我祖母不喜欢校长,但也不希望身边多出一个历史不干净的打人凶手。她没通知任何人,将杨子红单独约到了黑市街上,这里清净,便于谈话。两人望着运河对岸,水面宽阔,拖船散发着浓重的柴油味开过眼前,由于噪音太大,这片刻时间里整个河岸上的人便都缄默。对岸早先是农田,如今是一排建造中的楼房,人们翘首而待的工人新村,代表着一种整饬的、现代的、属于即将到来的八十年代的生活。杨子红知道,自己要是嫁给路国强,就有可能在新村里住上一套带厨房带抽水马桶的两室户,但她并不是为这个而来,她喜欢路国强,她早就应该和他谈恋爱,只是在错误的年代错过了他。有一句话她想说但不敢说出来:就算她现在不是寡妇,有丈夫在身边,她也会为了路国强试试离婚的。"我没有干过那事,"她坚决地否认了,"我没有打断过校长的腿,是他们造谣。如果我干过那事,打倒'四人帮'以后我就会去蹲监狱。"

"那么是谁打的?"

"你给校长接过腿骨,他难道不知道吗?"

"他说当时躺在地上,吓得闭着眼睛,腿断了以后,他的眼睛更是睁不开了。"

"是另一个人,但我不想说是谁。"杨子红继续摇头,"我是清白的。"

她再三重复着,没有坐过牢,以此证明她没有干那件事。我祖母心想,乱糟糟的年代,很多事情说法不一,认不认全凭良心了。话到这个份上,她只能信杨子红,回到家告诉老路:让他们结婚吧,要不然,这对冤家,一不做二不休把肚子搞大了会很不像话。

"杨子红的儿子怎么办，跟谁的姓？"路承宗问。

"那个小孩姓朱，他也可以姓路，如果你不想他姓路，他还可以姓黄，国强是黄启宣的寄名儿子。"我祖母说，"当年事，你还记得吗？"

"我怎么会忘，但我不能随便抓个男孩过来姓黄，老黄会觉得我糊弄事儿。"

一日大雨过后，杨子红带着她的儿子走进了废太子基，那是星期三，她的休息日。下午整条街上没什么人，远处街办工厂的机器发出轰鸣，石子路面湿滑。这对母子蹚水而来，母亲光足穿着塑料凉鞋，男孩一双脏球鞋早被浸湿。杨子红收起雨伞，叮嘱儿子："进门要喊爷爷奶奶。"那男孩把鼻涕奋力吸入鼻腔，双眼翻白，等到瞳仁归位，鼻涕又挂了下来。他的名字叫朱康，此后年月，他没有改姓，但他也是我们路家的爷们兄弟。

街边停着一辆吉普车，是人武部的薛大头开过来的，路承宗正在车里和他商量能否借开几天，这辆绿色的BJ212难得一见，五十年代老路曾开过苏联嘎斯69，此后他就没再碰过越野车。薛大头为难地说，你这年纪最好去公园里打打太极拳啦，去年那辆摩托车你开到了袁塘镇，是我自己取回来的。这时杨子红敲了敲车窗，老路知道客人来了，连忙下车，那叫朱康的孩子缩脖子低头。杨子红催促道，喊爷爷。朱康两腿发抖，忽然跪了下去。

老路抱起这孩子，看了看杨子红，意谓这是你教的吗？杨子红打了朱康一下，嘀咕道："没让你跪。"又介绍道："他六岁了。"老路掂了掂孩子的分量，摇头说："你这小孩养得不大好，

65

我十分痛心。"

朱康的父亲死于六年前,他是个不错的电工,于台风之夜抢修电路,在一声巨响中坠下电线杆身亡。本来只有同伴目击,不知怎的竟成了广为流传的恐怖故事,有人说他被高压电流烧得浑身焦黑,有人说他头部着地,脑浆四溅。朱康是遗腹子,没见过父亲,可这孩子像是有所感应,最近两年里,每到大风大雨都会瑟瑟发抖,若有电闪雷鸣则易惊厥。杨子红没什么时间带孩子,将朱康送到托儿所,没几天他就惊厥,托儿所不敢留他,只得由乡下的爷爷奶奶管着。虽然离市区只有两公里,属于近郊农民,但乡下孩子比起城里的,不是更脏就是更瘦,不是更黑就是口音不太对。一阵风吹来,朱康发缝里的碎头发落进路承宗嘴里。老路吐了口唾沫,仔细看这孩子,应该是刚剃过头。他把朱康放进了门槛里。

孩子踩着他的湿球鞋往里走,有一段过道漆黑,他停了下来,看到前方一个红点明灭,然后注意到那儿还有个人。是我祖母,她在抽烟。

"喊奶奶。"杨子红在身后再次提醒。伸手推他。朱康摇晃了一下,没说出一个字。

"你这孩子肚里有虫。"周爱玲冷冷地说。

杨子红愣了一下,她也不记得朱康是否吃过宝塔糖。我祖母很不耐烦,把朱康拉到天井里,对着光指指他脸上的蛔虫斑。这是耻辱的标志,意味着他有一个不怎么上心的亲妈,周爱玲仿佛看到了路国强的脸上也长出了蛔虫斑。"我从来没把小孩养成这副样子。"她嘀咕了一声,回到房间,用螺丝刀撬开一个密闭的饼干盒，从里面掏出两颗宝塔糖，按进朱康嘴里。仅此不够，又切了几片生姜，蘸蜂蜜让他吃下去。那时的朱康，很久没吃过甜的，入口两眼放光，随后辣到流泪。"虫子和你一样，爱吃甜的，然后就被辣跑了。"我祖母安慰朱康。

"实际上是人和虫子一样。"路承宗说。

野郎中周爱玲女士不仅会抓药，并深谙各类民间土方，有些管用，有些不管用，在医疗匮乏的年代，路家的五个小孩凡有发热发病，都经她手先治一轮，因此她尤擅儿科。整条街上的人最怕听到她说一句话——"最好送医院吧"——那不是急症就是绝症。其后半个月，朱康体验到了周爱玲的威力，他拉出的虫子一条一条又一条，令人悚然。没了虫子抢营养，他很快就变成了一个健康的孩子。我祖母又叮嘱杨子红搬家，那道理十分诡异又似乎具有科学逻辑：寄生虫还会再找宿主，搬走以后，它们就找别人了。这不啻在催促杨子红和路国强结婚，到下半年，此事成真，最大的受益者似乎不是杨子红，而是朱康，他拥有了一个很会投机倒把赚钱的父亲。

当日在废太子基，朱康吃着我祖母切给他的西瓜，头上的碎发飘落，我祖母又生气，烧了一壶水给他洗头，责备那剃头师傅偷工减料。接着又把他的湿鞋除下，告知这会得烂脚丫，烂脚丫可不好治，会烂一辈子。杨子红手足无措，感觉这儿子已经不是自己的，某种程度上，又很欣慰。是的，周爱玲的五个儿女都是领来的，如果她不爱孩子，这些人根本没可能长大。

"你这小孩还有什么病？"我祖母刷着朱康的头发，指指耳后的痂，"这里又是怎么回事？"

"他有一种怪病……"杨子红说,"打雷天有时会惊厥。"

"惊厥？怎么个惊厥？"

朱康挣脱了我祖母的手,做了个手脚僵直、失去意识的动作。"吃小儿牛黄丸。"我祖母立刻报出药名。杨子红答道:"吃了,没用。找了个土方,用签子扎耳朵后面,扎出血,他就能醒过来。"我祖母给自己点了根烟,把火柴弹到很远,喷了口烟,问朱康:"打雷时你看见听见了什么？"朱康低垂眼帘,这孩子从进家门以后就没说过一句话。杨子红一字一字地替他回答:"他看见了他爸爸。"

这才是见了鬼的事,可我祖母不信鬼。她继续追问:"你看见的你爸爸是什么样子？"小孩忽然眼睛发直。我祖母柔声说:"别怕,告诉我。"小孩嗫嚅着告诉他们:"烧焦了,头没了。"我祖母明白过来,斥责杨子红:"这不是他看见的,是别人告诉他的！你吗？"只见朱康手脚僵直,硬挺着像根木头倒在我祖母怀里。这一回,他不是在演。

他们七手八脚把这孩子放到床上,杨子红从铜花瓶里拔出一根织毛衣的钢钎,往他耳后扎下去,瞄的还是结痂的地方。下手极狠,伤口冒出血来,一分钟后朱康醒了,哆哆嗦嗦放声大哭,杨子红也心酸,说:"我从来没说过他父亲的死状,是别人说给他听的。"

我祖父作为汽车公司的元老曾经为所有司机立下几条规矩,其中之一是:如无必要,别去谈论任何人的死状,那不祥。可这座城里的人却热衷于讲这个,私下讲,公开讲,甚至讲给死者的儿子听。路承宗很无奈,摸摸朱康的头,他想安慰这孩子,路国强以后会是你爸爸，但这句话似乎应该由路国强自己来讲。

我祖母从五斗橱里找出了她的笔记本，这是她日常记各种土方的本子，她戴上老花镜翻了几页。老路满怀期待，知道她一定有办法。我祖母抬起头说："北京同仁堂的安宫牛黄丸。"这当然是个笑话，一九七九年的吴里没有北京同仁堂的安宫牛黄丸。"你能搞到猪心吗？"她问。

"不可能。买点纯精肉都难。"老路回答。

"我在问杨子红。"我祖母摘了眼镜望着她，"农村杀猪的时候，搞一副猪心。"

"猪心是最贵的，我只能试试。"杨子红说。

"现在不是我在求你，不是我要吃猪心，是为了治你儿子的病。"我祖母合上本子长叹道，"比猪心更难搞的是——朱砂。"

猪心和朱砂能治惊厥，然而这座城里两者皆无。天井里一阵动静，路国强推着自行车回家了。我祖母推开窗问他："猪心和朱砂搞得到吗？"路国强想了想，像一个真正的投机倒把分子，极为谨慎地反问："你要多少？"

"这么大的猪心一副。"我祖母举起左手拳头，又看了看右手，竖起大拇指，"这么点朱砂。"

"我搞不到。我不想为这个家再做贡献了，你们嘲笑我投机倒把，但是等到你们想要面粉、猪油、煤球的时候，又会来找我要。"路国强说，"而我要结婚你们都不答应。"

"你脑子清楚点。"我祖母把朱康从窗户底下拽过来，抱起，让这稀里糊涂的小孩暴露在路国强的眼前，"这是你的儿子，我在给你儿子治病。"

"爸爸！"朱康发出了一声响亮的呼喊。根据他多年后的回忆，那个烧焦没脑袋的爸爸形象忽然消散了，取而代之，在天井中央，高挑帅气的路国强头顶冒光，白衬衫湿漉漉地贴在身上，身后一辆擦得干干净净的自行车——钳工的自行车总是保养得好。朱康太想要一个这样的爸爸了。

非要说一九七九年物资匮乏，这也未必公允。一切都是相对的——相对于战争饥荒，相对于和平富足。这是辩证法。若是让热水龙站在路承宗身边，辩证法就不存在了。热水龙嫉妒老路的工资待遇，退休前月薪七十一元四角，还有行车津贴，加起来有一百二十元，可能比市长都高。要知道那是城市职工平均月薪三四十块钱的年代，且数十年没有加过工资。老路回答：一九五六年定工资我就是这个级别，不是我要钻营，是国家认定我值这么多。热水龙掰指头算了一下，二十多年，两百八十个月，三万多块！这笔钱他还能继续领下去，甚至不用再上班。

"可是你家为什么又这么穷？"

"因为我天生不聚财，就算存了钱，也会有人替我把钱花光了。"

老路开着那辆BJ212，半年来他第一次摸到方向盘，车跑得不快不慢。这是城里，路人站在人行道上看着车，他们不会贸然出现在车前。没什么可看的风景，建筑悉数破旧，三层以上的楼房寥寥可数，桥很多，过桥时能看到或宽或窄的河道，平原地带的河水几乎是静止的。那时的工厂多数在城里，最远不过在护城河对岸，城里多是轻工和纺织厂，城外则是钢铁和化工厂,如果见到一片很长的围墙,墙里种着挺好看的树,多半是机关和科研单位,竖着国旗的则是学校。很多地方刷着"四个现代化"和"三中全会"的标语。医院就那么四所,火车站像仓库又像碉堡,高处有个钟。看见一排红砖砌成的房子,每个窗口都有铁栅栏的,那是精神病医院。夏季溽热,车窗开着,风吹进来。他的车上载着两个人,热水龙在副驾,朱康舔着赤豆冰棍坐在后面。

"你稍微懂点道理,"老路对热水龙说,"孔老二说,车中不内顾,不疾言,不亲指。什么意思?"

"我不懂古文,什么意思?"

"你不是知道引车卖浆吗?"老路嘲笑道,"用白话文说,就是坐车的时候不要左看右看、瞎说话、指指点点。"

"你这叫学问,不叫道理。"

"学问就是道理,道理就是学问。"

"照你这说法,不识字的人就是不懂道理的猪狗。其实有些人有了学问还是像猪狗一样。"

"你说得有几分道理。"老路争不过热水龙。

"不要再带我兜圈子了,上海我都去过。大世界,城隍庙。"热水龙抱怨道,"我不是乡下人。"

"你这人胜负心太重。"老路说,"你是坐着吉普车逛上海的?"

"那你把我拉到上海去呀。"

两人仍然斗嘴。老路告诉热水龙,就这辆 BJ212,他找人武部的薛大头,说好了借开五天,送给了薛大头一条牡丹牌香烟,也就是说一天两包烟的租车费，油钱自付。钱就是这么花掉的。另外，周爱玲一天抽一包烟，从路国强到路国权的烟钱也是他出，最近连五姐都学会抽烟了。热水龙说："我知道了，你们全家人都抽烟，钱是烧光的。"路承宗说："岂止。"汽车上桥，下桥的时候朱康发出一声叫，那是失重感所致。热水龙转头看看小孩，他正伸长舌头从冰棍的根部往上猛舔，这样的话，冰棍头上的赤豆将留在最后被吃掉。"你这小孩想法跟别人不一样。"热水龙为朱康下了判断，"长大了能攒下钱来。"没多久，汽车一个颠簸，那截赤豆掉在了车底座，朱康手快，一把抓起来塞进嘴里。热水龙摇头。老路说："这小孩吃肉馒头也这样，把皮子啃掉了，肉掉在地上，然后傻眼了，对着地上的肉大哭。"

他们把车开进了黑市街，树下的人立即逃散，实际上老路只是去瞄一眼路国强在不在，没发现其踪影，车子倒挡退出黑市街。人们又涌了回来，发现是路承宗，指着车窗大骂，意思是你开个军用吉普过来干什么，故意吓我们吗。脾气不好的，手里已经攥上了土块。老路加速倒车，四轮驱动十分顺手。热水龙怕了，说："你会撞到人的。"朱康趴在座椅上，向车后望去，稳稳地喊道："后面没人。倒倒倒。"车子开上大街以后，热水龙沉默不语。老路安慰他："不用惭愧，这小孩的娘，你知道的，也开长途汽车的——他会喊倒车，你不会，很正常。"

"他现在是你孙子了吗？唉，我也很想要个外孙。"

顺便说一句，当时我是老路唯一的孙子，而我没有坐上那辆吉普车，这只能怪我父亲路志民，暑假他把我送到了外婆家，远在上海。朱康意外地享受到了一段全家围着他打转的时光，经过调养，小孩确实变好了，皮肤红润，舌苔干净，寄生虫之外的一些小毛小病例如脑后一块癞痢也被我祖母治愈。他贪吃、爱笑，身体协调性恢复得不错。他跟着这吉普车兜风已经第三天。

我祖父看了看手表，下午三点，车停在吴里公园门口。这座公园在七十年代末期已经变得破烂不堪，夏季树木疯长，也不见花匠修剪，生锈的铁栏杆摇摇欲坠，它的厕所气味暴烈黄水四流你休想进得去。东北角的偏僻之处还有一个地下防空所，没有门，随便进去，但人们从不靠近那里。你知道的，不要靠近。即使在很保守的年代那里还是会时不时地从地底下冒出一对男女，先伸出一个男人头，然后伸出一个女人头，像土拨鼠一样，臊眉耷眼牵着手快速溜走。不要靠近。我祖父提醒热水龙。

"芙蓉来过这里……"热水龙说，"她说这里很好玩。"

"好了不要再说了！"

我祖父恶狠狠地制止了他，三人穿过一片树林，脚下的小道上全是青苔，朱康滑了一跤，热水龙也滑了一跤。我祖父对这两人跌跌撞撞的样子很不满，苔藓沾在他们的膝盖和手上。出了树林，前面是开阔地，一座朝南的礼堂，轮廓方正，阳光照得庄严肃穆，有几个人在门廊下练唱戏。热水龙带小孩去池塘洗手，趁着这工夫，路承宗拾级而上，来到那几个人面前。其中一位老人右手拿折扇，左手拄拐，定定地望着他。

"老丝瓜，你欠我的人情该还了。"我祖父笑着说。

"放肆。"一位唱戏的中年女子拦在路承宗面前，她嗓门粗亮，像当官的，"这是第一中学的退休校长。你在喊他什么？"

"对不起，是我没道理，斯校长。打搅你们唱样板戏。"

"我们唱的不是样板戏了。"中年女子说,"是《定军山》。"

我祖父听不懂戏,也不爱看书,对《三国演义》半通不通。热水龙带着朱康赶过来。"今年开始,允许唱古装戏了。诸葛孔明智激黄汉升,老将出马,一刀斩落夏侯妙才。可是——"热水龙跑到了路承宗前面,站定了对着中年女子嬉笑,"我记得,《定军山》里是没有女人的。"他的表情十分讨厌,中年女子暴怒起来,抬手揪他衣领。众人连忙劝开。"我唱老生的。"她嗓门更粗。

"让你这位朋友不要再搞事情了。"

斯校长将路承宗拉到一边,他的腿不太利索,左长右短,走起来有点晃,总觉得他踩在了松动的窨井盖上。他指问朱康是谁,路承宗撒谎说是自己孙子,若说是杨子红的儿子,只怕校长反悔。斯校长递上了他的折扇。"这是你要的东西,以后不要再喊我绰号。"

这把折扇是斯校长的随身之物,夏天带着摇进摇出的,极其风雅,扇面上画两朵粉荷花一只绿蜻蜓,背面好多字,用篆书写的,谁也看不懂。此物非我祖父所求,他要的是扇子下面那串挂件,甚至挂件也不是他要的,流苏什么的统统不必,只有那颗玻璃弹珠大的红色坠子,是稀罕物。它叫作朱砂,也叫作辰砂,学名硫化汞,医书上记载着它镇惊安神的功效。为此,路承宗已经找过校长三次,第一次他没答应,第二次索性连扇子都藏了起来,第三次是我祖母出面。校长看见周爱玲,左腿剧痛起来,这是一种记忆中的痛,不容易忘记,而且牵引起各种创伤感。无论是出于害怕还是感激,经交涉,校长让他们到吴里公园来取扇子。

"我只要朱砂,不要扇子。"

"统统送给你。"校长哼了一鼻子。

他还在生气,为当年事。那场面路承宗见到过,真的很痛,接骨的时候老路按住了校长的双手和脑袋,他只有两只手怎么能按住三件东西,自己都想不起来了,只记得像屠夫。他试图摘下挂件,这一回,校长没再哼,很诚恳地说:"扇子骨是黑檀木的,画扇面的是一位有名的画家,叫徐三畏,已经死了好几年。把它送给你和周爱玲 —— 你说得没错,就当我还了过去的人情。以后不必再会了。"

我祖父听出校长语气中的伤感和嫌弃,以往年代,多少恩怨,一旦过去,就只剩点情绪,别的也没法多想。他伸出手,企图和校长握手,但斯校长完全不打算接茬,这样的话老路只能在衣服上擦擦自己手心,然后带着热水龙和朱康走下台阶,原路返回。他叮嘱这两人不要再摔了。身后的校长追了他一句话:"你老婆接骨手艺太差了。"路承宗回头,见校长挂着拐杖,站在高高的台阶上,目视三点半的太阳,仿佛没说过这句话。

"在你之前她只接过一次骨头,"老路回答,"给一头牛。"

斯校长没接茬。他们往外走,老路又说了一句:"那以后爱玲也没给人再接过骨头。"

"你们是不是把他弄疼了?"热水龙问。

"是的。"

"我看出来了,虽然你在别处耍威风,但在这个人面前,你什么都不是。"

"知识分子和工人之间有距离。"

这天回到家，当着众人的面，我祖母把朱砂坠子摘了下来，从床底下拿出石臼石杵，毫不心疼，咚咚两下捣碎，研磨成粉。在周爱玲眼里，药比什么都重要，她顺便看了下折扇，埋怨说岂有收人折扇的道理，不吉利，折字意味着要倒霉。最后，她把朱砂粉倒进一个小小的旧药瓶里，并告诉路国强，尽快搞来猪心。已经是盛夏，电闪雷鸣时不时来一下，你不想自己儿子出事吧？路国强回答：找了红旗桥肉摊上的方师傅，答应给搞一副猪心，可是拿什么回礼呢，这些屠夫一个一个都如狼似虎，掌管着人民群众的营养，清高如斯校长都得赔着笑脸才能讨到块纯精肉。我祖母把折扇扔给了路国强。

"这东西挺好的，你找个匣子装一下送给方师傅，就说是文物。"

"送折扇不吉利。"

"他是个文盲，'折'字都不一定会写，你不说他又怎么能知道？"

有一天朱康进入了我祖父的房间，打开了抽屉。这是他自己想出来的，他认为能开抽屉就意味着一种归属，自己属于这户人家。柜子有点紧，这六岁的小孩使足了劲，发出一声巨响，我祖父进屋查看，以为他又惊厥了，发现抽屉掉在地上，里面的杂物撒了一地。朱康捡起一枚子弹壳，有他小臂那么长。这是路承宗从战场上带回来的唯一的纪念品，美国战斗机上落下的弹壳，一发子弹就可以把活人打成两截。"小孩子不要玩。"我祖父收起杂物，给了朱康一支红蓝铅笔，换回了子弹壳。

孩子仍然跟着我祖父，吉普车没了，老路又骑回了自行车，把孩子放在前杠，在城里固定的几个地方兜来兜去。孩子还是不太说话，过了夏天他就要去读小学，老路不免担心。"你可以多说说话，在学堂里，不说话的小孩被人欺负。"老路说，"国权叔叔不爱说话，他被人欺负，不过国强和国庆帮他打回来了。"

孩子不说话。

"没有爸爸的孩子也会被人欺负，如果没有爸爸还不爱说话……"老路叹气。

孩子伸出手，拍拍他的手背，又按响了车铃。

有一天下午闷热，骑到半路，乌云压顶，眼看着要下暴雨，老路感觉自己呼吸不上来了。忽然白光闪过，一个霹雳在头顶炸响。孩子惨叫一声，从前杠出溜下去，暴雨当头落下，老路连忙停车，拉着孩子到街边，找了个浅浅的屋檐贴墙站着。

"你不要昏过去。"他告诉孩子。

"我不会。"

"你变勇敢了。"

"我害怕，"孩子说，"你怕吗？"

"我怕的。"老路忧心地望着天，"美国飞机扫射我们的时候就是这样。他奶奶的。"

雨水首先将他们的鞋子打湿，然后是裤子，水向街道两侧漫溮。孩子比较矮，往老路腿后面躲，他抱起孩子，离屋檐更近些，感觉有点重，坚持了没半分钟，不得不又放下来。天空中巨响不断，暴雨把眼前的景物都裹住，空荡荡的街道像是有军马奔袭而过。他注意到斜向过街五十米外是一间邮政所，他问孩子，跑过去还是不跑过去？孩子瑟缩着不说话。他解释说："跑过去，我们立刻浇得湿透，不跑过去，我们也会湿透，但不是立刻，而是慢慢地浸湿掉。我们到底是跑还是不跑？"孩子说："不知道呀。"老路说："试试吧，冲封锁线哪，战友们。"他扛起孩子往街上奔去，雨水毫不留情直灌下来。孩子抱着他的头大喊："自行车。"路承宗喊道："车子不要啦，人命比车贵啊，战友们。"

傍晚回到家，我祖母正将一副裹泥烘干的猪心放在石臼里捣碎。这一古方来自吴里一位名医，问题是，究竟放多少朱砂粉，没写明白。我祖母怕这小孩汞中毒，从药瓶里取了半份朱砂粉，调了点猪心粉，让孩子闷着鼻子吞下去。"他今天打雷没昏过去，其实不吃也罢。"我祖父累垮了，擦干身体倒头就睡。第二天早上起来，他发烧了。

"我梦见了战友们。"他伤感地说。

"哪个年代的战友？"我祖母问。

"都有。"

"你是个司机，不是军人。"我祖母说，"你没有战友，不要再想了。"

"我也应该吃点猪心粉。"

他踱到隔壁房间去看。既往都是他带小孩睡一张床，这一天朱康和路国强在一起，国强没穿上衣，小孩趴在他腋下，睡得很安稳。他们像一对父子了。路承宗端详着，床上的两人没醒，只见胸膛起伏，呼吸是一致的。老路想告诉他们，做没有血缘的父子兄弟，其实挺难的，但是呢，也不会比亲兄弟父子难太多，一切全凭良心。

路国强和杨子红的婚事安排在次年元旦，找了汽车公司的招待所办婚宴，规模浩大，开了有二十桌，其中一半人是司机。我母亲甚至感到了一丝嫉妒，因为她结婚时场面冷清，穿的还是绿色的军装——结婚穿绿总是不大吉利，而二婚的杨子红穿了一件大红锦袄，整鬓修眉，胭脂口红，显得很美。必须多说一句，当时年代，一个拥有城市户口的健康小伙子愿意娶个带儿子的寡妇，是件新闻，可以被人说好久，既有暗讽，也有羡慕。我祖父特地跑了纠察队和吴里公园，把喜糖送到焦师傅和斯校长手里。两处冤家俱无语，糖是收下了，一九八〇年也就这么开开心心地来了。

朱康到那时为止，再也没有发作过惊厥，此后也没有。他这病到底是怎么治好的，三方说法不一。我祖母说是她的方子起了效；我祖父说是他顶着炸雷、扛着朱康在暴雨里狂奔过一回（如果被雷劈中应该是朱康先完蛋），听起来像是厌胜之法；至于路国强，他说，朱康需要一个爸爸，好父亲能治疗小孩的一切恐惧症。有挺长一段时间，朱康都是由路国强带着睡觉，这尊天井里的男性的神很快变成肉神，他喜欢裸着上身睡觉也是出了名的。朱康确实还梦见过无头烧焦男尸（他已不承认那是他亲生父亲，谁愿意相信这个呢）、到处乱跑的鬼魂和候在门边的畸形人、动物精怪、青面獠牙的数学老师，全都被路国强的呼噜声喝退。这情况一直维持到他九岁，那一年杨子红给他生了个妹妹。

我三叔路国权在一九七九年的上半年显得尤其神秘，经常溜达到图书馆去，或是复习功课，或是读一些刚刚解禁的书。他想考大学，诚然，路家没有大学生，而他一米八五的瘦高身材外加透明框眼镜，很像个知识分子，尤其像第一中学的斯校长。他一度认为自己是斯校长的后代，我祖父说，别想岔了，那不是你爸。至于他的大学梦，我祖母说，不可能，因为国权记性差，他背不出英语单词、汉语古文、数学公式。我祖父起初对他抱有期待，但显然更相信我祖母的话——这是个念不好书的书呆子。长记性的食物挺多，最易得的是核桃仁，于是我的小姑五姐用房门夹碎了一颗又一颗硬核桃，喂给路国权吃整块的仁，她自己拢住手心里细碎的，用手指蘸住吃一点。有一次她的手指伸到了路国权嘴里。

那时考大学是件经天纬地的事，一旦考上，其社会地位远远超过驾驶员和土方药师，路家众人不敢置喙，只敢偷偷地议论。实际上，他们也不太懂考试的事儿，最担心的不是国权考不上，而是考上以后比所有人都威风，或者像斯校长那样古怪。唯独五姐，她相信路国权，她争辩说他不是记性差，只是爱走神。到了夏天，路国权不出所料落榜，回家的时候身高由一米八五萎缩到了一米七八，全家人松了口气，只有五姐说，明年再考。大伙又紧张起来。

我祖父给他找到了一份堪称糊口的工作，是房管所的泥瓦匠，未作培训，发了一件深蓝色的工作衫，即刻上岗修缮各种漏水渗水的瓦房。过去年代，路国权在挖沟，一直挖到别人看不见他的脑袋，现在他长进了，站到了高处。有一段时间，烈日底下，他瘦高的身体长久地杵在房顶，满脸是汗，眼镜滑落在鼻尖。他一动不动，不知道该干什么好。"你这儿子比其他几个差远了。"人们告诉老路，"他很呆。"

"老子英雄儿好汉"的时代刚刚过去，优生优育政策宣传旋踵而来，但遗传学在我们路家基本没什么用，时至一九七九年，路家就我一个人有亲爹，连我自己都感到不好意思。而我这个呆头呆脑的三叔，当时二十三岁，想从事一种室内的脑力劳动然而从事的是室外的体力劳动，他极不擅长，他不明白自己为什么既被脑力劳动者嘲笑也被体力劳动者嘲笑，这怪不到任何人头上，因为他就是这么呆。有一天，他一脚踩烂了一户人家的屋顶，长长的腿从椽子缝隙直伸到别人家饭桌上，工友们将他拔了出来，看着那个洞，递给他一桶泥灰，并告诉他：恕不奉陪。从那以后，他像是留恋屋顶，常常待在那儿不肯下来。另一天，我祖父躺在床上说，太可怕了，听到有人在头顶哭，一定是见鬼了。我祖母冲到天井，架了一把梯子，颤巍巍爬上去，路国权果然骑在屋脊上哭，她把他拽了下来，顺便夹着她的猫。她喜欢国权，很不忍心责备他，最后只能责备那只猫："你为什么总是喜欢上屋顶呢？"接着她叮嘱五姐："不要再给国权吃核桃了，他不是记性不好，而是脑子有点不开窍，给他多吃点藕吧，藕有窍。"

五姐十九岁，她很不好管教，一头乌黑的长发，双眼闪光，看上去像是吃得很好的人家出来的姑娘。她身上那份稍稍过头的粗野倒也符合时代特色，许多回城的知青也这个样子，他们带动了某种社会风气。而在我祖父看来，这个小女儿仿佛是已故的妹妹小红菱投胎，又被他好巧不巧地从半路捡来。她十岁那年，曾经因为小事被老路数落了一顿，她比小红菱更难伺候——跪在他床边、对着他的脸哭了一整夜。那以后，他连半句难听话都不想再说了。

五姐也没工作，曾经在街办工厂做过几天，有一台电钻机供她在各种零件上打洞，她不理解为什么要这么干，就像她不理解路国权为什么要去修瓦房，唯一的理由就是每个月到手那么点工资。有一天她在查看电钻时，头上的工作帽掉落，长发随之滑下，她的师父——一个讲外地话的老工人——让她去把头发剪了，语气非常坚决，理由是长发会卷进机器里，不符合安全生产规定。她看着师父，忽然摘下了手上的袖套，什么都没说就走出了工厂，再也没回头。

"我可以养你，就像我养你妈，"老路说，"但是到了将来，将来的将来，没人会娶一个不挣工资的女人。"

"为什么要上班？"

"我也不知道，以前没几个女人上班，后来差不多所有女人都要上班。上班有工资劳保，是劳动人民，不上班是资产阶级思想。"老路看了看五姐的脸色，慎重地说，"算了，我再养你一阵吧。"过了一会儿又补充说，"就算你妈，在你这个年纪也是上班的。"

就这样，五姐年纪轻轻和我祖母一样成了个没工作的女人。

乌黑的长发是五姐的标志，带有轻微的天然卷，不易收拢，干燥天气四散飞扬，她要是蹦跳着走路，背影就像一匹黑鬃小马在走速步。她在汽车公司和黑市街一带小有名气，仗着老爹和二哥的威望结交了一些混社会的男女，一度带回家的朋友全都是有绰号的,黄毛,阿四,小和尚,辣妹。她乐于与人以绰号相称,"五姐"这名头也够响亮,连路承宗和周爱玲也得喊她"五姐"而不是小时候的"阿五",但她拒绝任何人喊路国权的绰号。他的绰号极其晦气:长棺材。

我祖父的徒弟王定方,快三十岁了没结婚,他开2路公共汽车,始发站是普济医院,也就是精神病院,终点站是动物园。他有点喜欢五姐。到她二十岁时,王定方决定带她去看电影、下馆子,承诺去城里最好的饭店。那一天,五姐把国权也带去了,并喊王定方的绰号"王八车",理由是他曾经把好好的一辆大客车开进了水沟里。王定方也不好赶走国权,三个人憋着气看了一场电影《归心似箭》,这是五姐第一次在电影里看到"爱情",远不同于样板戏和战争片,对五姐来说,爱情这个词尚且有点费解。王定方却是个老油子,他伸出左手,想在黑暗中拉住五姐的右手,被她甩开了。过了一会儿他站起身上厕所,看见五姐伸出的左手拉住了路国权的右手。王定方眼前一黑,心想我教会了她什么。此后的那顿饭,气氛十分尴尬,这对没血缘关系的兄妹饭量极大且不相上下,干掉了饭桌上一盆又一盆的菜。五姐喝了一口黄酒,变得话无遮拦,嘲笑王八车上个星期把一个逃出来的精神病人给拉到了动物园,而那精神病人坚持认为动物园不是动物园,要求司机和售票员再把他送到真正的动物园去。"我看你们俩才应该去动物园,或者是精神病医院。"王定方反唇相讥,第二天把我祖父拉上了2路公共汽车,让坐在发动机盖子上,从精神病医院到动物园,讲了整整一路。老路感觉屁股发烫,坐不住,汗也流了下来。王定方讲的就这么件事:五姐和长棺材,他们不正常，你管管。

我祖父管不了。

"这是乱伦吗？"有一天早上他喝着米粥，忽然抬起头，严肃并困惑地问我祖母。

"这不算。"

"算我养童养媳吗？"

"见鬼。"

"国家会给他们登记结婚吗？"

我祖母手执饭勺，用力敲了一下锅子。老路没读过书，从一个乡下小子最终成为退休司机，学到了一些道理，做人的，做事的，想问题。他当丈夫当爸爸都说得过去，但是，他不怎么懂男女的事，别指望他能出什么好主意，他比这些男男女女更不懂事。周爱玲费劲地看着他。"别去问居委会的人。"她想了想，再次敲锅子，"谁也别问。"

这一年冬天，路国权终于从屋顶上失足跌落，没有粉身碎骨，他在街道上躺了一会儿。房管所的工友们上前察看，发现他没事，眼镜片子碎了。工友们轻轻踢了他两脚，想让他清醒过来，路国权把眼镜戴回到脸上，挥手说你们走吧，我继续躺着。

出事地点离废太子基不远，工友们经过77号门口，幸灾乐祸，喊了一嗓子：老路你家国权从屋顶上摔下来但他没事他现在躺在街上不肯起来要不然你去劝劝吧。他们走了，我祖父冲到门口，对着那几个人的背影喊：人在哪里？工友们指了指来处，让他出巷往左拐。

路承宗赶了过去,中途撑着电线杆咳了一阵,再往前走,看到路国权的身体像影子一样斜在街上。这是一种很不体面的姿势,醉鬼和精神病才这样。他看了看屋顶,很矮,这样的房子供路国权上吊和跳楼都不太行,确定这儿子不是想自杀。这场面,自然又有一些人远近围观,指指点点。路承宗跑到墙根,捡回了一只鞋,看国权不动,蹲下替他穿上鞋子。这一回,国权竖起了身体。

"既然这样就回家吧。"老路说,"换身干净衣服,我们去配眼镜片子,以后不要躺在街上。"

"爸爸,不要嫌我丢人。"

路承宗拍拍国权的肩膀,他总是比较宽谅这个儿子。也许是因为国权下过乡,吃过苦头,也许是因为他近视眼,手脚不协调,预测一辈子也做不成事。那副没出息的样子,看上去最不像路家的儿子,令人忧心。"其实你和我最像。"老路又摸摸儿子的头。

"你说反了,我和你最不像,爸爸。"

"人和人是不是像,并不看他们的长相,也不看他们的脾气,是看别的东西。"

"什么东西呢?"

"我也说不清。"

他伸出手,国权也伸出手,拉住了站起身,两人往家里走。"我已经退休了,一个名额抵一个名额,国庆可以进汽车公司,你就不太好进。人一旦退休,就没什么办法了,能够照顾到国庆,就照顾不到国权。"

"不要紧的。我不喜欢汽车公司，我做不了司机，也做不了售票员。我也不想去做后勤，更不想到修车厂里去做工人。"

"你想考大学。"

"考上了就是光宗耀祖，我是这么想的。"

老路摇摇头。"你不用想这些，什么光宗耀祖，都是骗人的。骗人上刀山，骗人下火海。哪里有什么祖宗，祖宗要是不保佑你，你为什么要光耀他们，祖宗要是保佑你，你又怎么能不光耀他们？"

"爸爸，你道理讲太多了。"路国权走在他身边，揽住他的肩，"爸爸，我是为了让你高兴高兴。"

"那我肯定是高兴的。"

到家门口，五姐从里面蹦出来，噼里啪啦拍打路国权的后背和裤腿。"全是土！"她快乐地嚷叫，取笑着路国权的眼镜片子，碎了还架在鼻子上干什么，那模样像一只动物。路国权摘了眼镜，顺从地笑笑。两人往里走，剩下路承宗一个人蹲在门槛上。

他想起了十九年前。正常人家都是年龄大的小孩先落户，只有路家，情况比较特殊，国权进门时已经四岁，那时国庆两岁。先进山门为大，照理来说，国庆才是哥哥，但这毕竟是家，不是和尚庙，不是论师兄弟。国权做了三哥。

他想起那个将四岁的小男孩交到自己手里的人。那是一个下大雨的傍晚，能见度太差，他的长途汽车打亮尾灯停在公路边，想等雨势略减再走。这趟车上唯一的乘客是一个个子很高的男人，此人站起来，要售票员开车门，随后径直下车，冒雨向着汽车的反方向走去。雨水落在反光镜上，看不太清这人的模样。过了一会儿售票员喊起来：还有个小孩。路承宗离座查看，见一个赤裸上身的小男孩蹲在座位下面，肚子鼓胀，呆呆的不能说话。他伸手，摸出小孩腿脚浮肿。售票员探出头去喊那男人，男人不理，仍旧往前走。路承宗知道，这是把小孩扔下了，他下了车追上去，男人忽然狂奔，两人跑了很久，公路上空无一人，也没车开过，大雨下得一片茫然，男人赤着脚，像是投奔虚境，路承宗觉得自己不是在追这人，而是阻止他去死。到后来路承宗跑不动了，太饿了，每天吃二两干饭居然也能跑这么远，他再回头都看不太见汽车了。跑到那个发夹形的弯道口，男人终于停了下来，转过头，任由他揪住衣领。他喝问道：你是小孩的什么人？男人大声说：是他爸爸。听上去理直气壮。大雨浇落，他看着这男人的脸，知道没办法把他拖回到车上了。你这是什么意思，你把他扔在我的车上，你为什么不找个像样的地方扔了他，要扔在我车上？路承宗问。

　　男人说：想把他送到城里，走不动了。

　　男人又说：养不活他了，师傅，你把他带走吧。

　　路承宗说：你这么扔了他，他亲娘该有多伤心。

　　男人说：亲娘死了。

　　他松开了手，男人一秒钟也没犹豫，转身顺着公路离开。路承宗踉跄着回到车里，浑身湿透，售票员正揽着孩子坐在车窗边。他打开饭盒，里面有四分之一个白煮蛋和一点米饭，把蛋给小孩吃了。售票员问他怎么办。路承宗说，再等一会儿吧，也许那人后悔了会回来。售票员摇头说我看他不会回来了。等到雨势变小，那个人确实没有回来。

他抱着这孩子觉得心里难过。售票员知道他家情况,问说,你还打算留吗,你家大大小小已经三个了,吃什么?路承宗说:每人嘴里省一口就把他养活了,也许长得矮瘦些吧,能活下来就好。

现在他看着路国权的背影,这是路家个头最高的男人。他记得路国权的父亲,也这么高,在乡下,很少有身高一米八五的男人,这个人如果活着的话应该不难找。他还记得此人上车的站头,那地方叫白洋。本地俗语"一清二白",说的是,浣清与白洋,是这一带最贫苦的地方,鱼米之乡中的穷山恶水。那里的人会扔掉自己的小孩,一点也不奇怪。

到一九八〇年春天,某日早上,我祖父被一口米粥呛住,咳了好几个小时。我祖母意识到他近期吃东西总是呛,看了看舌苔,又趴在背上听了一下呼吸音。她不懂号脉,但还是搭住他的手腕数了数心跳,没多说什么,下午带他去了趟医院。老路有点害怕,这里曾经是日军宪兵队的驻地,那栋恐怖的大楼还在。医生说,拍张X光片子吧。片子出来以后,转到呼吸科,那边有三个医生看着,表情肃穆,说肺上有一片阴影。我祖父解释,这是四十年代在此地被宪兵打的,咳过血,自那以后一直有阴影。医生们听得有点糊涂,又问了一下年份,听清了,是日本人干的,不是红卫兵。"以前有人告诉我,这块阴影迟早会变成别的东西。"我祖父说。主治医生沉吟着,又看看我祖母。她会意,支走了我祖父。医生告诉她,这是肺癌——晚期,无药可救。最后又添了一句,如果不信可以去上海复诊。

我祖母问，还能活多久。

医生伸出一根手指头，一年。过了一会儿，医生看她沉默，又说道："要是病人接受不了，你就不要告诉他。很多生癌的人是吓死的，茶饭不进，心情不好，本来可以活一年，几个月就没了。人都怕死。"

"他不怕死的。"我祖母摇头，"不过你说得对，再不怕死的人，知道自己快死，心情也不会好。"

诊室的灯光照得她眼花，她走了出去，来到黑乎乎的走廊，看到路承宗坐在医院的长条椅上，静静地给自己腕上的手表拧发条，然后转过头望着她，眼神迷惘像个在黑暗中等待着家长领走的小孩，而她像是来得太迟，太迟太迟，不知道让他失望了多久。我祖母对癌症不陌生，她也不会认为自己的土方能治得了绝症。绝症是命数。她想，活了六十出头死去，也许不算活得长，但她应该庆幸他不是死在战场上，不是死在公路上，不是死在监狱里。他最终会死在她身边。

第四章 周爱玲

很多年以前,周爱玲住在上海杨树浦一条弄堂里,那一地段是租界东区,连片的工厂,机器声日夜不休,人也比较贫穷粗蛮。她父亲开一家小印刷厂,有一间厂房,两台旧机器,雇了些工人,承印文件资料、发票信笺。厂在华界,离家不是很远。她的生活过得还算不错,直到五岁时母亲难产死去。她的母亲来自广东人家,是一个读过些书的教徒,带她去过"沪东堂",红顶白墙,记忆尤深,是她见过的最干净的地方。她并未受洗,母亲去世后,也未再去过礼拜堂。她去公墓里看过几回,坟是石头做的,碑上刻着"R.I.P"的字样,环绕以纹饰,看上去稳固、安宁。有人告诉她,弥赛亚来后,她的母亲会复活。她听不懂弥赛亚是什么意思,后来也就忘了这件事。死去的人怎么可能复活,不可能的。母亲去世时她并不在其身边,稍稍长大后,她问父亲,我亲娘可讲了什么遗言。父亲支吾起来,挠头说,讲了一些话的,记不清了,也告解过,请了牧师。过后很多年,她想起母亲,没有什么特别的印象,只记得是一个穿灰色衣服的女人，胸口挂十字架，照片上和自己有点像，但照片并不能带来更多的回忆。

她父亲没有立即续弦，把她交给婶婶带着，和堂房姐妹住在一起，年纪再大些后，到学堂读完了小学。她经常去印刷厂看人做工，印刷工人多有文化、懂技术，不是苦力，老王小李张师傅，每个人闲时都教她读书看报，有生活杂志，也有进步刊物。她都读过，年纪小小，无法明白讲些什么。

她父亲一心开厂，维持生计，有个不大好的习惯是爱赌，起初是跑狗，工部局禁了轮盘赌和跑狗场后，他又去赌一种叫回力球的运动，由外国人组成的两支球队捉对厮杀，单打与双打，循环赛制，观众买票押注。赌场在法租界内，每晚开赛，场面浩大。有一个月她父亲赢了不少钱，十分开心，带着她去租界，进了百货商店，给她买了双黑色搭扣皮鞋。她说，自己在长个子，皮鞋穿不上多久就会小，她父亲还是要买，让她穿在脚上。黄昏时分，她踩着皮鞋走在街上，发出咯咯的声音，见到电车与轿车络绎不绝，苦力们拉着黄包车，推着独轮车，既混乱又开心。到霞飞路和亚尔培路口，看到一座平整开阔的巨大建筑，叫作中央运动场，像外国人的皇宫。入夜后灯光璀璨，闪烁迷离，音乐响起，穿西装和旗袍的男男女女出入此间，中国人和外国人混杂在一起。她父亲说：这就是摩登。

深夜离场，父亲带她走路，很得意，说你亲娘要是在世，不会答应我带你来看赌钱。她说，你可不要说这种话。父亲说，是的是的，我说错话了，愿她安息，天主保佑她的。

那个时代的女人，像她这种家境不高不低的，多半没太大志向，到一定年纪嫁个门当户对的男人就行了，也有追求自由，向往新式生活的，显得卓尔不群。她父亲问她将来想做什么，她回答是做医生，她父亲笑着问是西医还是郎中，她回答不上来。实际上她知道父亲不会把她的话当真。做西医要念很多书，就算他供得起，她也未必读得上去，而女郎中，其地位跟媒婆、巫婆差不太多，是另一种身份，她父亲是不会让她去做的。

她之所以学到些土方子的用法，最初源自婶婶，这个来自江北某城的女人擅以香灰治病、针尾刺穴，又会用一种念过咒的清水喷人脸，以驱邪避灾。手上有一块百年古墨，不是用来写字，而是喝下墨汁治咳血，自称比人血馒头管用。婶婶做这些事，不收人钱，香灰和针尾确实能治好一些病，主要是腹泻和头疼，神仙水到底怎么回事就不知道了。婶婶说，人活着除了病以外还有癫、幻、疯、痴种种，神仙水是为这些人准备的，但是不必告诉他们真相，治好了就是好了，治不好也没有办法，又或是反反复复、真真幻幻，谁能唤醒这些人而不令他们又陷入迷障呢？

周爱玲十四岁念了一年学堂就辍学回家了，也干不了什么事，做做饭，学学女红。这年继母进门，是一个没读过什么书的女人，也不吃斋，人是干干净净，看着还好，时间久了露出挑剔吝啬的毛病，与周爱玲合不来。有一回争吵，周爱玲一怒之下拎起饭盒，踢掉了脚上的皮鞋，换上布鞋，跟着堂姐去杨树浦路的纱厂做女工了。她父亲大惊失色，不知道她的性格竟然这样刚强，几番劝不回她，继母更是脸上无光。那个年代，纱厂女工皆为贫苦人家出身，甚至贫苦人家都不愿意女人去做工。周爱玲说，你们不知道，做工虽苦，也有开心的时刻。她父亲说，你想做工可以到我的印刷厂来。她脸对着父亲，眼睛看的是继母，冷笑说谁稀罕在你眼皮底下活命。

她去的是中国人开的纱厂，那里全天二十四小时开工，粗纱车间和细纱车间多为女工，工资比男工低。拿摩温和小拿摩温走来走去，皆为青帮流氓的徒弟，凶得很。堂姐告诉她，日本人开的纱厂，工资高些，但我们女工要爱国，不要去日本人的纱厂。日本人杀过我们的工人，占了东三省，轰炸了上海，如今炮舰就在吴淞口开来开去。

堂姐这么进步，因为读了青年会的女子夜校。堂姐识字不多，应该去，周爱玲跟着去，纯粹是想玩，想见世面。她在那里见到过谁呢？聂耳，田汉。写《义勇军进行曲》的那两个人。有一位叫许文昭的女老师，二十出头，见她识字多，一问她还念过几天中学，家里有间小印刷厂，觉得十分惊奇，让她帮做些教务。许老师出身于吴里的大户人家，在上海读完中学和大学，如今在夜校做义务教师，分文工资没有，平时开一辆私家车来上课，众人喊她许先生。许先生说，许广平人亦称许先生，这封号听上去很不错，愧领了。周爱玲见女人开车，也觉得惊奇。许先生说，卡车都会开呢。曾经带她坐车兜风，在霞飞路上跑过，这是当年上海最平整的马路，车子开得飞快。周爱玲仰慕许先生，大约半年后，她不再来教课，不知道去了哪里，想起来十分怀念。

她的堂姐长得好看，天资亦聪慧，在夜校断断续续学了两年，变得摩登，可以读书看报，写得出文章和标语。有一天，堂姐偷偷告诉她，自己恋爱了，是夜校的一个男老师，姓庞。周爱玲想起这位庞老师，快三十岁，矮矮瘦瘦，戴一副圆框眼镜。虽然其貌不扬，毕竟是个穿西装戴领带的教书先生，会讲两句英语，举止谈吐和工厂里的人不一样。堂姐说，和庞老师一起去看过电影了，美国电影。周爱玲问，还有呢。堂姐红着脸说，恰斯过。就是接过吻的意思。周爱玲也惊得红了脸，说，啊呀，你只好嫁给他了，他有老婆吗。堂姐说，谢天谢地，没有。

自由恋爱到底在多大程度上影响了当时的人们，一句两句说不清，对周爱玲来说，她心里有了个轮廓——有知识有教养的男性，最好比庞老师登样些，年龄适中，有个不错的饭碗，太时髦的洋盘不行，土头土脑的寿头也不好，实际地说，最好不要有赌钱吃酒的坏习惯。

这一年春天上海发生了一件事，电影明星阮玲玉服安眠药自杀，万国殡仪馆里外人山人海，灵车前往墓地路上，人们夹道相送，事后据说有三十万之众。堂姐喜欢阮玲玉，带着周爱玲去看热闹，车子早已开走，人正在散去，两人有点失望，绕过街角，看见庞老师笑嘻嘻地站在那里，手上拿着本书，显然是约会。她跟着堂姐和庞老师走了一会儿，堂姐说，阮玲玉是为爱情死的，是不是这样。庞老师摇头说，她是被男人害死的。

她回到家里，继母怀孕了，秋天时生了一个孩子，是弟弟。她从来没想过自己会有弟弟，全家高兴，她当然也得做出高兴的样子，心里有点吃醋。她也没指望继承家产，那间印刷厂绝无可能交给一个女孩，心中所想，无非是这个家不会重视自己了。果不其然，媒人登门说亲，猜想是继母委托的，那意思是嫌她在家碍眼了。

她对父亲说，你们找不出什么好人家的，不要害我，从今以后我交饭钱，不白吃你们的。她父亲一心在儿子身上，也知道她脾气，挥挥手随她去了。

堂姐最后嫁给了庞老师，很幸福，也不做女工了，她在夜校学会了写算，托门路做了女装店的店员。又过了一年，堂姐生了个儿子，不再上班，专心在家相夫教子。

印刷厂的业务好好坏坏，家里又添人口，她父亲操劳，病了一阵，又折去不少医药费。继母要她多交饭钱，然而，纱厂的工资不但没涨，还减去了一些。一个月挣十多块钱，几乎没有额外开销的余地。她做了五年纱厂工人，到此未能攒下多少余钱。

到了民国二十六年，也就是一九三七年，日本人又来了。

"七七事变"后，华北告急，全国抗日情绪高涨。究竟会不会在上海开战，纱厂里做工的女人们并不知道。夜校老师在黑板上写下"打倒日本帝国主义"，并告诉她们，日寇一定会侵略上海。这是中国最富的城市，而且沿海，看看黄浦江上的日本兵舰吧，再看看租界那些紧张、害怕的日本人。回到家，周爱玲听父亲和叔叔商量，印刷厂离日本纱厂很近，安全的办法是搬到苏州河南边去。父亲拿不出钱，找叔叔借。叔叔更无余钱，两手一拍说，打仗就去乡下躲几天，人比机器值钱。她父亲觉得也有道理，打仗嘛，熬过去就行了。忽然一日，中国军队出现在市中心。上海自一九三二年后已无驻军，无需再猜，战争近在眼前。苏州河北岸，日本人的纱厂已经成为军事堡垒，不知多少日军

95

驻扎其中，枪炮架起，戒备森严。懂的人说，这是在等待登陆部队增援，而我们要做的是在日军登陆之前消灭这些侵略者。

纱厂还在开工，周爱玲下了早班往家走，沿途见到中国士兵正在做准备，街面肃静，有一军官催促她快走，是南方口音。到家一看，东西都收拾好了，她父亲锁了厂门，抱了小孩打算走。问去哪里，他说看样子不妙，得立即动身过苏州河，那里有一扇由英国兵把守的铁栅栏门，进去以后就安全了。周爱玲说："我不跟你走。"她打算去夜校落脚，那里有青年会，告诉她一旦开战志愿队就会被组织起来。"为抗日做贡献，我要做进步女性。"她冠冕堂皇地告诉父亲。

继母带着弟弟在门口催，她父亲无奈，临别前给她留了几张钞票，又给了她一把厂房钥匙，叮嘱道："爱玲，我不该抛下你，但看来你有自己的志向，我们父女缘分不深，我也没办法。你平日爱赌气，脾气上来什么都不要，显得很绝情，其实你也不是这样的人，以后要改改赌气的毛病。"

"不要再教训我。"她回答道。

她父亲抹了一把眼泪走了，她无论如何想不到这是最后一次见他。

又过了两天，夜里听到远处有枪声，不久又平静下来。她没经历过打仗，分不清这是试探呢，还是已经打完了。八月里的天气炎热，她早晨起床，吃了一口饼，在家洗了个澡，拢着湿漉漉的头发出门，马路上人多了起来，往苏州河方向跑。到夜校一看，管楼的工人正在锁门，告诉她青年会的人没有来，仗打完之前这里不会有人来了。说完这些，工人也背着包袱逃走了。

局面忽然像是不可收拾，周爱玲望着街上乱糟糟的人群，意识到自己已经成了难民。她应该和父亲一起过河的。她昏头昏脑往街上走，被一个人拉住胳膊，说你往那个方向跑干什么，那边是日本人，马上就要交火了。周爱玲说，我要回家。再回头看，言者已经被乱糟糟的人群裹到不知哪里去了，叫喊声，哭闹声，呼唤声，充塞耳中。她发蒙，心想那是谁在提醒我，像冥冥中的声音。

中午时她回了家，进弄堂看见邻居还有几户人家在，觉得稍稍放心。家里还有些蔬菜，她拿了两根黄瓜，一边生火做饭，忽然听见枪声像除夕的鞭炮一样密集起来，远处传来爆炸声。邻居张皇失措跑到厨房间对她喊："没命啦，爱玲，快躲起来呀。"她封了煤炉，回到自己的小房间，手里还拿着黄瓜，心想该不该躲到床底下。堂姐说过，当年日本人轰炸闸北，很多人全家躲在床底下，炸弹落下，活人统统埋在废墟里。她想起在街上被人好几次踩了脚背，就从鞋盒里拿出了平跟皮鞋，这是她唯一的皮鞋，又找了件干净布衫换上。有一段时间她很烦躁，啃着黄瓜，听着远处的枪声，在屋子里走来走去，翻翻抽屉，装了些自己喜欢的小东西在口袋里，不知道它们能派什么用场。

到了下午时，枪声又停了，半个钟头过去了没什么动静，邻居敲门说，这里待不下去了，还是去苏州河那边吧。她没什么东西可带，穿着皮鞋跟几个邻居走到弄堂口，吓了一跳，马路两边蹲着大队的士兵，都是戴布帽子的中国兵，面朝同一个方向。一个兵让他们贴着墙往反方向走，不要出声。他们提心吊胆跑出去一段，在街角看到了沙包垒起的掩体，架着机枪，守备士兵招呼他们立即通过，不得停留，不得返回。在掩体后面，几十具士兵的尸体并排放在街沿，血凝固在马路一侧，苍蝇在上方飞来飞去。周爱玲不怕尸体，但一次看见这么多，还是觉得惊心。中国军队已经攻进日本人的地盘，巷战开始了。

一九三七年，沪战开始阶段，吴淞口防线是日本登陆部队主攻，中国军队主守，市区以内则是中国军队主攻，日本驻扎的部队主守。八月，在租界东区，日军留守在街道的部队皆被清除，小股日军逃入租界北区，向英军缴械投降，其余则撤入据点继续固守，不时突击中国部队阵线。双方混战，缺乏重武器的中国军队反复冲击日本海军陆战队司令部和裕丰纱厂等据点，伤亡重大，始终未能得手。

这天清晨周爱玲没能进得了租界，铁栅栏门外难民如潮，守备的英军和红头阿三限时限额放人进去，她站在很远处，等久了觉得十分闷气，就和邻居打了个招呼，万一见到她父亲报一声平安，其他也没什么好多讲的。邻居见她往回走，也没心思劝阻。她离开了人群，沿着街道向北，见很多人像乞丐一样睡在街上，一队童子军唱着战歌经过，一辆运载伤兵的卡车按着喇叭呼啸而去，两个似乎是没有父母的小女孩手牵手走过她眼前。上海就这样变成了战场。她钻进了一条弄堂，曲里拐弯走了好长时间，地面上全是散落的家当，此时仍有人陆陆续续出门，往租界方向去。她一直走到印刷厂门口，遇到个相识的工人，问情况如何，那人说自来水已经停了，这里待不下去，必须换地方。问她去哪里，她说瞎逛逛，回厂看看。掏钥匙开了锁，进去后拉线开灯，发现电也没了。这里地方不大,外间是机器间,里间是仓储间,仅有高处的小气窗透进些光来。桌上还留了半包香烟,热水瓶里有满瓶的水,放了好几天,全凉了,她尝了尝,喝了几口,又倒出一点洗了把脸,趴着睡了一会儿。

她被一阵引擎巨响声惊醒,是飞机低空掠过,随后一阵猛烈的爆炸声,感觉整个厂房都在震动,人从椅子上摔落在地。她抱着摔痛的胳膊冲出去,飞机已经去远,马路斜对面一间工厂的厂房冒起浓烟,把天幕都遮住了,大火燃烧,空气中弥漫着酸辛味。有两个受伤的工人哭喊着向外跑,惨叫道,还有人在里面哪,这下全都死了。

她站在街对面看着这场灾难,过了一会儿,见有一个年轻人从烟尘里出现,背着一名伤者穿过街道来到她身边。他们经过的地方,留下的血迹就像打开了水龙头,她心想这人活不长了。伤者胖大,年轻人很快就背不动了,两人一起倒在墙根,他爬起来看伤者,见衣衫皆烂,半边身体沾满血污。他跪坐下去喊了一声师父。

这个即将死去的人就是关山度师傅,在他身边的是路承宗,这一天,他们奉命来抢运设备,这厂里有一台机器可以造炮管。两架舰载轰炸机来时,防空警报未能响起,承宗正在厂门口讨水喝,听到嗡嗡的引擎声,出去一看飞机正在俯冲下来,他喊了一声快跑,急往厂外躲。关师傅还在厂里倒车,跳下车正遇到炸弹落在厂房。两个工人,一个技术员,还有一群挑夫,全死在了里面。

"天不助我。"关师傅说了一句。承宗问:"痛吗?"关师傅说:"不觉得了,帮我点根香烟。"承宗从关师傅口袋里摸出一个空烟壳,回答道:"香烟吃光了。"关师傅说:"倒霉,临死没有香烟吃。"周爱玲从口袋里摸出半包香烟,拔了一根送到关师傅嘴里。关师傅看看她,说:"谢谢你。"承宗手抖,几次没把洋火擦亮,周爱玲瞟了他一眼,拿过洋火给关师傅点上。关师傅点点头,周爱玲往自己嘴里塞了一根,又看看路承宗。承宗说:"也给我一根。"三个人在路边抽烟,抽到一半的时候,关师傅叹了口气说:"儿子,我死以后,你要好好的。"伸手摸摸承宗的脸,闭上眼睛,像是养神,半截香烟还粘在下嘴唇上,喉咙里发出一点声音。承宗轻轻摇了摇他。周爱玲说:"他就要死了。"伸手摘下关师傅嘴上的烟,没有掐灭,插在了土里。那截烟又烧了片刻,渐渐灭了。周爱玲摸了摸关师傅的脉,告诉承宗:"他已经死了。"

有很长时间,承宗跪坐在关师傅身边不动,整条街上只有建筑物燃烧的声音,连个看热闹的人都没有。周爱玲用手碰碰这年轻人的肩膀,又说:"不要待在这里了,走吧。"他摇摇头,不说话。她推了他一下:"走吧,飞机还会再来的。"

"死得一个不剩了,"承宗说,"就剩我一个。"

她问他从哪里来。他说从闵行的顺昌机器厂过来,跑了三十公里路,为抢运重要设备。仗打得很乱,出发前师父还在抱怨,说这些家底应该战前就运走。负责人问他们怕死吗,他们都说不怕,技术员不怕,挑夫不怕,司机更不能说怕,就这么来了,然后全死了。

"日本人有探子,要炸什么目标,他们的飞机都很清楚。"承宗说,"我们简直是来送死。"

"你自己活着就行了，早点回家吧。"

"回厂，"承宗爬了起来，"但我师父怎么办？"

"你师父已经死了呀。"

"话不是这么说的，师父就像爸爸。"

卡车已经炸烂了，如果有车他会把师父的尸体运回去，现在总不能扔在街边。此地属于交战区，多半不会有人来收尸，八月的天气用不了两天就臭了，更何况一群人出车，活剩他一个人回去，无法交代。周爱玲问，你师父有家小吗。承宗摇头，师父是老鳏夫，师母过世好几年了，并无子女。

"我懂了。"周爱玲说，"怪不得喊你儿子。"

她决定帮他想想办法，无论他的念头有多荒唐，说实话，收尸也不能说是荒唐念头，只能说他重情义。她看他立在那里发呆，问他怎么个打算。"我背不动师父回闵行。"他说。周爱玲想起印刷厂有部老虎车，可以借给这年轻人用。承宗心想，老虎车，那岂不是要把师父竖着绑在车上。跟着她来到厂房，问这是哪里，她说："这是我爸爸的厂，是一间印刷厂。"这时她也觉得用老虎车去推一具尸体有点吓人，正常人不会干这种事。承宗问："你爸爸有几间厂？"周爱玲说："就这一间，快开不下去了，机器也都旧了。"两人前前后后寻了一圈，没找到老虎车。周爱玲只得抱歉，猜想可能是被逃难的工人拖走了。承宗拎起热水瓶摇摇，拔出瓶塞探了一下，喝了两口，定下神又叹气："我师父真的死了。"

"你怕死吗？"周爱玲很突兀地问。

"不怕。"他回答得十分硬气。

"既然不怕死就不要再顾惜死掉的人了。"

"阿姐,我会被雷劈的。"

她打量这个乡下口音的年轻人,身材壮实,穿白色衬衫和咔叽布长裤,脚上一双大头工作皮鞋,虽说浑身脏污,但看得出出门的时候衣衫整齐,头发凌乱也看得出是三七分头。这样子不像货车司机,她见识过这些人,大多粗鲁,嘴巴很脏而且油腔滑调,人们喊他们汽车夫而不是驾驶员。他比这些人有教养。她又倒了点水给自己擦脸,见他拎着一把铁铲出去,问他做什么。"把我师父埋了。"承宗回答。

周爱玲拦住了他,觉得他愣头愣脑讲不清道理。"你在犯傻。"她指指街道,这里是工厂区,沥青路,土都被太阳晒得板结,你到哪里去挖坑?承宗放下铁铲,搓手道:"要是有口棺材就好了。"周爱玲摆摆手,再次制止他起念头,这里没有棺材,就算把人放进棺材,棺材又放在哪里?承宗看看印刷车间里外。周爱玲说:"我这里不能给你停丧,我爸爸会说我的。"承宗说:"你真聪明,能猜出我的念头。"周爱玲叹气,用纱厂女工的口气对他说道:"阿哥,走吧,多少人被炸弹炸死,边上的活人擦一把眼泪继续逃。乱世就是这样的。"

"阿姐,总不能把我师父扔在露天,在乡下会被野狗吃掉的。"承宗找了把凳子坐下来,"棉被有没有?乡下买不起棺材的人,用棉被裹了也能埋。"

"大热天的哪来棉被?"

承宗的眼睛瞟向墙角,车间里堆着些硬纸板箱,还是新的。他是想用硬纸板现做一口棺材,如此执着于棺材,她只能说硬纸板箱你随便拿。他一边翻弄东西,一边与她闲扯,互相讲了点远事近况,怎么来的上海,打仗前后是怎么情况。当司机的人听到的消息多些,他知道这一仗的关键是把苏州河北岸驻扎的日军先行歼灭,如果不能得手,后面的战局难以为继。来的路上他看到人们往租界逃,他问阿姐你怎么不逃。周爱玲说原想去青年会,但忽然发现无路可走。他不知道什么是青年会,她说是抗日组织,他就看看她,嘀咕说你这样子跟日本人打仗吗?过了一会儿,他真的拼出了一口狭长的纸棺材,只是没有底。他自己爬进去躺了躺,点头说,可以。接着又把那纸棺材一件件拿到门外,看了看上方的屋檐,确定下雨也不太会淋着。周爱玲跟出去看,见他撒腿跑向师父的尸体,抓住双脚吭哧吭哧拖了过来,看了一下方向,脑袋正冲着西边,把一圈纸板罩在尸体上,然后他伸手到关师傅的衣服口袋里掏了掏,一份证件,几张钞票,尽管带血,还是塞进了自己口袋。人死身上不留钱,这是关师傅教的,怕有人来把尸体扒光了。弄完了他又把一块块纸板往上盖。

"傻小子不要再折腾你师父了。"周爱玲说,"你这样做,他未见得就高兴。"

路承宗跪在屋檐下,对关师傅磕了三个头,这一次悲从中来,大哭了几声。"办停当了才觉得无济于事,师父活不过来了,棺材都是假的。"

周爱玲本来挺难过,现在只能摇头,心想这人魂不守舍,全无主张,那跪着大哭的样子也跟乡下人哭丧无异。"你是办停当了,"她说,"停丧停在我门口。"

"阿姐,我给你磕头,两天三天,我找了人来把师父运走。"

承宗说。

"我并非赶你们走。只是明天一早打开门,岂不吓死?"

"我要回去复命,无法在这里陪你一晚。"

"你这讲话是在见鬼,我说了要你陪吗?"

她赌气回进厂里。承宗跪在那里,想了想,又磕了三个头才站起来,算是跟关师傅告别。后面的事情该怎么弄只有天知道,他跟了进去,周爱玲坐在桌边冷着脸不说话。承宗又去拿热水瓶,发现已经空了。"这里停水了。"周爱玲说。

"水都没了,你能撑多久?"

"我也没想过要在这里待着,只是没地方可去,现在又懊悔回来。"

两人坐下来商量。他给了个去处:跟着他,到闵行的机器厂,那儿离战线较远,也有工人宿舍可住,一日三餐不愁。他存了一点私心:一行人都没了,车也毁了,他得找个证人回去讲清。这话不能明说,显得自己居心不良。他把驾驶证和工作证都掏出来,证明自己不是人贩子。周爱玲跷着二郎腿看他的证件,说:"哦,你叫路承宗。"承宗问她名字,她却不肯说,还是怕他人贩子。这是纱厂工友教的,不要把真名告诉流氓恶棍。正踌躇着,听见防空警报响起,承宗问:"阿姐,你想好了吗?"周爱玲说:"我的妈呀。"

这次他们逃得利索,厂门没锁,棺材也没盖上,往弄堂里钻进去狂奔了一阵。日机在工厂区作了一次水平轰炸,两人感到地皮震动,身后巨响连连,冲击波掀起屋顶上的瓦片。两人抱着头钻进一个门洞,缩在角落里。等到这一次轰炸过后,出去观望,尘土正从空中落下，围墙与屋檐之上浓烟冲向天际，挨炸的正是他们的来处。周爱玲攥着承宗的衣袖说："我爸爸的厂怕是都没了。"承宗目瞪口呆，说："我师父被日本人炸了两次。"

这一天往苏州河方向走，承宗说起关师傅，是个好人，忠义，厚道，懂江湖经，也不太把钱当回事，老鳏夫干一天活吃一天饭，以前做过私人司机，嘴巴紧，不上刑罚是不会透露东家的秘密的。周爱玲问，你是学徒吗。路承宗说，我不是，两个礼拜就出师了，会开小汽车大货车和机器脚踏车，开得比师父好，但做驾驶员的门道，都是师父教的，这个一天两天学不会，我还在学。周爱玲问，什么门道。路承宗说，各种各样的门道，白天夜里怎么开车，晴天雪天怎么开车，如何对付强盗，如何对付巡捕，开小汽车如何伺候老板，开大汽车如何照应货物。两人边走边聊，承宗忽然叹气说："唉，样样门道都懂，还是被炸死了。"周爱玲说："这有什么办法，懂汽车，估不出轰炸机的门道。"承宗说："你这人讲话，唉。"

承宗问她，在哪里高就。周爱玲说，纱厂。承宗问，做职员吗。周爱玲说，细纱车间的女工。承宗说，你爸爸开印刷厂，大小是个有实业的，你去纱厂做女工，这倒奇怪了。周爱玲说不奇怪，亲娘死得早，晚娘进门了。承宗说，有钱人的家里，总是不好办。周爱玲反问你见过什么有钱人。承宗说，乡下财主总是见过些的。周爱玲说就这么一间小厂，并不是什么有钱人，真有钱也不会让我去做女工了。

她又有点后悔给他讲了家里的事，如今连家都难回，问他家世出身，知道是吴淞江边上的农家子弟，比她更苦些，父母都不在了。问他文化，只不过念过私塾，会写几个大字，会加减乘除的算术。问他年纪，比自己还小几个月，喊她阿姐没错。问他哪里学来的这一套，开口就攀亲，回答说是师父教的——开车的人嘴巴要凶、甜、紧——全是些吃江湖饭的伎俩。

他们走到苏州河边，这里照旧人山人海，到处都能闻到焦煳味和腐臭味，黄包车、脚踏车、手推车挤在路上，只见人带着人，人带着箱子，人带着家具，一切可以带的东西都堆在眼前，另有一些人两手空空，那就是带着自己的命。忽然一声呐喊，桥头铁栅栏放人了，承宗拉着周爱玲往前跑。人们推挤成一团，涌向入口。周爱玲个头矮，看不见前方，只觉得连呼吸都困难，在脑子里数着一二三四。那汽车夫的手忽然松脱了，她一阵惶恐，拼命拽住他的衬衣。进了铁栅栏后，人群一下子散开，巡捕的警棍在眼前晃动，这根棍子打在身上固然疼，但也意味着觅得了一条生路。她仍然没有松手。路承宗说："现在你好放手了。"华人巡捕让他们不要停留，继续往前。两人走出去一段路，到了大马路上，此地人来人往，比以往乱些，但商店还开张，黄包车还在跑着。"上海真奇怪，一边的人在打仗，一边的人在上班。"周爱玲说着，抱住胳膊甩手腕。路承宗讪讪地问："你现在去哪里，不去机器厂了吗？"周爱玲不说话。路承宗说："你都进了租界，当然是去找你爸爸。"周爱玲心想，我总不能说我要跟着你，顺嘴答道："我去找堂姐。"过了一会儿又说："机器厂太远了。"

两人忽然愣在原地。原先说好的事忽然不作数了，就此要分手,中间也没个商量。承宗看了看她,迟疑了片刻,拱手至下颌,说:"阿姐,山不转水转,以后再会。"

他一个人往西走,走了几步又停下,东看西看。周爱玲十分不耐烦,走到他身后问:"你在找什么?"承宗说:"不找什么,不认路而已。"周爱玲将他拖到电车站头上,承宗说:"我要坐到哪里?"周爱玲说:"咦,你是驾驶员,不知道电车坐到哪里?"承宗说:"正因为我是驾驶员,电车一趟都没坐过。"周爱玲说:"那只能是我送你了。"

这天折腾到黄昏,两人来到徐家汇的站头上,身上累,心思也全空了。租界南侧的入口同样人满为患,法国人和安南巡捕正在维持秩序。这里离机器厂还有三十里地,再往前走就尽是乡下的土路。两人买了几个白馒头,坐在街边啃。承宗又问:"阿姐,你是打算回去找家里人吗?"

"我也不知道他们在不在,大约是在的。"周爱玲又懊恼起来,"多问有什么好问,厂都炸光了,见着我爸爸和叔叔,无非是听他们哭诉。我去投奔他们,又关你什么事?"

"要么我再送你过去。"

"送来送去,吃饱了撑的。"她说完站了起来,承宗也跟着她站起。"你呢?"周爱玲发问,"你现在回厂里,还有车子给你开吗?"

"没了,就这一辆货车,还是租来的。"他又要了根烟,划洋火点起。"阿姐,我走了。"这一次他没再做出东张西望的样子,出口就在眼前,他往租界外走去。"你就走回去吗?"周爱玲问。承宗说:"爬也得爬回去啊,人都死光了,我必须回去复命。"周

107

爱玲跟了上去。

"阿姐,你真的要去机器厂吗? 你在租界更安全些。"

"我怕你死掉。"周爱玲说。

她这又是赌气,未曾料到此后几十年会一次次说出这句话,对着这个人。承宗看了她一眼,没再接话。他夸口说不怕死,其实怕,此后几十年他会知道一个人被动地死掉和迎着死往前冲是非常不一样的。两人既决定一起往南走,好像心事也都放下了,周爱玲又与他说起闲话,说在租界也未必安全,不久前中国空军在飞越租界时不知怎的掉下了几颗炸弹,正中大世界,炸死了上千人。想想看吧,上千人的性命一秒钟就全没了,谁管你怕不怕死。"我懂了,"承宗说,"难怪师父说,做人应该怕不死,不应该不怕死。"周爱玲说:"怕不死是什么意思?"承宗说:"就是想死也死不掉的意思。"周爱玲说:"那是什么滋味?"承宗说:"我也不知道,我希望自己不要有这一天。"

走出去一里地,再往前就是农田和砂土路,夕阳照在成片的庄稼上,泛着一层金光,圆月正升起。路上逃难的人仍旧是多,极远处有零星的爆炸声传来,承宗说这是日本人的重炮弹飞越租界打在龙华,又说,夜间走路有一个好处是不会遇到飞机轰炸扫射。事到如今,他说的话,周爱玲全信。气温下降了些,野风从田地那边吹来,两人脚步轻快,东张西望,迎头遇到一支操着本地口音的保安部队,个个衣衫歪斜,别着短枪,一看就不是正规军,临时拼凑起来的。这群人见他俩的样子怪里怪气,走的方向也蹊跷,拦住了要查证件并搜身。两人说,我们是中国人。一个头目说,到处是汉奸,专剪电话线,现在凡是带钳子和刀子的一律得拉去审。头目从承宗裤兜里摸出一张上海交通地图，疑惑地看看他。承宗说，老总，我是个驾驶员，没有地图不知道该把车开去哪里。头目还是不信，继续嘀咕说连他妈司令部的电话线都被剪了，这帮汉奸统统应该杀头。承宗说，老总，不是我干的。头目问他，车呢。周爱玲说，长官，我们是奉命去运机器，汽车被日本飞机炸了，同事殉职，现在要回去复命，团结抗日，血战到底。她挥了挥拳头，像个女学生，最后八个字喊得嘹亮。头目愣了一下，信了她的话，抬手放行。这一次，承宗对周爱玲说："你还蛮会讲话的。"

"我说的都是实话。"

"虽然是实话，我却讲不到这么好听。"

他是暗讽她此前讲话难听，不过她正在得意间，没听出他的弦外之音。"我是读过书的人，该由我出面的事情，你可以交由我处理。"她回答道。

初秋时，周爱玲落脚在机器厂。厂里有一位管后勤的马主任，是承宗的顶头上司，居然与她父亲认识，也曾经在印刷厂见过她，打了个招呼后，替她在工人宿舍找了个房间。这是一排平房，有二三十间，造得像学校教室，原先住着工人技术员，现在空了一大半。宿舍北窗外是一片树林，树林之外有一条大河，夏季蚊子多，她把玻璃擦干净，隔着窗看树林与河。承宗说，这条河通往吴淞江，他就是沿着江来到上海的。

她做过女工，对工厂的规矩不陌生，既然住下，不能吃闲饭，白天到食堂间帮佣，打扫清洁，又操剪刀改了一套旧工作服，大小合身，穿着在厂里行走。这一带安静，既无炮击，也不常见飞机。车间已经停产，一部分人走了，剩下的据说是要跟着机器一起撤到重庆。机器是工人的饭碗，离开了这些机器，工人就什么都不是。有些工人和技术员预先把老婆孩子接到了厂里，过了一阵，这些家眷打着包裹离开，据说是去了后方。

人长了腿可以走，机器却不行。有一天马主任在食堂里抱怨，说战事吃紧，上海界内再也找不到一辆空余的货车，这上百吨的机器该怎么运出去。他们开会，决定用船运。第一批机器装在机船上，沿着吴淞江开到半途，遇上三架日机，飞行员看出端倪，当即实施轰炸，木船倾覆，机器沉江，开船的人炸死了，负责押运的马主任及时跳船，捡回一条命。第二回，他们学聪明了，雇了木船运载，覆盖伪装布，就这样把机器一件一件运了出去。

路承宗属于后勤部门，车已经没了，他这个开车的驾驶员也不得不在船上押运货物，周爱玲好久没见到他的人影。她知道，这些机器运走，意味着战争不会止于秋天，甚或更久。马主任与她聊天，说我们人多，我们可以拼死日本人。马主任又说，可我们的机器金贵，不能留给日本人。马主任说到这里哭了，我们是在用人命换机器。

战争极近，又像是极远。厂里有报纸，她能看到些消息。进入九月以后战况激烈，苏州河北岸已被日军轰成废墟。为了阻止中国军队进攻，盘踞在据点的日军纵火焚烧了杨树浦，她的家也被烧了个干净。

秋后天气渐凉，雨水多了起来。新的命令是夜间禁止点灯，日间慎起炊烟，这都可能引来日机。她时常望着远处的河，灰白色的，两岸是泥滩，一些白鹭在河边觅食，高抬腿轻落步，长久如此，也不知道吃到了什么没有。下雨时她在鞋子外面套一双草鞋，又借了顶草帽，走到厂门口。周围一带树多，没什么风景可看，有一次遇到大队的中国士兵行军路过，一问都是从极远的南方省份来的，他们说，仗越打越厉害了，要在上海把日本拼死。

此时邮路还算通畅，她用铅笔给堂姐写了封信，不久收到回信，传来一个坏消息：她父亲在大世界的那场事故中受了重伤，十天后死去。他不是去玩的，那时的大世界是难民救济站，四五千人聚在门口，炸弹当头落下。堂姐说她继母和弟弟躲过一劫，出事以后，这两人不知道去了哪里，自然是带走了所有的钱。父亲持续昏迷，死在教会医院，战时为防瘟疫流行而取了火葬，骨灰埋进了公墓。她想这倒也合乎天意，他算是和母亲葬在了一起。他是个宽厚无能的人，年景好时有点贪玩，然而也没能玩得尽兴。想到当年他带自己去中央运动场的那副高兴劲头，人潮人海里，他说爱玲啊这就是摩登。他为自己的小女儿指出了一个崭新的、圈画出来的摩登世界，似乎他们可以踏入，可以在这里得到幸福和满足，但最终摩登世界落下的炸弹葬送了他。

到十月里，天气凉了，厂里忽然冷清起来，管事的人不见了，剩几个干粗活的工人和门房。食物短缺，米价涨得厉害，离厂不远的镇上人心惶惶，人们说上海守不住了，日本人已经攻到了闸北，要不是租界像块挡板那样拦在中间，日本人可以一路长驱杀到闵行。日本人的武器太好了,有飞机有大炮有战车有兵舰,这些东西中国没有。

有一天,周爱玲站到窗口,早晨下过点雨,土是湿的,忽然看见路承宗举着铁铲在树林里吭哧吭哧挖坑。她开窗喊了一声,你回来了。承宗抬头,向她招手。她绕了一圈走到树林,问他在做什么。

"给我师父挖坟。"

周爱玲低头看看,坑不大,很深,看上去更像是在种树。他脚边还有个白铁皮盒子,打开一看,全是他师父的零碎旧物,烟嘴、手套、钱夹子、证件、年历片、饭盒和叉子,不知何年何月从哪个女人那里顺来的花头绳。另有几件外套,一起放进了坑里。这是一座衣冠冢。周爱玲拎起一件西装,说:"毛料的,埋了可惜,你师父身量大些,总比小了的好,找个裁缝改一改,很快天就冷了。"承宗说你倒也不忌讳,那我也不忌讳。周爱玲说:"他要是活着也会把好衣服送给你的,爷们兄弟,好说。"

"其实我已经偷了他一副墨镜。"承宗说,"可惜没有手表和黄货,师父是个吃光用光朋友。"

又说起厂里给死者每人两百元抚恤金,叫作埋骨钱。这数字不少了,一般士兵阵亡,只得几十元。可关师傅在上海无亲无故,听说有个老娘在吴里,也不知住哪儿。寄名徒弟当然无权拿师父的棺材钱,只能存在财务账上,等这厂搬走,账也就烂了。留个衣冠冢,也许将来搬回来,还能记得这回事。天知道什么时候搬回来,那得是把日本人打跑了才行。

承宗一边说着,卖力地拿铁铲填土,很快鼓出一个小坟墩。

两人站在坟前商量，说这也实在太小，看不出是坟。承宗又铲了些土，把坟堆高些，捡了半块方砖压在坟上。周爱玲问，碑呢。承宗说墓碑是不可能搞到了，搞到块木条。说完从树后拿出，给她过目，上面用毛笔涂着"关山度之墓"。周爱玲说："你的字写得还算端正，可见读书时用功的。"承宗捧着木条，犹豫着该往哪里插，也就是说这坟到底该朝北，还是朝南，还是朝西？总不能是朝东，那方向是日本，去他奶奶的日本。周爱玲说："我听婶婶说过，面朝江河背靠山，山上松柏水边柳，应该是对着河比较好。"承宗四下看看，这片杂树林既有柏树也有柳树，看上去还不错。他把木条插下去，恰好太阳出来，一缕阳光穿过头顶的枝叶，落在了关师傅的名字上。"你说得果然对，师父看上去也高兴。"承宗点了根香烟插在坟头，人跪下去，磕三个头，再直起腰看见她也跪在了自己身边，嘴里念念有词。他觉得好笑。念完后，她也磕了三个头。承宗问："你刚才念了什么？"

"许了个愿。"她站起身说。

"师父会得不少，但霉运缠身，怕是没法让你如愿。"

"我所求不多，讨个平安而已。"周爱玲说，"你师父不是倒霉死，他是为国捐躯，最起码也是因公殉职。"两人到河边去洗手，拖着铁铲往回走。"我爸爸也死了。"她说。

"怎么死的？"

"炸死在了大世界。没有当场死掉，熬了几天才死的，肯定是受了些苦。那才是真的倒霉死，什么名堂都没有。"

铁铲拖在石子路上发出刺耳的声音，承宗让她不要太难过，说着把铁铲扛在了肩上。两人安静地走了一会儿，承宗又多看了她一眼。周爱玲说:"我知道消息的时候哭了一场,现在倒也不怎么难过了,大约是我心肠硬。"

"如果你想做个衣冠冢,我也可以帮着挖一个。"

"他有坟的,"周爱玲说,"不要犯傻,心里不要背着死人走路。拿你师父的坟来说,哪年发大水,河水漫上来,这个土墩也就没了。一边是万古江河,另一边是身名俱灭,书上就是这么说的。"承宗听了默然,回过头去看看树林。"不要看了,"周爱玲又猜出他的心思,"难道你还能把它垫高些?"

"你越说越有道理,我越听越害怕。"

"倘若我死了,你会埋我吗?"她语气不经意,像是随随便便发问。

"那还不如一起死了的好。"他说。

工厂只剩个空壳子了。最后一批机器装船运了出去,承宗的任务已经完成,技术工人有那么十来个跟着去了后方,剩下的人拿几十元遣散费,或是回乡下,或是进租界。周爱玲问说你怎么不去后方。承宗说,厂里没有车,我又不会操作机器,去后方无事可干,要么从军算了。周爱玲说,难道你想去开军车吗。承宗说哪来什么军车,光听说,没见过,统统都是靠腿走的,就连日本人那么凶,军舰飞机一应俱全,在陆地上他们也是靠马拉骡子扛。他说从军的意思就是去当兵,和日本人拼刺刀。周爱玲摇头说,我看你不大会打仗。

"你知道我们死伤了多少士兵吗?"承宗交叉两根食指,"十万。"

"我们一共有多少士兵？"

"马主任说有一两百万，够我们打一两年。"

这位马主任自打开战后就在用人命做算术题，一尺战壕多少人命，一天时间多少人命，机器运出一吨多少人命。算完都会哀叹一声，人命不值钱。两人走回厂里，迎面正遇着他，提着个箱子，手里拎一把雨伞。看得出他很疲惫，胡子拉碴眼里布满血丝。他将搭着木船离开上海，回到昆山老家，老婆小孩在那边等他。

"你为什么不去后方？"承宗想起昆山也被日本人的飞机轰炸过。

"什么后方？"马主任摇头，"日本人冲过来，后方也会变前方，不如回乡下。"

机器厂很快就要被征用，承宗问用来做什么，马主任也不知道。总之，这里待不久了，要想好下一个落脚的地方，租界比较安全，如果进不了租界就干脆跑远点，不要被军队裹进去。马主任叮嘱道：兵荒马乱的年头，下次再见面不知道什么时候，都是没指望的事情。最后说了一句：父亲没了，师父也没了，看你俩感情很好，早点办喜事吧。

马主任走后，周爱玲微微发怔。这一天厂里已经断粮，必须得去镇上买米。承宗陪着她。她忽然问："你给师父做了衣冠冢，是办完了最后一件事，对吗？"承宗点头。她问接下来怎么打算，承宗说也无办法可想，或者就回到家乡吧，那地方既无汽车也无工厂，不知靠什么活命。

两人进了镇，发现所有的店铺都已打烊，市面冷清，只有些老人守着家门。野狗在街道上躺着,也不怎么避人。周爱玲好说歹说,在一户人家院子里买到个南瓜,除此一无所获。两人抱着南瓜往回走,她说:"我们得算着过日子了。我还有两块煎饼,连同这只南瓜煮了,够吃两天。你身上可有零碎钱?"承宗问零碎钱怎么了。周爱玲说:"我听婶婶说,荒年手上要用零钞。买一个烧饼,若你拿整钞出来,没人会找零钞给你。若你手上只有金条,你今天就得用金条买这只南瓜。"承宗说:"我要是有金条,就把所有烧饼都买下来。"周爱玲说:"你又犯傻。荒年,走到半道上,谁会这么卖烧饼?他手上只有一个,你和你老婆孩子饿得半死,他吃给你看。你买还是不买?"承宗说:"哎呀,荒年还是不要有老婆孩子的好。"周爱玲哼了一声,说:"那你连个南瓜都搞不到手。"

两人回到镇口,听到一阵引擎声,道路那头开过来一辆敞篷卡车,轰然作响,摇头摆尾,在他们眼前停下。那司机伸头问顺昌机器厂怎么走,声音清脆,是个女人。周爱玲好奇,打量她,认出是许先生,穿着一件没有领章的军服,头发剪短,还是从前那副气势撼人的样子。周爱玲连忙打招呼,拍着车门说:"许先生,你果然会开大卡车。"许先生也很高兴。车里还坐着个受伤的军官,胳膊吊着,让周爱玲进了车舱。承宗爬上车后厢,那里还有两个脸色苍白的兵,抱着长枪,表情很不愉快。承宗向来怕兵,小时候见过他们开枪杀人,忽见一个兵张嘴吐出口黄水,原来是晕车。承宗摇头,这位女司机把卡车开得像战车。关师傅曾经说过,女人开车,乘客必晕。这是不对的,思想落后得很,反正关师傅也被炸死了,不好再多责备他。

周爱玲已有数年没见着许先生，因她身份特殊，不敢多问，只知道她结婚了，丈夫是大学教员。许先生说，沪战爆发后她从老家赶到上海，参与租界难民收容工作，好不容易借到一辆车，搞到了燃油，军队的朋友请她帮忙跑一趟，她找不到驾驶员，索性自己驾车出来了。那受伤的军官是税警总团的参谋，姓杜，长得玉面书生样，不大像军人，对许先生态度极为恭敬。杜参谋让门房打开厂门，进去视察一圈，告诉他们：这里现已被征用，临时安置伤兵。两个晕车的兵随即背着枪站到厂门口，杜参谋找了间办公室落脚，让门房交出钥匙。路承宗和周爱玲，连同剩下的几个无家可归的工人，到此就只能离开了。

她回屋子收拾，也没什么东西，篮子里有两块饼，挎着篮子出来，见承宗坐在了卡车驾驶座上。"你开这车吗？"她很惊讶。承宗笑了，原来许先生和他闲谈了几句，知道他会开车，问他是否能跑一趟，把车开到南翔，运一批重伤员。那一带常有炮火，杜参谋说许先生千金之躯，不好上前线。承宗答应了，他也想摸摸这辆卡车。

该车十分有名，叫作亨舍尔，是德国产的柴油车，中国的德械师装备的也是它，可以载货运人，可以拉大炮。许先生这辆用的是汽油，让承宗开了开，很顺手。问他开了多久的车，回答说一年，许先生有点犹豫，半开玩笑说：你好好开，这车要是毁了，相当于你失了阵地，军法从事，要杀头的。承宗笑着说：许先生，万一我死，埋骨钱是二百块，你给周小姐。周爱玲说谁要你这钱。从篮子里拿出两块饼，报纸裹着，塞进他口袋里。

杜参谋与承宗开车走了。许先生对那几个工人说，若无地方可去，先留在这里，安排你们临时工作，车间、宿舍、厕所统统都要打扫干净，这里已经是战时医院。又把周爱玲拉到边上，问她是否愿意做个护工。周爱玲十分高兴，对许先生说："我什么工作都能做，就想跟着你闯荡。"许先生说："这个司机对你很好，你跟着他吧。"有人揶揄她：你男人终于又开上车了。此前她会纠正，他不是我男人。这次她说的是：他出车是去救伤员。她活了二十岁，第一次觉得自豪。

军队送来了吃的用的，也送来了滚滚血肉。

原先的车间打扫干净以后，挂上了白色窗帘，勉强变作一间大病房，搭了一百多张床位。这是一所救护站，只能做简单治疗，伤兵从码头上坐船转运出去。医护人手不够，给周爱玲发了一件白色围兜，胸口有一个红十字标志，分配的任务是值夜班，打扫卫生，干的最多的是换床单。护士长是一位人见人怕的上海女人，立着眉毛问她夜里会打瞌睡吗。周爱玲说，我在纱厂上班，一天站十个钟头，不曾打过瞌睡。

她搬了一张凳子坐在门边，新奇地看着进进出出的人，医生，护士，救护员，军官和士兵，青年志愿者，运输队。头一天还来过一个很大的长官，带着警卫员前后视察，报纸记者也到场了。长官与医护人员一一握手，她站在门边，也握了一下。伤兵们躺满大病房。她听人说，更多的伤员被扔在了战场上。能救下来的，不管最终是死是活，运气都算不错，活的能得到救治，死的也有一口棺材。

她遇到两个广东兵，一个腹部刺穿，另一个左腿胫骨断了。

广东兵讲广东话，医生听不懂，她识听唔识讲地帮着翻译了几句。腿断的广东兵被医生拉去上了夹板，她站在边上看着，广东兵疼得哇哇大叫。医生问她，这人在喊什么。她说这个广东人在骂人，骂日本人，说自己见不着爹娘了。医生说，会喊的就没事，边上那个不喊的，反而危险。腹部刺穿的那个兵躺在病床上，眼睛睁着，像是什么都看不见。

第二天她与那腿断的广东兵闲聊，那人告诉她，同伴是在夜战时被日本人捅穿的，刺刀把肠子搅断了。她问什么是夜战。那人说，阵地上漆黑一片，谁都不敢点火，双方摸黑白刃战。她说那怎么分得清谁是谁。那人说，沿着战壕一言不发往前挪，右手提刀，左手伸出去摸，摸到对面的人，那人也不发声，也伸手过来摸，摸头摸脚，布帽子的是中国兵，钢盔是日本兵，布鞋草鞋是中国兵，皮鞋是日本兵。摸到是敌人就二话不说一刀捅过去，对方的刺刀也会过来，挨着就是挨着了。就这么杀一夜，黑暗中全是呼喝与惨叫，天亮时看到很多搂在一起互相捅死的人。周爱玲听了一哆嗦，到吃饭的时候，想过去拍拍那个腹部刺穿的兵，发现他已经死了。

镇上的棺材铺把棺材抬了过来，薄薄的一口，人装在里面，运到远处埋了。总算没有埋在那片树林里，据说是离医院太近，怕伤兵们看了难过。坟越来越多，这是必然的。

腿断的兵运气不错，坐上担架去码头，转运到后方医院。他临走前对周爱玲说：赶了半个月的路，来上海打仗，这是第一次来上海呢，在郊区打了三天的仗，死了一半兄弟，现在可以离开了。

棺材来不及做了，有些士兵只能用草席裹一裹埋了。病房里迅速弥漫起一股臭味。有半个月时间，周爱玲看着路承宗将那辆亨舍尔卡车开进开出，抬完伤员，他拎着水桶冲洗后车厢，把血水冲干净，然后极为疲惫地坐在汽车踏板上一言不发。周爱玲拍拍他。

"我看见的死人太多了。"承宗说。

"我也是。"周爱玲说。

他把墨镜架在头顶，用水冲洗轮胎，仔细看着轮胎缝，并告诉她，司机有一条行规：轮胎不能见血，见血必换轮胎。是的，别说是人血，就是一只死猫死狗的血，都不可以沾到。轮胎见血，司机凶多吉少。可仗打到这份上，到处是血，哪里能换轮胎？他说："阿姐，没有备用的轮胎了，就连炮弹都全打光了。"

"消毒水也快用完了。"她说。

"其他医院也是，什么都缺。"承宗说，"这仗打不赢了，最好不要打输掉。"

有长达三天时间，他没再出现，周爱玲问不到他的音讯。前方撤下来的伤兵告诉她，日本人源源不断登陆，打了几场恶仗，双方你来我往抢夺阵地，税警总团几乎全打光了，这是中国装备最好的部队。到那几天上，运来的伤兵反而变少了，他们说，因为运不出来了。

这期间许先生来了一次，进院长办公室关起门来说话，出来时特地找到周爱玲。她心惊胆战，以为是送埋骨钱来了。许先生说，前方战况激烈，杜参谋打电话过来说那辆卡车报废了，路承宗还活着，不知道去了哪里。周爱玲问，要军法从事吗？

许先生说，怎么会嘛，你们都不是军人，是主动为国家做贡献，我们还会再见面的。

许先生打算先回吴里，这一次是路过。据说吴里也难守，三百公里外的南京亦恐难保全，她要去的是汉口。临走前给了周爱玲一点钱，想了想，又叮嘱道：找到你男人后，不要待在这里了，能走就先走吧。

周爱玲心想：我要不是为这个男人，我留在这里干什么？

次日中午路承宗出现在医院门口，是靠两条腿走回来的，衣服上的血迹已经干了。哨兵不让他进来，承宗耿头耿脑，说："我是那个开车的驾驶员。"哨兵摇头，不认识他。他在门口喊周爱玲的名字，哨兵说此地禁止喧哗，再闹事就把你当日本人的探子，可以当场处决你。周爱玲跑了出来。

"车子没了，死了很多人，"他说，"你打我一记耳光，让我还魂过来。"

她让他伸出左手，拍了他的掌心，又拍一下，打到十二下的时候，他说好了，脑子清楚了，可以讲事情了。

他的亨舍尔卡车被日机扫射了。杜参谋教过他，遇到日机，实在躲不掉就把车开成蛇行，其实都是些屁话，自以为是的办法——日本飞机一来就是三架，你往哪个方向蛇行？在飞行员眼里，卡车不过是一只蛇行的乌龟。飞机冲着他们过来的时候，车后厢能动弹的人全都跳了下去，承宗也跳了，顺便把坐在副驾的一个救护兵踹了下去。他掉进了一片田里，十月天气，庄稼也没人收割。接着他看见子弹像集束的冰雹一样射下来，摇摇晃晃兀自向前的亨舍尔被打得七零八落，后车厢里一些重伤员的血肉溅起好几米高，车子随即起火，轰的一声炸了，留在车上的手榴弹殉爆，亨舍尔四分五裂。他试图站起来看他的车，边上有个兵对他大喊，趴下，趴下。果然，日机又再兜回来作了一次空对地扫射，中弹的人像熟透的水果一样爆了，血喷溅到半空落了下来。然后这三架飞机像是心满意足，飞到高空绕了个圈子消失了。

车没了，车上的人死了不知道多少，司机还活着。他又想起关师傅说的：当一艘轮船沉没的时候，尽职的船长会殉难，但一个汽车夫不必如此，爱车如命这种话都是开私人轿车的驾驶员骗主子的，车还在的时候你要爱惜它，等它到了要毁掉的那一刻，它的命数已尽，驾驶员最好先保住自己的命。他远远地望了一眼亨舍尔，觉得很可惜，也只能这样了，至于地上的伤员和尸体，他不忍再看，只对那救护兵说了一句：车没了，我走了。

他坐在医院门口，对周爱玲讲完了这场遭遇。她说："总算你死里逃生，以后不用出车了。"

没有汽车的驾驶员，就像脱光了衣服进澡堂，连哨兵都可以不认识他。承宗问："我留在这里吗？"

"是的。"

"留在这里做什么？"

周爱玲想了想，如实回答："他们大概会派你去挖坟。"

"我不想挖坟，我觉得自己每天都在挖坟，挖够了。"承宗说，"我想回家一趟。"

"我和你一起走吧。"周爱玲说。

第五章 枯山水

无需路承宗操心,我的姑奶奶路承玉十七岁就给自己定了终身,嫁给了汪有光,做上了赌场的正房少奶奶。办喜事时承宗不肯到场,他嫌赌棍太多,承玉大怒,寄了封信给他,白纸上很狂暴地画了个大乌龟,那乌龟长了四个轮子,无疑是骂人。

汪有光的父亲不但擅赌,还有点经济头脑,在附近乡里发行了一种汪氏赌筹,随时可以到赌场兑换成现钱,也可以在镇上买大米,等于是开了家票号。他本该挣到大钱,可是日本人来了。沪战一开,人们拿着赌筹来兑换,汪父一时周转不过来,战时容不得他回旋,没几天就把赌场给挤兑关门。本镇的财主,无人肯借钱给汪父,他到上海调头寸,坐着木船遇到一股来历不明的劫匪,借来的钱也没了,人也死了。有人猜测他是被知情者盯上。路承玉没想到,她嫁过去才半年就成了袁塘镇最大的债务人。

我祖母每当回忆起那次相遇就会说:见鬼,小红菱坐在赌场对面的石条凳上,斜着眼睛看我和路承宗进镇,不打招呼,也不问我是谁,开口就借钱。承宗问她要多少,她说一千不多,一百不少。那之前路承宗只说自己父母双亡,有一个刚成年的妹妹,他可没说自己的妹妹是这样的。嫁人果然如此,你不知道他藏着哪一手没露出来。回到家一看,几近家徒四壁,一粒米也没有,老鼠在床底下乱窜,院里的鸡窝全空了。这一整年承宗没回来过,小红菱只管婆家的生意,娘家抛之脑后。天已经黑了,点起一盏油灯,两人数了数身上的钱,还够用。周爱玲说早知道是这样,我该留你在医院挖坟。

第二天一早,承宗到井台上拎水,烧开了,先伺候她洗了个热水澡,把身上的脏衣服都换了,她穿着小红菱的褂子,他穿着师父的西装,两人到镇上去买米买菜。承宗说:"阿姐。"周爱玲说:"你不能再喊我阿姐,显得我比你大,其实我也大不了你几个月。你喊我爱玲吧,医院里都这么喊我。"

战时的米价翻了有十倍,承宗摇头说,去年父亲被撞身亡,所赔的钱和车折算起来能买五十担大米,如今这些钱只能买五担,也就是说人命只剩下过去的十分之一了。接着,听到咚咚的声音,她问是什么动静,他说是本地财主家祠堂敲鼓,随后想起来,这是黄老爷周年忌日,大清早的就做法事。"还是财主家讲规矩,我爸爸周年忌日,我竟然忘了。"

"那时你在做什么呢?"

"我也想不起来了,打仗时候发生的事情,记不住。"

袁塘镇的茶馆还开着,里面茶客济济,乡人担水而来,嘴里嚷着"河水来了"。周爱玲问说,你们这里喝河水吗?承宗解释道,本地泡茶都用河水,井水是不可以的,不好喝。看了看她的表情，他又嗫嚅道："这里没有自来水。"

"你家什么时候能通电？"周爱玲叹了口气说，"连马桶都没有，房子后面的厕所就是挖了个坑，直通前面的池塘，你们怎么能用池塘里的水泡茶？"

"是河水，不是池塘水。"

"池塘也通到河里。"

"爱玲，难道你活了二十多岁就没去过乡下吗？"承宗费解地望着她，"你刚从战地医院出来，那里更干净吗？"

"我不是在挑剔你。"

她拍了拍承宗肩上的米袋，有三十斤大米，够他们吃半个月，但她并不想在这里待半个月。袁塘镇气氛仍然祥和，财主家在祭祀，老百姓在喝茶，茶客们说有时会见到成群结队的飞机从远处天际经过，并不飞临头顶，也没扔下炸弹，久了就习惯了，知道它们炸的是重要的车船码头。周爱玲问他们有没有防空警报，这些人不知所以然。她问火警怎么办，这些人指指前面，回答说祠堂会敲钟。说到这里，黄氏祠堂果然敲起钟来，一声又一声。承宗说，这不是火警，火警会敲得更急一些，这还是在祭祀。

两人经过镇公所，注意到大门紧闭。附近的人告诉他们，已经有好几天了，里面的人都不知道去了哪里。周爱玲这才喊了起来："打仗了，你们知道吗？管事的人全跑了。"镇民们说，知道，打日本人。"日本人很凶！"她继续嚷。这些镇民摇摇头，不知道她为何叫嚷。最后有个乞丐扬了扬手里的棍子："日本人来了就打扁他们的头。"

承宗拖走了她,告诉她不要在街上这样,人们会把她当疯婆子,日本人一时半会儿来不了,我们有几十万军队在前面顶着呢。周爱玲深感忧虑,她想起许先生,在许先生身上有一种睿智的洞察力,话只说半句,半句话里藏着十句话。许先生对她说的是:恐难保全。

黄氏祠堂走出来一群人,还是那些少爷们,据说黄老爷过世后,大少爷就自动称为大老爷,二少爷叫作二老爷,以此类推。已死的黄老爷现在叫太爷,财主家的称呼就是这么烦人。只有那位开着轿车不知所终的小少爷,什么都不是,名字已经从族谱里划掉。二老爷看见承宗,抢步上前揪住他的米袋子,问道:"黄启宣在哪里?"

"我不知道,"承宗说,"我也一年没见着他了。"

"你们一起去了上海,你怎会见不着他?"

"上海天天在死人,你想见谁?"周爱玲上前推开了二老爷。那二老爷平时凶巴巴的,听了她的上海口音居然也缩手。大老爷走了过来,劝开二老爷,看看承宗,又打量了周爱玲一眼。

"穿上洋装,头势亦变了。"大老爷笑了笑,帮承宗把肩上的米袋扶正,"听闻你在上海得势,给达官贵人做汽车夫,鄙乡之民皆称你为蛟龙入海、凤凰登枝。令妹也有出息,做了赌场压寨夫人。人生如此,四时有定,万物有理,山不转水转,以后还请你多关照。"

承宗听不懂他讲什么,只得回答:"我要是遇见小少爷,我一定跟他说,你们在找他。"

"不必。"大老爷语速更慢,"黄启宣早已被逐出家门,形同路人。再会。"

这伙老爷把他俩晾在街边，带着佣人走了。周爱玲十分气愤，说这个黄姓财主讲话半文不文，全是损人的，什么汽车夫，什么压寨夫人。最可气的是他的话都是从牙缝里挤出来的！承宗倒有三分得意，因为黄家的人只敢损他，不敢骂他。汽车是个新东西，司机也确实是个门道，人要是稍微懂些门道，就可以欺负那些不懂门道的人。天上开飞机的更惹不起，会扔炸弹下来。只是他如今没车，未免失色。

"你在上海开的是货车，在工厂里干活。你与达官贵人沾什么边？"周爱玲仍然气愤。

给有钱人开车的司机，就像他们的狗，人们是看不起的。可这司机要是连个有钱的主子都没有，人们更看不起。因此这世上的司机，大部分都想不开，容易与人赌气。承宗解释完这个道理，拍拍她肩膀，背着米回家了。

承宗与爱玲在乡下住了几天，费了点工夫把屋子收拾干净，柴米油盐备了些，却不知道接下来该到哪里谋生。袁塘镇的几户财主们，似乎是得到了消息，将家当装船去了外地。吴淞江上船只往来频繁，一些是拖家带口的难民，一些是伤兵，另一些是机器和物资，仍然在往外运，而且似乎越来越多。承宗站在江边，紧锁眉头数了数，又隔着水面与人谈了几句，知道上海那边汽车已经开不出来了。

军队在调动，大路上经过的部队穿的还是单衣，这些兵九月里从南方出来，十月才到这里，已经是深秋，仗再打下去就是冬天。这几个月来，承宗也懂了些门道，一支部队的战斗力不只是人员和武器，还有他们的衣服、食物和医疗。他见过中国军队啃着硬冷的面饼在郊外待命，只因不敢生火，怕引来日机。这样的部队全凭血性，能支撑多久？

有一天周爱玲在家附近散步，看看乡下的风景，忽然发现一排水泥地堡，里面也没个人，壕沟里积着水。她把承宗拉过去看，他说这些工事前年就在挖，今年居然造好了。他上下看了看，觉得造得不太好，士兵站在积水里朝外面打机枪，用不了几天腿就烂了。他们好像忘记造排水沟了。

"承宗，我们家就在战线东面。"周爱玲指指前方，"机枪可以打到我们家。"

这就是苏嘉防线，被当局称为"东方马奇诺防线"，早在抗战爆发前国民政府就在这一线开工，其战略意图是一旦上海沦陷，即在此摆开第二道防线阻击日军。不过，根据历史记载来看，它并未派上过什么用场。能说什么呢，有的驾驶员从不看反光镜，他也能开一辈子车。

"如果日本人来了，这房子就会被占领，然后被我们的枪炮打烂。"周爱玲说，"他们为什么不造到东边去呢？"

"两边都一样，都会被打烂。"承宗指指家门口那片菱塘，"我想他们探查过地形，这片水塘可以防住日本人的战车。"

他看着自家这两间低矮的房子，战争不会留给他片砖片瓦，继续留在这里大概就是陪葬。他的可怜的爷爷和爸爸，两个不怎么识字的乡下人，一个农民一个苦力，费两辈子工夫攒下的就是这两间房和屋后一小片菜地，并传宗接代，要是他这辈子再加把劲就可以住到镇上去了。现在看来,这点家当全都要败在他手里,可他也没办法把这屋子挪走。他越想越沮丧,要是这屋子是辆汽车,他早就开走它了。周爱玲安慰道:"不要难过,我爸爸的家我爸爸的厂和我爸爸全都炸没了。"

"你讲得对。"承宗说,"是我没志气。"

他的难兄难弟出现了。破产的汪有光带着小红菱悄悄来访。他不太好在镇上出现,会有很多人揪住他兑换赌筹,包括那些没有赌筹的人,连乞丐都指着他骂,让他还债。汪有光很气,说我难道亏了乞丐的钱吗。事实是,人们看见破产的人总是高兴,想刁难一下。

"你没了赌场,我没了车,我们两人能做成什么事?"承宗问。

汪有光给了一条出路,到吴里去,那里有一个叫逢阿大的人物可以投靠。承宗听这名就皱眉头,若是个农民倒也罢了,若是个头面人物则不像个好人。汪有光说,此人在吴里是几家烟馆赌场的实际控股人,和汪家向来有交情,可以帮忙做场面,且需要一个能开车懂开车的司机。因这逢阿大体重两百多斤还有痛风病,平时不太好走路,挪几步都费劲,吴里多桥,黄包车夫也拉不动他。战争期间,很多有钱人把家当都卖了,往汉口、重庆那边逃,更远的逃到了香港,逢阿大现在得了一辆半新不旧的福特轿车,他需要一个信得过的司机。

"妹夫,跟人要跟对路子。上海和吴里,有一些人早已通敌,坐等日本人来。话不明说,到时候见分晓。"

"你明说给我听听,什么意思?"

"日本人迟早会打下上海，吴里守不住。你这个逢阿大，是何等人物？吴里可没有租界护着，在日本人手下，他的烟馆赌场怎么经营，汽车还能开多久？日本兵给他的汽车开进开出吗？"

"一年不见，你果然长了见识，能谈家国大事了。"汪有光说，"倘若日本人来了，除了逢阿大这样的，还有其他人物可以跟吗？"

"你与他有生意往来，是一回事，我做他司机是另一回事。"承宗很不耐烦，"出门遇到乱枪打过来是我先死。我不怕死，但何必为这种人死。"

"想不到做汽车司机也有讲究。"

"上等司机是虎，中等司机是马，下等司机是狗。"承宗说。

"佩服。牛皮是你会吹，我不讲了。"汪有光留了个地址给承宗，说是暂时落脚在那里，随后到隔壁屋子喊出小红菱，她正在和周爱玲说话。承宗起身送他们，又多问了几句，汪父已死，如今你家破产又拿什么出来做本钱。汪有光十分愁苦，说老头子本来是藏着点银元，不想拿出来还债，偏要去上海借纸币，如今人殁钱亡，反倒又欠了上海那边一笔债，地下埋的银元肯定不能赔债主，得带去吴里重开场面。承宗心想，这些做黑门生意的人，都不得了。看看自己妹妹，但求她将来有个好下场，不要被汪有光给卖了。

"我要去外地了，你竟然一个钱也不给我。"小红菱说。

"好说。"承宗送他们出门，摸出口袋里一个银元，放在小红菱手心，"哪天阿哥来投靠你，不要给我吃闭门羹。再会。"

两人走后，承宗在菱塘边站了一会儿，远眺地堡方向，黑漆漆的没有动静。他洗了洗手，转身回家，见周爱玲坐在长凳上，似笑非笑望着他。灯油快燃尽了，他到灶台上又取了一勺，加进灯盏里。她的眼睛顺着他转过去，然后开口问："给了你妹妹几个钱？"

"仅有一个银元，给了她。"

"你这派头不像个卡车司机。"

承宗笑了起来。路承玉一定把她所知道的都说了出来。他坐到周爱玲对面，隔着桌子继续看她。开轿车是个体面活，他开过，但他没告诉她。

"难怪都说你和达官贵人沾边。现在可以告诉我了吧？"

小红菱一直没搞懂，承宗果然娶了个上海女人，又带着她回到了袁塘镇，但却两手空空，无车也无钱。这一年来她受了汪有光的教育，有个很不好的念头是，以她哥哥的卖相说不定能在上海骗到女人钱，可周爱玲显然没钱。小红菱猜想是这个女人耽误了承宗，摸不清底细，多问了几句。周爱玲说自己是纱厂女工，小红菱更是想不通。周爱玲看出她的心思，暗讽道，不是每个人都想嫁个"白相人"，你哥哥是正经人。小红菱说他正经个屁，跟着有钱老板本来可以挣大把的钱，现在却踩空一脚，不知道会滑到哪里去。"

"我给几个老板开过轿车，前后有半年时间。"承宗告诉周爱玲。

他到上海后，很快学会开车，机器厂没有职位给他，关师傅人面广，介绍他去给一家百货公司的老板开私家车。周爱玲插嘴问，这么好的生意，你师父为什么自己不做，便宜了你去做？承宗说哎呀，他犯过事情，讲不太清，大约是跟着流氓老板开车把人扔到黄浦江里去了，想想害怕，又伤天害理，再也不愿去开轿车，宁肯在乡下厂里开个货车，这事不要多问了，是我师父伤阴德，我也不清楚。周爱玲说，岂止伤阴德，你继续讲，我想听。

关师傅教徒弟教得好，再往前追溯，路二祥教儿子也教得体面，百货公司的老板挺喜欢承宗，觉得有模有样，不是个混混。知道他刚出来学生意，对上海地界不熟，也不嫌弃他，让他好好干活，要忠诚可靠，脑袋灵活。忠诚和灵活听上去自相矛盾，却是一个私人司机必备的品格。老板给的报酬不低，一个月三十元，并有一间小屋子住，就在门房隔壁，管一日三餐，日用开销全省，还有新衣服穿。他少年时曾经羡慕的白手套，现在戴在了手上，手套不能脏，口袋里再多放一副，白衬衫必须洗得干干净净，领子上不能有污渍，这都是规矩，偶尔去大场面还要戴个领带，不可以学下等汽车夫满口脏话，匪里匪气。开了半年车，渐渐熟了，也会做人，前后都能照应。除了老板起居，还有他家里大大小小，接送太太和小孩，陪老人出去兜风。学得与管交通的巡捕周旋，会应酬别人家的司机，驱赶车前车后讨饭的穷人，有时还帮老板送送文件，与穿洋装的职员打交道。他有点上等人的样子了，只是天天开车，守着各种规矩，时间久了觉得乏闷。有一天，遇到个电影公司的老板，更喜欢他，说要不然你到我这里来做吧，拍电影很好玩。承宗想见更多的世面，辞了百货公司老板的工，去了电影公司老板那里，加了点工钱，其他待遇不变。事后归纳，百货公司老板是英国人派头，而这电影公司老板，却是法国人派头。

"听说英国人古板，法国人罗曼蒂克。"爱玲说。

"是的，但他们都是中国人。"承宗说，"比英国人更古板，比法国人更乱七八糟。"

电影公司老板人也不错，唯一的缺点是花擦擦。承宗讲到这里摇头，他竟然要我去演电影，我也演了。"说什么？"周爱玲喊了起来，"你演过电影？"

"配角。"他说，"演的是好人，演完以后还要给老板开车。"

"你演的是什么？"

"一个司机。"

"见你的大头鬼。"

拍电影很赚钱，不是承宗赚钱，是老板和演员赚钱，他们是投资人和明星。除了钱，还有社会地位，参加活动，吸引大报小报的记者，电影迷从普通老百姓到富贵人家都有，可以上下通吃。除了社会地位，还有各种各样的男男女女，带来新思想、新生活，引领风潮。有一天晚上，承宗开车去接老板，后座坐着老板和女演员，前排坐着导演。老板有点喝醉，车开到半路，后面动静不对了，承宗在反光镜里看了一眼，吓一跳，导演关照他，不要看，好好开车。承宗说，导演先生，再往前就到老板家了，太太和小孩都在，我们开进去吗。导演说，不要开进去，马路上兜一兜。后座动静越来越大，夜黑路窄，车也开不快。到最后是导演受不了了，对他说，承宗，我们下去吃根香烟吧，你把车停得雅一点。承宗找了个黑漆漆的地方，把车停在树后面，车灯也都关了，和导演下去抽烟，抽了一根又一根。他看看导演，后者面色淡定，前几天承宗看见他在片场和女演员恰斯来着，这些人之间的关系相当出色，也不大好说什么。车子动得厉害，两人等了很久，等那车不动了，导演过去轻叩车窗，问，可以了吧。女演员低声说，好了。两人方始又上车，商量了一下，把睡过去的老板送到了女演员家里。

"轿车里……可以这样吗？"周爱玲问。

"你是问法律？法律怎么规定的不知道。"

"我问的是地方够不够。"

"够的……"

承宗说到这里，只能摆摆手，这活干不了了。总之搞电影搞艺术的男男女女都比较热情，思想新派，他这个汽车司机消受不起，会出车祸，为此拿点小费也挺不好意思。他辞了工，哪里还有这么好的工作让他去干，没办法，只能回去找关师傅。关师傅听了他的遭遇，只说了一句：我开车弄死了人命，你开车搞不好弄出一个小孩，你也不是这块料子，别干了，在我这里开卡车吧。

"你们这对师徒啊。"周爱玲感叹。

小红菱并没有诳她。现在周爱玲明白了，以路承宗的资质去给什么逢阿大开车，完全够格。她小看他了，她的男人见过些世面，不是个只会开货车的低级车夫，想到这里有点开心，也有点担心。承宗说，爱玲你不懂，上海滩做私人司机也不容易，我有个师兄给大老板开车，遇到绑票的，匪徒上来一斧头先把司机的头劈开了，做生意的人尚且如此，开烟馆赌场的流氓结仇更多，通常是徒子徒孙开车，可是徒子徒孙也是流氓，极可能将师父卖了，因此需要我这种家底清白的。当然，去了以后，家底就不清白了。这个道理周爱玲懂，清白不清白的，脑壳不要给斧头劈了吧，承宗！

第二天清晨，又来了两个人，站在门口对承宗笑。他见是大庆和幺贵，先自倒吸一口冷气。两人气色很好，想想他们的职业吧，当铺朝奉和吹鼓手，这种将乱未乱的世道就像是为他们准备的。三个人假意寒暄，眉来目去一阵，大庆打哈哈说，来看看新娘子。周爱玲心知，两个男人特意来看新娘，不大像真话，怕是有什么要紧事——最可能的是借钱。承宗抱歉，说自己来不及办喜事，怠慢了亲戚们，家里也没布置，十分寒酸。大庆显得大度，战时一切从简了，夫妻太太平平就好。说完也不进门，两人还是蹭在门口。

"两位到底有什么事？"承宗微微板起脸。今非昔比，对着家里的长辈板脸，他做得出来。大庆向屋后招手，那里又转出来一个半大孩子，瘦弱矮小，光头眯眼睛。大庆介绍说，这是五福乡白洋镇路氏宗族的堂弟，论辈分是承宗的堂叔。承宗头一昏，心想我们路家哪里就是宗族了？一定是大庆拼凑出来的。勉强喊了声：阿叔。这阿叔给承宗跪了下来，膝盖落在门槛上，光头上两个癞疤看得清楚。

"我和幺贵商量了，开汽车是一门好营生，你在上海一年，越做越出息，越做越像人。我们也替你想过——你应该带个学徒，学徒不要带外面人，要带自己人。"大庆抚摸这堂叔头顶，有意无意盖住了癞疤,"他叫宝生,路宝生,今年十五,他是我们路氏宗族最适合开汽车的人。"

"阿伯,"承宗看了看宝生,"你何以看出他是最适合开汽车的人?"

"大庆问了一圈,只有宝生肯学开车,其他人看见汽车就像看见鬼一样,说这东西不吉利,把二祥撞死了,开不得。"幺贵在一边笑了起来,"他们情愿去拉洋车、摇粪船。"

"不要怕他辈分高。你带他做学徒,你就是师父,他要喊你师父、给你行礼,师父就像他的爸爸。从此以后,你就比我高一个辈分,算你白占我一个便宜。"大庆说。

承宗摆手。"阿叔阿伯,宝生年纪太小了,十五岁做不了驾驶员,做不了做不了,肯定做不了,驾驶证都拿不到。"

"我以为学徒都要从小学起。"大庆失望。

"做驾驶员不是这样,要识字,要会做点算术。十五岁去拉洋车都没人要。阿伯,你是怎么想的?"

"大庆是头柜朝奉,这些事他当然懂。我讲得对吗?"幺贵又笑,摸摸大庆的头顶,"大庆的意思是你把宝生带到上海,先在老板家做个小佣人,端茶送水也好,待到年满十八,参到些门道,身体再长一长,就可以跟你学开车了。"

"阿叔,上海在打仗。"

"我们听闻你要去吴里,吴里也是不错的。"

"阿叔阿伯,我自己的饭碗都没了,带着老婆去吴里要找工作,再拖一个宝生岂不是要讨饭吗?"

"讨饭让宝生替你去讨,他在吴里讨过两年饭。"

"见鬼。"

承宗四面话头全被堵住，十分憋屈，坐回到长凳上发愁。大庆和幺贵，他们高估了司机这份职业，但也不能埋怨他们，他们是乡下人，什么都不懂。爱玲上前，从口袋里摸出一张票子，蹲下塞到宝生手里，也不说话，很同情地看着这孩子。宝生接了钱一看面额，两元，大喊一嗓子："谢谢好心姑奶奶——"磕了个头跳起来拔脚就跑。爱玲信了，这小孩真是讨过饭的。众人望着他欢天喜地的背影，大庆也十分惭愧，说："没调教好。"幺贵长叹，拔出喇叭，又吹了一溜，唱道："志比天高，身为下贱，有驾长车驱逐鞑虏之心，却落得，一条讨饭磕头的命。大庆，走吧！"

大庆拖着不肯走，又说了一句，路氏宗族——如今他是族长，经统计，家族在本乡共有四代，活着的男丁四十二口，当过最大的官是他路大庆，袁家典当行的头柜朝奉，次席就是承宗，私人轿车司机，落脚在上海，再往下数大概是幺贵了，吹鼓手也有成就，他至少参加过有钱人家的婚丧嫁娶，喇叭要是吹歪了，有钱人也会跟着小倒霉。幺贵哈哈大笑，说我们三个干的都是那种看上去很体面，但骨子里被人瞧不起的活。"我们家既不能文、也不能武，祖上没传下分毫产业，就连我手里的喇叭都是自己买的。大庆，打仗了，不要再装神弄鬼了！"

早晨时，第一支溃兵出现在大路上，中午过后黄氏祠堂响起了火警的钟声。

日军从杭州湾登陆，由南侧合围上海，一夜之间，驻守在前线的中国军队有被歼灭之虞,蒋总司令终于下令撤退,就这样,数十万军队扔下一切向西急撤。日军紧咬不放,尾随追击。从阳历八月至十一月,这场大型战役就此结束,上海宣布沦陷。

袁塘镇上能走的人都走了,天气不好,飘着蒙蒙细雨,还没逃的人听到钟声出来看究竟,敲钟的是黄家三老爷。他并不老,三十出头,他的肺痨怕是治不好了,看上去未必能活过四十。他自愿留在袁塘镇看守宅门,而黄氏的其他老爷们已经携家带口离开,时局平静之前他们是不会回来了。

三老爷身边站着个军官,见人们渐渐围拢过来,军官说:奉命在此阻击日军,请大家分头通知,尽早撤离。三老爷手拉钟绳目瞪口呆,对军官说:长官,你们在这里打吗?军官说:是,军令如山。

空荡荡的大路就在那时拥挤起来,最初经过的部队军容整肃,随后再来的就垮了,成千上万的兵看上去都没有建制,沿着道路各走各的,中间裹杂着神色凄凉的老百姓,骡马拖着辎重装备,士兵们奋力推拉,像一群蚂蚁。承宗知道,先撤下来的是离战线最远的部队,越往后越惨,再往后就是日本人。他站在路边看了很久,踏着半湿的泥土走回家,顺路去西边的工事看情况,有个高级军官带着警卫员和参谋在看地形,纷纷摇头。过了一会儿,这些人来到承宗家门口,爱玲开了门,承宗连忙跟上去。军官们说,无意扰民,讨口水喝。他们在屋檐下站着,爱玲递上几碗温水。军官们谢过,对承宗说:你们小夫妻赶紧也跑吧,日本人马上就要来了。说完就离开了。

战时不打诳语。承宗问爱玲，知道该怎么办吧。爱玲说，知道，我们都身经百战了。她收拾了一下桌上的饭食，冷饭和小菜装进他日用的铝饭盒，盖紧盖子。缸里还剩两斤米，她舀出来装进布袋，一并扎了个包裹，让承宗拐在手里。随后从床底下拖出藤箱，这箱子从战地医院带到乡下，里面始终装着衣服和药品。她换了双干净布鞋，又往布鞋外套了双草鞋，从门后面拿了一顶破斗笠背在肩上。"天凉了，你再多穿一件，不要半路上冻病。"她关照道，"我们即刻就走。"

都说女人出门麻烦，爱玲却比承宗更利索。他望着她，现在她是他的妻子了，无论走到哪里他都得带着她。他的责任是搞到一口吃的，她的责任是把这口吃的变成熟的、热的。"我早该带你去吴里的。"承宗有点懊恼，"要是没遇到我，你现在还在租界待着呢。"

"要是没遇到你，我已经死了。"爱玲说。

他最后看了眼屋子，没有什么东西可带了，小时候用过的砚板还在柜子上，料想谁也不会带着砚板逃难。"等下，我忘记东西了。"爱玲从砚板下抽出半刀晒干的草纸，分成两份，一份给承宗，一份自己揣着。承宗说："这东西要紧，到哪里混，屁股都要擦干净。"两人出去，锁好门，承宗摸了摸门扇门框，轻叩几声，屋中似有回响。他仿佛听到父亲母亲说，去吧，去吧。转身拉了爱玲的手，往大路上走，那已经是下午，风吹来了一股腥味，细雨飘着，天一直没亮起来。

就在大路对面，袁塘镇上的人们跨过石桥，陆陆续续出来，他们站在当年姑太停汽车的空地上，看着前方发呆。大路上密密麻麻的人，列队疾行的军人，不成队列的军人，拖家当的难民，没有家当的难民，由东向西排成一条长队，不太容易挤进去。与此同时上百个难民涌进了镇，他们是从上海的南市过来的，已经走了很久，再也走不动了。他们讲述着日军在南市如何屠杀平民，枪击，刀砍，汽油烧。对袁塘镇的人来说，南市等于是本乡本土，他们第一次看到本乡本土有这么多难民出现。一支人数不多的军队在镇口准备工事，几名士官驱赶老百姓靠近，并激烈地争论道：倘若日军尾随而至则无法阻击，会杀死大量的中国军民。

一个严重烧伤的孩子被放在了空地上，他已经叫不出声，他的五官和手指被烧没了。背他的是父亲，这父亲已经筋疲力尽，坐在孩子身边，发出一阵呜咽。人们走过去看。这父亲说，我在等他断气，我只能等他断气。他伸出手，一下又一下地拍打着自己的脸，似乎这个动作可以让他的儿子尽快死去。

镇民们惊恐地望着，战火和饥荒终于降临，跟着军队走是唯一的办法，可这支溃败的大军究竟会在哪里落脚，无人知晓。有一个小脚老太太被儿子背着，她忽然说，不走了，把我放回家，你们自己走吧。

黄家三老爷站在石桥上，给每一个出去的人作揖。"再会，各位。"他说，"我黄老三不走，老天保佑，祝你们好运道。"那小脚老太太趴在儿子背上，对三老爷说："你要像你爹那样是个善人，就找个地方安顿一下这些难民吧。"三老爷说："讲得有道理，我去开祠堂，回家烧粥，今晚上放粥。"

黄氏祠堂的钟声又响了起来，一声一声，承宗站在路上听到了，他忽然生出一种预感，这座大镇也难保全，不知道会有多少人死在这里。一些难民向镇上走去。爱玲问，我们到底去哪里，天都快黑了。承宗指指前方，他说，阿姐，我已经走惯夜路了。

承宗的选择是对的。第二天下午，一支日军先头部队从吴淞江对面斜插过来，出乎意料，他们不是从大路上来的。那时成列的中国军队已经撤离，声称要在镇上摆起工事阻击日军的那些兵也消失得无影无踪。日军渡河后先杀死了道路两边所有走不动的伤兵，其后进镇，在镇口他们遭到了两个伤兵的轻微抵抗，日军随即冲入黄氏祠堂，屠杀了上百难民，并纵火焚毁了祠堂。黄家三老爷拎着一桶粥站在家门口，看着滚滚浓烟冒向天空，穿长靴的日本军官走到他面前，抽出军刀，摆了个漂亮的姿势。三老爷还在看着天，放下手里的木桶，军官喊了一声"哟——"，一刀劈开了他的头颅。

大庆和幺贵也在镇上。人群奔逃，大庆被流弹击中，他倒在了石板路上，他老婆回头看了一眼，拔脚逃走了。幺贵没老婆，他停在大庆的尸体跟前，蹲下身，摸摸大庆的手。手心里空荡荡的，没有任何东西。幺贵本该逃走却没有走，他坐了下来，从腰里拔出喇叭吹了两下。他可能想吹个曲子，为大庆送葬，一个随后赶来的日本兵用刺刀捅穿了幺贵。

承宗说，人活着大部分时间都是走一条已知的路，反反复复走，人很少有机会选路，一旦选定，较好的情况是继续反反复复走，较差的结果是掉进沟里，腿断胳膊折。人所谓的选择，实际上也是听天由命。

他带着爱玲向西走，计划是走一夜，次日早晨可以到吴里城外。他失算了，道路拥堵难行，某些路段上人群完全失去秩序。入夜后天色浓黑，雨停了，附近有人打起手电筒，立即被喝止，打电筒的反喝道：住嘴，是军部的长官。光亮渐渐远去，可见军部的人也在靠腿走着往外逃。对军队来说，那道撤退的命令就是他们的命数。承宗一手拉着爱玲，一手摸着前面人的后背往前挪，忽快忽慢。这种走法非常消耗体力，挪了几里路，人们全都走不动了，分散到道路两边休息。两人摸到一小块空地坐了下来，听见边上有几个兵在商量，这一带无险可守，部队站不住脚，唯有往吴里城退，那里有一条护城河，一座大石桥通往北城门，万一守城部队把桥给炸了，就得摆渡进城，人这么多，怕是来不及。

承宗说右脚起了泡，爱玲帮他脱了鞋袜，触到他起泡的位置。她打开藤箱，从里面摸出个小针线包，在黑暗中凭着手感掂了一根缝衣针。"如果扎痛了，你忍一忍，别叫唤。你叫唤了我手抖。"她往那位置上扎了三个针眼，用手指挤了几下，又说这手法是战地医院里一个护士教的，很管用。边上有个兵说，护士，能帮我治一下吗。爱玲很开心，说你把脚伸过来，我不嫌你脚脏。这么一说，好几个兵都摸黑过来，这一晚上治了右脚五只，左脚八只，一共十三只，也分不清谁是谁的。

天蒙蒙亮时，没睡着的人爬起来先行赶路，其他人也醒了。四下里起了雾，茫茫然不知何所适，唯独那条路是存在的。有个士官说，天气帮忙，赶紧走，雾散以后日机必至。他讲话声音不高，似乎这是个秘密，却被爱玲听到了。她本来想从包裹里拿出饭盒，略为吃两口，这时打消了念头，催促承宗穿上鞋袜快走。他走了几步，脚上果然好多了，心想那些被爱玲治过的士兵也是好命，打仗的时候别说缺胳膊少腿，就脚上有个泡，都比别人更容易死。

这天中午，雾散去了，身后远处传来隆隆的爆炸声，人们加快了步伐。承宗看到前方河汊交汇，极为开阔的水面。运机器的时候，他曾多次坐船经过，认识这地方，吴里城就在前方。

那座石桥还在，中国军队没炸它，日本飞机也没炸它，河对岸城门高耸，城外那一片民房也保存完好，吃食店都开着，还有伤员救助站。他选对了路，一名优秀的司机即使没车，也该走在正确的路上。进城时遇到了些麻烦，守军防备奸细混入，在桥头盘问每一个人，主要是听讲话口音。这耽误了一点时间，桥堍下的人越来越多。两人正打算上前排队，忽然有人拍他肩膀，转脸看到杜参谋带着文职人员站在路边。杜参谋说税警总团前几天就撤下来了，他在这里负责接应，正缺司机呢。问清承宗想在吴里落脚，杜参谋让他留一下。这当口爱玲把藤箱交到承宗手里，她去一条巷子里找厕所。承宗没在意，仍在听杜参谋说，南京方面发动了商用车辆往返接送物资人员，有几个驾驶员病倒了，车子留在吴里开不动。承宗很高兴，心想还没进城就找到份临时工作，他也不陌生，干得了。话聊完了，左等右等，有半小时之久，爱玲没回来。承宗着急起来，杜参谋说我和你一起去找找吧，人生地不熟的，别跑丢了。

那时的厕所不过是用毛竹片搭起的一排简陋棚子，因逃难人多，隔了一道，勉强分了个男女间。四周全是土路，低矮破败的民房，其脏其臭十分不堪。他们在陋巷里找到爱玲，她哭丧着脸，怀抱一个婴儿。"哪里来的小孩？"承宗问，"你上个茅厕就多了个小孩？"爱玲气极，说你还在讲笑话，这小孩真归咱俩了。

凡是人多的地方，女厕所总是排队，逃难也不例外。爱玲从厕所里出来，门口有个排队女人低声说，能帮我抱下小孩吗。爱玲接过婴儿，嫌这地方气味难闻，站到附近一棵树下等着。孩子很可爱，才两三个月大，戴着个虎头小帽子，睡得沉沉的，猜想应该是男孩。她注意到他眉心有颗痣。哎呀，这是颗美人痣，长在你男孩的眉心了。她闻闻小孩，身上有一股奶香味。人们进进出出，挺长一段时间，她抱着孩子，直到树上掉下一片叶子，轻轻拂过孩子的眉心，她觉得不太对劲，又进了女厕所。里面的人当然早就不是先前那一批，也没看见那个女人。

她又在树下等了一会儿，终于焦躁起来，找到一个住在附近的胖大嫂，后者正在河边倒马桶。爱玲请她帮忙抱一下，如果那女人回来就把婴儿还给人家。胖大嫂连连摆手：你想把小孩扔给我，你休想。爱玲这才明白。

"我年纪也不大呀，她凭什么把小孩交给我？"

"你看你是上海人，剪短头发，穿的是工厂的工作服，是个有工作的女人，别人都慌慌张张的，你很笃定，你抱小孩的样子也很熟，没带过小孩也带过弟弟妹妹吧？"胖大嫂帮她分析。

"带过弟弟。"爱玲还是想不通，"她为什么不扔在街边，要交给我？"

"光天化日之下扔小孩肯定扔不掉的，小孩都得偷偷扔。"

"找个好人家送掉啊，我也在逃难呢。"

"打仗呢，谁肯接一个这样的小小孩，扔在街边就饿死了。说不定小孩身上还有什么病。"胖大嫂把马桶晾在墙根，大喊了一声："谁弄丢了小孩！"有几个女人走过来看，问了问情况，都摇头，说这小孩来路不明，其母必定是有苦衷，说不定是个私生子。有个女人打开襁褓，没发现任何字纸，也没留个钱，倒是看清了，的确是个男孩。另一个女人伸手说，要不然你把小孩给我吧。爱玲心里一松，打算把小孩递过去的时候发现这女人浑身酸臭，眼神闪烁，还有个歪戴帽子的男人站在身后。她收回了手。"我信不过你，请你走开。"

她又站回到树下，心想着那女人会不会回来。她记得此人也就二十多岁，穿一件蓝布袄袍，因为赶路显得脏兮兮的，她都没注意看脸。蓝布袄袍的女人，这是她唯一留下的印象，随着时间过去，她越来越记不清这人长相，唯一嵌在脑子里的就是：蓝布袄袍。那发臭的女人和歪戴帽子的男人并未走远，站在土路上对她踅摸，她愈发警惕。等到承宗和杜参谋过来时，这两人悄无声息溜走了。

"军队能收小孩吗？是个男孩。"爱玲问杜参谋。

"没打仗的时候可以，现在不能。"

"我找到了一份工作，开车去南京。"承宗说。

"我和小孩怎么办？"

承宗焦头烂额，看了看她。他所担心的是走到半道少一个人，从没想过会多一个人。他暗叹了一声，必须把这累赘交还给正主，正主可能还堵在桥堍下，现在追过去，在队伍里找到她也说不定。他拖着爱玲往回走,就在这时,那个后来取名叫作路志民的男婴忽然哭了起来,接着,防空警报拉响了。

从一九三七年开始,承宗记日子不再用阴历,因为军队用公历,报路程也不再用里,而是公里。到了办事处,杜参谋送了一块半新的手表给他,从那以后,他计时也以分秒而论。

爱玲看到这块手表点了点头,她又不是没摸过这种东西,不值得惊奇,司机能有块手表实属正常。她倒是懊悔没把亲爸的怀表要走,送给丈夫也是好的。她的注意力全都在孩子身上。

"我没有给他取名字,喊他'一粒痣'。"她指指孩子眉心。

"送到育婴堂去吧。"

"问过了,育婴堂已经被日本人的飞机炸毁了。"

承宗也无法说服她,翻手腕看看时间。爱玲笑了,说你是女人戴法,怕表面刮花了,但男人不能这么小气劲,表面得朝外。

办事处离汪有光的旅馆很近,承宗找过去,汪有光正在搬地方,说是租到了房子,就在逢阿大家一条弄堂里。承宗知道他和这人做上了交易,也不多说什么,拉着汪有光和小红菱回到了办事处。"给找个奶妈。"

"这兵荒马乱的哪里能找到?"汪有光问清了情况,摸着下巴回答,"要找还是能找到的。"承宗摘了手表拍到汪有光手里。汪有光说:"这倒不必,我那儿旧表好几个。你要是有汽车和汽油可以给我。"他看了看小孩,赞道:"眉心一粒痣,逢赌必赢。如果养得活,将来到我场子里做个小学徒。"

承宗把汪有光和小红菱拉到外面。"如果有什么好人家想要,你帮忙送掉更好。"他张望屋里的爱玲,"只要她同意。"

"你这人心思窄。"小红菱数落道,"亲儿子,干儿子,过继儿子,外甥也是半个儿子,男孩多点有什么不好？我家就是男人少,被人欺负。我也怀上了,马上生个儿子给你看看。"

马上生的儿子那叫早产儿,承宗让自己妹妹不要信口开河。吴里城无亲无故,唯有把爱玲托给汪有光照顾,托一个也是托,托两个也是托,没大差别。只叮嘱小红菱:把你嫂子看护好,我这一趟赚的是银洋,到手分你些。小红菱爱钱,满口答应下来,然后翻着眼睛又数落:嫂子又不是在坐月子,该怎么看护呢,万一她自己跑了呢。承宗说我也糊涂了,就这么一会儿工夫觉得是她生了一个。

承宗在吴里待了三天,汪有光做事有条理,把爱玲和小孩接到家,在附近找到喂奶的女人,付了两块大洋。承宗一直睡在办事处,这天傍晚跟着杜参谋去看车,是一辆烧柴油的朋驰卡车,也就是后世所说的奔驰,已经改造为民用客车,刷了蓝色油漆,车前杠新撞瘪了一块,旧得不能再旧。他很担心这车半路抛锚,载着杜参谋在吴里城的大马路上跑了一圈,车况比他想得要好。再后来他发现这车所停的位置不远处是关帝庙,他父亲当年让他拜关二爷为义父时面对的只是一张木版年画。他停下车,走到关帝庙里,庙不大,神台上泥塑的关公端坐看着《春秋》,身后小一号的人物是关平周仓,转弯过去两厢还有诸葛孔明和赵子龙。承宗手里没香烛,单膝跪地,抱拳拱手,求着关圣也就是他的义父保个平安。到第三天下午,杜参谋说,东西已经装车,即刻上路。承宗才明白,这车运的不是人,而是货。

这一天特别平静，看上去没什么事会发生，杜参谋催得急，他没来得及和爱玲告别，写了张纸条差人送到家里，说一天两天就回来。车上有一个班的兵，十来个木箱放在后面。承宗知道是值钱东西，或者就是钱，没多问。在路上，杜参谋拿出地图给他看了看。大军正在陆续穿过吴里城继续向西撤，另一路人马在北边，沿着长江撤，部队会集结在南京城下打一场首都保卫战。他们的目的地是镇江，得赶在日军杀到之前把货装上船，运往重庆。两人熟了，杜参谋问了一句："知道税警总团的负责人是谁吗？"承宗摇头。杜参谋说："是宋子文先生。"承宗当然听说过宋子文，蒋总司令的小舅子，给国家管钱的，好大的官。但他心里想的却是他妈的上了杜参谋的当，吴里要是失守，跑这一趟未必回得来。意识到这件事时，车子已经开出去十公里了。

军队在道路两侧，走得很快，重武器已经没多少了，难民仍然成群结队。路上有一些车辆，看上去都是商用车征调过来的。承宗生恐撞到军民，打亮车灯，一路按响喇叭。杜参谋说："坐你的车还挺舒服的，别的司机不大行，一个刹车我的手臂就痛。"承宗说："我本来就是那种舒服型的司机，不是开战车的，也不是开赛车的。"舒服很不容易。杜参谋说要是不打仗的话可以介绍他去给长官开车。

杜参谋老家在苏北，所学的是财务，过去在海关工作，调任到税警总团担任后勤，战争开始后临时给了个参谋职务，全无作战经验，那手臂也不是日本人打的，是不小心摔断的。杜参谋摇头说，也是头一次看见打仗，血肉横飞的样子，刚开始的时候腿软，硬撑下来的。两人开车闲谈，承宗问，我们的部队全撤出来了吗。杜参谋很凄凉地回答，没有，战时失序，不知道多少人被围在了上海，日军见到剃光头的青壮年，不论是否穿军服都一律杀死，这些人很难活下来。承宗问，你接下来去哪里。杜参谋说，我妻子和你一样姓路，她还在镇江城里，得把她接出来，坐船去重庆。承宗说，我妻子还在吴里。杜参谋说，你跟我去重庆也好，在军队开车，如今没车，但美国会支援我们的。承宗说，我也挂念妻子，早知道应该带上她。杜参谋说，她带一个婴儿怕是不行，这事情寸了。承宗点点头，心想看你们撤退的样子，能保得齐自己就不错了。

直到战后他才知道，这支部队转战去了缅甸，番号新一军，军长孙立人，是赫赫有名的中国远征军。抗战胜利后，他们确实是开着成百上千辆美国卡车经由滇缅公路回到中国的。不过，即使到那时，承宗也认为，自己这种舒服型的司机并不适合去开山地公路，万一没熬到胜利，不幸牺牲在缅甸的莽林里，更不适合。

车到镇江码头已经是白天，承宗开了一夜车，累到头晕眼花，总算车货客三者平安，也没碰到磕到任何行人。这是他第一次到长江边，江水宽阔浩荡，看不见对岸。码头上大船不多，问后得知都被征调去了南京。他们的船还没来，几个人吃了点东西，在车里睡觉，承宗嫌坐着睡不舒服，躺在了车底下。杜参谋好奇，问他睡那里干什么，承宗说："有军车司机教过我，车后梁下面安全，一般扫射和轰炸都伤不到。"杜参谋笑了，说这份战斗经验我以后用得上。这一觉只眯了一个钟头，承宗听到车门砰砰开关的声音，然后是杜参谋喊自己，睁眼看见他倒垂下来的脸,觉得十分不吉利。

"吴里失守了。"

承宗坐起来,一脑袋磕在了车轴上。"他奶奶的,不是失守,是你们根本没守。"他连滚带爬出来,破口大骂,"我回不去了。"

"吴里小城,不值得守。"杜参谋说,"很抱歉。"

"有城墙有河,为什么不能守?"承宗说,"多守三天也是好的。"

"敌军有炮,再厚的城墙一炮也就打穿了,往城里打炮则徒增平民伤亡。就算能守,日军合围吴里,你开着车回去,在路上也是被一枪打死。"

"你太烦人了。我要走回去。"

司机不该对长官说这种话,他这回是急了,想想没办法,坐在车后杠上发呆,杜参谋派了根香烟给他,亲手给他点了火。船已经来了,是一艘木壳机船,那几个兵提着箱子上船,看这分量不是黄金。承宗问这一趟到底运的是什么。杜参谋说别猜了,都是美金英镑和法币,国家的钱,一张都不少得送到重庆去。他从腰包里数出十个银元,交到承宗手里。"这是你的辛苦钱,也可以说是卖命钱,无论如何,是为国家做事。"承宗看着手里的钱说:"我也得一个不少带回家里去,我是为家里做事。"他在收据上签了名字,杜参谋又摸出一个银元。"我再给你一个,请你和我跑一趟镇江城。"

"去干什么?"

"去接我老婆,她有喜了。"杜参谋想了想,又给了承宗一个银元,"我给你两个吧。"

"你昨天说带着小孩赶远路不行。"

"我正是为昨天这句话才多给你一个大洋。"杜参谋说,"你这车夫真是话多。要是知道日本人这么快占了吴里,我当然会主张把你老婆小孩一起接走。我是军人,不是下三滥的土匪。你能不能快点,不要再废话了,船等不了那么久。"

杜参谋指路,承宗将这辆客车开进城,这一趟只有他们两人。镇江早已被日军飞机轰炸过,车过一片瓦砾堆,烧得漆黑的房梁横七竖八,入城的军队根本没停步,也不见有什么防御工事。承宗猜想镇江也弃守了。"我是开车的,别的不懂,要逃就不能还手,要还手就不能逃,这个道理懂。"杜参谋说你不要讲风凉话,战场你也是见过的,不是我们不想打,是真的守不住。车开到街口,一驾马车横着,走得慢慢腾腾,杜参谋不耐烦,想按喇叭,承宗挡开了他的手。"你这么一按,马惊了,车夫找你赔,你更走不掉——天下的车夫,总是难缠。"

车子开开停停,到了杜参谋家巷口,弄堂太窄进不去,杜参谋下车,让承宗守在车上,不要离开,城里兵多,怕有什么不测。他等了一会儿,摇下车窗抽烟,街上的孩子跑过来看汽车,嘴里喊着嘟嘟叭叭,这情景还是和太平年月一样。四周来来去去的人,匆忙逃难的也有,笃定如无事发生的也有,他不知道吴里怎么样了,是平静还是正在燃烧着战火?从上海一直到这里,他其实也说不清哪条路是对的,蒙到哪里是哪里,既要逃生,还得想着谋生。他摸了摸口袋里的十二个现大洋,要是他死了,所获无非如此。这就是打仗,就是乱世。接着他又想,那些杀老百姓的日本人有没有想过自己死于谁手?

杜参谋带着他老婆出来，扶上车，女人腹部隆起，承宗猜想大概六个月的身孕。接着，杜参谋提上两个旧箱子，所谓家当也就这么点了，看得出他家境中等。巷子里又走出一个五十来岁的男人，身材健壮，穿一件干净的粗布棉袄，花白头发向后梳拢，留着一把山羊胡子。他上车以后，车后轮沉了一下。杜参谋介绍，这是他岳父，又说司机也姓路。承宗与这路姓老人在车后视镜里互相打量了一下，一路上听这户人家说长道短，听明白是夫妻两人去后方，家里还有一个女佣人就留守了，也不知道什么时候能回来。这路姓老人在附近镇上做买卖，是个有点威望的乡绅，这次到城里来看女儿，送走他们后，老人还得回镇上。过了一会儿，承宗从后视镜里看到老人凑了上来，面色凝重看着前方，煞有介事，然而前方并没有什么东西。

车开回到码头，杜参谋招呼几个士兵过来提箱子，自己扶着老婆，转身与承宗大眼瞪小眼看了一会儿。片刻后，怀孕的女人掉下了几滴眼泪，与她父亲话别。杜参谋又把承宗拉到一边。

"我现在想知道，这辆车该开到哪里去。"承宗问。

"我告诉你实情吧。"杜参谋说。

车应该由司机开回南京的车行，但司机病倒在吴里，如今吴里失陷，那司机谁又管他吉凶如何。照理该是杜参谋陪着承宗去南京，可他身负重任，老婆和国家的钱，哪样都不能舍下。完整的程序是承宗独自开车去南京，交掉车以后他就可以搭车回吴里了，这显然不可能，只有疯子才向着日本人来的方向走。杜参谋说，为你好，别进南京城，那城里的人都在想办法往外逃呢，也别往回走。

"你在坑我。"承宗说。

"国难当头,谁也不知道会是这样。"杜参谋又掏出一个银元,摇头说,"我也倾家荡产了,烦请你开一趟车,把我这位丈人送回镇上,也就二十公里路。他是有点家业的,那三条街的人有一半都姓路,你要是没地方去,就在他那里住着,总比在镇江安全,局势平稳以后再回吴里。"

"你像变戏法一样地变出钱来,还有什么事情要我做吗?"

"没了,就这点事。车归你了,不过依我之见你最好不要到处乱开,当心被日本人打死。"杜参谋说,"我们的兵也有可能用枪指着你,让你开到不知道什么地方去。"

"这车没油了,开不了二十公里。"

"那就陪他走回去吧。"

"你在坑我。"承宗又说了一句。

"你不要不识好歹,我是指给你一条活路。要么你跟我去重庆,不然就是这样了。再会。"

杜参谋扶着他老婆上了船,木船解开缆绳,收回跳板,随着水手高喊一声开咯,这艘船缓缓离岸,向着江心去了。下午时分,日光照得水面白茫茫一片。杜家夫妻站在木甲板上,向岸上挥手。承宗想了想,是不是要跟着去重庆,最后还是打消了这个念头。他向木船挥了挥手,然后意识到船上的人并不是在与自己告别,他这动作十分多余。转头看看那位路姓老人,只见他双手背在身后,面色苍凉,一把山羊胡子被江风吹得凌乱。

老人说他本名路昭和,因与那该死的倭酋年号相同,不堪其辱，前几年就改名路定国。镇上喊他定国爷，让承宗也这么喊。承宗哼哼了一声，好的，希望这鬼子皇帝不要突发奇想改年号叫承宗，那样的话老子也得改名，很麻烦。定国爷说："少年人，你愁眉不展，为了什么事？"承宗说："车快没油了。"定国爷这一次坐在车副驾，负责指方向。乡村的土路上全是车辙印子，汽车摇晃得厉害，到一座窄窄的小木桥附近，这车开不动了。承宗说："油箱也空了，桥也过不去了。"他看看手表，是下午四点多，定国爷说再走两个钟头可以到镇上。

车就这样扔在了桥下，毫无办法。两天后，定国爷想起这辆车，让镇上的年轻人去看看，固然大车抬不动，好歹把车轱辘卸下来，大伙又跑了一趟但发现这车已经无影无踪，连块车玻璃都没留下，如此这般，它很奇怪地消失了。承宗一辈子就弄丢过这么一辆车。

剩余的路程又是靠腿走，初冬季节这一带草木都枯了，野树上暴露着巨大的鸟窝，乡野间的庄稼都已收割，还剩下的是麦子，远近农舍冒起炊烟。定国爷步履矫健，还在说话，问承宗家世。承宗说，父母都没了，至于你问的祖上，逃难到了江南的，没祖上。定国爷说："我祖辈都在这里。"过了一会儿又说："大好河山，日本鬼子来了。"承宗看看四周，灰扑扑的田地，有一段路窄得只能走独轮车，哪里是什么大好河山。天快黑时，绕过一座小山，山上全是杂木林，有背柴的樵夫对他们招手。承宗强迫自己记下每一处拐弯和每一个标志物，日后要是孤身离开，能找得到大路。这也是司机的硬功夫——路走一次就永远记得。终于到镇上，他松了口气，曲里拐弯的地方，日本人都未必会来。

这镇叫林泉，规模不大，几条街而已，小吃摊、铁匠铺、药铺、棺材铺都有，入夜时分还是很热闹。到了定国爷家门口，窄窄的两扇木门，房子造得远不如袁塘镇的财主家气派，也无匾额楹联，闻到一股香油味，知道他家是做这个买卖的。一个半大姑娘提着灯笼来接，两人穿过黑漆漆的长廊向里走，这宅子也很大，外间是作坊，里面住人。承宗不敢看低他们，乡下财主往往如此，门面小，里子深，金银财宝都埋在地洞里。

定国爷一儿一女，女儿已出嫁，儿子在外读大学，战时去了江西。家里两三个女眷正在吃饭，见他进来，放下筷子站了起来。承宗知道这户人家尊卑分明。坐下吃饭时，定国爷只说了一句这是女婿的朋友，也不介绍别的。女眷们端着饭碗下桌，八仙桌上只剩他们两个男的。

"你心思不定，多吃点肉。"定国爷说，"吃肉可以展眉。"

承宗举起筷子看看，桌上就只有一个白菜肉丝，其他全是素的，豆腐里有几片虾皮大约可以算荤菜，财主家吃得也检点。

"定国爷，我要在你这里住上一阵，不能白吃饭，今天过后，你派个活儿给我做做。我也不是只会开车，以前在酱菜店做学徒，前账台后厨房都会一点。"

"少年人，先吃饭，你是客人，哪有一到家就派你做工的道理？"定国爷说，"我要派你用场，也是大用场。"

承宗心想，他奶奶的，你和你女婿都有点爱讲大话，明天恐怕派我去拉磨，我也认命了。他闷头吃饭，定国爷又让他讲江南的战事，日本鬼子到底什么样的。

"我没见过日本兵，只见过日本飞机。"承宗放下筷子说，

"开战前，都觉得能把日本人赶跑，实际上打不过，血肉之躯是没有办法和飞机大炮硬打的。我听军人们说，这一次，我们拼上了所有家底，日本人也拼上了所有家底，彼此拼家底，谁也不会手软。日本人凶残，奸淫烧杀，像畜生一样。他们要是到了这里，你就赶紧带了家眷往山上逃，切切不可落在他们手里。财物金银，总不如命要紧。"

"我女婿也是这么说的。"定国爷说，"我明天就派路家子弟到各处路口、渡口放哨。"

"这办法好，找镇长、保长商量一下。"

"他们已经逃走了。"

这天晚饭后又讲了一会儿，承宗眼皮打架，实在讲不动了。定国爷让女眷收拾间屋子出来给他住，他上床后睡得却不踏实，迷迷糊糊梦见了爱玲，像电影，黑白色的，对着他微笑。他立刻醒了，坐起身觉得十分伤感，不知道什么时候能再见到她，有生之年还是下辈子。

他又睡了下去，后半夜被一阵动静吵醒，听到有人敲门进来喊定国爷，门廊里急匆匆的脚步声。承宗坐在床上，想想不放心，到天井里打了一桶井水洗干净脸，外面声音更嘈杂，似有很多人在说话。他猜想不是日本人，否则应该打枪了。他从天井里出去，门口灯笼照得亮堂，定国爷带着几个端着枪的中国兵往里走，再后面是镇上的青壮子弟，有十来个，这些人还在吵吵嚷嚷。定国爷让人把住门，到了厅里，叫女眷做饭，子弟们分立两厢，他自己坐到八仙桌边。承宗数了一下，一共五个兵，十分不善，兵头坐到定国爷对面，单腿架在长凳上，摆了个水月观音的样子，剩下四个仍端枪站着，明晃晃的刺刀对着众人。

这五个是过路兵，从南边找了条船渡河过来，深夜到镇上，店铺都打烊了，他们乒乒乓乓敲小饭馆的门。店家开门，五个人不报来处，不报番号，端着枪进去，揭锅子开抽屉找吃的。这一带的百姓没怎么见过乱兵的德性，毕竟是首都附近的城镇，店主大骂，一个兵往他大腿上扎了一刺刀，流了一巴掌的血。伙计连滚带爬出来，把几条街上的人全都喊了起来。定国爷赶过去时，几个兵正端着枪与镇民对峙，要镇长出来说话。溃兵难缠，军纪对他们已经没有约束力，定国爷吃不准他们的人数，眼前是五个，也许后面还有五十个。如今他是这镇上少数几个可以做主的人，息事宁人起见，先安抚伤者，然后让这几个兵进家门说话。

"你们饿了，要吃东西，我这里有。"定国爷说，"不好用刺刀乱捅中国人。"

"我们没捅他，是他自己撞到了刀尖上。"兵头饿极了，没把定国爷放在眼里，招手让他们快点给吃的，冷饭冷菜也行。

"你们是抗日归来，我总要弄一口热的给你们吃。"

"不要说风凉话，老头。死了很多人，我们打输了，逃回来的。"兵头说，"日本人就在后面。"

"我的女婿也是部队军官。"

"也不要和我说这个，已经没有军官了。"兵头说，"你们这里也没有镇长了，全逃了，不然我们也不会闯民宅要吃的。"

承宗在一边看着，心想，这几个兵恐怕是从土匪招安过来的，吃相太难看，讲话也不在路子上。饭菜端上后，五个人趴在桌上埋头大吃，也不顾周围人看着。定国爷摆摆手，让这些青壮子弟不要乱动。一个兵忽然拍桌子说要喝酒，定国爷让女眷端上黄酒，有两个兵喝了起来，兵头却不喝，填饱肚子以后直直地看着定国爷。

"这几个人一喝酒我是管不住的，你既然酒菜端上，我就替他们再要点盘缠路费吧。"

兵头的眼睛里闪过一丝狡狯的光。承宗看出来，这人在估算，定国爷手上到底有没有钱，是软磨硬泡讹点钱，还是干脆开枪杀人、打家劫舍，五个人五杆步枪在这间屋子里可打不赢，今日过后是不是还会再摸进来一次。总而言之，麻烦进家门了。

定国爷没慌，声音洪亮，转头对屋子里的人说："逃兵没有路费了，把你们身上的钱，能有的整的零的都放上来。"那十来个小伙子听命，纷纷掏口袋，一会儿工夫八仙桌上放了不少零钞和角子。兵头看着这堆钱发呆。

"我们不是逃兵，我们是队伍打散了。"

"我们要现大洋。"喝酒的兵喊道。

"你拿了钱，捅了人，你走得出这个镇吗？"

"我们五个人五条枪，哪里走不出去？"喝酒的兵继续喝着。

话说到这里，外面又是一阵啰唣，一人进来报：大刀会的神武爷带着一百多个人来了，听说定国爷活捉了五个日本兵，神武爷要活扒这些兵的皮，做稻草人。定国爷说，让神武在外面等着。那几个兵听傻了，问神武爷是谁，大刀会又是什么组织。定国爷说："附近庄上有一支结团自保的大刀会，平常练的是刀枪不入之术，会长叫神武爷，是我的远房亲戚。"兵头说："我们是中国兵,不是日本兵!"定国爷说:"我先前就让你不要拿刺刀捅中国人嘛,这大刀会都是些不识字的乡民,他们分不清。"兵头说:"大伯,你说笑了,我们讲中国话。"定国爷说:"逃兵进镇,伤人讹钱,难道就不扒皮了吗?"兵头说:"我都说了不是逃兵。"定国爷不说话了,看着他。这兵头明白过来,拍打同伴的头皮,撂了枪跪下。

"有眼不识贵宝地,我们来错地方了,也不是故意要伤人,实在是饿极了。求你老人家保我们一条活路。"

"你们接下来去哪里呢?"定国爷问。

"我们还得往前赶路,能找到部队最好,找不到,也回不了家了,随处活命吧。"

"你们是哪里人,哪支部队的?"

"说出来都是丢家乡和军人的脸,不堪再说。"

定国爷起身送他们出去,兵头还是慌张,问有没有后门可走。定国爷说,这神武爷和他的刀枪不入的队员们脑子都不太转弯,你溜走的话,我真得交五个日本兵给大刀会,我可交不出。几个人没办法,硬着头皮出门。到外面一看,灯笼火把通明,街上站了无数人,都穿得奇形怪状,脑门贴黄纸,黄纸上写着不知什么符,脸上涂着红的绿的,手里的兵器有大刀有铁耙。当先一个矮壮老人,腰里别一把金鞘牛耳刀,身后的披发少年举着像招魂幡一样的旗子。承宗也吓了一跳,心想这是回到清朝了。那几个兵也发怵,抱着枪贴在定国爷身边,又费了一番口舌,才往北边的大路上去。定国爷让其余人留下,唯独拉了承宗的手,送这几个兵到路上,给了他们一个照路的灯笼,又从口袋里摸出五个银元，放到兵头手里。

"大伯，我们来的那条路，日本人就在后面赶着，三五天会到你镇上。该怎么办你自己知道。"

"我们抗日。"

"你们的大刀会挡不住一阵机枪扫射，别去送死。"兵头最后说，"再会。"

定国爷带着承宗往回走，承宗说，你慈悲心肠，还给这些兵痞钱。定国爷说，历朝历代，战乱之后的溃兵都棘手，这些人回不去了，如果不被杀死，将来多半是落草，做土匪为害乡里。这富庶安宁的江南一带，随着日本人的到来，也将变成鱼龙混杂之地。

林泉镇有一处温泉，地底下冒上来的水是热的。定国爷出钱在那泉眼上盖了间浴室，也不收费，十里八乡的人都能来洗。因是乡下，不讲究风化，男女池子只拿布帘隔了一道。承宗说，我在上海向来听说日本人男女混浴，没想到中国也有。定国爷说，日本人那些风俗，都是中国传过去的，偏偏就没学孔孟之道，因此那份好杀之心去不掉。承宗说，我也不大懂孔孟之道。定国爷说，仁啊，恕啊，亲君子远小人啊，要宽容别人，不能势利而残暴，孔夫子最讨厌的就是势利而残暴的人，不能手上有了枪就去杀那些没有枪的人，不能开着车就去吓唬那些走路的人。承宗听他连篇累牍，大道理小道理一起上阵，便拿了块搓澡布给他擦背。铁骨铮铮又当如何，热水泡过，后背搓过，老头渐渐昏睡过去。

林泉镇最好吃的东西是当地的卤鸭子，比南京板鸭口味淡些。出了澡堂，定国爷带承宗到饭馆里切了半只鸭，吃得满嘴流油。本镇并没有其他好玩好吃的地方了。承宗说，能有温泉和卤鸭就够了，人生在世还能求什么。两人从镇东走到镇西，日光照着，冷风由北吹来，山上的树木与枯草皆尽萧瑟。定国爷又带承宗进了棺材铺，指一口黑色的大棺材，不知道什么木头打的。"这是我的棺材，刚订好。"他伸手去摸了一把，"很沉。"承宗默然不语，又跟着他逛出去，到一间大房子前，那儿有一块匾，写着"路氏宗祠"。承宗心想，这不就是大庆想要的吗？定国爷领他进门，里面点着香，看门的老人在扫地，神台上有不少牌位，墙上挂几张清朝人的画像。定国爷站着看了一会儿。

"这里供的都是祖先之中有志气有成就的人，当过官的，中过举的，行过慈善的。民国以来，路家式微，尽是些做小生意的，子弟甚或连字都不识的也有，竟无一人能进宗祠。"定国爷看看承宗，"你也姓路，我们是同宗。你家呢？"

"我家都是些讨生活的人。"承宗说，"因为没出过有志气的人，就没有祠堂，没有祠堂，祖宗就更不会保佑这些没志气的人。"

"你倒也不用这么想不开。"定国爷说。

傍晚时有几个过路的难民到达镇上，哭着说日本人所过之处尸横遍野，村镇皆尽焚毁。定国爷让子弟通知镇上的人，收拾细软，带上吃的准备进山，又拉着承宗来到祠堂，那里聚着更多的人，铜锣大敲，披发少年挂着旗幡站在门口，这是个哑巴，他只听神武爷的号令。那位矮壮的神武爷在供桌上摊开手绘地图，画在一块棉布上，大概标明了附近的山川村镇。林泉镇北边是长江，西侧靠着连绵丘陵，南边二里地外有一条河，日本人多半是渡河北进。神武爷说，这一回，要杀得倭寇片甲不留。说完就在祠堂里画脸，画出鬼神妖魔状，各人磨刀霍霍，是真格的大刀片子，又往刀环上绑了青苍赤白黄五色布条。定国爷忧心忡忡看着，指着地图对神武爷说，河边一带有树林，可以在树林里伏击日军。神武爷说，不用，你管我们吃饱饭就行，饿着肚子躲不开子弹。"神武，"定国爷拍拍他肩膀，"我给你们吃饱。"神武爷低声问要是他真的死了，牌位可以进祠堂吗。定国爷说："那是一定的。"神武爷哈哈大笑，说他不会死的，子弹打不中，刀枪也伤不了。说完脱了上衣，让子弟举刀往肚子上用力砍三下，果然只砍出些白印。

祠堂的铜炉里烧着香，每一束都有胳膊那么粗，冒出呛人的烟雾。神武爷念咒作乩，左手执香指天，右手执金刀指地，唱着谁也听不懂的仙歌。承宗流出一串眼泪，出去擦眼睛，定国爷也出来了，告诉他：不要难过。承宗心想我是被呛的。

"定国爷，你相信刀枪不入吗？"他问道。

"队伍里若有一人不信，这刀枪不入之术就统统失灵了。"定国爷意味深长地看着他，"你得信。"

次日清晨，烟还没散去，冬季的雾气从平地生起，镇上的鸡都不叫了，据说是能宰的都宰了。众人在祠堂里打地铺睡着，有一名子弟狂奔来报，日本人划着一条小船过河了。定国爷问人数多少，子弟说不过十来个。神武爷从木桶里舀了一口稀饭喝下去，扔了木勺，拎起磨亮的大刀，招呼披发少年跟上。旗幡在哪里，大刀会就在哪里，众人一哄而上。承宗横里看去，发现有好几个人往山上溜了。他心想定国爷说得也对，不信者不战，逃就逃吧。

这是他第一次看见日本兵，他们背着三八式步枪在大路上走，显得松懈而无聊。也许从南往北五百里，他们就没遇到过什么抵抗吧。两支队伍在大路上相遇，近到只有十来步，日本人停下步伐，惊讶地看着眼前的大刀会。神武爷照旧脱去上衣，让子弟往肚子上砍了三刀，然后一声大喊，举手里的大刀片子扑了上去。日本兵拔腿就跑，众人敲着锣追，神武爷飞出金刀，直取一名日本兵的后心，铛的一声脆响，很可惜，扎在他背着的钢盔上了。一直追到河岸边，眼瞅着那几个鬼子上了船往对岸逃。神武爷看看身边，只剩那披发少年举着旗幡，其他人还在后面，气喘吁吁，跑成了七零八落一条长队。神武爷说他妈的光是顾着练刀法，忘记练腿脚了，便宜了这几个鬼子兵。

这天中午，雾散去了，众人笑嘻嘻回到祠堂又开吃。尽管没杀掉一个鬼子，也值得庆功。定国爷很高兴，对神武爷说："有此胜仗，将来你死在病床上，你也能进宗祠。"忽然又有人来报，一大队鬼子兵渡河了，人数挺多的，直奔林泉镇而来。神武爷喝了点酒，拎着刀又走了，这一回所有人都跟了上去。承宗正啃着馒头，哽在喉咙口吞不下去了，看定国爷也起身，伸手拽了他一把。

"我懂，我懂，"定国爷说，"承宗，你不要跟着我，这里带点吃的，现在就进山去。"

"定国爷……"他哽着满喉的面食摆手，意思是这回不能再去。

"你好好的。再会。"

人都走光了,太阳升到头顶,手表指着中午十二点二十分。承宗独自一人坐在门槛上,回头看看那个不是他祖宗的路氏宗祠,一束又一束的香已经烧成灰烬。他听到远处传来一声枪响,觉得自己的心像是被撕开了一下,短暂的静默之后,步枪和机枪的声音一起响了起来。

第六章 父与子

八月的中午，公路被烈日烤得融化，散发出柏油的气味，那种称之为香又称之为臭的化工味，你会看到远处没有树木遮蔽的路面反射着镜面的光芒，时而闪耀，时而消失不见。干燥而炙热的空气使景物略为弯曲，那些固定在地平线上的山也会微微抖动。在这样的时刻，人往往是没有力气思考的，他们像吃草的牛一样回忆些或近或远的事，因为过于明亮和炎热而活在一场白日梦里。

长途汽车司机自报姓华，在这条路上人们喊他小华司机，他用一块湿毛巾兜着头，戴一副电焊墨镜，年纪二十五六岁。我祖父不认识他，他倒是认出了路承宗，汽车公司最著名的司机，一个儿子是全公司最扯淡的卖票员，另一个儿子的老婆是剽悍难缠的女长途车司机，听说他抽烟抽出肺癌，快死了。"很高个子的男人，五十多岁——没见过哇。"小华司机说，"你不用去问卖票员，她上这车才一个礼拜。我再回忆回忆。"老路点点头，发给小华司机一根烟，他不知道别人知道他得了肺癌的事。小华司机说:"啊,你还抽烟啊,好的好的。"现在老路知道,这些人都知道了。

他回到座位上,长途车上的乘客不多,前排两个座位还空着,汽车一直向南,太阳照得那两个座位发烫。车很旧了,各处金属拉杆上油漆剥落,人造革坐垫没几个是完好的。他看看卖票员,一个昏昏沉沉打瞌睡的年轻女子,只有她的车窗上有一道蓝色布帘。夏季跑长途客运是艰苦而无聊的工作,到这条线来卖票堪称发配,所幸那位小华司机开得相当不错。在老路身边,我的爸爸路志民睡得更加昏沉,原先一只手架在车窗框上,现在随着汽车颠簸差不多要掉到车外去了。等会儿进山,一根伸出的树杈或是一块山石可以把这条胳膊给削了,老路把志民的手拉回车里。志民醒了,问是不是快到白洋了,老路说还有半个钟头呢。

这条线他跑过好几年,十分熟悉。这里有过一条贯通南北的铁路,是中国人自己造的,一九四四年日本人拆毁了它,几十年没有恢复。到一九八〇年,人们全不记得铁路曾经存在,只知道柏油公路,路况欠佳,农民进城得折腾大半天,长途汽车还动不动就抛锚。这一带的农村,该怎么说呢,人们种稻子,吃得比远方山区的农民好一点,女人也有足够的裤子穿,但多年来他们手上没有什么现钱。他知道一个新政策叫"联产承包制"。

他的身体情况还能支撑着再走一次南线。春天时他坐火车去了上海,在大医院确诊了肺癌,情况和吴里的医生判断一致,大医院有一种放射疗法,不过对他也没太大用处了,除了让他更难受以外。他所关心的是两件事,第一还能活多久,第二是怎么死的。医生的答复比吴里这边稍微乐观些，能活一年以上，至于怎么死，要么是器官衰竭，心脏停跳，要么是肺部感染以后死掉。他说他见过肺部感染死掉的，喘不上来，然后慢慢地憋死，那过程就像有人一会儿叉着脖子一会儿又松开，告诉你，日本宪兵就是这么动刑罚的，很痛苦。医生同情地看着他，没说什么。他又去问我祖母，怎么才能不痛苦地死掉，她说到时候会有办法的，现在别问。

他还去过一次林泉镇。某天做梦，那些死于枪下的路氏家族的人又唱着仙歌在他眼前跑来跑去，几十年来他未曾梦到过这些人，现在像是相见了，他觉得必须趁身体还行跑一趟。由路志民和路国权两人陪着，坐火车到镇江，曲里拐弯再来到林泉镇。那温泉还在，而且隔开了男女间。志民从小爱泡澡堂，很高兴地跳下去洗了把澡。老路说当年日本人也在这里洗过，要不是有这个温泉，鬼子兵会在镇上杀更多的人。林泉镇上的人都不认识路承宗，年轻人不知道有什么定国爷和神武爷，个别老人能回忆起来，也讲不太清那是怎么回事。不能怪人们忘性大，事情过去得太久了，他自己都活得比定国爷更老。他在镇上走了一圈，变化不大，南边镇口有两根方形石柱，阴沉沉矗立在街口，这是过去石牌坊的遗迹。他想起日本人就是在石柱上把举旗幡的哑巴少年绑住，浇了油点火烧死。所有死掉的人，都是由他亲眼看着落葬的，定国爷确乎躺进了他的黑色大棺，边上葬着神武爷，但他们的牌位都没能进宗祠，那地方被日本人毁了，后来也没再恢复。

人活着的时候不要问自己是怎么死的，这是规矩。他现在

167

要做的却是一件相反的事,在他还活着的时候,追问另一个人是怎么出生的,那个人就是路国权。

就在他出发前,家里得到了一个好消息,路国权考上了吴里电视大学英语专业,那是大专院校,上半年新造了校舍。想想吧,英语专业,不太会讲话的路国权将成为一个讲英语的人。老路精神大好,让路志民去商店买了一串鞭炮,正午十二点挂在天井的香樟树上,炸得纸屑与枝叶横飞。闻声而来的邻居们不免多说一句,你们家祖宗保佑。讲完这话互相捅了一下,到底是谁家祖宗?

不用再向这些小市民解释了。你要是追问他们自家祖宗是谁,他们全都回答不上来,除了第一中学的斯校长,他能报出自己家唐朝的祖宗,中间还有明朝和清朝的,非常不容易,要知道《百家姓》里都没有斯这个姓。总之,除了斯校长,这座城里没有人能讲清自己的祖宗,他们每一个人都认为自己代代亲生,赵钱孙李张王刘,中间没出过任何差错。

春天时有一个半疯不疯的老妇人来到了废太子基,她抓住了路国权,说他就是自己的儿子,多年以前她的丈夫将小孩抛弃在了一辆返回吴里的长途汽车上。她前言不搭后语,话讲得可信可不信,路国权吓得半死,由五姐护着逃回了房间,坐在床沿上他甚至还哭了,因为他害怕自己的亲生母亲是个半疯,一个大家看着瞠目结舌的人物。多年来他已经习惯了自己的母亲冷峻、高傲、可靠。正是周爱玲来到疯女人身边,拽走了不断拍脑门的老路,没用十句话就问明白了,这老妇人的儿子要是活着今年应该四十多岁了,和路志民同龄。这时路志民恰好拎着一袋蜜枣进来，老妇人又指向了他。路志民陷入了近似的迷惘，一度双手发抖，他想知道，那个存在于吴里北门外的、穿蓝布袄袍的女人难道真的就是眼前这个情绪亢奋的老人？又是我祖母点醒了他。"她不可能在一九三七年把手里小孩交给我，然后她丈夫又在一九六〇年把另一个小孩扔给路承宗。不可能，绝对不可能，那样的话你和国权是亲兄弟。"我爸爸从迷思中醒来，手不抖了。最后的结果是我祖母把那袋蜜枣分了一半给老妇人，她就这么走了。她说自己一九三七年穿的是列宁装。

我爸爸三十六岁上才有了我，他因性格问题结婚偏晚，所谓性格问题是他脾气太臭，在人民商场柜台上，人们总能看到这个双手抄在裤兜里的营业员，梳着分头，眉心一颗痣，已届中年但还是像大小伙子一样一会儿抖左腿一会儿抖右腿，由于心不在焉而算错钱，卖任何货都和人吵架，后来他被调去卖自行车。卖自行车是不需要算钱的，因为自行车是大件，不是一堆零零碎碎的小商品，但他还是乐于与人急眼。倨傲又贪玩，形同小开，怪里怪气，部分原因是他出生于三十年代，在成长期没有经受过良好的无产阶级道德教育，他六岁就在姑妈的赌场里学会了赌钱（赌钱时他能算清牌和钱），十三岁在舞厅里看会了跳舞——看着一群舞女们，然后他就一脚踏进了新时代，在商业职校学做一个诚实、勤劳、为人民服务的职员。他的坏脾气另一部分可能来自遗传，这一点他自己也承认，但他能说的只是：我爸妈可能、可能、可能是脾气很坏的人。是啊，不然他们也不会扔掉你啊。

长途汽车停在了南平镇的站头上，车站那栋房子很别致，是用红砖砌成，乍看像一间狭长的仓库，但窗户特别大，正门是拱形的。由于年久失修，窗玻璃碎了好多，似乎也没钱修缮，随便糊了张塑料纸遮挡一下。这里从前是火车站，铁路拆毁以后，沿线就这一栋车站楼保存了下来。这是一个三岔口，笔直向南将会进入浙江省，而他们调头向西，那边是弯曲难行的山林地带，当年捡到路国权的地方。司机和卖票员下车，拿了大搪瓷杯子到站厅里去续水，乘客们下去活动腿脚，车已经开了三个小时。路志民醒了，他向山林里望去，记起这是小时候来过的地方，某年某月，他坐着老路的卡车，那车拖着一个大煤气包，他在车上睡着了，然后感觉到自己被一把抱起，老路跳下了车子往前狂奔。他醒来闻到一股硫味，接着那车轰的一声炸了，车后厢有几大筐栗子，飞上天又噼里啪啦落下来。"乖乖，老子又一辆车炸飞了。"父亲牵着他的手在远处拍脑门，损失很大，但你得庆幸，自己保住命了。

车站前面有几个妇人在卖农产品，路志民下车过去看了看，篮子里有栗子、藕段、未剥的莲心。他问了问价钱，妇人说没有秤，不论斤称，两块钱全拿走。营业员路志民深感她们的智慧，要是商场里也这么经营，他可以省去不少麻烦。就刚才在车上，他还对老路建议市内公共汽车也这么收费，统一收一角钱。你看，一站路五分钱，十站路两角钱，这非常麻烦，在拥挤的时候卖票员根本算不清，而且会让不讲文明的人有机可乘，偷偷坐过几站，占国家的便宜。路志民觉得自己非常有想法，是个商业人才，但老路告诉他这办法早在日本人侵略中国时就用过，是盘剥中国人民的坏招,中国人不上这当,情愿去坐同价位的黄包车,日本人控股的公交公司最后都倒闭啦。

路志民与妇人们随口闲聊。听说这一带的农民已经有万元户了,这是个新词,意谓家中有一万元人民币的存款。路志民只有三百元存款,他还在继续奋力攒钱想买一台十二寸的电视机,这是吴里的城市居民们的普遍愿望。他认为农民如果有了一万块肯定不会先买孔雀牌电视机和三洋牌录音机,农民到底会买什么只有天知道。妇人指出,万元户在南边,也就是浙江省,至于他们这边是丘陵区,不怎么产粮,人还是穷。"你们以前穷得扔小孩。"路志民煞有介事点头,为这地方的风气担忧。

"我们没有穷得扔小孩,"一个妇人说,"再穷,小孩还是养得活的。"

"是呀是呀,穷呀,大人都吃不饱呀。"另一个妇人接了他的话。

"你们有没有听说过一个个子很高的男人,他在二十年前扔掉过一个男孩。"路志民指指那辆长途汽车,"就扔在车上了。"

她们没有听说过。她们说这一带有点重男轻女风气,二十年前扔掉女孩是可能的,至于男孩,除非是有先天疾病,不然那当爹的死后都没法对祖宗交代。扔掉男孩呀,不可思议。路志民默然地听着,他想到了自己,他不想再听下去了,撂下那几个妇人,走进车站楼里。对一个乡间小镇而言,这样的车站楼稍显豪华,然而他们也没有善待它,候车座是两排挺宽的长凳,剩余的地方堆着茅草和柴,还有一些他不认识的吹干并扎捆的植物,散发着夏季的泥土气。透过很大的窗户,他向外望去,长途车停在挺远处,正午的日光照着土黄色的外壳。吴里的长途汽车是天蓝色或土黄色,市内公交车是暗红色或翠绿色,其他深蓝墨绿则是各个单位的厂车,大客车就这么几种颜色。老路没有下车,他一直坐在车窗边凝视着前方,多年来路志民习惯了看到他的这一侧影,轿车,卡车,客车,但这一次他在乘客的位子上。路志民觉得一阵伤感,"你来的时间最长",他记得老路不久前对他说了这句话。"这叫长子,不叫'来的时间最长',爸爸!"路志民哭着抗议。

他深为担忧,又走回到车边。小华司机和卖票员不知去了哪里,这车静静地停在路边,外壳晒得发烫,乘客们受不了热,纷纷下车往站上走。路志民隔着车窗喊了一声,老路转过头看他,眼睛里湿漉漉的。"到下面来吧。"路志民说,"车站里风凉些。"

"我不太热。"

这个病让老路的冷热感知失调,有时挺凉快的,他浑身冒汗,有时在太阳底下晒着他却觉得冷。他仍然像一个司机那样思考问题,知道一辆散热出问题的车是跑不远了。路志民不得不回到车上,把老路扶了下来。车站里没有吊扇,他心想自己怎么着也该带把扇子,他觉得渴,水壶也没带,出门前他还准备了一把遮阳伞,匆匆忙忙忘在门背后了。正像家里其他人所嘲笑的:路志民,你不具备出远门的能力,就在城里逛逛吧。

说实话根本不该由他陪着老路来乡下,国强更机灵,国庆更吃苦耐劳,他们在城乡之间往来如风,甚至是国权本人也在农村待过几年,可老路偏要长子陪他出马。长子是这家里第二个父亲，将来的后事可以交代到他手里。路志民也确实尽力了，从二月份到夏天，他给白洋镇的政府部门写了信，打了电话，又到派出所开了证明，并托了家里那位五十多岁的叔公路宝生，宝生在白洋镇下面的公社里做事，把乡下亲友统统发动起来，在这一带明察暗访，找路国权的亲生父亲。这些事都由路志民指挥，他办得还不错，靠着商场营业员的那点经营头脑，既没得罪人，也没支付太过昂贵的代价（发了点香烟，给了几斤粮票），终于在以白洋镇为圆心的直径十公里内发现了三个身高一米八以上的男人，全都是本地人，五十多岁，务农，呆头呆脑，他们统统不承认自己扔过小孩。

长子除了卖力气，还得出主意。我祖父把这些事安排好后，有一天将路国权喊到了眼前，边上站着我祖母和我爸爸。四个人目光交错，看来看去。"我要给你找到亲爸。"老路坚决地说，"你必须改姓。"

路国权早已知道他们的行动并断然拒绝。"我不想改姓。我档案上姓路，户口本上姓路，准考证上姓路，我凭什么改姓？"

"如果要改姓的话可以让五姐改，她本来就姓陈。"我爸爸继续出主意。

"我是为了让那些人闭嘴，不是为了骗自己。"老路对国权说，"改姓以后你的户口不会调到乡下去，你还是城里人，还住在废太子基。但是，你必须认祖归宗。"

"你说过祖宗是用来骗人的。"

"不要抓我的话柄，我是开车的，不是当官的。"我祖父回答道，"我已经活不了太久了，很快就会和祖宗在一起。我的祖宗成分很好，都是赤贫，我也不知道他们是谁，我只认识自己爸爸，连爷爷都没见过，死了以后要是见不到祖宗，我也无所谓，反正我能见到我爸爸。你去看一眼自己的亲爹娘，他们多半也是赤贫，哪怕他们已经死了，看一眼他们的坟，这有什么不好呢？"

路国权一时语塞。路志民说："我也想看看我的亲娘。"

"那个我真的找不到了。"我祖母很生气地结束了这场谈话，顺便又提醒了一句，"现在已经不讲成分了，赤贫就是穷，穷没什么可得意的。"

想到这个家里吵吵闹闹的局面，路志民也觉得头疼。他领着老路往车站那边走，地面上忽然掠过一道阴影，他抬头一看是两只挺大的鹳鸟飞过，他以前不认识鹳鸟，城里没有这种动物，是老路带他出车时告诉他，这是鹳，不是仙鹤。他想起小时候经常跟着父亲走这趟线，时间大约是一九四七到一九四九年之间，那时他还是家里的独生子，父亲挣得不少，上午出车，下午回到城里带着他泡澡堂，给他搓背。他是学校里第一个穿白球鞋的孩子，这座城里只有办丧事才允许穿白鞋，而他的父亲无所谓，并不嫌晦气。他第一次听说自己是捡来的时候，下巴都快掉下来了，北城门外一个胖大婶告诉他的，她声称自己当时在场。

"爸爸，我第一次听说自己是捡来的时候……"

"不，你不是捡来的，是你亲娘亲手把你送到你妈妈手里。"

"好的。反正第一次知道的时候……"

"你逃走了，走到北城门，从傍晚站到天黑，然后你又走回来了。"老路拍拍他肩膀，"你从小就走不远。"

"我站在北城门外想，你对我很好，我怎么可能不是你亲生的呢？我想了很久很久，一直到现在，我还是在想这件事。"

"你也不是他们的亲哥哥，你为什么对他们这么好呢？"

"我在这个家门里，我就是长兄，我比国强还大十多岁呢。"路志民叹了口气，"爸爸，做儿子也不容易的。"

"是这样的。"

在进门的时候路志民绊了一下。这件事才是父亲一直教育他的：不要把双手抄在裤兜里走路，万一绊跤，你手来不及伸出来，就嘴巴着地。两人相互搀扶着踏进站厅，长凳上已经坐满了昏头涨脑的乘客，好多男人打上了赤膊，伸着舌头喘气。路志民硬挤出一个角，让老路搭屁股坐上去，他自己跑到一个半睡半醒的工作人员面前，问哪儿有水。在吴里的站头上，好歹有一个大保温桶，可以放出免费的热水。那人说，这儿没有。路志民问自来水有吗，那人仍然摇头，指指身后的南平镇，可以到镇上去打一桶井水。路志民忍不住教育了他一番：车站是国家要地，司机有水喝，过路的同志为什么没有，这是你们的责任。那人听着，睡了过去。路志民只能回到老路身边，说这乡下地方还是靠天吃饭的观念，人是派不上用场的。

"你还记得有一次路过，你喊口渴，我摘了路边的杨梅吗？"老路问。

路志民当然记得。有一次老路开着货车到太湖边，运的是什么不知道，路志民喊口渴，老路发现水喝完了，但他一个站头都不肯停，直接开进了山里。这一带山上水果多，初夏是杨梅成熟的季节，老路爬上杨梅树，摘了满口袋给他。"那次为什么不讨水喝？"路志民问。

"因为运的是人,后面筐里藏着两个太湖游击队的,不敢停。"老路说,"其中一个,就是后来吴里的柳市长。"

"你救过市长?"

"我没救他,我只是运了他。"

"你从来没说过这件事。"

"做司机的规矩。"

这规矩就是不要和乘客攀亲附友,无论他是谁,乘客今日行运明日倒霉,也都不关司机的事。柳市长曾经是领导,也曾经挨过斗,平反后做了省里的干部,曾经斗过他的人一时得势,现在大概进了牢里。路志民懂这道理。他问另一个问题:"运游击队员挺危险的,你为什么带上我?"

"因为带你出车运气很好,煤气车炸了都能逃命。你自己不知道吗? 你是福将啊,志民。"老路说,"还有一次,有人把手榴弹扔进了我车里,是个臭弹——你妈手里抱着你。"

这两个故事经常被说起,但路志民从未与自己的好运联系起来,他一阵感动,眼泪差点落下来。他这位双手抄在裤兜里的半吊子少爷,原来自幼就为革命做过贡献,这一切知道得太晚了,他已经四十多岁,此刻是一九八〇年,该过去的都已经过去。他想了想,如果跟了柳市长会怎么样,也许可以做人民商场的主任,但会栽倒在不走运的年代,未必爬得起来。算了,还是做营业员比较太平。他斩断了让时光倒退的所有遐思。天生是出车的福将,有了他事情就会顺利,麻烦就会走远,这话像是骗小孩,但路志民感到了一点安慰。

车子继续向西，进山以后，两边树木多起来，遮住了一点阳光，可这卖票员却偏偏中暑了，从座位上歪倒下来。众人喊司机停车，七手八脚把她抬到后座躺平，有乘客是当地人，识得地形，拎铅桶跑出去几百米，弄了点山涧水回来洒在她头脸之上，又给她扇风，往太阳穴抹万金油。卖票员总算醒了，悠悠说了一句：我不想跑长途了。

"回去给领导打个报告，领一个热水瓶，每天早上发车经过402厂的时候停一下，把热水瓶交给门卫。那是军工厂，你进不去，厂里有冰水，可以喝的，让他给你拷一瓶。我会跟他们后勤部的主任说一声，你们去了报我的名字，我叫路承宗。不要忘记给门卫发一根香烟。"

下午一点钟，汽车在白洋镇落站，这是路志民第一次来白洋镇，鬼地方确实穷。与之前的南平镇相比，车站是一个竹棚！路志民没见过竹棚搭成的候车厅。土地被烈日烤得干硬，杂草疯长，树却是秃的。躲在阴凉处的人们无一不是黑如泥鳅，路志民走近看了看，确定那是黑色素，而不是光线不足。他听说美国白人是歧视黑人的，现在他也生出了一种美国白人的——优越感或是同情心。

"没想到宝生住在这么差的地方。"

"宝生没住在这里，他家在乡下，环境更差，车都没法走的地方。"

小华司机伸出头与他们打了个招呼，长途汽车离站，继续往前。忽然一声呼哨，一个拖二轮平板车的年轻人侧坐在板车前段，左手扶稳车把，右手拉住汽车尾部的杠子，就这么跟着车一起走了。小华司机显然从反光镜里看见了,停了车,伸出头去骂。那车夫一脸诡笑缩回手,等到长途汽车启动,他又表演了一次。这次小华司机没再纠缠,往左右打方向盘,但这毕竟是客车,不能抡圆了把乘客甩飞出去。车夫牢牢地握着杠子,放声大笑,板车跟着汽车时速四十公里往前,很快消失在路志民视野中。这么多年来,开车的最怕拉车的,还是老样子。

他们站在街上,汽车站对面是个屠宰场,有一块长条形、四根腿的案板可能是用来绑猪的,这时间上空无一人,也没有猪,泥地上渗着血色,引来很多绿头苍蝇,比城里的大三倍。路志民保持着严肃,内心还是怪这地方穷恶。他嘀咕了一句,我们要在这里待多久。这时,远处传来一阵喧哗,路宝生带着他的两个儿子赶了过来。

宝生比志民大十五岁,却差了两辈,两人相识多年了,见面互相喊小名,至于宝生那两个笑嘻嘻的儿子,也喊他们"志民"和"承宗"。宝生把这对父子拉在一起,说:"虽然是三代人,但看上去像三兄弟,是不是?"儿子们说:"是的,是的。"宝生说:"告诉你们好消息,的小儿子参军了。"他沿袭了一种乡下的传统讲话方式,总是会吃掉定语,几十年没纠正过来。他指的是自己的小儿子。路志民问:"在哪里当兵?"宝生极为高兴:"汽车兵,在云南前线呢。开军车,要立功的。"老路说:"宝生,立功固然光荣,但没立上也蛮好。"他知道立功是什么意思,而宝生不大懂。

多年来老路一直有个小小的遗憾,没能把宝生留在城里,任由他回乡下去了,没有户口,吃不到商品粮。好在又托了人,五十年代给他在人民公社找了工作，做过保管员，做过小学后勤。宝生书念得少，曾经混江湖讨过饭，脑筋活络但不是块材料，再升就升不上去了。想起当年，宝生也央求过进汽车公司，但被老路一口拒绝，赌气回到乡下，就此钉在乡下。小儿子能给国家开军车，老路很欣慰。大儿子虽然憨厚，也不是没出息，娶了白洋镇上的老婆，生了一个儿子，拿到了城镇户口。二儿子没什么成就，生了三个儿子，都在乡下，都姓路。这些娃和路志民是平辈，听上去是赢了老路不止九个回合。到了大儿子家里，儿媳妇很热情，噼里啪啦端上菜，老小男人一群，围桌吃饭。宝生当年曾带着儿子们来城里做客，全家食量很大，其中一个小孩边吃还边嘀咕说，乡下吃不到呀，吃不到呀。如今乡下也能吃到了，老路又很欣慰。"你吃呀，你多吃。"宝生招呼道。

"我吃不下。"老路犹豫了一下说，"宝生，我得肺癌了，过来告诉你一声。"

宝生愣了一会儿，放下饭碗，对儿子和孙子说："你们不许再吃了。"又愣了一会儿，站起来走到院子里去哭，蹲下哭，坐到门槛上哭。老路让他们继续吃，自己走到屋檐下，和宝生一起坐在门槛上。宝生说："我知道生癌是治不好的。"

炽烈的阳光照在院子里，院墙下种着一排蓖麻，长得有一人高，手掌形的大叶子，结了一串串蒴果。天色晴蓝，能看到远处的山，空气中有轻微的震荡，那是更远处炸山开石传来的动静。过了一会儿路志民也出来了，门槛太窄，他找了个石礅坐下。宝生说："志民，你小的时候，我们三个也这样坐在街边。那时你姑妈还活着，开了个赌场，我在赌场里帮看场子，承宗一天干完活回来,买一客生煎馒头,坐在街边,你一份我一份,我天天吃得到肉。"宝生说说又落泪,补充道,"天天给吃肉,是很大的情分。"

路志民感到一丝庆幸,有些年里,没有肉吃,有些年里,没有饭吃,但作为一个司机的儿子,爸爸从没饿着他。他有衣服穿,会打麻将会跳舞,读过些书,人民商场营业员的社会地位虽然不是很高但和公共汽车司机也差不多。过去年代,在最困难的日子里人们会羡慕这些公家司机的子弟,说他们"会投胎",一旦路志民在场,人们会说:你不是会投胎,你可能是会投奔,啊,还有你的弟弟们。这说多了也没什么意思,本身就是嘲讽。他让宝生烧一吊水,趁着中午天气热,给老路擦了擦身体,然后安排他睡了个午觉。大儿子家里有一台新买的电扇,摇着头对准床上吹。路志民见他家五六岁的小娃总是想把手指伸进电扇,拎住了吓唬了一通,那小娃哭了。大儿子说,小娃娇气,平时不常训他的。路志民说是的,我爸也极少训我,家传的娇气。

这天下午路志民与宝生二人坐在街边谈事,宝生泡了两杯茶,路志民给小娃买了瓶汽水。讲到国权的亲生父亲,路志民说,老路身体不大好了,想在临终前把这事儿办了,如果他不在了,就没人能认得那个男人。宝生很不解,已经领养了多年的儿子,为什么要给他找亲爹,这亲爹是个乡下人,难不成把二十多岁的儿子送回乡下?路志民想想,也没啥可瞒的,乡下亲戚迟早会知道,就说了说国权和五姐的事。宝生拍大腿说,好啊,知根知底,这样最好啊。路志民说,我还以为你们乡下人会反对,你们最封建迷信了。宝生说你不懂,乡下的男女关系才是吓死你的，谁来管都管不住。接着又赞老路有远见、懂法度，就得是国权归宗，事情才能顺理成章，五姐是女的，她改不改姓意义不大。路志民摇头说，终究是封建礼节，但是好像也有点道理。

那三个身高一米八的男人怎么回事？宝生得意。说这三个人，分别在三个大队，全是农民，经过他的缜密调查，他们都不可能是路国权的亲生父亲。但这世界上就有这么巧的事，三天前他想修一下祖坟，去山那边的石场打听碑的价钱，见到一个石匠，大高个子，又瘦又凶，问他姓什么，自报姓石。"石石匠，"宝生笑了起来，"屠屠夫，斯司机，劳老师，连连长，裔医生。"路志民让他不要玩文字游戏，他不配，继续说石石匠的事。

这个石匠，宝生以前从没见过。他无儿无女，无亲无故，是个多年鳏夫。一九五九年他的老婆在石场帮工时被一块意外滚落的山石砸中头部身亡，石头也不大，手榴弹那么重，大概是太高了。路志民说，嗯，势能。宝生不懂什么叫势能，总之，做石匠是很苦的，夏天晒脱皮，冬天冻出疮，农民尚有忙闲，石匠一生无休。这些是石场的同志告诉宝生的，但这石石匠究竟有无小孩，这些人来的年份短，也不太知道。石石匠沉默寡言，从不说自己家的事。宝生又拐弯抹角找到一个老人，记得当年事的。老人说，石石匠以前有个儿子，亲娘没了以后，据说是也死了，什么死因却不知道，可能病死，可能出意外摔死。

"你去过石场就知道，那个地方，水质很差，人住在棚子里，以前山里还有狼和豹——现在全打光了——一个男人是养不活小孩的。"宝生说，"的亲儿子也没活路。"

"那个地方该怎么去？"路志民哀怨地看看自己的脚背，"我的鞋子不大好爬山呢。"

"我和石场的领导同志说过了，他们明天会把石石匠带到镇上来，也挺远的，要走十里地。我们骗他，有一块大石碑要在镇上刻。这个人老实，立刻上当了。但是他很凶，万一知道上当他可能会打我，我也不怕，我有三个儿子，一个在参军。"

"他不会打你的，我会和他讲道理。"路志民叹了口气。

"你真要送还给他一个儿子，他当然高兴，万一国权不是的儿子呢？"

"那我就请他刻块碑，不白跑一趟。"

这么一说，宝生也沉默了。身边的小娃把汽水喝得叽里咕噜，用麦管往瓶里吹气，路志民看看他，问宝生，这一带是不是有扔小孩的习惯。宝生摇头。"你这么说，就算是乡下人也不会高兴，更不会承认。扔小孩是没办法的，亲爹亲娘把儿女扔了，死了的心都有。"路志民问："送小孩呢，这个总有吧？"宝生说："以前有的，生得多了，眼看养不活，就过继给别人，是靠得住的人家，还能有点进账。送小孩不是扔小孩。"路志民听着，忽然又问："宝生你的小孩没有送掉过吧？"宝生说："没有，但我的妹妹，旧社会送给了别人家。养不大了，做人家童养媳了。"宝生讲到这里，语调变慢，句子也完整了。路志民从没听过他讲这件事，追问道："后来呢？"宝生黯然说："去了一年生病死了，发烧，没得药吃，躺在床上喊亲娘，亲娘也不去看她，她喊着喊着，死了。"路志民问："如果不去做童养媳，有得药吃吗？"宝生说："也没有，什么都没有。"

下午时，路志民在镇上转了一圈，宝生的这句话像个记号，留在了他的脑子里——没有，什么都没有。这地方穷而脏，待久了容易得传染病。那些较好的镇他去过，比如袁塘镇，四面环水，石板路干净整齐，房子虽旧，拍出来的照片可以印上年历片。而白洋镇一无是处，尤其是这么一个酷热的日子，万物都像是在苦熬。路志民眼前闪现出了一幅画面，二十年前的某一天，石匠带着他的儿子从遥远的山里走到镇上，他的老婆已经死了，怎么养大这个小孩成了个问题，不论是出于何种原因，他决定舍弃小孩，那时节还在下着大雨，地面上臭水横流，他登上了一辆停靠的长途汽车，唯一通往城市的交通工具，他想必是骗了小孩说要去什么地方玩，绝不可能对着小孩说我打算扔掉你。路志民想起国权刚进家门的时候连话都不太会讲，所以根本也不用骗他，就这样带着他走上一程，一言不发，把小孩出送到一个很模糊的前方，自己返身回去。

这人回去以后如何交代，也许对谁都不用再交代。路志民固执地认为，在这种地方，尤其二十年前，人们是不会在乎一个小孩的存在或消失的。

第二天上午，老路觉得舒服了点，前半夜他有点发烧，后来，没做什么措施，烧也就退了下去。他认为自己没那么容易死。

早晨还发生了一件事，路志民照例六点半醒，喝了碗稀饭出去溜达，见一妇女在路边揍小孩。男孩五六岁大，头上挨了几下，啜泣起来。按规矩，在一九八〇年，人们看见家长揍小孩是不能插嘴的，犯不上管这种事，但路志民那天是太闲了，且对白洋镇有一种抵触情绪。他走了过去，告诉那妇女，不要打头，孩子会变笨。妇女也有抵触情绪，打个照面就知道路志民是市里来的，且双手抄在裤兜里一副不正经的样子。她说，这是我的儿子，我想打哪儿就打哪儿。说完又给了小孩两下，并指着小孩骂道，要你多管闲事，狗杂种从哪里来的。路志民叹道，你们这鬼地方真是穷山恶水出刁民，不讲道理得很。他吃饱了撑的样子十分讨厌，妇女勃然大怒，从脚上摘了拖鞋往小孩身上乱抽，有一下打得不巧，正落在小孩嘴巴上，顿时牙口出血。那倒霉的孩子张嘴嚎叫，妇女说，不许哭，再哭就把你扔到山里去。路志民皱眉头，他听不得这种话，他的双手仍然抄在裤兜里，愤愤不平地说你怎么像后娘似的。妇女闻言不再打，手拿拖鞋瞪视着路志民。路志民根本没看她，他只是摇头，说你们这些人哪，你们不会当父母，未必比得上后娘和养母。那妇女是个脾性刚硬的，返身拎起小孩，往路志民脸上送，嘴里喊道，你带走，你把他带走，你养大他。路志民侧向闪过，嘴欠又说了一句，送小孩是你们这里的风俗。

街上的人上前劝解，妇女更是不服，声音闹得很大，宝生赶了过来，然而宝生也不大会讲话，他挡在路志民身前，对那妇女说，你这同志不懂文明礼貌。妇女坐地大骂，我今天被城里人欺负，也被乡下人欺负，我男人要在家不能放过你们。路志民说，愚昧。宝生拖走了他。"志民，打小孩和毒打小孩，是不一样的。"然后宝生就变智慧了。

"我们家既没有打小孩，也没有毒打小孩。"

"不能事事都以你家为标准。"宝生说，"你家爱管闲事倒是真的。"

这一整个上午路志民都不太痛快，陪老路吃了口午饭，食物少油而粗糙，然而这是宝生能拿出的最好的东西。老路有点疲倦，放下筷子，而路志民早已倒了胃口，他寻思着赶下午的长途汽车回吴里。他们的原计划是在白洋镇待上三五天，想办法见三个农民，现在事情倒也简单了。他不想在这里再待下去，水土不服，心情也很差。

午饭后，宝生的二儿子跑了进来，他一直在镇口望风。他说石匠和石场的一位领导已经来了，按事前合计的，由宝生带着去了镇政府一间办公室。老路穿衣服，一件麻灰色的短袖衬衫，穿了多年，此时上身显宽，他的体重掉了有十斤不止。路志民替他套上布鞋，他现在只能穿布鞋，皮鞋和凉鞋都不太行了。他们往镇政府方向走，老路走得很快，几乎不像个病人，路志民再也不敢把手抄在口袋里，紧紧搀着老路的胳膊。

"国权的照片带了吗？"老路问。

"带了，在我皮夹子里。"

他们在门口看见宝生和石场领导，两人鬼鬼祟祟抽烟，宝生指指办公室里，老路没作任何停留，一步踏进去。那高瘦的石匠正坐在凳子上，一双粗糙的大手稳稳地平放在膝盖上，裤腿打了很多补丁，他的头发已经白了一多半，瞳孔浑浊，盯了老路一眼。二十年的时间，人们的模样都变了，但这就像一个出过车祸的地点，对路承宗来说是不会忘记的。他站到石匠面前，路志民搬了张凳子放在他身后，他坐了下来，与石匠平视。

"你的儿子，我没有送到别的地方，在我家里养大了，现在二十四岁，刚刚考上电大。他和你一样高，现在就住在吴里。"

石匠一言不发,看着老路。

"电大,就是电视大学。"路志民帮了一嘴,"是国权自己考上的。"

"我姓路,叫路承宗,你的儿子在我家排行第三,叫路国权。为什么叫这名字呢,因为还有两个儿子叫国强和国庆,今天跟我来的是大儿子,他们都是领养来的。"老路这时才想到从路志民的口袋里摸出香烟,递给石匠一根。石匠却不接,脸上没任何表情,还是用蒙了一层雾似的眼神看着老路。"这些话我对很多人讲过很多遍,讲多了自己都嫌烦,但讲给你听,我不嫌烦。我对国权很好,二十年没有打骂过他,没起过一次念头把他送给别人家。有人曾经想要这个男孩,但我没答应。为什么没答应呢,因为有四个领养来的儿子,送出去一个,剩下三个会心寒。你懂吗?"

老路讲话的时候,手一直伸着,手里那根白色的香烟像一个特定的标记竖在他和石匠之间,石匠还是不回答,这时伸手接过了烟。老路又从路志民口袋里摸出火柴,划亮一根递过去,石匠凑过来点烟,随即又直挺起腰板,向天花板吐出一口浓重的烟气。这人的腰板真硬,路志民心想,是个女的已经哭瘫了,这石匠心也硬。

"我是来刻碑的。"石匠说。

"会有碑请你刻的,"老路说,"没有宝生说的那么大,小小一块,也是碑。"

"我没有儿子,我的儿子早就死了,我也不认识你。"

"我来找你不是为了把儿子送还给你。真送还给你,你还得付我一笔抚养费,你也付不起。"老路到这时才露出一丝轻蔑的笑,"我的儿子遇到了一点小麻烦事,他最好有个亲爸,能够在名义上认祖归宗。这是形式主义,他应该再见一见你,给你磕个头,或者你他娘的给他磕个头。我得了绝症,活不了太久,以后你们父子相认,也是你们的事情。我是无神论,人没有在天之灵,我不会盯着你们看的。今天,我来找你,就是为了让你认这个儿子,二十年前你把他扔在我的汽车上,下大雨我追上了你,揪住你的衣服,最后我放你太太平平地走了。我放了你一马,你懂吗? 你欠我的那份,今天该还。"

"你说的事情我全不记得。"

石匠还是冷着脸,他的表情似乎真的什么都不记得。这一次老路也挺直了腰板,并倒吸一口冷气。

"国权不记得小时候的所有事情,不记得父母了。这是他自己说的,但我知道他记得那么一点点,他开口说话最先喊的是哥哥,过了很久才喊爸爸妈妈。他知道自己有爸爸。这是他天生的良心,不是别人教出来的。人应该有天生的良心。"

石匠摇摇头。"不要再说了。"

"阿叔,你不要赌气,不要耿。"路志民讨好他,某些时候营业员也是可以讨好别人的,就像是把柜台里的次品兜售给顾客。这比喻不合适,国权不是次品,是他三弟,他总得为三弟办成点事。路志民掏出皮夹子,抽出国权的照片,那是一张一寸黑白照,国权没戴眼镜,穿着国强的硬领白衬衫,一副哭丧相。路志民举着照片送到石匠眼前。"这是我的弟弟,你的儿子,这是他考大学的报名照。你看,长得和你很像,是不是? 我也不知道自己长得和亲爹像不像,我没这机会,我亲爹也没这机会。你有这一天应该高兴,不要耿,好好地跟我们回吴里,去见你儿子。"

石匠瞟了一眼照片,又看看路志民。"你滚一边去。"他将抽了一半的香烟砸在地上,啪的一脚踩扁,最后一点火星闪了一下随即熄灭。路志民很失望,低头看着烟蒂,收回了手里的照片。"你们都不是人。"他说。

"我没有儿子,配不上有。什么认祖归宗,人要学会脱胎换骨。"石匠说,"你们走吧,能忘记的就全忘忘掉。"

"好吧,我们走。"老路站了起来,他像是想明白了,拉着路志民出去,到外面看见宝生和石场的领导正在摇头。

"的亲爹不想认亲儿子,的亲儿子也不想知道亲爹在哪里,这种事也是有的,就是缘分断了,老天爷不给续上。你们不要强求了。"宝生劝道。

"这石石匠今天讲了这么多,儿子一定是他的。"石场领导说。

"他没讲几句话。"

"他一年也讲不了这么多话。"

"我们走。"

"我们为什么要走,为什么要来?"四个人走出去几步,路志民忽然停下,骂了一句脏话,"我们白来一趟了,回去还得骗三弟,说没找到他亲爹,我总不能跟他说亲爹不认他吧?要么我再劝劝他,缘分没了?那我为什么要干这些事?"

我父亲在那一瞬间,用现在的话说,精神崩溃了。经老路一提,他想起国权小时候也不说话,第一次喊人,喊的是他路志民，喊他"哥哥不要去上班"，那样子很凄凉，像是怕他走掉。路志民当时不觉得怎么样，事过二十年，他忽然感到伤心，也不全是为了国权，可能也有一部分是为自己，或者为国强、国庆和五姐。他忽然冲回了办公室，随后，那间屋子里发出了乒乒乓乓的打砸声。

"坏啦，志民发神经病啦。"宝生对老路说，"的儿子女儿都很好，缺点是都会发神经病。你有没有发现？的三个儿子就不会发神经病。"

他们三个返回去劝架。实际上，是路志民在打石匠。他嘴里嚷嚷些什么，大伙已经听不明白了。路志民往石匠脑袋上捶了几拳，发现他的脑壳比自己拳头硬，而他的拳头只要抡过来一下就能把路志民打昏过去，但他没有出手，仍然坐着，任凭打骂。路志民疯了，他要把这暑热天气里剩余的精力和脾气全都发泄掉，也可能是他半辈子隐藏的怨愤。他抓起桌子上的报纸、铅笔、搪瓷茶杯盖子，以及所有可到手的物件，朝着石匠头上乱扔。石匠眼睛都没眨，有个墨水瓶砸到他头上，弹起来落下去，他还用手接住了，又放回桌上。路志民抓起来想再扔一次，宝生和石场领导生怕出事，主要是怕石匠还手，赶紧抱住路志民，将他倒拖出去。他一直尖声叫嚷，喋喋不休，声音越来越远，最后与树上的蝉声混合在了一起。

"我们的事情结束了，再会。"我祖父对石匠说。

"我刚才忘记说了，"石匠站了起来，"如果你要刻碑，这件事可以交给我。"

八月的下午在这条路上有一股奇特的气味，风似乎是送来了果香，可这片丘陵得到秋天才会结出大片的橘子。究竟是什么气味，当地镇民也说不清。土黄色的长途汽车风尘仆仆从西边开来，车身上全是灰尘，以及白色的粉末应该是石灰。天边一片乌云从南方过来，它很快压住了偏西的太阳，地面上的阴影和高光忽然都消失了，一切变得柔和。卖票员吹了一声哨子，喊道，快点上车哪，要落雷雨了，今天是鬼节，早点到市里啦。

宝生送他们父子二人到车站，对面的屠宰场还是静悄悄的，路志民稍微冷静了些，没话找话问宝生，杀猪好看吗。宝生说没什么可看的，猪而已，又不是杀人。路志民说，跟你讲话也是吃力，杀猪是喜庆的事，你怎么会想到杀人呢。他的双手又可以抄回裤兜了。登车后，宝生有点难过，说好到秋天来城里看他们。老路向他挥挥手。路志民叮嘱宝生，今天的事情不要往外说，一个人也不能知道。

小华司机见着他们很是高兴，说今天一早发车就去了402厂，门卫给打了一瓶冰水。老路说我还没来得及跟402厂的人打电话呢。小华司机说，我的长途车一停，门卫就明白了，发了根烟就办成了，我顺势报了你的名字，门卫说很熟很熟了。关于这所军工厂，小华司机又讲了不少。路志民心想，岂止，你去特定的商场、饭馆、澡堂、理发店，报路承宗的名字都可以获得几分优待。现在如果你想给自己刻个墓碑，你也可以报老路的名字，字可能比别人的端正些。

返程毕竟是轻松的，路志民塌陷在人造革座位里，风从车窗刮进来，他发了脾气，撒了疯，现在温驯得像一只橘子，他觉得元气在慢慢恢复。"我们找到了三弟的亲爹,但回家只能骗他说没找到了。"他尽量作出轻松的语气,事到如今,除了轻松也没别的态度了,"那么三弟和五姐的事情怎么办?"

"你说呢?"老路反问。

"要不然管他娘的,就这么办吧。事情由得了我们自己,还能由得了别人吗? 越不敢做主的人,越害怕别人指手画脚。"

我祖父坐在路志民身边,这次伸出右手,像过去开卡车时那样,摸了摸他的后脑勺。那个固执的念头忽然消散掉了,像冰雪融化在阳光下。"我也不全是为了别人,单单是为了国权,在我死掉之前也应该帮他找一下亲生父亲。这件事在二十年前就该做的。我没这么做,是不想他把小孩扔到河里去。"

"我知道你是这个想法。"路志民摇头说,"这个石匠心太狠。"

"他对自己也狠,实际上他也能找得到我,但他没找。"我祖父说,"人至山穷水尽,常常会不顾一切,等到有了活路,又会后悔自己做事决绝。事情已经做了出来,扔掉了亲生儿子,泼出去的水难收,只有不想不看不听。我以前认识一个居士,居士说,凡尘里有很多苦,要忘掉这些,就不能去吃甜的,苦的甜的都得断掉。石匠想忘掉苦,我们给了他一个亲儿子,他却未必吃得下这份甜的。"他说的这些,略为超出了路志民的理解。老路笑笑说:"一次不行,多跑几次就行了。日子好过,吃饱了饭,人都会变软的。我跑不动了,以后你总有机会再来见石匠的。你是长兄,你做主。"

"我处理不来这种事的。"路志民还是塌陷着身体。

"反正回去不用骗国权，照实说就行。他应该知道实情。"

一阵雷声从身后传来，车上的乘客们回望，沉重的乌云在身后的丘陵上方翻涌起来，片刻后，很大的雨点稀稀拉拉落在车窗上。小华司机对卖票员说，洗洗车。一时凉爽下来，人们都很欢快，被炎热笼罩很久的山林在风雨里像是活了过来。路志民起身，走到车尾张望，他见昏沉的天边一束巨型闪电像是空中突然出现的手，抓取了远处山峰上的某物，光芒锐利，不容置疑。他想到自己的亲生母亲，那个被形容为穿蓝布袄袍的女人，在北城门外把他交付给了养母。有多少年里，他也想知道自己亲生母亲长什么样，是什么样的人，是不是幸运地躲过了战乱，如果没死她也应该可以在吴里城里扫听到自己，眉心有痣的男孩，很多人知道他是这么来的。不过，她没有出现，可能命数已经替他了断了这些事。路志民吁了口气，他仍然望着远方，雷电继续闪现，一次次落在山顶，雨滴密集起来，落在车窗玻璃上，他不太能看得清了。他想，这真遗憾，那些外国配音电影里的角色经常会轻快地说，这真遗憾，他想换一种语调，不那么轻快地说，这真遗憾。

第七章 看山水

　　一九三七年冬天，日本兵进吴里城时，关帝庙显灵，关公纵马执刀站在主街中央，青龙刀血光闪闪，首股日军见状一哄而散。这是一个传说，不管怎么样，日本人还是占领了吴里。

　　我祖母落脚在吴里，投靠汪有光和路承玉。她不喜欢这地方，乃因当年在纱厂工作时，那些贩卖女孩的流氓子弟多为吴里籍贯，别看这地方吴侬软语历代出文人，它也出流氓，而且是非常低级的那种，专欺负女人和穷人。她想回到上海进租界，但身上无钱，还有一个捡来的小孩。小孩长大了点，不太哭闹，会坐会爬，眉心一颗痣，战乱年代没有人家肯收养小孩，她也不肯出手，养着养着，养出了感情。汪有光让她给小孩起个学名，不然"一颗痣"这种绰号或乳名实在拿不出手，她想了想，以痣为名，叫他路志民。

　　汪有光在逢阿大的扶持下干起了他的老本行，开了间赌场。其时吴里该逃的人都逃了，日本人实行宵禁，哪有什么赌客。汪有光也不急，说市面迟早会恢复。果然到了春天里，躲到乡下的人纷纷返回。乡下也不太平，日本人只占据城市，村镇之间土匪横行，且番号各异，宗旨不一，有些是抗日，有些是打家劫舍，有些两者兼具。周爱玲等路承宗回来，从冬到春，没一点消息。

路承玉那时怀着孩子，我这姑奶奶脾气不好，一方面她绝不相信自己哥哥死了，另一方面又总是会暗示我祖母，你搞不好做了寡妇。周爱玲是个头脑清楚的人，被小姑子这种稀里糊涂的刻薄搞得很是费解。有一天路承玉终于开口：你白吃饭很久了。周爱玲懂了，问她怎么能不白吃饭，是去做帮佣还是去做工人。路承玉说，阿嫂，倒也不是为难你，赌场账台你肯坐吗，我和你轮流坐吧。

周爱玲讨厌赌场，尤其是汪有光开的这种，前厅掷骰子赌大小，后厅是个麻将馆，包间鬼鬼祟祟，来历不明的人做黑门交易。路承玉说，赌场这种地方你没见过，也不全是坏人，你去去就习惯了。周爱玲说，我很小的时候父亲就带去赌场，那是赌马、赌回力球，你也没见过。两人互相暗损几句，周爱玲做上了账台阿姐。那条街叫作前马路，日本人来了以后，毒品不再受禁，街上开了好几间烟馆。对面则是一家亮着红灯的店，留声机里日日放着东洋歌，也不好听，日本女人唱歌像没吃饱饭的人在哭，窗玻璃上贴着海报，画着穿和服的日本女子和穿旗袍的中国女子，写着中日文混合的广告语，能认得出来的汉字是"支那"和"美女"。有一天路承玉从街对面带回来一个讨饭少年，进门两记耳光，打得小讨饭的跳脚大喊："的侄女打叔叔！"承玉说打你这个王八蛋，丢祖宗的脸，讨饭，还讨到日本娼馆门口去了，当心把你喂了狼狗。周爱玲仔细一看，认出是那个叫宝生的。

他在乡下没活路，爹娘不管，又回到城里来讨饭了。

承玉行动不便，让汪有光负责把宝生弄干净，剃头，灭虱，洗澡，换一身衣服，旧的点了火烧掉。宝生改头换面，在赌场做起了跑腿，给赌客们代买吃的喝的，也充当门警，见有讨饭的进来就一脚踢出去。常人不愿与乞丐纠缠，怕被讹上，宝生却不在乎——讨饭也分等级，逃荒的最低，他这种乡下进城打秋风的比较有势力，又有几个浑身长虱子的旧日搭伴，只要给半个烧饼，就肯出力替他踹同行。宝生的另一项工作，是帮我祖母带小孩，账台阿姐平日背着个小孩到底是不方便。最初看见志民时，宝生问了一句："的小孩不是承宗的吧？"爱玲说不是。宝生说："懂了，是你偷人。"爱玲说也不是，捡来的。说完之后很胸闷，账台阿姐心境不佳，想了想，把宝生叫回过来，让他放下手里的小孩，再凑近些，出手如电赏了他两个大耳光。宝生自恃是路家所剩不多的男丁，辈分还挺高，被这不讲理和没情面的姑嫂二人把那点仅存的骄傲揍得烟消云散，从此听话多了，并自降辈分喊她俩阿姐。

我祖母原本不熟悉吴里，在这里住了小半年，得空便遛出去逛街，前马路在市中心，向四个方向走都能看到不少景象，寺庙，道观，饭店，电影院，车船码头，有些区域还有石库门，和上海很像，另一片区毁于去年的飞机轰炸，走了一里路，街道两边尽是瓦砾，残垣断壁看得出曾经是很摩登的高楼，当地人告诉她，这是吴里的百货公司，现在全都没了。宝生说，日本人来之前能在城里讨到钱，之后就艰难了，冷稀饭都难吃上，恨不得把街上晾着的马桶都偷走。三十年代，吴里市曾经很繁华，马路沿街多为两层楼的瓦房，亦有高层大楼，全市通电，小部分人家用上了自来水，教育、卫生、工农业均有起色，社会风气向上海、南京看齐，如今这一切都被日寇的侵略打断了。市里最气派的一幢楼，在中心地段，敦敦实实像她在上海见到的海军陆战队司令部，趋近一瞥果然是日本宪兵队，人走过那里绝不能停步张望，否则会被日本人当奸细捉进去，休想活着出来。宝生又告诉她，司空巷133号离远点，那里是汉奸的老窝，和上海的76号一样，各地特务机关都以门牌号代称。据说那逢阿大平日就在133号进进出出。有一天，四下无人，她问汪有光，逢阿大是否汉奸，言下之意你是否在汉奸手底下吃饭。汪有光说，你这么问就不聪明了，如今乱世，各方各派的人马难搞清，少问。周爱玲心知沾了他们的光，城里缺衣少食的那段时间，她饭桌上白米饭管够，甚或小孩还吃到了美国奶粉，就算逃到租界，也过不上这样的日子。

春天来时，她到城里寺庙烧香，祈求男人平安，早日见面。寺庙破旧寒酸，山门都被卸走了，剩两个哆哆嗦嗦的和尚，香客一个也无。回来以后，路承玉数落她，说你平时也不听听故事新闻，那庙里去年是杀人的场所，前院堆几百具尸体、几百个人头，到现在下雨阴沟里还能泛出血腥味。周爱玲气急败坏，大哭一场。祸福难辨，神鬼不明，承玉叹了口气说：阿嫂，他要是再不回来，你就自作打算吧。

五月里，承玉快生了，账台上的事情全扔给了爱玲和宝生。我祖母自感前景渺茫，但她是个坚强的女人，自从被数落过，干活愈加卖力而仔细，知道竖起耳朵听消息，渐渐学得一口吴里当地话，上海话反倒不太讲了。进出赌客都喊她爱玲，也就是那时，她抽上了香烟，香烟可以让她心境稍好。头发渐长，她用簪子别了一个髻在脑后，穿绸缎衣服，腕上套着两指宽的金镯，常抱一个玉面男娃，手中三寸长的象牙烟嘴，时或叼在嘴角，在燃起的清烟后目光炯炯，看人来人往、财聚财散。

有一天她听到赌场门口喧哗，张眼望去，是宝生在推搡一个讨饭鬼，已经推到了街上。那人作揖讨好，宝生不依，给了他一耳光。那人捂着脸赔笑，还在说话，周爱玲耳朵尖，仿佛听到他说"爱玲"，她把小孩交给账台师爷，连忙跑出去，果然是承宗。他衣衫褴褛，人瘦了一大圈，脸上脏得确乎与乞丐无异。"承宗啊——"我祖母拽着他的衣服喊了一声。

"的男人回来了啊？"宝生也惊呆了，"承宗，我是宝生啊。"

承宗本来很辛酸地抱着久别的妻子，这时挣脱了她的手。"你等一下，先放手。"他走到宝生面前，笑了笑。"我刚才竟没认出你是宝生叔叔。"然后抬手给了他两个耳光。

说起这一程的经历，承宗告诉爱玲，惨透了，也很幸运。他讲到了杜参谋怎么把他半骗半哄到了镇江然后自己脱身去了重庆，他怎么去了林泉镇，日本人在镇上杀了上百口人，很快向南京进发，他在寒风呼啸的山上躲过一劫，回到镇上与乡人一起掩埋了死者尸体，接着，听说镇江和南京两地屠城。他在那镇上待到了春天，交通阻断，食物短缺，他是无根的外乡人，只能勉强讨到口吃的。局势稍稍平稳后，他往怀里揣了点干粮，离开林泉镇朝南走。这条路上仍然有大量的中国军队在打游击，经常袭击交通线。陆路不通，他不得不去了镇江码头，买了一张南下的船票。那时他身上穿了一件长衫，几个月没理发，又留起了胡子，走路驼着背。他知道日本人见短衫短发的男青年必杀无疑。这副样子，到船上对着玻璃一照，苍老瘦削，两眼无光，再看看身边所有人，也差不多，都是从死人堆里逃出来的。船是日本公司的，他也没懂，这仗还在打着，怎么日本商人就想着来赚钱了，有船总比没船好。开到半路，岸上树丛里几声枪响，子弹乒乒乓乓飞进船舱里，乘客们全都抱头趴在地上。大伙抱怨道，船是日本公司的，可这坐船的全是中国人，好不容易从日本人手里逃生，不要被自己人补上一枪。

船在吴里码头靠岸，城门口的日本兵盘查得严格，每一个进城的中国人都得朝他们鞠躬。有个不太懂事的乡民，戴着草帽歪七歪八弯了个腰，日本兵给了他一顿耳光。有年长的乘客讲道，鞠躬是一种礼节，必须摘帽，必须两腿挺得笔直，双手放在裤腿缝上，把腰弯得很深，你要是抄着双手对日本人鞠躬，他们也不高兴。喊日本人，得喊太君，得喊皇军。这些乘客哆哆嗦嗦排队，听人讲着新规矩，在心里演示了一遍，但求不要挨耳光。忽然来了一群凶神恶煞的日本兵，端着刺刀枪，把队伍里的男人拉了七八个出来，让回到码头去卸船，一艘船上装着不少货包，岸边停着日本人的卡车。他这一路还算运气好，落站时却遇到了天大的倒霉事，成了扛包的苦力，并且是随时都会被杀的那种。货包上肩，知道是大米，得有五十斤重。

日本人的军用卡车是五十铃94式，能装货运人拉山炮。扛了没到十包，承宗累得腿脚发软，多久没吃饱肚子的人了，但也不敢懈怠,尤其上跳板时,心想万一连人带包掉到水里,必然是挨刺刀。货快装完时,来了一个穿洋装的翻译官,对这些人说:交点值钱东西,放你们走了,不然就拉到兵营去卸货,未必回得来。众人面面相觑,翻译官很不耐烦,说我是保你们的命,能用钱换回来的,还有什么不知足。这些人不得已掏钱赎身,承宗一摸口袋,已经没有小钞票,从裤腰缝里抠出一个银元给了翻译官,并认了认脸,三十岁出头,倒挂眉毛三角眼,中分头镶一颗金牙,口音是北边伪满洲国的。金牙翻译得了银元,也看了承宗一眼,嘲笑道,人不可貌相,你手面不小。

也正是那次,承宗很惊讶地看到了黄家小少爷,从城门口出来,先对日本兵鞠个躬,再来到金牙翻译面前,又鞠一个躬,直起腰正看见承宗。承宗说:"小少爷。"小少爷一惊,认出是旧日兄弟,往后缩了一步。承宗心想这个人从前不可一世,如今居然躲我,并且,当日口口声声说要去混十里洋场,断了音讯后,怎么混到了日本人那边?金牙翻译问道:"你们认识?"小少爷附到他耳朵边上说了两句,又朝承宗眨眨眼睛。金牙翻译点头说:"原来是乡邻。"又看了承宗一眼,把银元塞进口袋,走了。

小少爷说:"承宗,以后不要再喊我少爷,喊我黄启宣,或者侯启宣——我已经离开黄家,改了我亲娘的姓。"承宗问他在做什么,启宣说给日本人跑跑腿,旧日曾想去东洋留学,学过日语,如今能派上用场。承宗听了默然不语,启宣说:"我并没有做过伤天害理的事。"承宗仍旧不说话。一会儿那边汽车喇叭响,启宣赔笑,跌跌撞撞跑过去,并回头喊道,过几天到汪有光那里再叙。他爬进了车斗,车子一开,承宗就知道,日本人的军舰飞机厉害，汽车造得很一般，和美制、德制不能比，但即便如此还是能撑着国民军跑，不由想起当年黄老爷说的话：但凡有轮子的，就能赢了两条腿的，自强就是轮子得比别人多，不能比哪个国家的腿多。他再回到城门口，天已经快黑了，堪堪就要戒严。城头上膏药旗飘扬，血红一轮，压住了夕阳，他连滚带爬进了城，什么都没吃，找到汪有光的住处，房东却告诉他搬走了。承宗问，人都还活着吗。房东说，你这人疯了吧，能搬走的当然是活人。

他在巷子里缩了一晚上，第二天四处打听，人皆不知道汪有光和周爱玲是谁，他想到还有个逢阿大，报出这名字，稍微懂点事的人都掩鼻而去。这天上午绕来绕去，忽然发现自己走到了关帝庙前面，想起去年临行前曾经在这里求过一个平安，如今能全身而回，连忙进去参拜，双膝跪倒磕了三个头。神台上的关公红面绿袍，身后泥塑的关平周仓，承宗抬头看看，总觉得缺了什么东西，仔细端详，是周仓怀里的青龙刀不见了。他问管香火的人，那人四处张望，偷偷告诉他：吴里陷落时，这里显灵了，关二爷提着刀吓退了日本人，如今133号的人看见这尊神像十分忌讳，不敢毁神，只派了几个喽啰把木雕的关王刀给收走了，饶是如此，那几个动手的喽啰，前几天也被这边的人乱枪打死了。这武关公变成了文关公，求胜不得，就只能求财了。承宗听到求财起了个念头，问那管香火的，城里可有赌场。管香火的上下打量他，说赌场倒是有几家，可你这副输光了家当的倒霉样子，你还赌呀？

"想到了赌场，找到了门上，看见你坐在账台里，像个女大亨。"承宗说到这里苦笑了一声，从裤腰缝里又抠出一个银元，递给周爱玲看，"而我呢，出去半年，拼掉半条命，到此只赚了这一个银元。与你相比，如落地鸡见着了金凤凰。"

"你能活着就是赚了。"

我祖母拉着他进赌场，找了间无人的包间，掀帘子进去，反手关上门。承宗还在唏嘘，周爱玲抬手往他头顶扇了一掌。

"你这个挺尸的，不打招呼就走了，我在这里差点以为自己做了寡妇，下半年再不回来你妹妹就逼着我改嫁给133号的人了。我是谁？我是周爱玲，我在这里做上了赌场的账台阿姐，前面是妓院，旁边是烟馆，此地进进出出没有一个正经人。说我混得好，不知道我有多苦，你是不是个挺尸的？"

路承宗哑口无言，手中的银元掉落在地，他趴在地上捡，头上又挨了几下。"你这么说，那我走。"他摸回银元，屁股对着爱玲。

"嘴硬就用嘴对着我说话，难道那一个银元比我还要紧吗？真是个挺尸的男人。"周爱玲拉开门招呼宝生过来，大声说，"带他去剃头、洗澡、换衣服！"

小满那天，承玉生了个女儿，取名汪鸣凤。满月时在酒楼摆桌请客，有二十桌，承宗一家坐在角落里，眼看着各方各派的人到场，才不过半年，汪有光就在吴里地头上玩得风生水起。我祖母认得其中几个，都是些下九流，日本人来了以后摇身一变成了人物，实际还是阿猫阿狗，不值一提，但也不必去得罪他们。承宗等黄启宣出现，人却没来，汪有光嗤笑说这个没出息的欠了赌场的钱，他怎敢出现？

逢阿大是最后到场的，由人搀扶着，极为费劲地上了楼，讲了几句粗鄙的漂亮话，没吃一口就走了。临走前特为到这边来和周爱玲打了个招呼，喊她阿妹。她站起身将承宗介绍给逢阿大认识，说这是自己丈夫，从镇江回来了，原先是在上海做司机的。逢阿大是个胖人，一双眼睛眯成缝，见到承宗倒是露了露眼珠子，话没多说，打量了几眼。

散席后，承宗好奇，问老婆怎么回事。周爱玲说："有一天逢阿大到赌场来，忽然发作心病，瘫在了地上。我用一块竹板刮他左臂，左臂通心嘛，刮出痧，他醒了。他有痛风病，中医开的方子当然就是当归、川芎、苦参、白芍之类，其实也没什么用，这病吃什么药都治不好。随时都会死的人，跟着日本人干，不如积点德。"又说，"我救活他以后，他送了我一个金镯子，后来他老婆犯头疼病，也治不好。我让她去寺庙里找俗家姓唐的和尚，磕三个头。因为这女人属猴子，得找唐三藏来解。她照办了，头疼病居然真的好了，从此以后，这一家都蛮信我的。"

"唐僧好像不姓唐。"

两人大笑起来。周爱玲说："逢阿大会做情面，讲话漂亮，对女人和下人都很客气。这是个坏人，但是人并不坏。"承宗又问起另一个人，三十多岁的瘦高个子，阴沉有余，清秀不足，左目已眇，右肩微耸，相貌惹人注意。周爱玲摇头说："这人绰号半条龙，叫什么名字不晓得，是逢阿大的徒弟，自己也有一摊生意。他早年贩卖苏北姑娘到纱厂里做工，挑漂亮的强奸了卖到堂子里，害过人命。满手是血的坏种，我不与这人讲话。"

过了几天，汪有光来找承宗，说是半条龙想找几个负责押货的，往来于附近几座城市，务必要忠诚可靠，底子干净，有家有小。周爱玲替丈夫回绝："他半条龙怎配讲忠诚可靠、底子干净？有家有小是什么意思，能押在他手里吗？"汪有光说："男人的事情，你不要管。"周爱玲说："我的男人我养。"汪有光也不怎么敢教训她，私下对承宗说，押货倒也不是什么坏事，半条龙做的都是黑门生意，背后有日本人撑腰，但他妈这年头日本人也分好几路，有负责查抄的，有拿了贿赂伙同中国人搞投机的，要紧的是搞清半条龙的运货线。承宗好奇，问你到底给谁做事，是想黑吃黑，吞了半条龙吗。汪有光不肯再说下去，告诫他不要把话都放在嘴上。

承宗在吴里无所事事，老婆甚至不给他到赌场做事。他倒想找份开汽车的工作，可这城里除了日本人和汉奸，谁还能有汽车。有一天实在苦闷，趁老婆不在，上赌桌玩了一把，还是像他当初所说，赌钱必输，饮酒必醉，把镇江带回来那最后一个银元也出送掉了。宝生劝慰道："的老婆本事大，你被养着不丢人，帮她带带小孩吧。"

路志民那时一岁，长得好看、娇贵，也会嗲人，他刚学会喊爸爸妈妈。对于这个孩子的下场，知情者不太乐观，因为承宗迟早会有自己的孩子，弄一个捡来的做长子，继承他祖宗的志业，听上去不像真的。承宗说，关二爷的义子叫作关平，是长子，最后陪关二爷一起死的。听者反驳，刘备的义子叫刘封，最后被刘备宰了。话越说越不吉利，承宗说，算了，这就是我亲儿子。两人眉目有几分相似，以后再带出去，绝口不提他是捡来的。承宗也曾问过老婆，小孩的亲娘万一出现，找他们讨还，该怎么办。

爱玲说，她亲手交到我怀里，现在要讨还，怕是难了，谁让她交给我呢。承宗说对方也可以赖你拐走了小孩，当时又没证人。爱玲想了想说，那她也证不出自己是小孩的亲娘，总之不会还，休想。两人担心了一阵，在街上随便找到位算命师父，看一个吉凶好歹，算命的断言，这男孩出息不大，但是会给你们送终的。

这一年秋天承宗一家搬到了废太子基，这条街比一般的小巷宽，大马路进来不费劲。街上住满了从乡下逃进城的人，都还有点身家，租得起城里的房子。乡间村镇治安极差，伪军和土匪在日本人抢劫之后又抢劫了一轮，零星的战斗仍然在发生，此时日本人用兵华中，战火烧到了武汉，吴里仅驻扎着一百多个日本兵，各条线上都是维持会在张罗，本地的汉奸又多又卖力，从乡绅到流氓都仿佛一夜之间转换了身份，过去高喊抗日的也是他们。承宗得出一个结论，这人要是个坏人，谁来了他都还是个坏人，改天换日只会让这些人更坏，不会更好。

他们最初住的那间房，也就是此后几十年的路氏老宅，并非自己的产业。房东姓梁，大家喊他梁房东，三十多岁不事生产，全家靠吃房租活命。他在这街上有两套大宅，各有五进深，总加起来五六十间房。梁房东问承宗："为什么你不去做事，你老婆每天出去做事？"承宗说："我老婆不让我做事。"梁房东问："你会做什么事呢？"承宗说："什么都不会。"梁房东端着他的茶壶喝了一口，不怀好意地看着承宗，过了一会儿说："你还年轻，你也是个男人，你做事就能挣到钱，挣到钱就可以买房子。要不然，你的儿子将来还是租我儿子的房子。"承宗听得很胸闷，抱着这个出息不大的儿子，跑出去找承玉和爱玲，把这番话转述给她们，两个女的也很生气，说这房东讲话没规矩，暗示你老婆在外面做那个，你在家做乌龟。当天爱玲回到家，还是神色照常，也不打算给丈夫张目，第二天她出门后，来了一队伪军，带着三个日本兵，把梁房东揪了出来。兵头说："有人报告你这房子里藏着枪，得搜。"日本兵说："呼噜呼噜！"兵头翻译道："皇军说呼噜呼噜就是点火烧房。"梁房东吓坏了，百般辩解，挡不住这伙气势汹汹的兵。伪军也不打算真搜，草草地扒拉了一通，没找到什么东西，枪也好，钱也好，粮食也好，一概没有。兵头告诉梁房东："什么都没搜到，那就更要呼噜呼噜。"梁房东懂了，回到房间从地板下面摸出一沓钞票塞到那人手里，这伙兵得了钱也不买账，把承宗喊了过来，当着他的面扇了梁房东几个耳光，大摇大摆走了。

承宗知道这是承玉招来的人，也不好辩解。他妹妹认识维持会，等于是他本人认识维持会，也等于是他们认识日本人，这是个兔假狐威、狐假虎威的年头。从此以后他在这街上出了名。

有一天他抱着小孩出去，刚到马路上，拐弯出来一辆黑色轿车，离他还有一尺远时刹车停住，司机雄腔阔气，伸头出来骂道：走路不要想心事，当心撞死你。承宗很惊讶，吴里居然有轿车了，是他过去在上海开过的福特，很常见的车型，但在这年头，可想而知，车里坐着何等人物。他让开一步，又多看了一眼，后车窗摇下来，露出了逢阿大的脸。承宗心想，原来如此，这人找到了司机，坐上了汽车。逢阿大慢条斯理地说："你是路承宗，抱着小孩出去玩。"承宗说："瞎逛逛，没地方去。"逢阿大说："现在城里没有车了，做不了驾驶员。"承宗说："是的，慢慢找工作。"逢阿大说："出远门跑腿你也不肯。"承宗心想，这人有意思，找我寒暄，本该你问我答，留个讲话余地，可这逢阿大句句都是直话，不知道是天生这样呢，还是后天跟着谁学来的。车窗摇了上去，司机发动汽车，再无多话，把承宗撂在了路边。

此事过后，爱玲问承宗："你想出去做事吗？"承宗说："我已经被你养成大小姐了，不想做事，只想荡荡吃吃。"爱玲说："你不要讲反话，你是孤僻了，也没个朋友。"承宗说："街上都知道我能喊来日本兵，避之唯恐不及，交不到朋友。"爱玲说："逢阿大找到汪有光，汪有光不敢直接找你，找到我来说。"承宗说："说什么？"爱玲说："去开车。"承宗说："他有司机。"爱玲说："听说不大可靠，也不知道怎么回事，想换人。"

承宗叹了口气。那些有钱有势的人，身边皆有私家服务，例如秘书、保姆、警卫、厨师、律师、司机、会计，还有医生，甚至花匠。各项事务皆有账本经，不是单单卖力气，轻易换人不吉利。若要换人，多半是出了大漏子。他去问汪有光，汪有光低声说："这司机偷油卖钱，逢阿大一生气，听说把他活埋了。"又说："上次半条龙找人做事，我提议你去，你不领情。逢阿大知道了，他反倒觉得你可靠。因你春天从镇江回来，他摸不清你的底，如果是个奸细，早就趁势进门了。"承宗说："这些人心思重。"汪有光叮嘱："这些人日日都在打探情报，做黑门生意，是祖师爷。如果去了，手脚干净点，干不下去可以回家。"

承宗想干这份活。

仗还会打下去，有一阵听说中国军队要反攻，不过更确凿的消息是日本人连武汉都占领了。只要日本人在，就别指望这地方能好起来。作为司机,他当然希望汽车是个稀罕东西,这样显得他金贵、值钱,但也别太稀罕,整座城里找不到汽车,他就没活干了。长久不开车,手容易生,看见磨盘都想撸几下。他回到家,一个人坐在天井里前思后想。晚上吃饭,承宗对爱玲说:"上等司机是虎,中等司机是马,下等司机是狗。给逢阿大开车,我想通了,既不能做虎也不能做狗,就做个中等司机吧。"说完摸摸路志民的头——和儿子一样,出息不大,但愿有个善终。

一九三九年在上海发生了多起行刺事件,有得手的,有失手的。刺杀目标均为汉奸和日本人,动手的是国民党特工和一班不要命的青年。较为著名的一起事件,是伪维新政府外交部长陈箓在愚园路家中遇刺。多名刺客闯进客厅,拔出手枪,将所有的子弹射在了这位大人物身上,致命一发打中太阳穴。此事发生在二月份,是头条新闻,吴里城133号的中等和下等人物感到了威胁,另一种反攻开始了。

承宗跟着逢阿大讨生活,他又回到了过去的那种日子,把老板运到他要去的地方,老板做事的时候他闲着,蹲守一边,擦擦车,或抽烟打发时间。这比开货车舒服多了。逢阿大没小孩,他老婆有头疼病,坐不了汽车,日常这车就只需要载着他本人进出,副驾位置坐一个带双枪的保镖,这人姓刘,承宗喊他刘警卫,他喊承宗路司机。刘警卫不太爱说话,经常在逢家后院练拔枪。某种程度上,这个人就是承宗的搭档,但承宗很清楚,遇到危险,这家伙不会保护自己,反过来说,他的命倒是握在司机手里,如果撞车的话承宗会毫不犹豫把副驾那一侧送上去。

有一天逢阿大把他喊到眼前，由于痛风，他平时坐着都把脚搁在凳子上，整个人像一座肉山陷在沙发里，承宗就站在他的脚心两尺外。逢阿大说："外头有谣言，说我把司机活埋了，你一定听说这事，也不问我。"承宗心想，这人讲话装模作样的，杀人这种事情能直接问吗。逢阿大说："这是假的。我的司机做事不在路子上，嘴巴和手脚都不干净，我把他辞退了，他从此不能进吴里城，没有死。我要是想让他死，也不用费手脚活埋，送到宪兵队就行了。"承宗不语。逢阿大说："宪兵队有个硫酸池，抓到小偷就扔硫酸池里。日本人恨小偷。"承宗还是不语，心想他妈的日本人侵略中国是帮我们抓小偷吗，又想到幸好是承玉收留了宝生，不然可能去喝硫酸了。逢阿大说："你这人话少，很好。我手下的人话都不多。你想拜师父进门，我可以给半条龙带句话，做他的徒弟也很好。"承宗知道，所谓进门就是帮规挂在头顶，犯事了三刀六个洞，或者砍手砍脚，这逢阿大听说是青帮出身，可上海的青帮正在杀汉奸，这世道已经搞不清谁是谁。"我自幼在关二爷神像前拜了义父，不能再拜别的师父。"承宗答道。逢阿大说："我明白了。"

承宗去过两个地方值得一提，一是司空巷133号，特务的窝，那里弄死过不少人，二是宪兵队，日本人的窝，那里弄死的人更多。他的汽车进不了司空巷，人也进不了宪兵队那幢楼，每到这两处他都把车停在不起眼的地方，人缩在车里不敢出来，甚至把身子缩到座位里，装作这车上没有司机——他担心随便来个什么比逢阿大更厉害的人物，一句话就把车和司机都给征用了，那他就别想回得了家。

处的时间久了，他承认，逢阿大对底下人还不错，工钱不少，小恩小惠不断，时间上管得不是很苛刻。这当然是应该的，一个人再坏，也不应该虐待自己的司机和保姆，一边虐待一边还让他们继续伺候自己，那很容易招祸。逢阿大的规矩也严，不得打听事情，不得传话出去，不能和133号的其他人接触，不可以抽鸦片，不可以喝酒赌钱嫖娼。这些规矩承宗都能做到，他也不免反问自己：我这人居然一点坏习惯都没有吗，连坏人都这么看得上我。

他也打听了一些事，前任司机到底把油卖给了谁。他对这事好奇，汽油是日本人给的，倒卖出去必定是给中国人，最可能的是往上海租界走私。他听说在租界里，粮食、布匹、酒、汽油这类必需品的价钱已经飞上天，有人在战前把汽油桶埋在了地下，现在挖出来可以换金子。有一天车子出了点小故障，城里就一家维修行还在营业，他把车慢腾腾开过去，那经理对着他眨眼睛，指指油箱，承宗明白了，就是这些修车换零件的人在倒卖汽油。他问经理，什么价钱。经理说，半箱油换半斤鸦片，鸦片你拿到手可以去烟馆换钞票，或者自己抽。承宗说，我修车能付给你鸦片吗。经理说，这倒不能，市面上银洋少、鸦片多。承宗乐了，说你明知道我在给谁开车，那人就是贩鸦片的。

这年春天吴里的市面恢复了，战争已经远离此地，和上海之间的交通恢复，火车也开了起来。一些人去了租界，更多的人涌入吴里，这座城市离上海近，向租界走私是一门好生意，日本人和伪政府也查，但他们似乎更热衷于征税，其税金多来自烟馆和赌场。过去政府禁烟，现在鸦片是合法的，短短一年时间，城里街巷开了有上百家烟馆，瘾君子遍地，他开车经过闹市区时忍不住会回想起军民同心协力抵御日寇的年份，如今没有人再喊抗日了，不敢喊，似乎也忘了这件事，连那点屈辱和不甘也都消失了。

陈箓死后，上海陆续又发生了几起刺杀事件，统统都是用枪打的，这说明国民党的便衣还潜伏在大街小巷，又有消息说皖东的新四军先头部队东进，太湖也有，上海郊区也有，吴里的汉奸坐不住了，逢阿大连续一个礼拜到133号开会，痛风发作，决定带着老婆和警卫到南京去休养一阵。承宗看他脸色不好，实在也很想劝他，就一句话，别干了——你这身体吃喝嫖赌全不行，所做的事情有哪件能让自己开心呢？不过，正如爱玲所说，这号人是没有退路的，劝他还不如劝自己。承宗没多说什么，只告诉逢阿大，车子定期还是要开一下，不开容易坏。逢阿大说，你看着办，工钱我照付，但车在这期间要是坏了，你得自己花钱去修。

这相当于赌，车子不开容易坏，开了也保不齐会坏。承宗心想，就这么一句话，说明你不是什么有境界的大人物，中下等而已。

他忽然没人管了，也不用上班，白拿工钱，汽车还归他使。他把车开进了废太子基，街巷里的人全都跑出来看，梁房东带着儿子靠近，他儿子想摸摸汽车。承宗说，手上有汗，汽车会生锈。梁房东说，这黄梅天怎么办。承宗说，对啊，所以要经常开出来，晒一晒，吹一吹，不然会发霉。梁房东见他这副猖狂的样子，忍不住口中嘀咕，不用猜就知道，说他是汉奸的奴才，小脚色得志。

承宗把梁房东拉到一边,劝慰道:"我始终是个开车的,我儿子将来也是开车的,你儿子长大有了汽车,我儿子给你儿子开车。"梁房东说:"我可不敢这么想,我上次稍微想了想,皇军就上门抄家了。"

同一时间上,汪有光和半条龙合股,赌场做得红火,又开了两家分号。他也没想到自己投对了门路,日本人来了以后竟然是这种局面,他甚至想过回到袁塘镇,再把自家旗号竖起来,搞一个衣锦还乡,但这么做没什么意义,袁塘镇经历兵燹,如今破败萧条,人都在挨饿。更重要的是,他回去得还钱,他不想还钱,只想赚钱。"这世道不对了,变得很奇怪,"汪有光说,"大概好人都死光了。"

周爱玲挣得也不少,最初租房时就一张竹榻,两个藤箱,吃饭桌子是歪的,如今置办了不少家业,有一张崭新的大铜床,一口五斗柜,客堂里换了麻将桌和骨牌凳,路志民甚至有了玩具。承宗从未开轿车带周爱玲出去兜风,这次得到了机会。有时车里塞满一家人,承玉,鸣凤,宝生,大人吵嚷,小孩哭喊,跑在街上十分惹人注目。唯独汪有光不肯坐这车,说:"逢阿大不是个大气的人,要知道我坐了他的车,心里一别扭断了我的财路。"又说:"我劝你也收敛些。"

夏天时他接到逢阿大的口信,说是快回吴里了。他没当回事,这一天小孩身上发了皮疹,他开车带着老婆一起去诊所,那一片十分安静,纵横五条马路两边都是西式石库门,行道树是梧桐。天气炎热,头顶蝉声起伏,四下里没什么人。看完病后,他从诊所出来,周爱玲抱小孩坐到后排,车里很热,她摇下了车窗,还有点走神,因这一带和上海相似,勾起她思乡之情。车开到十字路口停了一下,承宗总觉得不对劲,瞄了一眼反光镜,后面没有人。爱玲问他为什么停车,路口并没有人和车,承宗说:"有人说夏天到了这个时候杀气腾腾的。"爱玲告诉他,三伏天毒气重,杀气是秋后。她发现车里进了一只苍蝇,这么小的空间里,苍蝇显得尤其讨厌,她伸手去赶,与此同时,承宗发动了汽车,忽然斜刺里闪出一条人影,往车里扔了个东西,正砸在爱玲脚背上。她哎哟了一声,左手抱着小孩,右手往座位底下捞,捞了好几下,拾起那东西一看,是一颗木柄手榴弹,得有一斤重。这么大一块铁,她的脚背更痛了。

"承宗,"爱玲把这玩意递给了丈夫,"是手榴弹。"

承宗回头看了一眼,手榴弹盖子已经打开,引信拔了出来。那一瞬间他想到的是,我们全家都报销在这里了。

他的车子缓缓地开过十字路口,停在街边,有挺长一段时间他脑子里一片空白,眼前冒着金星。他经历过大场面,飞机大炮也都见过,但这次是真格的手榴弹扔到了老婆脚背上。"你还不赶紧把它扔出去吗?"承宗很不耐烦地说,"戳在我脑袋边上干什么?"

"我现在拿着它,它没炸,扔出去说不定就炸了。"

"你讲得有道理。"

老婆比自己稍微冷静点。承宗醒了醒神,接过手榴弹,为了显示自己的冷静还端详了一下,它要炸不炸,意味着自己该死不死。他下了车,想找个僻静地方把这要命玩意放好,不远处就是教堂,那里适合放炸弹,他正想走过去,忽然看见一个半大少年从十字路口那边慢慢蹭过来，歪着头很疑惑地朝他张望。爱玲从反光镜里看到，伸出头嚷道："就是他扔的！"承宗举着手榴弹追上去，少年拔腿就跑，人往教堂边上的小夹弄里钻，一脚绊在台阶上，整个脸着地。等到承宗赶上，骑在他身上，发现此人口鼻流血，仿佛已经被自己痛打了一顿。

王组长就是在那时出现的，这是他自报的称谓。一开始，承宗以为是劝架的人，毕竟大热天的在教堂边上揍一个小孩是件过分的事，他感觉自己后背被什么东西顶了一下，又顶了一下。承宗气头上，没回头，大骂少年，你往哪儿扔手榴弹，你看看清楚再扔，谁派你来的。身后人开口，讲的是上海话："朋友，我用枪顶着你了。"他一回头看见个穿黑衣服的中等个子男人，戴着草帽和墨镜，身后仿佛还有两个望风的，黑色的手枪就在他鼻子前面晃。承宗服气了，从那少年身上下来，少年喊了一声组长，站起身往地上吐了口血唾沫，恨恨地看着承宗。承宗说："小孩，你不要这样，讲点道理，毕竟是你要杀我，你脸上是自己摔的，也不是我打的。"少年抹了一把鼻血说："我要杀汉奸。"承宗又不服了，质问道："这车里哪来的汉奸？我吗？"少年说："给汉奸开车的就是汉奸，活该死。"承宗说："给汉奸修鞋的呢，给汉奸送报纸的呢？"少年说："都是！"承宗看出他耿头耿脑，没见过世面，手脚也不是很协调，合该是个做替死鬼的。那边爱玲抱着小孩过来，两个望风的拦住她，还挺有礼貌。爱玲说："别拦，里面是我男人，你们要拦我可就喊起来了。"组长把枪收了起来，对他们夫妻拱拱手说："听这话是我认错了人，可汽车确实是逢阿大的。我们去教堂里说话。"

这座教堂叫使徒堂，是美国长老会办的，建于清朝同治年，有一段历史了。房子造得十分简洁优雅，有一个尖尖的屋顶，灰色外墙，沿街处是一排带铁栅栏的围墙，内中一个小花园宁静幽深。战争发生后，这里曾经救助过难民，此后日本人进城，因是美国背景，没怎么动它，一九三八年之后又可以做礼拜了。承宗没来过，他身边全是伤阴德吃江湖饭的，没有教会信众。组长带着他们绕到后院，嫌蚊子太多，噼啪打了几下，干脆进了教堂，有个牧师仿佛是认识这伙人，也没问就放他们进去了。里面很阴凉，组长让那傻了吧唧的少年找地方去洗把脸。

这伙人是从外地来的，下手的目标具体是哪些人，不肯明说。承宗也不是很看得起他们，行刺这种事，无论如何不该找个半大小孩来干，好几个大男人呢，想必组长千金之躯，不合亲自出马，可你这手榴弹倒是给一个能响的呀，反过来说，幸好没响。承宗脑子里一片糊涂。两个望风的去了外面，组长点了根烟，给了承宗一根，周爱玲也伸手要了一根。三个人在教堂里抽烟，牧师也不出来管管，现在承宗可以肯定牧师是跟他们一伙的。

"你说逢阿大去了南京，他什么时候回来？"组长问。

"大概就这几天。"

"好，那我等等他。"

"我们夫妻是给国家出过力的，开过军车，做过战地护士，你们要是不打败仗，我们也不会被扔在这里讨生活。总之不会出卖你的。"周爱玲对着组长讲上海话，"逢阿大回来，我就让男人辞工，我也不想再被手榴弹敲中脚背，很疼。"

"不要辞，你辞工，他会起疑。"组长说，"我确保你们夫妻的安全。"

确保的意思，就是说也可以不确保。爱玲摇头说："你能找个年纪大一点的吗？我听说在上海你们也是找二十来岁的小孩行刺，这些小孩不是军人出身，抓到宪兵队都是剜眼割舌，死得很惨。"

"这世界不缺有本事的人，独缺不怕死的人。"组长说。

承宗交代，逢阿大日常往来的地方就三处，家门口常有三五人把守，133号戒备森严，至于宪兵队，放十个刺客也不敢靠近，想得手很难。另有两处，一是十字路口对面的诊所，逢某人定期要来；二是城郊的紫金庵，他老娘在那里做居士，初一十五他都会去探望。你们想不到，这人还挺孝顺。去这两处是他身边人最少的时候，仅一个司机一个保镖，保镖拔枪很快，打得准不准不知道，没见他打过大活人。汽车开起来一溜烟，一般人是跟不上的，唯有守株待兔，不过承宗告诉他们，可以在马路上想办法制造车祸，把车逼停，逼停之后请不要往车里扔手榴弹，那样的话司机会被炸死，万一是个臭弹就更丢人了。逢阿大很胖，腿脚也不行，逃不动的，随便往他身上招呼什么都可以。

"你讲得很好，我有办法。"组长说。

承宗心里暗骂，骂组长混账，逢阿大招祸，自己做事也不在路子上，居然教别人怎么杀人。又抽了两根烟，此地不宜久留，组长站起身，牧师送他们出门。爱玲忍不住问，这逢阿大到底有多坏，杀他一个不够，还想杀他全家。组长说，此人战前就勾结日人，指示门徒破坏我军的军事设施，又拿到一份潜伏在吴里的特工名单，杀害了好几个同仁，不锄掉他天理难容。"我的亲弟弟也是死在他手上,此仇必报。"组长有点激动,做了个劈斩的动作。爱玲说:"好吧,都杀光了最好。"

走到门口,承宗忽然想起一件事,又往回走。这一次牧师把他拦住了,问想干什么。承宗说,抱歉,刚才把手榴弹忘在后院了,放那里怕忽然炸了,惊动了天主。牧师翻了个白眼,搡他出门,匆匆回去处理。组长又多看了他们一眼,说:"你们夫妻不俗,交个朋友,以后有来有往。"说完摸摸路志民发满疹子的额头,那意思不言自明:若是出卖我,你家儿子保不住。路志民像是领会了,适时地大哭起来。

承宗开车上路,夫妻两人心知肚明,这回是把逢阿大给卖了。他嘀咕了一句,其实逢阿大对我还可以。周爱玲说,这不是你和逢阿大之间的事,做人是非分明些。承宗不语。过了一会儿周爱玲说:"那个人把我当成是逢阿大的老婆,找了个小孩往他老婆身上扔手榴弹,不是大丈夫所为。"承宗越想越怕。他要太太平平活命,开一辆车,拿一份工钱,偶尔揩油载着全家老小出去兜个风,可世道如此,对他提出了过高的要求,必须分清黑白,认准明暗,没法做一个糊涂人。

两人没敢声张这事,商量着干脆扔下家当去什么地方避风头,可是也没好地方能去,睁着眼睛躺了一夜,第二天中午承宗忽然想出了办法。"我太笨了,我只要把那辆车弄坏,就可以脱身了。"爱玲夸他机智,承宗很得意,说这个办法是我师父关山度教的,当初有人请他开车私运军火,他怕自己出事,又难推却,干脆把卡车里的电线给拔了。拔电线这事特别容易,甚至不用花钱修车,可以一次次拔。爱玲拍他屁股说:"那你快去拔。"承宗很高兴，下午时顶着太阳去逢阿大家，发现他从南京回来了，照理应该通知司机去火车站接的。车还停在门口，好几个人守在那里，刘警卫让他在天井里等，承宗知道事情有变，没吭声。刘警卫多说了一句：你可以到别处找工作了。承宗还是不接话。过了挺长时间，一个人从里面出来，匆匆走掉，逢阿大喊承宗进去。这胖人还是那样坐着，脚搁在凳子上，人仿佛比之前更胖了。有一个女佣人在给他打扇子，屋里很暗，承宗也看不清逢阿大的眼睛，光是看见了一双脚。

逢阿大告诉承宗，南京有一个徒孙子会开车，跟着带回了吴里，以后就由这人开车了。承宗再一次眼冒金星，心想居然有这好的事，是我拜了关公吗。逢阿大在黑暗中似乎觉察到了什么，勉强直起身子看了看，承宗脸上没表情。逢阿大问，我不在这阵子太平吗。承宗说，很太平，没有事。逢阿大笑了笑问，车子没坏吗。承宗说，没坏，一如既往。

他交了车钥匙，结了工钱，独自往回走，想起老婆关照的，在路上要看看有没有人盯梢，回头看了一眼，身后空空如也，既没有这边的人也没有那边的人，一切似乎都已抛下，他心里一阵轻松，再回到家就只需要考虑饭碗问题了。这回就算打死他，他也不敢再给汉奸做车夫。

两天后，一个消息传来，逢阿大在城外庵堂门口被刺。当他从庵堂出来时，三名枪手从三个方向举枪朝他射击，他的保镖率先中弹，没来得及拔枪就倒地毙命，他的司机在车里，开车想逃，被一个少年赶上——没扔手榴弹，隔着车窗打了四发子弹，两发击中太阳穴。逢阿大本人中枪瘫倒在一棵桂花树下，一名戴草帽和墨镜的刺客走到他面前,说了一句:"我代表国民革命政府处决你。"然后一枪打爆了他的头。这四个人夺了逢阿大的车,拽下了司机的尸体,随后扬长而去。庵堂的住持目睹了这一切,据说逢阿大的老娘在里面念经,听到枪声昏了过去。

逢阿大被杀,亲日的报纸都没刊登这消息,他不是什么大人物,一个上不得台面的地痞而已。劫走的这辆轿车,数日后被人发现停在了麒麟山的山坳里,后来被宪兵队的人开走了。王组长再也没有出现。爱玲说到这事,对逢阿大并无同情,只说了一句:在庵堂门口,他老娘身畔杀了他,这些人做事狠。

"但逢阿大也狠。"承宗说。

"他们都狠,你不要学他们。"

一九四〇年春天,汪伪政府成立了。

吴里一直在下着毛毛雨,游行庆祝的队伍稀稀拉拉经过赌场门口,那场面还是和以前一样,举小旗,挥彩带,一支军乐队敲敲打打,有人发糖果。宝生抱着路志民去看热闹,抓着了一颗糖,几个蜜枣,塞在嘴里吃着笑着,等这队伍走掉,日本军官骑着高头大马嘚嘚而来,士兵扛枪,皮鞋整齐划一地踩在石板路上,发出哗哗的声音。在军官马下跟着走的是翻译官,他是北边来的,会讲日语但听不懂吴里本地话,在他后面还跟着个翻译中国话的,有时,这两个家伙像接力一样转译着人们嘴里的话,而传到日本军官耳朵里的到底是什么,只有天知道了。

这队人走了过去,后面来一辆汽车,硕大的车头,拖着个平板,还有个炉子。这车散发着热气和刺鼻的焦味,司机浑身冒汗，脸被熏得黑乎乎的。宝生跑回赌场，承宗正在那儿走神发呆，很不悦地让他坐定。宝生说有一辆汽车，从来没见过的样子，轰轰地开过来了。承宗走出去望了一眼，笑了。

"这是木炭汽车。"

"烧炭的？"

"烧煤，烧炭，烧树枝，烧你这身破衣服，都可以。"承宗说，"烧过以后，热气就变成了煤气，煤气和汽油一样，都可以发动汽车。"

"不用烧汽油，是大发明。我从来没见过。"

"用骡子拉汽车你也没见过。"

承宗又想起了那位黄老太爷所主张的，中国应该推广木炭汽车，因为国家不产原油，因为一旦被封锁就会陷入被动，因为日本人虎视眈眈。黄老太爷是有点先见之明的，日本人已经来了有三年，听说上海的租界连一滴汽油都找不到了。承宗很想和过世的黄老太爷再谈谈，国家就算产原油，又当如何，日本人只要占领了产地，那些油就归他们了，中国人用木炭汽车和日本鬼子干仗，这又能撑多久。

"以后不要带着小孩去看游行。"承宗回过神来提醒宝生，"上海失守以后，日本人也发钱，让人在马路上庆祝。贪钱的人都去了，遇到个不要命的拿着手枪冲进队伍里朝日本兵乱打。"

"那个人后来呢？"

承宗懒得再和宝生说下去，那人当然是被杀了。再讲下去，宝生就会问人是怎么杀的，有没有同党，杀了埋哪儿。他接过路志民，孩子三岁，已经很重。宝生跟在屁股后面果然又夹缠不清地讲起了杀人的事情,传闻宪兵队有一个中尉酷爱砍人脑袋,所有的犯人都得交到他手里,这鬼子有一把锋利的日本刀,是古代造的,连砍二十颗人头都不会钝。日本人干这个,没有秋后和午时之说,想砍就砍,早上也砍,晚上点着灯也砍。有时缺犯人太久,他们就去清乡,抓几个形迹可疑的农民回来,随便审一审,判决砍头。承宗听得心烦,让他不要在这里讲杀人的事。说话间,见汪有光带着一个身材魁梧的男人进来,汪有光态度出奇地客气,两人没跟谁打招呼就进了包间。承宗问宝生,这人是哪儿来的,宝生不认识,又去问账台上的爱玲和师爷,两人皆称不知。实际上,承宗倒是记得此人,前一天他溜达到修理行去玩,经理正和这个魁梧汉子说话,因其身形高大,被承宗记在心里,他猜这两人在做黑市买卖。

"他不是,"周爱玲眼尖,低声说,"他一进来,门口就有两个人守住了,跟那个组长一样。"承宗朝门口看去,两个无精打采的男人相对而站,一个望着街东边,一个望着街西边。乍看不起眼,多看几眼觉得可以送到宪兵队去。爱玲笑笑说:"不要去惹他们。"

承宗再次失业,长达半年,他觉得自己也像这两个人一样,看上去没精打采,心里却想着别的。闲的时间越久,他越想干点让人刮目相看的事,人就是这样,遇到麻烦躲起来,躲久了又盼着出去闯荡一下。修理行的经理对他说,如今的汽油价钱比过去翻了倍,酒也是值钱的,还有药,还有汽车零件。承宗说自己不需要鸦片,修理行的经理说,鸦片不能给你了,因为鸦片也在涨价,今年以来,市面上有的是钱,不知道哪里来一个神秘的大亨就能掏出大把的钞票，全都是新印的。这道理明白吗，市面上流通着各种纸币，而纸币这东西，重庆也能印，东京也能印。去年是得到鸦片赶紧换钱，今年倒过来，得到钱赶紧去买鸦片，或者买米，不怕发霉的话就囤着。

那魁梧汉子由汪有光陪同着出来，爱玲果然没看走眼，门口两个人忽然对了个眼神，左右护着那汉子往街道一头走去。承宗多看了几眼，汪有光把他拉进了包间，上下打量，明知故问道："你闲了多久？"

"半年。"

"赌场的活你也不干，你就喜欢闲着。"

"倒不是我喜欢，是你的老婆和我的老婆都不让我在赌场做事，她们宁可用宝生。"

"爱玲的心思我知道，承玉为什么不让你做事？"

"这年头没工作的男人就像灰孙子，她喜欢看到我一副灰孙子的样。"

汪有光大笑起来，接着他向承宗讲了件事，日本人的银行开到了吴里，叫台湾银行。人都知道，台湾是中国的，《马关条约》之后割让给了日本，已经四十多年。吴里的台湾银行有个大班是日本人，他得到了逢阿大那辆车，需要一个司机。不知道什么缘故，这大班偏就不喜欢日本司机，尤其不要日本兵给他开车，他想找个中国人当差。托银行里的职员往下问，恰好找到汪有光。对这辆车，汪有光很熟悉，说原班的司机就在我赌场里蹲着呢。仿佛是为日本大班准备的，他哪儿都没去，车技也没生疏，他叫路承宗，在上海给有钱人开过车，底子清白，为人忠厚。这么胡吹了一通,大班让汪有光来找承宗。

"我给汉奸开过车,我再也不想给汉奸开车。"承宗说,"现在我去给日本人开车?"

"我们商量过,这对大家都好。"

"你和谁商量了?"

"就是刚才来的人。"

"我去哪里工作,你找他商量做什么?"承宗问,"他是谁?"

"一个做黑门生意的老板,他需要你从日本人那里搞到点东西,倒手挣钱。"

"你不用敷衍我,我是吃过手榴弹的人。"

汪有光不肯再讲下去,说了好几遍,是老板。承宗不信,说,是组长。汪有光摇头,说我这里组长也有认识的,但你不要再管闲事了,知道得多了掉脑袋。承宗是个见过世面的人了,话里话外听得懂,猜得出是有来头的人,但他还是不明白为什么自己找工作要和这个老板商量。汪有光不得不交代说,此人是本地人,早就认识我家老头,他找上门,我是推辞不掉的。承宗问你不怕事吗。汪有光很无所谓,他一个开赌场的,对面妓院,隔壁烟馆,怕不怕事都一样,得会挡事,但提醒承宗不能说出去,对老婆也保密。最后说了一句:"他是我们的人,不是组长,是队长。"

承宗吃过一次擦边的亏,知道"我们的人"不一定靠得住,工作还是得找,不管谁同意不同意,至于黑门生意,他想在这个乱世做做又何妨。司机挖墙脚的门道太多了,他师父全教过他,只要他想干,绝无可能被逮住。晚上回家,关起门说话,告诉老婆说日本大班给了他一份工作,要去试车。爱玲朝他看了半天,说:"承宗,我们一家还活得下去。"

"如果你怀上小孩,你就不能坐账台,我们也就没收入了。"承宗想到一个不错的理由,接着又照汪有光所教的解释了一通:开银行的不是日本兵,他们不杀人,薪资待遇也不错,汽车还是原先那辆,正经职业不用和汉奸混在一起,甚至不用怕汉奸。周爱玲不说话,承宗又抚她后背,低声说:"这是男人的事。"爱玲不理解他在说什么,到柜子里翻出那件毛料西装,天气还挺凉,衣服能穿得上身,领口有点破,她决定缝一下,接着又告诉承宗,会去给他做西式的衬衫和裤子,再买一双皮鞋。承宗说不必,他近来刚置办的褂子和布鞋都可以穿,他也爱穿布鞋。周爱玲说:"让你穿什么就穿什么,你穿一身布褂子,和日本人混在一起,更像个汉奸。你看看那个侯启宣,穿的都是西装!"承宗胸闷,说你不如给我做一身和服算了,这样我看起来就像澡堂里出来的,真是见鬼。

吴里人所谓"看山水"有两层意思,一指此人目光高远,胸怀大不一样,二指冷静隐忍,善于鉴貌辨色。无论哪层意思,会看山水的人,总强似不会的。承宗很小的时候,他父亲二祥就说过:你啥都不会,这辈子要学会看山水。现在他知道,就算学会点东西,也还得看山水。

"你这叫笨人学聪明了。"爱玲说,"但是别太聪明,像宝生那样就够了。"

吴里一带平静了些,只要军队不出城,就不会有战事发生。

清明节时老百姓结队去近郊扫墓,承宗等人拎着青团子和黄酒也去了麒麟山,留爱玲一人在赌场,却带上了路志民。山间细雨微风飘着,冷冷的,不带一丝人情味。酒食摆下,烧了几张黄表纸,承宗搀着小孩的手,到二祥和小玉子的坟前,说:"儿子,给你爷爷奶奶磕头。"又嘀咕道:"认一认你们的孙子。"路志民小的时候很招人喜欢,嘴甜得很,会喊人会作揖,跪在坟前磕了三个头,承宗他们看看四周,树木青葱,草还没有全长出来,大庆和幺贵也埋在附近,又拖小孩过去鞠躬。宝生很得意,说现在他是这家里辈分最高的男人。承宗埋汰说,我等你继承大庆的遗志,给咱家造祠堂。

父子二人回到家,周爱玲也已经回来了,脸色不好,坐在床沿上发呆。承宗问她遇到了什么事,她说,继母带着弟弟来过了。

她继母是从上海过来,经由堂姐知道她在赌场坐账台,寻到门前。三年不见,继母穿得朴素,弟弟长大了些,闷头闷脑不说话。爱玲说我们不要在这里讲话,回家去。她打了把伞,路上给弟弟买了几颗零食,经过一条僻静小巷时她回头看了一眼,果然有一个中年男人远远地跟在后面,老实巴交的,但不算很穷。她大概猜出什么意思,也没摊牌,只闲聊了几句,丈夫和儿子都出去扫墓了。到家后就让继母和弟弟坐在客堂的桌子边,继母淡淡地说,你现在过好了。周爱玲本来应该说,也就是挣一天吃一天,但她不想这么说,她说,是的,还好。

她父亲死后,继母带着小孩走了,没去收尸,至于两人住在什么地方,靠什么活着,她继母却不肯讲,只是叹气说苦啊,真苦，攒下的家当全没了。周爱玲想，我父亲总还是留了点钱的，在你手里。她也不想再提钱的事，都已经过去三年，谁的钱留得住呢，能把钱花掉就已经很不错了，不要被人抢走骗走。她问继母来吴里做什么。她继母说，自己改嫁了，夫家在吴里远郊的一座小镇上，这次路过，来看看。周爱玲说，那也好的，能吃到口饭就好。她觉得自己不太会说话，像是敷衍。

冷场了一会儿，继母提了一个要求：你看，能不能收留你弟弟，或者寄养一两年。她讲了一点理由：夫家还有两个儿子，妯娌姑婆不少，最好是她先进门待一阵子，再把小孩带进去，城里日子过得好些，乡下总是苦，她在本地无亲无故，想到周爱玲，听说过得不错。她一直讲着，爱玲看看弟弟，坐在桌边，两条腿悬空晃着，还在吃零食，仿佛没听到这些话。她想，你这个亲娘，就这么把小孩扔给我，还当着他面说。她让弟弟去天井里玩，继母却不让，拽住小孩说不要乱跑，掉井里。周爱玲立刻感到厌烦，这个不太会讲话的继母在往日留给她的怨愤又泛起，她说，这里到处是井，小孩跑啊跑啊，很容易掉进去。接着她说："我这里没有多一双筷子的余地，你走吧。"

"你自己的儿子也是领来的，"继母愣了一会儿才续上话，"你过得好了，给你弟弟吃一口，总胜过给别人吃一口。"

周爱玲不接这话，掏出一张钱，放在桌上，又说了一句："你走吧。"

继母站起身，没有拿钱，拉着弟弟往外走。走到天井又回来，从包裹里翻出一个纸盒给周爱玲。"这是你家的东西，我留着没用，给你。"周爱玲打开一看，是几张照片，她父亲的，母亲的，还有自己的。过去的家就只剩薄薄的一沓捏在手上，还能剩什么，全都没有了。她再抬头，两个人已经走了，雨落在天井中，风把钱吹到桌角。她站起来，走到大门口，不是送客，也不想挽留，只是看看。她的继母拉着弟弟，旁边陪着那个男人，男人缩着脖子，浅灰色长衫很容易看出被雨淋湿的痕迹，这三个人向小巷尽头走去。他们之中的任何一个都没回头看她一眼。

"我太绝情了。"爱玲对承宗说。

第八章 文武道

　　福山大班的长相像个混血儿，窄脸大眼睛，高鼻梁，头发有点卷。现在我们知道这是虾夷人的相貌，而在当时我祖父只觉得这人不是大和民族的纯种后代，倒也没猜错。"大班"是一种通称，实际职务是分行行长。至于台湾银行，值得多说几句——《马关条约》之后日本割据台湾，日本银行也就是他们的中央银行于一八九六年在台北开设办事处，一八九九年更名为台湾银行，这是一家官办银行，总行在台北，一九一一年在上海设分行，中日两国职员都有。台湾银行的地位特殊，其股东是日本政府和国内财阀，历史证明这些日本官办银行在当时并不仅仅从事金融活动，亦有其经济侵略的意图。一九四五年日本投降后，台湾银行被中国农民银行接管。

　　福山大班四十岁不到，在台湾和上海待过，会讲一些中国话，甚至上海话，但听不懂吴里土话。他的姓照日文的念法是福库亚马，承宗有时喊他大班，有时喊他福库亚马桑。福库亚马桑挺懂礼貌，一般喊他承宗，日本刚投降那阵子喊他路桑，那时候承宗喊他老福。可能因为不是纯种大和民族的原因，福山大班的性格有点随便，较好接近，也爱说话，业务水平怎么样不太清楚，反正等到战争结束后查账，台湾银行的吴里分行在账面上不但没挣钱，还亏了几十万日元，也算是很对得起股东们了。

吴里分行资产不高，小本经营。根据底下一些职员的说法，大班照理是没有资格拥有私人汽车的，福山不以为然，明说这车不是公司资产，系宪兵队长借给他用的，至于宪兵队长得到了什么好处，当然是从银行借钱，而且是日元。这些日本人就住在离宪兵队不远的地方，起初是石库门里弄，后来找了块空地造起日式房子，都是木结构，带一个漂亮的院子，门是平移的，墙板是纸糊的，一戳一个洞。负责造房子的是宪兵队的军曹。宪兵队确实有一个司机兵，此人给福山开过几天轿车，想一直干下去，但一则军纪禁止，二则福山也受不了他，和宪兵队长聊起，两人都摇头：八嘎，他一踩刹车，我们的脸就撞到前面椅背上。

承宗开车不是这样的，他踩下刹车，前座后座的人都不会有什么异常感觉。他载着老婆兜风时，偶尔也会炫耀一句：看，我的刹车技术好不好，是不是很舒服。载着雇主和宪兵队长当然不能这么问，但日本人也分得清高级低级，嘴上不夸，脸上的表情十分受用。

关于这辆车的来历，福山大班起初并不清楚，以为是宪兵队缴获来的。那一次是福山想要去远郊的福山镇玩，觉得是他家乡，承宗劝止了，说半路也许会遇到游击队，把你给杀了或绑了。接着他说漏了嘴，提到死于车前的逢阿大，逢阿大就是出城被杀的。福山吓了一跳，沉吟道，这辆车不吉利。承宗怕他辞了自己，连忙说，逄阿大没死在车里，死在庙门口。福山说，那就好。承宗想了想，死在车里的是司机，这车里里外外都见过血，最不利于自己，也不好多说什么了。因这一劝，福山觉得承宗是自己人，而且有点小门道，在地头上很熟。他需要懂门道的司机，而不是一个横冲直撞轧死人的日本兵。

春天入职没多久，福山的太太从上海过来，带着一男一女两个孩子，女儿十三四岁，儿子比路志民略大些，还有一个年轻的爱鞠躬的日本女佣，都听不懂中国话。承宗开车，载着福山去火车站接人，前前后后运东西、搬行李，有个挑夫得了钱还在嘀咕，说日本鬼子全家都来了。承宗劝道，少说几句，他听得懂中国话，尤其"鬼子"两个字，他们个个都听得懂。挑夫吓坏了，一溜烟跑远。到后来，承宗知道福山太太的名字叫爱子，"爱"的发音和中国话一样。他当然知道，日本话，中国话，有那么一点像，但彼此老婆都叫"爱"，也是没办法的事。

有一说一，那个年代，日本平民多半是傲视中国人的，战前就这样，战争爆发以后更提防。但吴里的情况和东北、上海又不太一样，这里没有日本人的拓殖团，贸易公司也不多，城里那一小片日本人居住区并不与中国人杂处，伪警察和巡逻队日夜守卫，吴里人不敢去那里。这些日本平民，家里多半也都有枪支武器，不受治安约束，彼此之间还是不要太接近为好。承宗开着车，从反光镜里看到车里的一家人，明白了一点：自己并不是银行的雇员，某种意义上，和那日本女佣的身份差不多。这又回到了过去，给有钱有势的人开车，日子总能过得比那些挑夫们好一些，但滋味比过去难受些，要是不打仗，他至少可以选选开什么车、给什么有钱人开车,现在他和福山好像都没得选——他找不到雇主,福山不敢用其他司机。车开到日本人居住区附近,他踩了一下刹车,车里人震了一下。承宗说,对不住,忽然看到路面上有一条死蛇横着。他倒了一下车,从那条蛇的尸体边谨慎地绕了过去。福山坐在副驾,问他为什么不开过去,承宗说,轮胎见血不吉利,就算是死去的动物,或是一摊血,也不可以轻易轧过去。福山回头,向太太翻译,太太说了几句话,福山翻译回来:承宗,你是个好人。

他回家把这事告诉爱玲,周爱玲说,讲这种话有鬼用。接着她说,听闻前几天从日人居住区抬出一具尸体,不知哪家雇的乡下娘姨,就这样死得不明不白,也没个人敢追查。

有件事承宗猜错了,大班全家来到吴里以后,福山并没有把他当佣人使唤,因这些女眷情况特殊,平时少有机会到外面兜风看景,更没有过去上海老板娘到处购物的那种情况。日人有一所学堂,就在那条街上,福山太太牵着女儿的手去上学,街道安静,承宗有时在车里还能听到这母女二人边走边唱日本歌,有些调门十分熟悉,好像是中国歌,比如那首"长亭外,古道边"。这一家人住下好几个月,也就是载着他们去做衣服、看过病。秋天时福山实在忍不住,一定要带全家去福山镇玩玩,据说那里有一座寺庙在古代曾经住过日本和尚,庙门口种着枫树,被和尚写到过诗里,有文化的日本人都读过。承宗知道这叫访古。道路不太好走,宪兵司令派了一队兵,五十铃军用卡车压阵,护送到福山镇。那日本司机把车开得震天响,沿途老百姓统统逃散,到了镇上,连鸟都吓飞了,当地的保长赔笑,在前面带路，庙里空无一人，墙上新贴了一张标语，上书：打倒日本帝国主义！保长吓坏了，冲上去用手乱撕，一边解释说是共产党游击队干的。日本兵如临大敌，端着枪四处张望，福山大班也很尴尬，唯有他太太面不改色，什么都没看见，什么都没听见，丈夫去哪儿她就去哪儿，始终笑眯眯的，半句怨言没有。承宗心想自己最近总是被老婆数落，蹲在门口角落里抽烟，这一家人进去访古。红枫就在头顶，庙门口种了四棵，有一千年历史了，也可能没那么久，一千年前的树已经不在了，一百年前补种的。无论如何，看看红枫，他觉得自己活得还算滋润，不是狗，不想做虎，也没有马那么忠心。过了一会儿，那司机兵走到他面前，骂了一句，八格牙路。此前这家伙对着寺庙墙根撒尿，显然是个大老粗。承宗听得懂骂人话，笑笑，还嘴道：滚你娘的，你这个只会开右舵的戆卵。

这一时期吴里街上的汽车多了起来，一是公共汽车，公司由日本人控股，在市里和近郊跑那么几条线，二是木炭汽车，用来运货或是跑长途客运，三是伪政府官员的小轿车，那几个司机也都是中国人。承宗时常开车拉着福山大班出去开会，有一片僻静的大园子，属军管区，里面好几栋洋楼，还有禅堂和秘密地道，停车库在外面，他总是在那里蹲着，边上是同行们。彼此之间不说话，互相看看，派根烟，摇摇头。司机知道的秘密总是多，但承宗什么都不清楚，因为他听不懂日本话。

他能说得出的关于福山大班的秘密，是一个日本舞女。这个舞女的来历，他讲不明白，汪有光倒是知道，从上海过来，叫驹子小姐，是那群舞女中最漂亮的。承宗概括，她和福山大班之间的往来有如下几种情况：大班坐车搭上驹子去社交会，大班送驹子回家，驹子依依不舍地送大班到车里，大班在驹子家里待很久，大班和驹子黄昏时分站在运河边看风景还依偎在一起。"但大班从来没在舞女家过夜。至少我没看见过。"承宗告诉汪有光，"他只有这点秘密，其他的我听不懂。"

"这对他老婆是秘密，对我们不是，我们全知道大班和驹子的事。"汪有光说。

有一天承宗又开车，拉着大班和驹子小姐去运河边看日落。车停在路边，两个人远远地站在一棵树下，大班似乎是掏出什么礼物送给了女的，并且鬼头鬼脑张望了一下。承宗也不想偷看这个，就转过脸去，看着东边，正遇到袁塘镇的黄家二老爷路过，这是熟人。黄家的事情承宗听说了一些，自从患肺痨的三老爷被日本人砍死以后，那宅子里就不太好住人了，日军在他家祠堂大肆屠杀，又点火烧房，这两三年来黄家一落千丈，运势跌到了沟里。几个兄弟分了家，遵照黄家的规矩，大老爷得到全部财产，其余兄弟分一个角。地主家都这样，要是平分家产的话，家族就没了底子。至于黄启宣，早就赶跑了。总之，二老爷得了一笔钱，也不好在袁塘镇继续待下去，来到吴里开了家布店，他不太会经营，一年亏光，现在还剩一间独门独院的小房子，全家住在那里，佣人也雇不起，老婆自己做饭洗衣。若在街上看见黄启宣，二老爷就远远地停下脚步，嘴里嘟哝一句骂人话，返身走掉。承宗知道，尽管此人脾性暴，但不算坏人，两人迎头撞见，他打了个招呼，二老爷冷冷地看了他一眼，对地上吐了口痰，仰天切齿，说一声："狗！"然后走了。

承宗十分憋屈，很想告诉二老爷，自己身上也背着国家的差事，你听说过关二爷身在曹营心在汉的故事吗？可这半年队长也没出现，更无什么任务，如果有任务他是不是能接得了也很难说，总不能让他去抢银行吧。实打实的，他已经成为吴里城的上等人，废太子基很多街坊都知道他给日本人开车，甚至给日本女人，这差事根本瞒不住，他太扎眼了，他去澡堂泡澡，别人都说他是跟日本人学的，要不要弄个木桶，这儿可没有男女混浴。

几天后，他拉着福山大班回城，新四军一支分队刚刚在一百公里外的芦苇荡边伏击了日军巡逻队，这场小规模战斗打得很血腥，我军数次冲杀，双方均有伤亡，日军遭全歼，落单的日本兵最终拉响手雷自杀。在黑色的拱形城门口，日本人加强了盘查，连福山的车子也要看通行证，老百姓排队进城，一个一个，朝着端刺刀的日本兵鞠躬。承宗看到二老爷走在前面，到日本兵面前，也许是故意的，也许是没忍住，他鞠了个躬，扭过脸又朝地上吐了口痰。日本兵给了他一耳光，逼他把地上的痰弄干净，二老爷没敢犟，蹲下去擦地上的痰迹，日本兵又给了他一脚，揪住头发，让他跪地俯身，把痰舔干净。

承宗看着这一幕，车就停在二老爷身边，他像狗一样舔着地上，抬头看了承宗一眼，咽下嘴里的东西。承宗心里一阵发毛，这不是人看着人的眼神。他意识到自己在车里，扶着方向盘，穿着西装，身后坐着日本人，进城时甚至连日本兵都朝着他的车敬礼。第二天他想起这件事有点难过，忍不住告诉了爱玲：日本兵爱干净，但他们不是人。爱玲说那个二老爷，消息传出来，今天早晨在家上吊死了。

柳老板也就是柳队长，抗战时期承宗只见过他两三次，穿一身粗布衣服，高高大大，像个普通的老百姓，仔细看眉宇，知道他是读过书、见过世面的人。汪有光带承宗去见他，在一间僻静小旅店，那时承宗并不懂，这就是"地下交通站"。进门后往小饭厅落座，汪有光说，要黄酒，要豆腐，不要豆芽。这是暗号。旅馆老板娘面无表情说，菜色不多，端上来你自己尝尝吧。她上了楼，过不多久，木楼梯发出吱吱嘎嘎的声音，柳老板下来了，汪有光居中介绍两人认识。饭厅再无其他人，柳老板笑笑，问道路师傅在银行做得怎么样，承宗拱手，回答还不错。柳老板说，一向都很想认识一下，以前在袁塘镇，他们都喊你小白龙。承宗说，不是什么雅号，白龙，白弄，样样白弄，没个好收成。柳老板说，只是你一直出车，平时我进城，也见不到。承宗心想，要见总是能见，今天不就是来见了吗，必有事情要找我。三个人坐定，又随便聊了几句，柳老板问，福山这个人怎么样。承宗大概讲了一点，也不敢说他好，也不愿说他不好。柳老板说，我有些事要托你。承宗低头不语。汪有光在桌子底下推了推他，承宗还是不说话。

"这倒奇怪了，"柳老板还是很客气，"我还没开口，你就为难了。"

"福山这个人不坏，他是发我工钱的老板，你们不要坏他的性命，或是绑他的家人，我下不去手。"

柳老板起身，把汪有光拉到过道里，低声交谈几句，再回来时亮了身份。"我是新四军太湖游击队,我们是抗日队伍,与日本人打过仗、拼过命。你说的事情,国民党的军统也许会做,我们是不做的。"承宗看看汪有光。汪有光低声说:"兄弟,知道归知道,不要说出去。"承宗说:"你当我什么人,出卖自己人,我老婆小孩还要不要了？以前那个组长,我也没出卖过,他后来很顺利把逄阿大杀了。我要是卖他,我就发财了,但明天大概就死了。"柳老板笑了,说:"兄弟,想得明白。"

承宗说起了一件旧事,当年他在私塾念书,那先生对学生严厉,唯独善待承宗,因他读书勤奋,天性厚道,更因他是学堂里最穷的小孩,父亲是个苦力。有同窗取笑他是车夫的儿子,私塾先生就把承宗叫到身边,板着脸说:子曰犁牛之子骍且角,虽欲勿用,山川其舍诸。这是什么意思呢,先生说,耕牛的儿子长得周正,因它出身低微,势利的人看不起它,但它总有一天会被山川之神所重用。承宗说,这个先生,他的儿子是个共产党,后来被杀了,家破人亡,我一直念着他的好。

"我们是革命队伍,"柳老板点头说,"抗日,救国,为劳苦大众。"

柳老板不要人命,不要钱,他要物资,这不是银行轿车司机的专长,承宗手上没物资,当然,金条和钞票他也搞不到。"汽油我倒是攒了一些,"承宗说,"有两桶半,都埋着呢。"柳老板看看汪有光,两人都很惊喜,说这个好啊,有多少要多少,问价钱,承宗说不要钱,跟自己人做生意说不过去,就当是派了任务吧。汽油桶就埋在赌场后院的石板下面,放家里油味很重,怕暴露。汪有光说,早知道你给我就可以了。承宗摇头,说你这个人信不过，墙头草，吃了这边吃那边，我怕你把这好东西卖了，或是给了半条龙。这并不完全是编派他，他认识的人头太杂。汪有光不以为然，嘲笑说半条龙迟早和逢阿大一样的下场，聪明朋友最好离半死人远点。承宗问："新四军什么时候能打回来？据我所知，日本人现在全靠交通线，铁路公路相连，部队来回调动，只要切断交通，城里的日本兵还是可以打一打的，他们人数不多，至于皇协军，根本没有战斗力。"柳老板说："你的想法很对，北方的八路军在反攻，就是破坏交通，消灭据点，至于我们，打持久战。还有什么情报吗？"承宗说："日本兵爱吃米饭，三天不吃大米连路都走不动，中国人吃着糠都能打仗。断了日本人的大米，我们就能打赢。"柳老板乐了，说："讲得我饿了，先吃饭。"

军管区什么样，宪兵队多少人，承宗全都知道，粗粗讲了一遍。柳老板问他，车子能开出城吗，能带东西出来吗。承宗说可以，因是大班的车，城门口的日军不会搜查，大班更不管他车上带了些什么。柳老板说："如此甚好，这个大班用得上。"看他一副运筹帷幄的样子，承宗也觉得定心。三人吃饱谈完，柳老板很高兴，摸了摸自己的后脖子说要去澡堂泡个澡，汪有光和承宗陪着，出旅馆到街上。汪有光特地提醒了一句，出门不谈这些。承宗说我懂，我是个司机，嘴巴比你紧得多。进了浴室，跑堂的隔着一排躺椅招呼承宗，飞过来滚烫的毛巾给他们擦脸，承宗飞回去一根香烟，吩咐泡三杯茶。三个人到浴室里泡着，柳老板说，承宗，来，我帮你擦背。承宗说使不得，我是车夫，你是大人物。柳老板说，爷们兄弟，不要见外，以后有的是相见的时候。擦着擦着,柳老板忽然说:"你的先生讲得对,犁牛之子,山川其舍诸,王侯将相,又宁有种乎。你有几斤几两,不是别人说了算的。"

柳老板走后,承宗时常想起这个人。给日本人开车,他也不是交不到朋友,但没什么真朋友,喊他兄弟的有,请他吃饭的也有,所求无非两件事,一是借钱,二是想谋个差事。柳老板和这些人不一样,他不为小利而来,相反,是要承宗上阵赌命。小白龙听了他的话,觉得做人有了志气,赌命也是应该的。此后几年,吴里的抗战局势更复杂,国民党有一些游击队被汪伪政府收编,变成皇协军,他没能再见到柳老板,心想见不到也是好的,倘若柳老板投敌,或者脑袋砍下来挂在城门口,都是不堪去想的事。他每每攒到汽油,都会再叮嘱汪有光一句:这好货给柳老板,不要给其他人马。汪有光笑了,说你答应过白送给柳老板,你可想清楚,不要找我收钱。承宗拍胸脯说柳老板讲话做事亦师亦友,像老板像兄长,他的事情就是我的事情。

汽油在哪里拿?宪兵队的小林军曹手里。小林军曹个头矮小,外八字腿,还是个酒鬼,不是那种喝得烂醉躺大街上的,而是每一分钟都带着醉意,浑身洗不掉的酒味,军容不整,谁跟他讲话他都发笑。宪兵最恨的就是这种兵,他之所以能进宪兵队,福山说,可能因为小林有个亲戚在司令部。他这模样也打不了仗,战前是个造房子的,也不是建筑师,仅仅是会造房子。承宗说我们也有这样的人,叫作"作头",一般喊作头师傅。宪兵队也不给军曹配枪,因他有一次玩枪走火,打穿了自己的帽檐。

承宗去领汽油，军曹坐在库房里，他喜欢干木匠活，库房一角是他的小加工间，修枪柄，做凳子，配窗框，这种小活计他干得利索，干完活一副稀里糊涂的样子，像是又做起了梦。承宗递给他一瓶老白干，再递给他一张敲了图章的条子，上面用日文写的字，承宗全看不懂，军曹也不看，进库房深处，拎出一桶汽油放在地上。有时军曹也会仰起头盯承宗一眼，用日语说上两句，然后用手指在油桶上做了一个快速爬走的动作，意思是你的油用得好像有点快。承宗就做了一个把住方向盘的动作，把头往前探着，意思是开的路程太多。军曹撇嘴摇头，不大信，承宗拿起空油桶敲敲，意思是这个送给我吧，军曹提了提手里的酒瓶，意思是下回还带点酒来。

汽油他都攒着，说好了给柳队长，外快捞不到，银行发的工资并不够他日常花销——抽烟下馆子，养小孩，朋友借点，宝生讨点，这都是钱。他把车开到修理行，对经理说，把车轮胎卸了。经理问他干吗，他说卖钱呀，经理乐了，头一回见到司机卖车轱辘的，这东西可值钱，最常更换的配件之一，到手就能出掉。承宗拿了钱，走回银行，对福山大班说，车轮见血了，碾了一条狗。福山说，换，去宪兵队领一个。承宗说，得四个一起换，不然的话，新旧轮胎左右不对称，开快了容易翻车。福山说，那就全换。承宗又去买酒，切了一块羊肉，送到军曹手里。军曹又啰唆了几句，听不懂，但承宗知道他的意思，想要那四个旧轮胎，以旧换新也是规矩。他从裤兜里掏出第二瓶老白干，军曹眼睛亮了，挥挥手让他把车轮都扛走。

到一九四一年冬天，有那么一阵，福山大班看上去非常痛苦，也不去找驹子小姐了，一个人在办公室喝闷酒，喝完了唱歌。承宗在门口候着，下班比较晚。福山可能是觉得无聊了，拉承宗到屋子里，让一起喝。承宗说，我一喝就醉，没法开车，我坐着听你唱唱歌吧。福山问承宗，城里的澡堂怎么样。承宗说有一间福清池不错，带雅间的。福山说家里洗澡不舒服，他要去澡堂泡着，把承宗给逗乐了。福山家附近就有一间日本人的浴室，以前他总去那里，现在偏是不肯去，怎么回事搞不懂。承宗说咱们不能开车去，到福清池大家一看是太君，整个澡堂的人都会逃出来，这就不太好，动静闹大了招来警察，到时候你跟自己人那边没法交代，为什么去中国人的澡堂。第二天中午，澡堂水最热最清的时候，承宗带着福山悄悄溜进福清池，要了个雅间，泡上茶，承宗出钱让伙计去外面买几客汤包。他和福山蹲在池子里泡着，找了个扬州师傅搓背扦脚，那师傅是个明眼人，一看这四只脚就说，这个从小穿布鞋的，那个从小穿木屐的，我猜那个是太君。回到雅间时，点心店的伙计也把汤包送进来了。福山说，我真喜欢中国啊，你们活得很好。承宗心想，我活得好是因为那四个车轱辘。

两人躺在雅间里，福山忽然问承宗，你知道我为什么要来中国人的澡堂吗。承宗摇摇头。福山说，因为驹子小姐，她和别人好上了，也是个日本人，在政府工作，八嘎，那个混蛋喜欢去日本浴室洗澡，每天都去，洗不完的洗，我不想看见他，光着身子很难堪，八嘎，我也不想看见他的那个东西。说完用毛巾蒙住了脸。承宗知道福山送了不少礼物给驹子小姐，可能还有钱，他被人抢走的不只是女人，还有很多心血，很多钞票。

承宗只能劝大班：舞女都是这样的。

这一天下午他们回银行，途中走过日本街，很多男女都在街头庆祝，福山用日语和他们交谈几句，刚才那副失魂落魄的样子消失了，但也没振奋，变得忧心忡忡。又经过宪兵队，那群日本兵也在楼房窗口高喊万才。承宗不明所以，心想发生了什么，咱们投降了吗？到了银行亦是如此，日本职员很高兴，奇怪的是中国职员也很高兴，偷偷地乐。福山进了办公室，关上门。承宗问那些中国职员在笑什么。"日本对美国宣战了。"一个人低声告诉他，"重庆方面抗战多年，败而不降，等的就是这一天。"

"那日本人为什么庆祝？"

"他们脑子不转弯，跟谁开战都庆祝。"

就这么一件事，中国人也高兴，日本人也高兴，像是见了鬼。承宗不知道将会发生什么，他对国际局势不了解，只知道上海是外国人，浙江是国民党，安徽是新四军，身边是日本兵和皇协军，地方上有游击队，有土匪。仗打到现在，谁也没输，谁也没赢。晚上开车拉福山回家，承宗还是遵守一向的规矩，不说话，面无表情。倒是福山忍不住，开口说："承宗，你知道吗，日本对美国宣战，在太平洋交战了。"承宗说："是的。"福山沉默了一会儿说："日本人都很高兴，我不高兴，很难过。"承宗问为什么，福山说："我是个做金融的人，不是狂热的军人，金融是要算计的，冲昏头脑是不行的。"承宗心想你只会为驹子小姐冲昏头脑。福山说："日本是比不过美国的，钢铁，武器，人口，技术，钱。日本会输掉战争，到那天，我就不会在中国了。"

"回日本也蛮好的。"承宗敷衍道。

"那我就再也见不到驹子小姐了。"

他的家国天下最终还是为了舞女，承宗很佩服。福山要是个中国人，再纳一房姨太太，也不是不行，但外国人统统没这个规矩。回家对老婆说起这件事，周爱玲也看不懂形势和战局，倒是有点同情福山太太——这些日本男人不但作威作福，还在自己老婆眼皮底下搞七捻三，并且是那种女人，实在晦气。

日本对同盟国宣战，上海的租界被占领，曾经是中国人避难的地方，现在完全在他们掌控下。日本有一套"大东亚共荣"的说辞，意思要把亚洲民族从白人手里解救出来，这说法承宗是不信的，所谓好话说尽，坏事做绝。福山大班一开始信，奇怪的是真的和美国打起来以后，他反而不信了。有一个原因是，到一九四二年初，驹子小姐就跟着她的男人去了上海，"大东亚共荣"让福山大班失去了心爱的女人。承宗很担心福山追到上海去，这样的话自己可能会丢工作，观望了一阵，发现福山正常了些，按时上下班，回到日本浴室去洗澡，不再和风尘女子勾勾搭搭，看起来是忘记了驹子小姐。只有一次，车开到路口，停在那里，福山忽然拉开汽车窗帘，定定地望着一个路过的中国女子。

"她长得真像驹子小姐啊。"他叹了口气，过了一会儿又回头望，"但是背影不像。"

没有一个中国女人的背影会像日本女人，承宗心想。

这一年春天吴里到处都有人感冒，俗谓之伤风，病传来传去，很多人咳嗽发烧，随即躺倒，年纪老的撑不住，甚至丢了命。

人们知道一些关于日本人的恶行，比如在战场上施放毒气，偷偷散播疫病，但吴里的流行病显然不是日本人所为，他们也病倒了。承宗和爱玲病了几天恢复过来，路志民没事，宝生烧得说胡话，可见人和人天生不一样。周爱玲找了个方子，抓药放进砂锅里煮开了，让全家当茶喝，可以驱瘟发汗。这锅汤让承宗倒了霉，一喝下去就胃痛，埋怨自己老婆是个江湖郎中，不得不去银行请病假，到那儿一看福山也歪倒了。

福山提了一个要求，甚或是请求：帮忙找一个临时的女佣，一定要信得过的，愿意多花钱。福山全家染病，包括那个日本女佣。他埋怨了一句：中国的病太可怕了，中国人不怕，日本人怕。承宗说不是这样的，中国人也都病了，后半句话没说：你们要是这么娇贵就待在本国好了，何必出来占别人的地方。他想了想，手头没有合适的人，只有自己老婆。

他回家拉着爱玲坐下，胃痛的事已经不提了，问是不是愿意去福山家帮佣几天，照顾病人。爱玲愣了一会儿，说福山的老婆小孩倒是可以，但那女佣人她不想沾边。"我去给他家伺候佣人，我成了佣人的佣人，说出去没脸。"承宗很高兴，说这个佣人你不用管。当天下午他把车开进废太子基，载了周爱玲去福山家。周爱玲穿得干干净净，带着行李包裹，手中拎一串药包。承宗说，药包就算了。爱玲说，救人救到底，我这个药茶啊，能治病的。承宗说你不要多此一举，万一把日本人吃死了，咱俩都得进宪兵队，另外，福山懂中国话，到那儿管住嘴巴，记得换拖鞋，不要抽烟。

我祖母第一次进日本人的家，福山的房子是日式，小林军曹造的。这个军曹干别的都糊涂，或者假糊涂，唯独造房子认真，方方正正一套宅院，前面车库，后面厨房，小小的日式庭院，白天可以晒太阳，晚上坐在回廊下数星星。爱玲很是羡慕，有这么干净的房子，而且都是木结构。她换上木屐，踢踢踏踏走进厨房观望，器具整饬，用的还是中式瓷器，又去厕所看了看，日本叫便所，原来他们是蹲式的，和吴里人所用的坐式马桶不一样，很奢侈的一点是这家人居然有两个厕所，一个主人用，一个佣人用，主人用的铺着榻榻米，佣人用的也不差，很干净的木地板。便所隔壁是家用浴室，一个大木桶，日本人叫风吕。接着又去卧室看了看福山太太和孩子，所做的事情是反复用凉水毛巾给三个人敷额头降温。日本人都躺在地上睡觉，她也不得不跪下，这很费腰。事情弄完，她去厨房煮粥，看到那女佣无力地委顿在走廊，拼了命地要往厨房爬，她又去照顾这个佣人，用中文告诉她，这些事情由自己来做。女佣很年轻，腿脚浮肿，瘦得眼珠都凸出了，看上去是穷苦人家出身。她听说这姑娘天天得擦地板，把屋子搞得一尘不染方才休息。她回到车库，见着承宗，总结了一句话："这户人家干净是干净，就是小气了点，这么多活雇一个女人来干，太累了。"

挨了两天，日本医生带着护士上门，给病人打吊针。又过了一星期，福山一家的病渐渐好转，先是小孩退烧了，接着福山太太也爬了起来，前后屋子看了看，夸周爱玲把家里收拾得干净，但她还是不太满意，又把厨房整理了一遍。周爱玲坐车回到自己家里，大睡一天，次日醒来，说起日本人的家庭，周爱玲评价这个福山太太倒也不坏，和颜悦色，语言不通但看得出是个勤快的人，只是有点挑剔，不好糊弄。承宗递上一个信封，里面是工钱，沉甸甸发出叮当碰撞的声音。爱玲心里有数，知道是银元，打开一看一共五个，全家可以吃一年的肉。

过了几天，承宗告诉爱玲，那个日本女佣人病得太重，休克后送到诊所，夜里死了。

"她的心脏和肾不大好，病入厥阴，这次不死，将来大概也难活长。"周爱玲回忆那女佣的样子，觉得年轻小姑娘十分可怜，千里迢迢来到中国，只为吃上口饭，最终却丢了命。

自那以后，福山倍加信任承宗，只要车子闲着，他可以随便使。这辆车有通行证，出入市内外，日军也不怎么查，有那么几次，汪有光索性把货放在车后，一个箱子或是一个油纸包，让承宗运出城，约了时间地点，外面有人接应，对上暗号，取了东西就走。他都是在白天行动，比夜里安全。货有时重有时轻，他也不问是什么，对方到底是谁，他也不知道。他学了一些做特工的伎俩，比如郊外行车注意后车跟踪，接头时车不熄火，人在车里待着，随时准备逃跑，干这差事有点风险，可能会丢命。他跑一次货，汪有光给的也是现大洋，有时没钱，汪有光摊手说，那是柳老板的生意，你答应过他，不收钱。

那年轻女佣死后，福山从上海又请了个日本女佣，手脚有点慢，脑子也转不过来，常常听不懂太太讲什么。福山太太惦记着周爱玲，虽然听不懂日本话，但好像什么都能领会，自此时不时就喊去帮干些家务活，或是下厨房，或是换季收拾衣服，私人司机的老婆也可以是雇主太太的好帮手。周爱玲就是在那时学会了烧铁板鱿鱼，不只如此，还会捏寿司，做味噌汤，只不过数十年后她无从施展这套厨艺罢了。该怎么帮太太穿和服，她也懂。福山一家始终以为她是家庭主妇，事实并非如此，她还是赌场的账台阿姐。

让承宗来说，这段时间过得是挺舒坦的，钱多，人也自在，两边的人都把他当自己人看待。战事离吴里越来越远，挖大日本帝国的墙脚，改变不了战局，但可以让自己人的日子好过点，甚至连日本人的日子也好过了。很多个下午，他闲着没事，带路志民去吃点东西，洗个澡。路志民渐渐大了，学着讲话，喊承宗爸爸，喊汽车是叭叭，喊大便是屉屉。承宗拉着儿子的手，问："志民，你有几个爸爸？"路志民伸出食指说："只有一个。"承宗很高兴，这小孩讲话早，识数也早。

周爱玲一直没怀上孩子。关于这件事，两人商量了一次，周爱玲说，看这样子我是怀不上。承宗说不可能，会怀上的。周爱玲说，承宗，有些女人天生就怀不上的，不用指给你看什么名人，就我们这条废太子基，好几个女人都没小孩，很可怜的，丈夫死了叫寡妇，如果连孩子都没有，叫作独寡，比寡宿入命更苦。承宗不语。周爱玲又说，你家人丁不旺，就你一个男的，如果我生不出小孩，你家就断子绝孙了。承宗说，你这话讲得太狠了，以后会怀上的，给自己搞点药吃吃。"男人才吃药，"谈到这里，周爱玲故意问，"你要不要换个老婆，给你生出一个亲生的儿子？"

"我不要换，我也懂一点的，这不一定是女人怀不上，可能是男人的事。"承宗叹了口气，"告诉你，以前我厂里有个师傅，那遭遇和我们一样，老婆也很健康，丈夫也没什么暗病，可就是没小孩。后来，男的狠心，把老婆休了，另娶了一个，指望生出小孩，还是落空。倒是他老婆，改嫁以后立刻怀上了，生了双胞胎。你说，这种事情，傻子都明白，是男的怀不上，换来换去，只能证明自己不行，还是不要换了。"他把路志民拉到眼前，说："这就是我的亲儿子，将来我死，由他来给我送终。"

"你这话讲得也蛮狠的。"周爱玲说。

当日在城门口遇到启宣，承宗忌讳他给日本人跑腿，自此不再和他说话。启宣拎着糕点来看他，又讲了好几遍：自己没干过坏事，暗地里还帮过自己人。汪有光劝之又劝，不要加入军队，一旦跟着日本兵去清乡，手上沾了血，将来死无葬身之地。启宣说我一生只欠了一条人命，将来还给二祥叔。承宗说你家祠堂都烧了，三哥死于日本人之手，你要记着点国仇家恨。到后来承宗给逢阿大开车，又遇到启宣，后者在维持会跑腿，两人尴尬了，恨不得握个手说"你也投敌了呀"。再后来，逢阿大死了，承宗腰杆子又硬，启宣搞不懂，承宗就说，这事情到底怎么个过程我不能告诉你，你这人嘴不紧，说出去了我会被抓，但我向你保证，将来国家会奖赏我。启宣说我懂了，你放消息给刺客。他担心自己也挨了乱枪，过了年拔脚逃到上海，在租界混了一阵，往返于吴里之间，原是想做黑门生意，靠着自己认识些官方人物，倒卖物资挣点钱，不料又栽在了吴里的码头上，那日军宪兵队长带人抄了他的船，索要了一大笔钱，又逼他贩鸦片出去。当年黄老太爷深感鸦片害人，曾经立下一条家规，子弟和女眷凡有沾此物者立即逐出家门。他亲娘活着的时候，别的没教导过他，只反复说了一条：长大不要沾鸦片，不然我不认你这儿子。他固然已不姓黄，但要干了这事，冥冥之中，连侯也姓不成了。如此一来，只得收摊，在上海混了一阵子，钱又花光了，灰溜溜回到吴里。汪伪政府成立后，他在商统会谋了个小差事。该部门名义上是民生机构，实际还负有为日本人筹措物资的任务。他二哥自尽后，承宗问他："家里两个兄长都死于日本人之手，你还给日本人跑腿吗？"

"笑话，我是动动嘴皮子，要说跑腿，你才是。"启宣不服。

"我不跟你掰话头，我有大事情要做，不是你能懂的。"

"莫非你也认识那个柳老板？"

两人对了一下，原来都和柳老板碰过头。承宗是负责搞汽油，运货出城，启宣零零碎碎能搞到些药品，又能放情报给汪有光，因他听得懂日语，跟皇协军的小头目有交往，各种小道消息能打听得到。两人到此终于成了志同道合的战友，也很惊喜。"柳老板那边，亦有奸细叛徒，日本人已经掌握了不少情报，要取他的人头，"启宣得意，"要不是我探听到消息，提醒他不要进城，他恐怕已经进了宪兵司令部。"

抗战有各种打法。有一天福山大班问承宗，听说这城里有一位徐三畏先生，是书画大家，能不能请他画一张，再题个款，落一下他福山君的名字。承宗去问汪有光和侯启宣，有光说你想都别想，这位徐先生十分爱国，日本人来后就闭门不出，林柏生胡兰成请他出仕，他一概拒绝，如何肯给日本人题款作画，这大门一关可就是四年哪。承宗听了默然无语，启宣说："你觉得他有气节，我只觉得他有钱，可以四年不出门赚钱。"汪有光

247

说:"我们是混江湖的,不是头面人物,做派不一样。头面人物是脸面,柳老板是腰杆子,我们是手脚和耳目,各有各门道。"

那时他们都是些小脚色,脑子里没有国共之分,只以为派系不一样,都算抗日队伍。柳老板仿佛是及时雨宋江,见面拱手喊一声兄弟,就有过命的交情。给他办事固然有风险,但仗着自己有后台,万一出了纰漏也能拔脚开溜。到了一九四二年,局势更不明朗,特工的刺杀,游击队的破坏,皆已偃旗息鼓,城中日日宣传"大东亚共荣",远方战事僵持,日本人攻不下延安和重庆,但国共两方亦无力反击。这一年夏天,轴心国的德军攻向斯大林格勒,日军占领南洋,可称耀武扬威。吴里换防,新来的一批日本兵比先前的文弱了些,有些根本是小崽子,像是店铺里的学徒被临时充军。懂行的人知道,精锐部队去了前线,吴里现在是日本人的后方了。日本人虽然节节胜利,但他们的兵好像有点不够用了。

这一天在饭馆里吃饭,启宣却说,皇军练兵,大有一套,很快就能把新兵练成精锐。汪有光说我知道他们怎么练,就是端着刺刀往老百姓身上练,杀过了人,新兵就学会打仗了。启宣摆手说,讲这个没意思,危险。汪有光说,你要是敢这么杀人,你也会变成精锐。启宣说我不敢,当初你要是肯介绍我去给福山大班开车,我也不至于像今天这样。

"这倒是奇怪了,难道你肯做车夫吗?"承宗问,"你那商统会的差事,比车夫不知道风光多少倍。"

"今日风光,明日遭殃,这道理难道我不懂吗?况且我一向讲话难听,商统会的人也看我不顺眼。要我去欺压良民,在日本人面前立功，我又做不出来。最好能让我天天偷一升汽油，陪着老板去看女人。"

汪有光说："福山大班也不想要一个懂日本话的人做司机，他一听你是翻译，立刻摇头。这道理明白吗，司机不该听壁脚，翻译不该掌方向盘，一码是一码。"

"终归是你觉得我靠不住，美差给了大舅子。可我也透露给你不少情报，你又不把我当自己人。"

"你还收我钱呢。"汪有光说，"消息也是半真不假，十有八空。"

"我能有什么消息呢？"启宣发笑，"这城里的兵都在吃吃玩玩，又没仗可打，什么军事行动，不过是跑到乡下去胡乱敲诈。最近有个皇协军的小兵，犯了事情被送到宪兵队，宪兵嫌他偷鸡摸狗，一顿拳脚打成猪头。说起来那还是他们自己人。如今日本人管吴里，一不用枪，二不用刺刀，喊一嗓子就行了，个个服帖。"

"唯有你二哥不服帖，我最后一次看见抗日的人是你家二哥。"承宗说，"他朝日本兵脚底下吐了口痰。"

"二哥冤，他只需报我的名字，样样好说，何至于上吊。三哥更冤，何苦站在日本人面前听任刀砍。"启宣拍自己大腿，每逢说到这些必然叹气，"只有我那个大哥，为人促狭又贪婪，兄弟全死光了他也不在乎。"

"你自己说的，已经不姓黄了，家谱里你的名字是一道红杠，划掉了。他们不是你的兄弟。"汪有光提醒他。

"做兄弟的恩与怨，你体会不如我深。"启宣拉了汪有光一把,"唯你我三人是真兄弟。"汪有光向后躲。承宗哈哈大笑,说汪有光既是兄弟也是老板,让启宣回去搞点真情报来,老汪自然厚待他。启宣说我哪里听得懂那么多,皇军讲话也是南腔北调,日本的地方话,十句能听懂三句都不错了,其他都是连蒙带猜。他指指窗外,那金牙翻译正带兵走过大街。"此人日语好,不是本乡本土人,不懂照应父老,为人也坏,你们要小心。"

承宗想起当日被此人敲诈过,又多看了一眼,金牙翻译忽然停住脚步,像是知道有人在瞄他,眼睛向街道这边扫过来。三人连忙扭过头去,汪有光说了一句:"这脚色有点门道,确实不是好人。"

金牙翻译姓杨,在清乡委员会做事,这个部门是特务机构,负责配合日军扫荡,手上欠有血债。在城里待得久了,大家喊他杨翻译官,私下喊他杨老虎。承宗在他手上吃过明亏,虽不过一个大洋,到底还是觉得不情愿。吴里歌舞升平,杨翻译官现在也敢大摇大摆出来逛街,结交些本地的同道,但此人贪财好色,又不替人办事,就连那些地痞流氓也不愿和他交往,平日嘴上打滚,吹捧吹捧,只是不想惹他罢了。

这一天杨翻译官进了赌场。此人平时不赌,他要是上桌,别人也不敢赢他钱。阴差阳错地他就这么来了,先是张望,像在找人,然后蹭到了账台前。周爱玲坐在那里,正打算开口说话,杨翻译官伸手摸了摸她的脸。周爱玲没躲,深吸一口烟,这才扭过脸去喷在了师爷头上。赌场有规矩,账台阿姐不可轻慢,师爷见此情景招呼宝生,宝生认得杨翻译官,连忙赔着笑脸去拦,此人的另一只手摸到了周爱玲胸口,开始讲些不三不四的话。周爱玲一巴掌拍飞了桌上的算盘,跳下高脚凳往后面走。赌场的人听到大动静,都转过头来看,杨翻译官视若无睹,仍然跟在她身后。宝生拦不住,然后就看见承宗拎着一把菜刀从包厢冲了出来。杨翻译官推开宝生,撒腿就跑。

照爱玲的意思,把这混蛋吓走也就算了,本来,没人敢在杨翻译官面前抡刀子,偶尔抡一次,让他知道强龙不压地头蛇的道理,学点乖,差不多就可以了。可是路承宗追了上去,由于他们跑得太快,周围人甚至没来得及明白发生了什么。汽车还停在赌场门口,承宗开车会更快,可他偏偏用腿跑。杨翻译官逃了一阵,缓步回头一看,黑沉沉的菜刀就在身后三尺远,喊了一声妈呀,继续逃。两人从赌场跑过关帝庙,上了半仙桥,又经过石库门街,杨翻译官一头扎进了宪兵队大门,站岗的日本兵也有点打盹,睁眼一看有个中国人提着菜刀杀了进去。

周爱玲在赌场候着消息,生恐承宗砍了杨翻译官,差宝生追上去。过了好久,宝生哭着奔回来了。"的影子都跑没了,我一路问人,到宪兵队远远张望一眼,承宗被一群宪兵擒在地上,拳打脚踢。"宝生说,"这次他要死了。"

爱玲看看身边的汪有光和路承玉。承玉说,是条汉子,敢在宪兵队砍人,一般人到那里腿都哆嗦。汪有光说我去准备点钱,爱玲就撸下了手上的金镯子扔给他。话再多讲是浪费时间,三个人分头,汪有光去找半条龙,路承玉去找侯启宣,周爱玲去找福山大班。

福山大班那天休息在家,爱玲说明了事情缘由,福山很惊讶，问说你怎么会在赌场遇到翻译官。爱玲说，我平时在赌场坐账台。福山看了看自己老婆，讲了一串日语，太太也惊讶，来回讲了几句，甚至朝爱玲微微鞠了一躬。爱玲有点没耐心，问福山，太太说什么。福山清了清嗓子说：太太说没想到是雅库扎的若头在帮她做饭，失敬了，你的丈夫，我们一定救回来。何谓雅库扎的若头？日本黑道赌场里的领班大哥。

福山回到房间里打电话，讲了挺长时间，出来时很生气。"他们知道承宗是我的司机，但还是打他。"福山说，"杨翻译官不是东西。"爱玲问怎么办。福山说："他袭击了杨翻译官，宪兵队会审一审他，答应不再打他。明天可以放出来了。"爱玲说："不行，过夜必死无疑。到时候宪兵队说他是抽风死了。"福山点头，说雅库扎果然懂行，人都是这么弄死的。当即两人往宪兵队赶，走到那儿，爱玲候在门口，福山跑进大楼，没一会儿就出来了，摊手对爱玲说："承宗被押走了。"爱玲问押去哪里，福山说，刑场。周爱玲眼前一黑，说就算是犯了天大的罪，也不能当天就砍头。福山也急了，又冲回大楼，找宪兵司令理论。周爱玲靠在一棵树上，心里想的是如果丈夫活不成，她得把杨翻译官的人头也砍了。

承宗后来回忆起来，那天在宪兵队挨打，只有一个人上来劝了，就是小林军曹。军曹讲些什么他听不懂，嘴里一直念叨着福库亚马桑，又说马代马代，意思显然是——此乃福山大班的司机，慢点动手打他。宪兵哪里把军曹放在眼里，先把承宗打瘫了，拖进审讯室，也不审，打第二轮，杨翻译官在边上看着，说："我知道了，你是日本银行的司机，仗着自己有后台，但宪兵的拳脚不管你是谁，他们连自己人都打。宪兵队的刑罚你一样样尝过来吧。"

后来，日本兵和杨翻译官都走了，承宗被关在审讯室，躺在水门汀地板上咳嗽，咳出的是血。屋子里阴气很重，他躺着觉得浑身发冷，听到从这幢楼的某处传出的惨叫声。他没进过这楼，最多跑一趟仓库，或者在停车位缩着。他听别人说起这里的酷刑，那不是人能受得了的。他心想杨翻译官说错了，他敢举着菜刀追进宪兵队，并不是因为自己有后台——有后台的人也不敢这么干——他只想砍这人一刀，没想别的。他活了快三十年没跟人动过刀子，菜刀举起来的时候他脑子里是黑的，全不顾后果如何。现在脑子慢慢亮了起来，他心想福山大班该来领人了吧，这确实是他的后台。再打第三顿，他得死在这里了。

过了一会儿，杨翻译官带着宪兵进来，将承宗反绑起来，嘴里塞布，头上罩了个黑布袋，押上一辆卡车。一启动他就知道，走的是那道不常开的边门。接下来的路，曲里拐弯，似乎是出了城。汽车停后，他被重重地拖下来，又跌跌撞撞往前走了一段路，踩着的不是石板，是干硬的泥土，风很大，听见杨翻译官在一边说日本话。接着，头上的布袋摘走，他的眼睛被下午的强光照了一下，然后才看清，在一片林间空地上，一排高高矮矮的日本兵站着，不远处军旗飘动，那个传说中以砍头为能的山本中尉正背着他的江户古刀在前方等候。杨翻译官说：你死以后，你的老婆归我，你的儿子我会扔河里去，你的头就插在这里的树桩尖上。

启宣说，日本军人把砍头当一种仪式，到他们自己不想活的时候，就用尖刀剖腹，身后有一个叫介错人的刽子手一刀砍下人头。他们就是这么干的，对自己，对别人，都这样。承宗说，不是，他们就是喜欢杀人，我见过他们用各种方法杀人，所谓砍头仪式只是他们把自己想得像那么回事。启宣说，得了吧，要不是那个山本搞出一套仪式，拖延好久，你早就死了，在宪兵队一顿刺刀乱戳就够了。承宗不说话。启宣说，敬你是条汉子，我二哥之后，吴里敢和日本人叫板的，就是路承宗了。

他是刀架在脖子上的时候被救下来的，福山大班坐着宪兵队的卡车追到现场，山本中尉的手指正摸过承宗的颈椎骨。他跪在那里，眼睛又被布条绑了起来，听见风声，觉得后脖子一丝冰凉，那是刀锋所及，他知道自己要死了，没有更多的念头，心想就这样吧，老子也算是抗日殉国，留个美名，不要让老婆小孩抬不起头。接着听到一阵汽车喇叭的声音，一群人用日语大声说话。他眼睛上的布条被摘下来，看见福山和启宣对着山本中尉不停地鞠躬。等到扶上卡车时，启宣还在说风凉话：我的天，山本的刀下能救出活人。福山说：是的，真危险，亚马摩托连他爸爸的头都想砍。

他就这么稀里糊涂捡回了一条命，进了家门一口血吐在门槛上，爱玲知道这是内伤，花钱找了根老参给他吃了，续上了命。此后三天连着咳血，她不敢用药，请了个老中医来看，所用的也就是川芎、红花、三七这些，伤病不见好。中医说，他年轻，元气足，能恢复过来，但将来恐怕会折掉些寿命。她再带他去看西医，也说是内出血，最重的一击在肺上。医生演示了一下，里面有一根血管破了，反复出血，血痂会凝结在肺里，除静养之外没其他办法，等他老年以后，这个位置会成为麻烦。

承宗在床上躺了几天，脑子好使了些，似乎元气在恢复。爱玲就问，好汉不吃眼前亏，你硬挨打，何苦。承宗说，也不是我逞强，十个宪兵打我一个，又听不懂中国话，我报谁的名字都没用，后来到了刑场上，我也不想求饶了，死就死吧。爱玲很生气，说，杨翻译官那事我本来都忍了，你还提着刀追，追进宪兵队去找死，真死了的话，全是我的罪责。承宗说，也不是故意的，日常去宪兵队习惯了，觉得那就是街上的一道门，冲进去了才发现要吃亏。爱玲说，你头脑一热，现在整个吴里城都当你是条汉子，我也出了名，赌场生意好得不得了，来赌钱的都会多看我一眼。承宗说，你成明星了，但是我和杨翻译官，大伙没说狗咬狗就谢天谢地了。爱玲想了想说，也有人是这么说的。

福山大班差一个中国职员来探望他，承宗说，我恐怕是被打坏了，让大班另找司机吧。职员也很感慨，说，没有大班你就丢命了。承宗点头，心里还是很感激这个日本人。职员又说，但是没有大班，你也不敢拿着刀追翻译官，福兮祸所伏。承宗心想你讲得很有道理，你们都有道理，只有我在吐血。

爱玲也歇工，留在床边照料他，又过了十天，人可以扶着墙走一走了，咳血还不见好。消息传了出去，承宗没死，活过来了。汪有光来了一趟，往床边一坐，说宪兵队已经查清，你不是抗日，是和杨翻译官斗殴。但杨翻译官你不能再去动他。承宗心想，见鬼，我都砍进宪兵队了，日本人居然不承认我抗日。

爱玲说，打坏了我的男人，这事以后再说。汪有光说，杨翻译官也怕了你们，面子真大，宪兵队长开着车带福山大班来救人，现在知道你们后台硬，前两天托半条龙来找我讲和，我故意不接话，倘若接了，你夫妻又输一路。爱玲说，做得对。汪有光说，会有人来找你们讲和的。

这天晚些时候，半条龙拎着一包不值钱的糕点上门了。爱玲看都没看，东西放在桌上，她问，所为何来。半条龙说，杨翻译官托我来讲一个人情。爱玲冷笑说，看承宗没死，知道来讲人情了，倘若死了，也就埋了。半条龙说，都是自己人，大水冲了龙王庙，不知者不罪，不打者不成交。爱玲说，我不要听你们讲这些江湖俗话，都是屁话，现在承宗已经不是福山大班的司机，后台没了，杨翻译官要不要再叫几个宪兵来，也不用砍他的头，就这身体我都能一掌拍死他。半条龙说，弟妹讲话厉害，我来做个和事佬，承宗伤好以后，一起吃个讲茶，现在有什么要求你只管提。吴里本地所谓"吃讲茶"，就是解决纠纷的谈判。

"你去给我找一根乾隆年以前的古墨。"周爱玲想了想，告诉半条龙。半天龙愣了一会儿，问说这种时候要古墨做什么。她回答说："治咳血。"

第二天她听到个消息，警察抄了城里一家文房四宝老字号，把少东家打了一顿，逼着他们交出来两方明朝末年的墨，其中一方送到了她家，另一方大概是被半条龙拿走了。她也顾不得此物的来路是不是正当，掰了一半，和水研磨成糊，加了一勺蜂蜜，也不温热，让承宗一口气喝下去。这是她婶婶当年做神婆时用的方子，每次研磨一点，兑了水给病人喝，但婶婶也说了，真要救命，得浓汤。第二天她把剩下那半截如法炮制，对承宗说："就这两口，喝下去有用就有用，没用就算了。"承宗担心古墨很贵。爱玲说："贵不贵的，咱家都不需要用这个东西来写字。"

承宗的咳血症居然好了起来，半年后，可以像常人一样走路跑步。讲茶没去吃，照汪有光所教，双方背后都有人，吃不吃讲茶没大差别，日后谁落在谁手里，也都不会留情。启宣更损些，说他摸你老婆又打你，岂有武大郎与西门庆吃讲茶的道理。

他再一次丢了工作，歇到一九四三年，承玉和爱玲商量了一下，劝他到赌场里帮帮手，其目的是把他放在眼皮底下，省得某天被人打了黑拳。承宗没答应，路志民又长大了一点，很快就可以去学堂读书，承宗带着这个儿子到处闲晃，教他认认字，做做算术，隔三岔五还是去澡堂泡着，让伙计把汤包送到躺椅前。

有一天他对着澡堂池子看了很久，问路志民："你会游水吗？不会。"

路志民反问："你会吗？"

"我当然会，我绰号小白龙，从小家门口就有一片菱塘，我都不记得自己什么时候学会游水的。"承宗说，"你也要学会游水，万一将来有人把你推到河里，你要自己游上来。"

"你会来救我的。"

"万一我不在了呢。"

澡堂池子是不给游水的，到了三伏天，他还记得这件事，把路志民带到河边，扒了衣裤放下水，他自己在岸边蹲着。路志民让他也下来，他摇头说自己受了内伤，爱玲不让他碰凉水。

路志民一个人在浅水里站着，死活不敢往河里扎，承宗想了想，脱衣服跳到河里。路志民胆小，从中午教到下午没学会，父子两人上岸，擦了擦身子回家。到家一说这事，爱玲大骂，说这样子下去还得咳血。承宗说，我还撑得住。次日又带路志民去河边，学了三天，小孩会了。上岸后，承宗抽了个冷，一掌把路志民推下河，小孩大叫，笑着游了回来。承宗蹲在岸上，认真地告诉他："你记住，如果有人推你下河，你一定不要回头，要往河对面逃。"

一九四四年，承宗听说福山带着太太和儿女回了一趟日本，有相熟的银行职员告诉他，日本在太平洋战局不利，福山担心妻儿在中国不安全，送回日本去了。

承宗给一家物资公司开卡车，平时跑吴里到南平一线，日本人拆了铁轨以后，那条路就只能用汽运了。从南平运回吴里的，多是木材、石料，既用于建筑，也用于军事。后来他才知道，这家公司同样有日本人的股份。出车时有他一个司机，还有一个助手，助手并非学徒，而是一个配枪的朋友，负责保卫物资，也看住他这个司机，不让他在油箱上动手脚，或者干脆把车给开跑了。

他出过一次交通事故，下雨天把一个横穿道路的农家小孩剐了一下，小孩摔了个嘴啃泥，一声不吭，爬起来就逃，好像这辆车可以追杀他。承宗踩了刹车，呆在那里反省了一下自己，归根结底是大意了，坏天气里车速过快。看着小孩逃没了影子，他知道如果是大人，事情就不是这样了，不会放他走。那助手额头碰上了挡风玻璃，又落回座位上，大声抱怨道："老路，你开了几年车？这么不当心。"承宗说："八年。"他忽然想起当初关师傅讲的一个道道：驾车三四年算熟手，到七八年时会有一道坎，往往出事故，撞了人，翻了车。他回到家把这事告诉爱玲，说自己断断续续开着车，也算是老司机了，到了容易出事故的时间上。爱玲让他站起来，看了看他身形，说你将来会比别的男人先驼背，记住睡觉侧卧，卧如弓对你最好，又拿了根竹签扎他的手指，说近来货车开多了，道路颠簸，你的手指有点木了，老了以后会捏不住东西，记住戴上手套把住方向盘，不要赤手开车。

那次事故以后，他总有一种不好的预感，有什么大事会发生。脑子里有了这根弦，他开得很小心，装卸货时也加倍注意，以免被重物砸到。干得久了，他见过不少惨事，知道老手总有失手的那天。

十月里，承宗出车回城，到路口见几辆军车开过去，车后装满了兵，知道太湖方向又有战事。进城后见一个人在街上飞奔，又停下向他招手，仔细一看是宝生。承宗停了车，问宝生什么事，宝生回答汪有光出事了，他现在要回赌场去报信。承宗让他上了车。"我在街上玩，侯翻译官坐车经过，跳下来对我说，汪有光在太湖边被日本兵抓到了，要我回去报信。然后他就跟车出城了。"

承宗从反光镜里看看助手。车到街口，他放宝生下去，然后说自己要上厕所，撂下车，跟着宝生走了一段路，拉到墙角嘱咐道："你一回去就让两个女的和两个小孩全都到袁塘镇躲着，你也去，跟谁都不要说这事。能带多少钱就带多少，其他东西都不要了,立刻走,不要坐车,坐船。"

"赌场怎么办?"

"打烊。"承宗看宝生还是心里没数,多说了一句,"宝生,你也大了,人命交在你手里,你要聪明点。"

承宗回到车上,装作没事,把车开到物资公司的仓库,工人卸货,他在一边定定地看着,抽了根烟,找到车队的头头说,辞工不做了。头头说你这么辞工,工钱得月底才能结。承宗心里顾着大事,没理他,出去叫了辆黄包车,从城北赶回赌场。这一来一去费了挺长时间,赌场已经打烊,门板合拢,剩一个窄口子,承宗钻进去发现半条龙坐着,用一只眼睛看着他。"商量商量吧,"半条龙说,"汪有光活不成了。"

"女眷呢?"

"按你的意思办,我已经派人送她们走了,去袁塘镇。"

承宗心想该死,宝生果然不能委以大任,讲话漏风。半条龙看出他不满,说:"你也不要怪那个宝生,他来的时候,我已经坐在这里压阵了。他不说实话,我不会让他带人走。我的人护送着比较好,万一袁塘镇待不住,还能去乡下。"见承宗不放心,半条龙又加了一句:"我们开赌场运鸦片,不动别人女眷,何况汪有光是我兄弟。"承宗心想你就是靠卖人口发迹的,讲这些有什么用,只问半条龙一件事:汪有光到底犯了什么事?

汪有光那几天在福山镇办事,人住在镇上,今早与两人同行到太湖边,忽然遇到一队巡逻的日本兵,看他们三个可疑,拦住搜身,没发现武器,便押住了一起行军,这是打算带回城里审问。到了山路上,三个人忽然分头逃跑,往林子里钻。日本兵抓住了汪有光，往他腰间捅了一刺刀。另外两个人，一人跑了，另一人走投无路，索性抱着一个日本兵落下了悬崖，有三丈高，中国人当场脑浆迸裂死了，日本兵断了不知道多少根骨头，挨了一会儿也死了。在吴里，日本兵阵亡，是件大事，一队日军赶去增援，后面发生了什么就不知道了。

"他跟着日本兵回到吴里就没事了，为什么要逃？"半条龙说，"一定是那两个人经不起审，他们是谁？"

"我不知道。"承宗说，"你想知道，可以问汪有光。"

"他活不成了，那一刺刀把他戳了个对穿，现在说不定已经死了。"

承宗不想在半条龙面前露出难过的样子，返身回到街上抽烟，心想汪有光处处通路子，样样能摆平，最后还是落在了日本人手里。再回头看看屋子里的半条龙，他明白了，这地方连同两家分号都有其人的股份，如果汪有光死了，靠承玉一人是经营不下去的，半条龙会来做主。天色变暗，月亮升起，一些店铺打烊，一些人家亮起灯，有一群很大的鸟飞向天幕，方向不变，一直朝着南边去。他心里一动，知道汪有光已经死了。

第二天早晨，启宣到废太子基，敲门喊醒了承宗。承宗说我大半夜没睡着，刚合眼。启宣说我一整夜没睡，汪有光死了。承宗说，我知道，他被戳了一刺刀。

"他不是被刺刀戳死的。"启宣说，"我和杨翻译官问他话，他已经回答不清楚了，失血过多。日本人知道他活不了，不想让他好好地死，就把他拖到太湖边，面对着湖跪下，两个人扶着他，一个人用榔头和凿子点了天灯。"承宗默然，背过身去，拍着门框想哭。启宣说:"我远远地看着,脑壳掀掉,头被砍了下来,尸体扔在岸边。我看不下去了,脑子里全是那场面,昨天晚上睡不着,以后也休想睡得安稳。"

讲到这里,两人坐在门槛上,拉着手大哭了一场。承宗问启宣怎么打算,启宣说先告个病假,溜到乡下什么地方隐居一阵,然后换个地方,开开卡车也好。长久不开车,手已经生了,要从头学起。"最近不要来找我,如果我没了音讯,就是脱身了。也不要惦记,当我死掉就行。"启宣说。

人所皆知,关帝庙丢失的那把刀是木雕的,在泥塑的周仓怀里,日军进城那年,刀被人拔走了。七年后,承宗他们整理汪有光的遗物,在一堆看不懂内容的账本里找到一张字条,上面写着:关王刀埋在长生桥南塊的柳树下。已经没人讲得清,这把刀当初是辗转到了哪里,又怎么会落在汪有光手中。宝生问承宗,要不要把这东西挖出来,承宗说用不着,那里面不会藏着金子,挖出来又多一层麻烦,日本人会查。宝生很费解,问说一把木头做的关王刀,能用来做什么,日本人什么时候怕过木头。承宗说,你不懂,打仗的时候为了一面旗,双方可以死几十上百人,说穿了那无非是一块布而已,但人不是这么想的。宝生追问,他们想什么。承宗说,人就是计较一根木头,一块布,一个耳光,一寸土,都像你这么实惠就不用打仗了。

他踱到关帝庙,这片地方现在是闹市,周遭摊贩众多,庙里香火很旺,拜关公的都是男人。吴里一带,男人有结拜和结社的风俗,称兄道弟或拉帮结派,现在就连司机都有帮会了。他找到庙祝，是个七八十岁的老人，衣服脏兮兮，看上去像混饭吃的。他有点失望，问老人："我兄弟与关帝庙有点缘分，不幸身死，与关老爷一样身首异处。关老爷会保佑他升天吗？"老人看了看承宗，回答道："捐点香火钱，留个名字在簿子上。"承宗给了他几张钞票，在一本旧簿子上写了汪有光的名字，顺嘴问："我是关老爷的寄名儿子，关老爷会保佑我吗？"老人说："关帝保佑财运亨通，武运长久，你是做哪行的？"承宗说："司机，既没钱，也不动武，算了。"老人说："《三国演义》开篇，刘关张桃园结义，这个知道吗？"承宗点头。老人说："桃园结义时，刘备是卖草鞋的，张飞是卖肉的，关云长出场，推了一辆车。"承宗说："原来如此，关公是我们司机的祖师爷。"老人说："世间英雄，多半是贩夫走卒出身，青龙刀、丈八蛇矛、双股剑，讲的就是龙蛇混杂，英雄出世。"承宗知道他在奉承自己，又多给了一张钞票，摇摇头，心想事到如今，搞不清谁是大英雄，谁是小脚色。

他经过银行门口，抬头看看窗，发现福山大班正站在窗口望向街面，两人对了个眼，福山开窗向他招手，喊道："承宗，上来！"承宗见了大班，倒也觉得亲切。福山刚回来，原先的司机已经辞了，他不喜欢这人，提议承宗继续给他开车，又拍拍承宗的胸口。承宗说，身体已经好了，给爱玲治好的，现在连卡车都能开。提起爱玲，福山竖大拇指，又说到雅库扎的苦头，承宗很不好意思，说自己老婆已经不在赌场干了，回家做饭带孩子，他目前正需要一份工作。

他又开上了轿车。这一回真的成了小脚色，再无人找他商量什么物资的事，旧日见过柳老板的那间小旅馆，他也跑去看了看，已经关张，人都不知道去了哪儿。他把车开进宪兵队，那些打过他的宪兵已经不记得这事，趾高气扬的山本中尉带着小兵从他眼前走过，似乎也不再认识他。只有小林军曹，看到他时瞪大了眼睛，十分惊讶，举起拳头拍拍自己胸，又指指承宗，意思是你居然没被弄死，很强壮。承宗恨日本兵，没再给军曹送过一滴酒。

到了一九四五年初，银行辞掉了很多职员，福山变得消沉，经常在办公室喝酒。大家都知道日本人不行了。有一天汽车冒烟，发动机异响，承宗知道这老家伙也不行了，把车开到修理行，维修工说没有配件，车子很快就会变成一个无用的铁壳。承宗快快不乐，把车开回银行前，刚下车就见着一个留胡子的高大男人，招手示意他过去。承宗认出是柳老板，走近细看，果然是他，好几年没见着，模样与从前大不一样。柳老板提出借车。承宗问，去哪里，是运人还是运货？柳老板说，都不是，你这车能通行出城，事急，只能找你。

汪有光死后，他们就断了联系，如今再见面，也来不及叙旧。柳老板上了车，指挥承宗将车开到银行后面一条夹弄，那里有一个小男孩，才五六岁大，呆呆地坐在地上啃面饼。柳老板说，这是战友的孩子，夫妇两人被汉奸出卖，已经牺牲，清乡会正在搜家属，他孤身一人混进城找到这小孩，如今要带出去，各处关卡都有岗哨，一个大男人抱个小孩太显眼。承宗称是，多说了一句："我这车不大好了，可以找我老婆抱小孩出城。"柳老板不语，看了他一眼。承宗说："不是我推诿，是真的不好。算了，不要搭上我老婆了，我自己来吧。若是抛锚在岗哨前，算我们三人晦气。"柳老板说："要真这样，你就说我用枪逼着你开车。留得青山在，不怕没柴烧，小孩托付给你。"

这车发动起来，仍然冒着烟。柳老板穿长衫，留胡子，坐在车后面倒也挺像伪政府的什么大人物。开出去一段路，承宗问起汪有光的事。柳老板说："我知道有光已经牺牲，情况有人汇报给我。他当天见面的两个人，一个逃走，一个和日本兵同归于尽，我查过了，确实不是我队伍上的人。"承宗长叹一声。柳老板说："有光是我的兄弟朋友，我不会忘记他。"承宗说："老汪只能认晦气了。"

那车快到南城门口时，承宗嘀咕了几句。柳老板问他说什么，承宗说："车子不好，我请它争气些，不要让我折在这里。"柳老板把小孩压在膝下。车过岗哨，日本兵朝他们敬礼，承宗让自己不要手抖，稳稳地开了过去。又继续往南跑了一里路，回头已经看不见日本兵，两人松了口气。柳老板说："兄弟，做得好。"承宗说："将来我要是死了，不管是为谁而死，你就记着今天，就当我是为你死了。"话说到这里，汽车发出乒乓声，像闹钟落在了地上，然后失去了动力。承宗下车看了看，确定它再也跑不起来了。

"我们运气不错。"柳老板说。

"只能送你到这里了。"承宗说，"我从此也像这车一样，变成一个空壳子。"

"爷们兄弟，不能讲这种话，以后还会再见，但愿天下无事，我们都成无用之人，可以一醉方休。"

265

柳老板拱手，抱起那小孩向南走去。承宗呆呆地站在车边，直到这两人去远，又回过身看车，心中百感交集，拍了拍车顶，说了一声，结束了。也不知道是说给谁听。他在城外找了四个挑夫，把车又牵回了银行，停在车库里。到福山办公室汇报情况，大班似乎对一切事情都无所谓了，说车子坏就坏吧，我打电话让宪兵队拖走。司机当不成了，承宗往外走，福山喊住了他，说虽然如此但你还是要来上班，做个门岗吧，不用守门，每天来陪大班喝点酒。

"我不会喝酒，一喝就醉。我只能看你喝。"

"这样更好，我也没多少酒了。你陪我说话，带我出去逛逛。"福山说，"宪兵队也没汽车了，以后我们用腿走。"

"如果你们打赢了美国，福特轿车的发动机还能再配上。"承宗故意这么说。

"不要做梦，日本打不赢了。国内的老百姓在吃山芋，没有米饭。军人的地位高于一切，他们四处征兵，把人送到东南亚，连我一个画家朋友都去了爪哇岛，那里至少比在本国吃得好些，有大米和水果，还能打野猪。日本已经丢尽脸面，吃了两年的山芋，军人却不愿意停战。"福山抱怨了一通，嘱咐道，"我讲的话你不要传出去，军部知道会找我麻烦，现在这些人都很紧张，我也没什么好处可以给他们了。"喝了几口酒，他又拍桌子，说这些军人可恶，效忠天皇也是他们，捞好处也是他们。承宗说，是的，他们很坏。福山说，你不要骂他们，你也不能骂日本，我可以。

关师傅当年说过：开公共汽车，乘客骂谁，你当司机的要劝劝，因为你把着方向盘，不能让他意气用事在车上撒野；开私人小汽车，雇主骂谁，你要么一言不发，要么跟着敷衍一句——因为你在雇主眼里既不是师傅也不是参谋，你就是一个指哪儿去哪儿的汽车夫。这道理很俗气，但也实在。承宗跟着大班，有时是大班跟着承宗，两人坐黄包车进进出出，吃中国饭，泡中国澡堂。大班不想再搭理日本人，似乎也没有日本人管着大班，连他老婆都不在了。很多年后承宗回想起来觉得这家伙是在给自己放长假，既然预见到整个国家会吃败仗，这做法也就可以理解了。有一天福清池的老板实在忍不住了，把承宗拉到角落，说，知道你带来的是大班，能不能也去别的浴室洗一洗，我这里池子浅，担当不起。承宗说，大班这人还可以的。福清池的老板忍不住说，我不管他可不可以，他是太君，今天做好人赏我个钱，明天不想做好人就能把我送进去，兄弟，看你们俩洗澡，我像在吊神。承宗明白了，从那以后，领着大班把吴里城的澡堂洗了个遍。

到这年四月里，一封电报送到银行，福山太太和女儿在轰炸中身亡。美国轰炸机没有来吴里，而是飞到了东京上空，扔下了不计其数的燃烧弹。福山算错了，他应该让家人留在中国。承宗站在办公室门外，听到里面传来哭泣的声音，大班不让任何人进去。候到天黑，门还是没开，里面一点动静都没有，大概是哭累了。承宗和职员们也没个办法，各自回家。说到福山太太和女儿的死，爱玲叹了口气，说："她们都是被这些想打仗的日本男人害死的。"

日本投降得很突然，战争就这么结束了。

承宗被一阵喧哗吵醒，告诉他这个消息的是梁房东。"日本人输了，输了，输了，"梁房东语无伦次，"你还给日本人开车吗，你还威风吗？"承宗说车子早就没了，现在在给银行看大门，你要抢银行的话赶紧去。梁房东比了一个枪毙的姿势，手指对着承宗的额头。承宗说见你的鬼，告诉你，老子是抗日队伍派过去的，老子的妹夫都被日本人杀了。

他穿上鞋子往银行去，一路上全是庆祝的人，放鞭炮，呼喊，把膏药旗子扔到了街上，维持秩序的还是之前那群警察。仔细想想也对，日本人来了，日本人败了，警察还是警察，跟司机没什么区别。承宗有点遗憾，好几年来，他等着自己人的部队攻城拔寨，那样的大场面没出现，再仔细想想，这样也好，不用死人了，结束吧。

他到了银行门口，有那么几个中国职员，连同打杂的守门的，聚在门廊下抽烟，也很高兴，也很烦闷，摊手说赢啦，失业啦。承宗问，会把这些日本人怎么样，职员们略懂些道道，商量说大概都会关进战俘营，要么弄死要么放生，但是，谁在乎这些呢，各奔前程吧。话说到这里，来了一队日本宪兵，没带武器，别着白色的臂章。银行职员听得懂日本话，翻译道，这里被宪兵接管了，再多待也没工资发了，大家收拾好自己的东西回去吧。

承宗觉得轻松，他没什么自己的东西，有一床席子放在值班间，也不要了。他数了数，从学车到现在，车子废掉了四五辆，老板完蛋了七八个，人间的事，不过如此罢了。街上人越来越多，结成了游行的队伍，他跟着人群往前走，一会儿城外的居民也从四方过来，最终他们要去的是关帝庙，那地方热闹。来的人说，终于，进城不用朝鬼子兵鞠躬了。走过长生桥时，承宗向桥堍南边看去，那里有一排柳树，全都长得粗壮，盛夏季节枝繁叶茂，他想起汪有光，还有自己那个变得有点疯疯癫癫的妹妹路承玉，她一直住在袁塘镇，由承宗雇了个老婆子看护着。不知道那把木雕的关王刀埋在哪一棵树下，他站在桥头看了一会儿，然后摇摇头回家了。

日本投降后，有不少士兵和侨民选择了自杀，甚至杀了自己的小孩，中国人听说了，觉得也挺惨的，但吴里没有发生这样的事。时至一九四五年，这一带的日军差不多都是新兵，干什么职业的都有，就是没怎么打过仗。他们列队，步伐整齐地走进了宪兵司令部，那里相当于临时战俘营，带头的队长还是习惯走马路左边，过了一会儿意识到逆行，又走右边，身后的一长队日本兵都没想起提醒他走错了，反正他们就是跟着前面的人走。承宗看到山本中尉站在司令部门口，身上常背的那把刀是没了，他居然没有剖腹自杀，看来还是很想回家的。又看到福山大班拎着一个皮箱，和上百个侨民一起进了宪兵队，隔得远远的，福山向承宗鞠了个躬。

回到家，爱玲问承宗，那边情况怎么样。承宗说，日本兵是投降了，但还是挺傲慢的，好像不是我们打败了他们。爱玲说，打了十几年，杀的都是农民老百姓，这些人没资格傲慢。过了几天，承宗出去找活干，原先开卡车的物资公司也停运了，据说欠了工资，中方股东拔脚逃去了上海。天气很热，承宗没个着落，又踱到石库门区，忽然看见福山大班和小林军曹两个人站在街上，一大早的，穿着中国人的衣服东张西望。

"路桑，"福山指指军曹，"他出来找酒喝。"

"你也找酒吗？"

"我不找酒，我做他的翻译。译官全都逃走了。"福山说，"我想吃米饭，宪兵队的米吃完了。"

他进了宪兵队以后，身上带的钱就被偷走了，军曹更是分文没有，本想拿点值钱的物资出来卖，可是这群宪兵也很讨厌，仗都打完了，管得比打仗时候还严，一根鸡毛都休想带出门。对他们来说，大班现在不再是银行的管事人了，他就是一个没钱的日本人。这几百号人睡在宪兵司令部，米很快吃完，就算有米，饭也来不及做，宪兵们成天在烧资料，侨民只能各自啃干粮。承宗一听就乐了，米是个大事，他很知道，日本人不吃米就会腿软。"我也没钱了，请不起你们上饭馆喝大酒。"

"我们想找份工作，不用给钱，钱没用，给吃饭就行。"

"我也在找工作呢。"

承宗会开车，大班会算账，哪儿哪儿都不需要司机和会计，两人看看军曹，他是个木匠。军曹咧嘴。承宗说，废太子基那边有几户人家在改建房子，包括我的房东，正要找作头，还带打家具的，椅子会做吗。大班问军曹，军曹讲了一通，大班翻译道：椅子平时做得少，日本人的风俗，但房子会造。承宗说，那我们去试试吧。提醒军曹不要说自己是日本兵，大班说这家伙不会中国话，一句都不会，大大的和开路都不会说，是个八嘎。承宗不耐烦地说，那也不要露出日本兵以前那种样子，大家又不傻，一眼看懂，会挨揍的，就说是日本木匠吧。

承宗带着这两人去见梁房东,房东惊呆了,问说你怎么把日本人带了过来,该死。承宗说这两人不要工钱,管饭就行,你要是不收,我就带他们去乡下找找活。他没诓人,如今仗打完了,很多人家都想着修房子。梁房东说,不要再讲了,事不宜迟,马上开工。木料砖瓦都已经备着了,军曹看了看房子,又看了看料子,撒腿跑回宪兵队,带来了他的凿和锯,还有一个打下手的小兵,年纪十七八岁,也穿着中国人的衣服,眼睛一直瞟着厨房里的饭锅。

军曹就这么开工了。这天午饭,房东端上来的是黄瓜和酱菜,三个日本人坐在承宗家的饭桌上,闻到铁板鱿鱼的香味。爱玲没小气,给他们做了一道荤菜。大班吃了一筷子,忽然放声大哭,说是尝到了爱子太太的味道。军曹和小兵趁他哭的时候把鱿鱼全吃完了。

下午时,军曹和小兵在天井里乒乒乓乓干了起来,大班还是以前那个派头,不干体力活,午饭后要睡觉。爱玲嫌他脏,不想让他睡在自家床上,大班眼睛还肿着,进了屋子往地板上一躺,抱住胳膊就眯着了。爱玲说,我竟忘了,日本人睡地板。废太子基的邻居们听说了日本人来做工,也觉得新奇,纷纷来看,有问能不能修家具的,承宗说,活儿都会干,给口米饭就行,有酒更好。也有人认为不该便宜了日本人,承宗说,有活趁早让他们做掉,过几天可能就全枪毙了。这么一说,大家也都懂了。军曹手巧,修家具不成问题,还会箍桶,浴盆马桶他也愿意箍,那小兵更有一套本事,会磨刀,每一把菜刀都磨得冷气森森,能砍脑袋。大伙又骂,日本人干活是他奶奶的认真。两个人白天造房子，晚上干小活儿，深夜吃饱了回宪兵队去睡觉，第二天照旧干活，对每个人鞠躬。大班对承宗说，如果不打仗，这两个家伙在中国混得比在日本好。

薄暮时分，家家户户搬出竹榻和躺椅，坐到街边乘凉。大班跟着承宗一家，爱玲问他，在日本还有亲人吗。大班说消息阻断，不知道他们怎么样了，爱子太太和女儿早在半年前死于轰炸，儿子失踪，多半是不在了，也可能幸存下来，他得回日本去找。爱玲说，那你就保重吧，回去找你的儿子。大班抬头看看天上的星，问了个问题。

"路桑，那次卸掉轮胎，真的是轧到血了吗？"

"是拿去卖钱了。"

"汽油偷过吗？"

承宗没回答，递给大班一片西瓜。大班懂了。承宗说："你一直觉得我很老实，是自己人。其实我和你不是一起的。"

"爱子说过，你是最好的、最适合的司机，你不会出卖我。如果是自己人，就会出卖我——日本人也在斗来斗去。比起来，偷汽油是很小的事情。"大班的中国话讲得别扭，但很诚恳，承宗也懂了，既往干过的那些事，原来是心照不宣。大班又添了一句："驹子小姐也说过，不要太相信自己人，要相信自己的判断。"

"你还在想着驹子小姐。"

"她还在上海，还活着，一个人。我想去找她。"

承宗和爱玲哭笑不得，安慰说你一定会见到驹子小姐的，但最好先找到你儿子。再讨论下去，找儿子，得到的多半是噩耗，找到驹子小姐多半很快乐。人应该先找什么,也很难说清。大班说:"驹子也老了,三十岁了。"爱玲说:"你们这些男人哪,就惦记女人的岁数。"大班说:"不是我说的,是她自己说的。"爱玲说:"她这么说,是让你娶她,你赶紧去娶她吧。"

翌日清晨,承宗被梁房东喊醒。废太子基那几间屋子,改建到第五天,房东受不了了,把承宗拉去看。承宗称赞,造得真不错,门是门,窗是窗,地板是地板。梁房东哭丧着脸说你再仔细看看,我备着的木料快用完了,砖头没怎么动,这么造房子太费了。承宗醒悟过来,日本人都是木头房子,他们不会造砖房。梁房东一屁股坐在门槛上,抱怨道:"他们倒是会造碉堡!"

军曹被赶了出来,那小兵替他拎着工具,大班抄着手,三个人站在承宗家门口。军曹拍拍肚子,意思是饿了,这回没人管饭了。承宗说我家米缸也快空了,酒还有一瓶,给你们喝了,回宪兵队去吧。大班和军曹喝了起来,那小兵没得喝,端起碗使劲扒拉饭。爱玲说,你扒饭倒还挺快的,不像个日本人。说完用筷子头挑起一小坨饭粒,慢慢放进嘴里,嚼着饭说,你们日本女人都这么吃饭。大班说,现在日本人吃饭都很快,慢了就被人抢走了。酒喝到一半,山本中尉气势汹汹地带着几个兵来了,进门嚷了一通,薅住军曹的衣领往外拖,顺手给了小兵一个耳光。大班告诉承宗,中国军队刚刚到达吴里,现在来接管,所有人回去接受审查。

"山本会被枪毙的,他为什么还这样?"承宗问大班。

"我也不知道,他天生这样。"大班说。

这些人走了以后,承宗收拾桌上的饭碗,地上掉着军曹的木匠工具，也放到了角落里。他又去梁房东家看了看，很不错的两间日式屋子，另有一间整修了一半。梁房东看着这屋子发愁，说这木头拆了没法再用啊，要不然还是把军曹喊回来，剩下的半间也弄弄好。承宗叹气说："他们大概不会再回来了。"

他最后一次见到大班是冬天，日本人裹着军用棉衣，排队登上卡车，往火车站去。在等待中，一些兵捡起地上的香烟屁股，看了看，点火抽上一口。军列会将他们送到上海，然后是浙江，这些人大部分都坐上轮船回到了日本，空着手，没带走什么财物。与承宗猜测的相反，山本中尉也没有挨枪毙，他被判了重刑，新中国成立后释放回国。到老了以后，承宗回忆起这段日子，总会说一句：我们对日本人挺宽厚的。

许多人站在街边观看，中国兵管着，承宗也不得近前。大班变得十分潦倒，站在风里，剃了个光头，满脸胡茬，眼睛也凹陷下去。不知道这副模样，驹子小姐看见了，还会不会喜欢他。后来，大班离开了队伍，走到承宗身前两米远处，喊了一句：路桑，再会。

他既不是雇主，也不是朋友，现在亦不是敌人。承宗挥了挥手，这些人上车，这辈子他再也没见过大班和军曹。

第九章 往年事

我祖父在最后的那段日子里经常望着天井,他历历想到曾经出现在这里的人。沮丧的时候,他说自己在等死,他认识的很多人都以一种相当突然的方式死去或消失,而他却要在这条路上走很久。很难说清是要迎接什么还是摆脱什么,他坐在藤椅里,变得很瘦,眼睛是浑浊的,后来,他逐渐糊涂,把五姐当成是妹妹路承玉,把路国强当成是黄启宣。我祖母知道他快死了。有个医生给了她两剂杜冷丁,嘱咐道,如果很难熬,就给他打一针这个,这是止痛药,但对他来说,就等于是停止了一切。

五姐一直对那个未曾见过的姑母好奇,有一天我祖父问:"鸣凤找到了吗?"五姐知道,鸣凤就是那个走丢的女孩,事情非常遥远,已经过去了三十多年。她追问我祖母,周爱玲一言不发。她又去问路志民。路志民还记得这个表妹,印象中是个爱干净的小姑娘,鞋子弄脏了会哭,眼睛大大的,像她亲娘。

"你们不找吗?"

"八岁的小孩不容易走丢,是被人拐了。抗战结束后,有一阵很混乱,人贩子冒了出来。他们在城里找,没找到。有人提醒说,鸣凤在河边玩,人贩子大概是把她抱上了船。等他们明白过来,那船早就不知道摇到哪里去了。"路志民说,"你不要再多问了,鸣凤是在妈妈手上弄丢的,当时她带着小孩。爸爸这辈子只打过她一次,就是那回,一个耳光,把她打到抬不起头。"

"他打她?"

"后来妈妈说,打得也不重,但抬不起头是真的。"路志民说,"这件事你不要再问了,老辈人的恩怨,汪家一个活人都不剩了。"

五姐没忍住,还是去问了我祖母。我祖母就把几个小的拉过来讲了这件事。她看着五姐,说:"你刚被领进门的时候我吓一跳,你当时七岁,眼睛大大的那样子像鸣凤。"

——汪有光死后,路承玉做了寡妇,有那么一阵,她变得神经过敏,时不时地看见汪有光回来,或者是完整的人,或者是个提着头的影子。他夫妻感情也好,路承玉没害怕,开门让汪有光进来,有时让他把头放在桌上。她对着桌子说话,然后扶正椅子让空中的人坐下。这可把周围人吓着了。有时她坐在屋子里,又不由自主往赌场跑,那地方已经由半条龙接管,跑着跑着,她又想往太湖方向去。承宗去找她,她问,为什么你被日本人抓走就可以放出来,汪有光却死了?承宗说,因为有大班求情。承玉追问道,为什么你不找大班救汪有光?承宗说,因为大班不在吴里,而且我知道消息的时候,老汪已经挨了一刺刀。承玉听见刺刀两个字,抱着头尖叫起来。这时人们都知道了,她不大正常了,有人出了个主意,让送到袁塘镇去,那里比较清净。

承宗不舍，劝的人说，清净能让她恢复正常。

鸣凤留在了吴里，由周爱玲带着，路志民是哥哥。那时人们也说，干脆让路志民将来娶了鸣凤吧，这样的话，他们的孩子有一半也是路家的人。那时候的路志民，已经在赌场里学会了打麻将。一九四六年初，承宗回了一趟袁塘镇，看路承玉恢复得不错，讲话行动也都正常，他决定把妹妹接回吴里。到家知道鸣凤丢了，周爱玲正坐在门槛上抱着路志民大哭，这是大事，就连他被抓进宪兵队，她都没这么哭过。她知道小孩弄丢了有多可怕，特别是女孩，她在纱厂的时候听过很多这样的故事，女孩一不小心就被拐走，在什么地方从事什么营生，她们根本逃不出来。承宗连忙发动城里的朋友，又把宝生喊过来，一起找鸣凤，找了三天，没有下落，懂行的人说她多半是被抱上了船。船会去哪里，吴里的河道通往四面，可以去周围任何一座城市，甚至更远的地方。承宗没了办法，回去见承玉。承玉说："你老婆不得好死。"

路承玉死于一九四九年，那是另一宗事件了。自鸣凤走丢，承宗一直寻访，后来他做了长途汽车司机，跑过南平一线，也跑过青浦一线，在车上还是会时不时问一句，有没有见过鸣凤，那小姑娘长得好看的，爱干净，讲吴里话。别人说，师傅，寻人得有张照片呢。可他找不到鸣凤的照片，有是有，都在路承玉那里，他有五年进不了她的家门，说不上一句话。到后来，就算有照片也没什么用了，因为鸣凤要是活着的话，她已经长大了。

八岁大的女孩，记得自己的名字，记得家。在很长一段时间里，我祖母都等着某一天有个女的出现在废太子基，说她就是鸣凤。尤其是解放后，那些乌龟贼强盗都被镇压了，鸣凤十二三岁，她应该能找到舅舅，可是这件事并没有发生。到了六十年代，我祖母完全断了这个念头。她对五姐说："如果鸣凤死了，一定死得很惨，我想都不能想。"

人们只知道她领养了五个小孩，说她好，说她慈善心，却忘了她曾经弄丢过一个小孩。她说，一想到鸣凤就觉得路承玉讲得没错，她活该不得好死。

路国权到派出所改名石国权，由一群人陪着，其中有他亲爹石石匠，还有热水龙。石匠这么硬气，我祖父已经没力气与他废话，热水龙听说后拍胸脯出马。他的办法更直接，找了石场的领导，找了领导的领导，这些领导听说了此等奇闻，很想干涉一下，看看自己够不够水平。他们来到小镇，由宝生带路，踏进石场，找到石匠，对着这个浑身石粉的家伙反复教育、劝说，石匠没反应。最后是一个女领导生气了，决定停了他的工，威胁要追究他抛弃儿童的罪行。石匠服了。

"只要有我，事情一定皆大欢喜。"热水龙很得意。

他们把这对失散多年的父子凑在了一起，拉去派出所，像仪式一样。他们想看到涕泪横流、满地打滚的场面，但没有发生。石匠和大学生对看了一眼，比赛着沉默，互相不愿走近。整间屋子里，他们是个子最高的两个人，没有什么遮挡，连不知情的人都看得出他们是亲生父子。国庆捅了国权一把，国权垂着双手，还是不动。最后，石匠开口说了一句：小鬼，长高了。路国权愣了一会儿,一字字地问:你喊我什么？石匠说:很早以前,我一直喊你小鬼。两人忽然哭了。这就对了,周围的领导和亲友们鼓掌,随后民警宣布,路国权现在正式更名为石国权,不过他的户口还在城里,他和石石匠也仍然不是法定的赡养人关系。石匠哭凶了,对儿子喊道:"我又不要你养,你好好给你的司机爸爸送终。"

这个消息由热水龙带到了我祖父的病床边,那时我祖父脑子正清醒着,说道,这样对国权好,知根知底。热水龙不知道他说的到底是石匠还是五姐,他想到了另一个问题。"亲家,亲家,你知不知道国庆的亲生爹妈是谁？"

我祖父摇摇头。

"他说他是亲家母从岸边捡来的。"

"所以,你要去问爱玲。一和三是她捡的,二和四是我领的,不过三和四后来倒了个个儿。至于第五个……"我祖父摇摇头,没力气再说下去。

倒退二十多年,也就是把路国庆的年龄抹剩四个月,在一九五九年早春,周爱玲离开废太子基,去了郊外的镇上。夜里回来,她怀抱着一个婴儿。天气很冷,小孩裹得严实,而她神色凄凉,风吹得脸发紧,眼泪都被吹干了。其时路志民已经成年,在人民商场上班,且正调到南京去进修;路国强快十岁了,他独自坐在天井里,裹着棉袄等妈回家。饭窠里有半锅米饭还是热的,桌面上的红烧鱼结了一层冻。国强那天没吃鱼,家里的规矩是不要独自、率先破开一条鱼,后面上桌的人会认为自己在吃猫食。总之那天国强吃的是白饭和咸菜。我祖母问国强，你爸呢。国强懂点事了，回答说大炼钢铁，他做好晚饭就帮人开车拉煤去了。路国强指指这小孩，问，他是谁。

他是我在岸边捡来的。我祖母就这么回答了，然后，小孩哭了，始终哄不好。我祖母打算去找点奶糕，熬一下喂这孩子。邻居们闻声而出，三言两语问明白了，赞叹道：爱玲，你四十多岁了，又领一个啊？

周爱玲决定把这孩子留下来，既然进了家门，就别想推出去。路承宗那天回到家，站在门外听到婴儿啼哭，头皮一炸，没敢进去，跑到客堂间里，刮干净锅底搞了一碗半冷不热的饭，拌上鱼冻吃饱。他喘了口气，让自己接受了一种不太好的预感，这才推门进去。"小孩是我在岸边捡来的。"周爱玲就站在门口，抽着烟告诉他，"这个不能送孤儿院，我要定了。"老路看着这场面发愁，他说好吧，你主意大，领就领，可是咱俩领小孩，你领了老大，我领了老二，本来扯平，现在你又领一个男孩，我莫非还要再捡第四个吗，我的工资是挺高但架不住这么多人吃。一语成谶，一九六〇年他就带回了路国权，扯平了。这笔账一直到五姐才算结清，那时路家在市里都出名了。能领养五个小孩，人们说这对夫妻仁义，世上好人多。我祖父的回答是：你要是领过五个孤儿，你就知道人间有多惨。

国庆和志民一样，身上没有纸条，没有信物。他日哭夜啼，像是有什么冤屈，搅得四邻不安。我祖父深知，没纸条的小孩最是麻烦，怕是有什么难治的重疾，爹娘扔出来让他投胎去的。后来到医院里去检查身体，国庆很健康，医生问孩子多大，周爱玲说四个半月。老路看了她一眼，没再追问。

国庆这名字是我祖父起的，估算了一下生日大概是在国庆前后，那年代很多男孩都叫国庆，我祖父说，要么也叫国庆吧。我祖母说，随便，叫什么都行。我祖父说，已经有两个男孩了，要么这个跟你姓，叫周国庆怎么样？我祖母冷着脸说，不用，我家的人都死绝了，将来盖祠堂，进你们路家的族谱吧。我祖父讪讪地说新社会了，没有祠堂了，不考虑光宗耀祖，做个对国家有贡献的人吧。

小孩就这样长大了，吃不饱是有的，但没有挨过饿，倘若闯祸自然也训过骂过，但未被虐待过。废太子基的这户人家和其他人一样，过着随波逐流的普通生活，盼着儿子们一个个读完书，有工作，挣到工资，这家里只有老路一个人月工资一百多块钱实在是太险了，万一他翻车死掉，其他人都得去喝西北风。其中最担心的是我爸爸，他是第二个有工作的人，他月工资二三十块，刚够自己吃的。有次老路和他谈心，说你要是早点结婚的话，国庆和国权说不定可以给你做儿子，就不用我这么辛苦了。路志民说：爸爸，我但凡是个亲生的，不能让你们这么领弟弟，但现在我也无话可说，我希望自己的儿子是亲生的。

一九八一年，我祖父仍然惦记的事情包括如下：鸣凤到底找到了吗，从志民到五姐还有我祖母的生活费从哪儿来，三十八军打得英勇顽强，是否阻击了美军的攻势，黄启宣的名字有没有写进黄氏族谱，路国庆的亲生父母到底是谁。他有时糊涂，有时清醒，我祖母说癌细胞到他脑子里去了。

有一天他把我祖母喊到藤椅边，两人一起看着天井上方的天空。"爱玲,我心里有个疑团一直没问,现在热水龙问了,我又想了起来。"

"你问什么我都告诉你。"

"那年带国庆去检查身体,你说他四个半月,你怎么知道他四个半月?"我祖父说,"他身上没有纸条。"

"因为国庆是我弟弟的儿子,我弟弟死了,弟媳也死了,是我去把国庆抱回家的。"我祖母说,"从我继母手里抱走的,后来,我继母也死了。"

"那你为什么不告诉我?"

"因为他们死得很难看,不要让国庆知道。你也从来没问,你问了,我会告诉你的。"我祖母想了想说,"你心里起过疙瘩,你本来是想问的,为什么不问呢?"

"原来你是国庆的姑妈。"

我祖父不再问下去。这段对话被躲在门背后的朱康听到了,朱康告诉了父母。路国强和杨子红对看一眼,商量了一下,告诫朱康:闭上嘴,你要是把这事儿说出去,我们就把你送到乡下。朱康吓蒙了,连连点头,但他管不住自己的嘴。

秋天时,我祖父说,右边眼睛看不见了,那以后他就不大能进食。这让他想起好几十年前,赔给他汽车的黄老太爷一只眼睛盲了,这意味着命悬一线,结果当天就被黄启宣气死。"另一只眼睛也会盲的,"他对我祖母说,"到时候你不要难过。"

有一天早晨,天蒙蒙亮,他醒了过来,说自己难受,我祖母招呼路国庆起床,把他搬到藤椅上,给他洗脸漱口,然后隔窗看着天井。屋里的灯光映着窗外的牵牛花藤,这时节花已经谢了,当初种下它是为了收集种子,治朱康的蛔虫病。这件事只有我祖母懂。路承宗歪着头,用左眼看了一会儿,拉过路国庆。"你开上长途汽车了吗?"他问道。

"我现在在市里开公共汽车了。"这件事路国庆已经重复了好几遍,就像路国权重复自己考上了大学,路国强重复自己生了个女儿,"和王八车一样,开2路,从精神病医院到动物园。我继承了你的事业,现在是个司机。"

"我很高兴。"老路听明白了,他的脑子又回到了好几十年前,"我的爸爸是个拉洋车的,他的名字叫二祥,其实他没有想过让我去开汽车。"

"他想你拉洋车吗?"

"他不想我拉洋车,天下哪有爸爸希望儿子拉车的?他想我学门手艺,不要做苦力,还想我的儿子能读书,儿子的儿子最好当个官,一代一代往上爬。他就是这么想的,他的爷爷是个逃荒的。"

"听说我的外公是个开厂的,到我这一代变成开车的,岂不是一代一代往下掉?"国庆提的问题很尖锐,老路回答不上来了,仰起头,向右歪过去看这个儿子。路国庆有点伤心,蹲下来,用手在他左眼前面晃了晃。"爸爸。"国庆喊了一声,也说不出话来。接着他们听到客堂里传来五姐的尖叫。

"又有一个小孩!"

那婴儿就放在路家的饭桌上,见了鬼,而路国庆走进来时竟然没有发现。我祖母被喊声惊醒,穿衣服出去看,国庆、国权和五姐都围在了饭桌边，头上一盏五瓦的灯泡昏暗地照着桌面，此刻天正在亮起来。我祖母捶了一下门框，凑上去细看，说这小孩才刚生没几天，她麻利地解开了蜡烛包，是个女婴，然后上下翻弄。这一次又没有纸条，倒是夹了一张十元面值的钞票。"这些父母都是怎么想的？"周爱玲嘀咕了一声。五姐说："一定是个私生子，世道变了，现在私生子很多的。"她完全不顾路国庆的感受。国权添了一句："插队的时候就有很多，世上从来不缺私生子。"

我祖母又抽烟，把十元钞票夹在了玻璃台板下，这是当时人民币的最大面额。"这张钱的号码，将来就是认回小孩的唯一证据。你们不要把这张钱花了，也不要让其他人看见。"

小孩一直在睡，天全都亮了。我祖母又说，可能吃了一点点安眠药，为的是不让她哭。送婴儿的人一定是趁夜潜入，废太子基77号这个门洞常年虚掩大门、进出自如。天气不错，不冷不热，婴儿就放在了饭桌上。这是冲着路家来的，因为路家的孩子全是领来的，可这婴儿的父母也不打听一下，闻名吴里的这户人家快要办丧事了。我祖母长叹一声，说，真是见鬼。

他们把小孩抱回了屋子，给我祖父看。路承宗本来已经陷入一种半醒半睡的状态，这时侧过脸，看了好久。"爱玲，把这个小孩收下。"

"收什么收？"我祖母没好气地说，"我们来不及养大她了。"

"每人省一口饭就能养大她。"

"老路，"我祖母摸摸他的光头，很伤心地说了一句，"你记错时候了。"

五姐喊来了民警。那时开始,法律不再允许人们领养那些捡来的小孩,他们理应由国家负责,送到孤儿院去。这是民警说的,然后又添了一句:"要是在农村,这小孩多半归你家了。"我祖母说:"还是交给国家吧,现在都提倡生一个了,谁家也多不出名额来。他们为什么不把小孩放在市长、局长、处长家门口呢?"民警说:"路师母,不是这么算的,大家都是看山水、懂尺寸的。领导这么忙,哪有时间领养小孩?"周爱玲无言以对,此时孩子醒了,哭了几声,民警不知道该怎么办。我祖母招呼五姐去请杨子红,后者正在哺乳期,给小孩吃口奶吧。

杨子红来后,问我祖母:"你打算……"周爱玲说她没有打算,又补了一句:"也不打算让路国强收养小孩。"杨子红说:"我奶水多,可以再喂她一阵。"周爱玲默然无语,抽完一根烟,用了一句报纸上看来的话,说:"不要让历史重演了,交给民警吧。"

这个小孩后来被孤儿院收养,正确的说法是吴里市福利院,收小孩,也收老人,地点位于北郊之外三公里的团结山下。无人理解福利院为什么这么遥远,最大的可能是那里不会有什么人探访,远一点无所谓,相比之下省级监狱倒是在市里。废太子基有一个女子是福利院职工,她带来了这女婴的消息,很健康,没有人认回,按惯例取了个名字叫吴芳芳,那儿的人都姓吴。我祖母惦记这女孩,每隔一阵就会坐上汽车去福利院看一看她。杨子红也惦记,曾经请缨,说还能去喂这孩子,我祖母摇头说:"你去了那里不够喂的,有很多吃奶的孩子,十个,二十个,三十个。"杨子红惊叫起来,问说怎么会有这么多弃婴。我祖母说:"孤儿院当然全是弃婴,就像监狱里全是犯人,火葬场全是尸体。"

我祖父去世于深秋,一个安静的下午,天气阴阴的,路家的五个收养子女围坐在饭桌边,喝着茶,保持着沉默。我祖母不让他们进房间,那是我祖父还清醒时留下的话:不需要让他们看到这些。邻居们经过客堂间,蹑手蹑脚,轻声细语,也不多问什么,人们似乎是体会到了一种安详的死亡气息,怎么说呢,像天井里的花花草草枯萎。后来,医生和护士走了出来,说那针杜冷丁已经打了下去,他睡着了。医生和护士很难请上门,是汽车公司的书记帮的忙。

他睡着了,不会醒了。我祖母跟着医生走出房间,叹了口气。国庆问她,爸爸最后说了什么。我祖母说,他最后看了我一眼,没讲什么。他们走进房间哭了起来。

公司调了一辆长途汽车过来,停在巷口,这是殊荣,连退休领导都享受不到的待遇。他的十几个徒弟和五个儿女护着遗体上车,路国庆提议由他开车,根据吴里的风俗,儿子该走在最前面,但热水龙说,你要演孝子,跪在你爸身边。事后,国庆问孝子为何要"演",热水龙说,真心不真心都是活着时候的事儿,过世了你就是演孝子,将来我走了也请你演好孝子。那些徒弟们有开客车的,有开卡车的,也有翻车摔坏了脖子后来去做内勤的,总之五花八门。开车的司机是老同事,一边开一边抽着路志民送上的香烟。路志民对司机客气了几句,意思是这趟跑得辛苦,还是桩丧事。那位司机说:没关系,哪个驾驶员没送过遗体呀,没送过遗体的都是不合格的驾驶员。我祖父那十几个徒弟纷纷点头：这里没有开殡葬车的，不然天天送遗体。要说这个，数老路在世时送得最多，抗日战争，解放战争，抗美援朝，他的车子不止一次运过战友的遗体，有时还有敌人的——你也不知道该说是遗体还是死尸。他们一个接一个地夸着，转过头看看车厢过道中的老路，躺在门板上，盖着锦缎被子，很安详，不会再起来教育他们。车开到二号桥时忽然爆了个后胎，砰地震了一下，除了热水龙怪叫起来，全车的司机和司机家属都没表情，伸出手去扶住我祖父的遗体，等车靠边停下，他们淡淡地说：换轮胎吧。

他葬在了麒麟山公墓，那座山曾经葬了路家的亲戚们，后来坟都没了，现在把他的骨灰埋下去，像是续上了什么。他的墓碑是石匠做的，有两尺高，上面刻着路承宗和周爱玲两人的名字，石匠一个人背着这块花岗岩，一步步爬到了公墓半山腰。若干年后石匠也患上肺癌，那是石粉导致的。

我祖父死后，家里的经济出了点问题，这也早在大家意料中。一个退休工资五六十块钱的顶梁柱没了，撂下了好几个要花钱要吃饭的主。这时我祖母拿出了一份遗嘱，那年代写遗嘱的人极少，搞得像大干部似的。他们也很好奇。在遗嘱中，我祖父把五姐分给了路志民，因为女孩需要一份嫁妆，需要一个大哥撑场面，并嘱咐五姐尽快找到工作，不能吃白食；把国权分给了国强，国权大学毕业就能有工作，目前只是生活费和学费支出；最后，他把我祖母分给了国庆。

"这样的话任务有点重。"国庆说，"我还没结婚。"

"爸爸就差从棺材里爬出来告诉你，你的命是妈妈救的。"五姐说。

"爸爸的意思是目前由你来，等到国权和五姐有了工作成了家，就我们一起来照应。"路志民把这份遗嘱摊到国庆面前，让他看看清楚，"我觉得爸爸的想法很合理。"

国强说："五十年代，废太子基有一户人家，也领养了一个儿子。那时不少人家都领养小孩，从乡下抱一个回来就是了。后来，儿子长大了，这家的阿爸死了，剩一个妈妈，那时的女人都没工作，就得靠儿子养。儿子看到阿爸死了，让妈妈住到了厨房，睡在灶台边。因为那不是他亲娘。"

"My god。"国权说。

"你们想教育我什么？"国庆拍桌子，"这世界上养我长大的才是娘，其他都不是，不要在我面前瞎比划什么亲娘。"

路志民摆摆手，让他们都闭嘴。这份遗嘱上除了交代吃饭穿衣的事，还有些遗训是叮嘱给国庆的，路志民一条条读了出来：开车不要拼命，轮胎不要见血，避开汽车的废气，那闻久了容易患肺癌⋯⋯路国庆说："这些爸爸全都给我讲过，他怎么又写了一遍？"我祖母说："他先写了下来，后来忘记自己写过，又跟你零零碎碎讲了些。"路志民再次摆手，说纸上还写了两件事，至关重要，以前没讲过。大家让他不要卖关子，一起说吧。

"关帝庙的大刀在长生桥的柳树下埋着，哪棵柳树不知道。还有——"志民指指国强，"你寄名老爹黄启宣家的祠堂牌匾在吴里，师范附小有一块黑板，翻过来就是黄氏祠堂四个大字。"

国庆是到后来才知道自己的身世，传话的人是朱康，那时他也才念小学，磕磕巴巴讲了一部分，天知道是哪部分，剩下的讲不清，他发现国庆陷入了深思。朱康有点害怕，趁其走神溜了，一抹嘴不承认自己讲过任何事。

国庆连着好几天没怎么说话，他的深思不是夸张。他活了二十多年没怎么安静过，现在倒像个有经验的老司机了。最后，他走到我祖母面前，望着她。周爱玲不说话，国庆跪了下来，也不说话。

"把那四个都喊过来，我讲给你们听。"

一九五八年在福山镇发生了一起杀人案，凶手是周爱玲同父异母的弟弟，抗战时跟随母亲落户在这里，继父姓张，是个马车行的小老板，这小孩因此也姓了张，叫作张忠良。张家人多，起初不太待见这对母子，继父经常跑在外头作生意，也管不了家里事，男孩当然是受了点苦，不过他能忍，平时说话也低声下气，尽量不出错，久而久之和家里的兄弟相处得还算和睦。他读书刻苦，有点文化知识，中学毕业后就在镇上做了一个小学教师，算是很高的成就了。这弟弟与路家多年没有往来，乃因当年周爱玲冷着脸轰他母子走了，从此不再相认。对于继母和弟弟的情况，她也从来没有打听过，知道他们活着，差不多就可以了。

解放后，张家被评为工商业地主，待遇还算可以，没有挨斗，一大家子人分作几个小家，儿子们都有工作，日子过得普普通通，比一般人家还殷实些。一九五三年张父得病去世，这一族人也就散了，张忠良是外姓继子，带着母亲独自过活，在这镇上没有亲人。

张忠良的妻子叫林英，在一间小厂做工，她长得美丽，据说性格也好，夫妻感情甚笃。一九五七年当地一个有权势的人的儿子看中了林英，一定要夺走，这对夫妻不答应，那人给张忠良停了职，派去做了泥瓦匠。那时林英怀上了孩子，这对夫妻盼着孩子生下，也许就能躲过霉运。可这世界上，掌权的人哪，往往不肯放人一马。孩子生下后，过了一阵，张忠良又被喊去，让他和林英离婚，所给的条件是复职回校教书。他所得到的恩赐只不过是继续活着，儿子归他。张忠良被迫答应，那以后发生的事情完全出乎人们意料，也偏离了逻辑：离婚以后，就在家里，他把妻子杀了，用尖刀割开了脖子。

他逃到了山里，民兵队奋夜追击，要将这凶犯捉拿归案。那片丘陵地带树多且杂，非常不好找。人们猜想他是去了另一个地方，可是在一九五八年，他又能逃亡到哪里去？第二天早晨民兵队看见一个疯了的张忠良，举着一把斧头，从竹林里钻出来，沿着湿滑的山路跑着，一会儿狂笑，一会儿咒骂，滑一跤爬起来捡起斧头继续跑着跳着。民兵们想上去绑住他，毕竟也知道他倒霉，逮回去还能讲清楚到底发生了什么，但远处有人开枪打死了他。

事发一个月后，周爱玲收到了一封挂号信，是她的继母寄来的，信的结尾说，她也病重，活不久了，无法把小孩带到吴里。周爱玲没有将这件事告诉路承宗，某天早晨，她坐长途汽车来到了福山镇，在一间很旧的屋子里看到继母，头发全白，眼珠泛黄，周爱玲知道她肝出了问题。屋里很冷，小孩在床上躺着，窗外是河，吱吱呀呀有木船摇过去。继母说，等她死了，这孩子也就没人养活了，装在篮子里从窗口吊下去，让船上人家收养，也是好的，念头一闪而过，但不能这么做。周爱玲说，多少事情，都是念头一闪而过，然后就做了，然后牵连或是隔绝一辈子。

继母说，林英不可能是张忠良杀死的，林英是自杀，这女人看上去温驯，其实是个有胆气的人，她当着张忠良的面自杀为的是他最终割舍了她，把她交给了别人。而张忠良呢，他本来应该一起死，但没有这个胆气，他逃了出去。继母说，他求着别人给他个了结，最后也如愿了。

这些话太惨，周爱玲听不下去，她把孩子抱在了怀里。继母说，就这样了，孩子你带走，家里没有钱了，我补贴不了你，吃个饭再走吧。她到灶间找锅抓米，周爱玲说，不吃了，孩子我趁早带走。实际上她是怕传染到肝炎之类的病。到最后她问出生证明，继母说，没有了，你就当是捡的，不要说是领的。周爱玲又问，张氏夫妻有无照片之类，将来给孩子看看，继母说全没了，烧了。周爱玲懂了，这是要断根，从此变作另一个人，免遭仇家追杀。继母送她出去，到镇口说：求你一件事，不要告诉别人这孩子的身世，长大后也不要告诉他本人，我知道你有两个男孩都是收养的，这一个，你也同样对待，我给你磕头。她真的跪了下去，磕了一个头，然后很艰难地站起来，拍拍膝盖上的尘土，又看看小孩的脸，叹气说：以后给你这个亲娘送终吧。

她抱着这婴儿坐长途汽车回到了吴里，小孩很健康，她惊讶于继母最后的那点毅力，没把这孩子养死。继母年轻时是什么样子，周爱玲有点想不起来了，印象中是硬气、冷冰冰、很挑剔，到她家破人亡快死的时候，也没有说什么软话。这是个苦命女人，嫁了这个，又嫁了那个，像浮萍一样无根，想尽办法落脚在一个地方，带着儿子苦心经营，到头来还是没个好结果。

她也起过念头再回福山一趟，但胆气全无，那以后她没再收到继母的来信，她想，应该是死了。其后年月，日子艰难起来，路国权进家门后，吃的东西更不够，谁还有力气跑远路？到一九六五年她才领着国庆去了一趟福山，那屋子里早已住了别的人家。询问邻里，当年的事，知道的人也不肯多说，只说她继母病死在家，不知道葬在哪儿，至于那孩子，言者看看她牵着的路国庆，说：如果活着应该和他差不多大吧。

"害死他父母的人到底是谁呢？"五姐问道。

"我也不清楚。不要再追问了，那些人还活着呢。"

"这辈子你就瞒过爸爸一件事，就是我的身世。"国庆说。

"那也不见得，你们的爸爸一直以为家里没多少存款，都吃光了，其实我存了不少，只是他来不及花到这份钱。"我祖母拍拍国庆的肩膀，"儿子，你不是私生子。"

我祖父去世后的次年，路国强又被带进了治安队，抓他的人还是一九七八年揍他的焦队长，起因是他带着两个做生意的朋友掘开了长生桥下的河堤。那时节吴里正进入新的建设周期，国营工厂改造厂房，周边乡镇企业开工，城里城外都在造新村，个体户越来越多。沿河一带原先是片荒地，土质松软，市里开了推土机过来，好像是要造什么房子。路国强意识到，那地方将会被掘开。

他还在工厂做钳工，但已经心不在焉，想做个体户却没有本钱，从朋友那里听到一些新的发财手段，比如说你邻居家有一个脸盆是明朝的，鸡窝里有一个食盆是清朝的，你就给他家换上崭新的不锈钢的，他家要是不乐意，你就干脆趁夜偷走。这个东西到了手里，藏在家捂一阵，等大家都忘记这件事了，你再拿到黑市街去，那里有人收购，可能值十块，可能值一百块。他真这么干了。路家没有这种东西，邻居家也没有，他拿着一条烟去找方屠户，把我祖母当初送去换猪心的扇子又换了回来（屠户只要蒲扇，看不懂折扇），在黑市换到了二十块钱，去掉烟钱，他赚了十块。

搞古董生意是国家的事，就像汽车是国家的，土地是国家的，耕牛是国家的。到八十年代，这些事情允许私人过手，卖古董又重新成为了一个行业。路国强心思活络，终生都在这事情上下功夫，他看到长生桥下的推土机，立刻想起那把关王刀，随即找了两个搞收购的朋友，把事一说，又比划了一下，有这么大呢，是文物。那两人都是插队回来的，很讲义气，说这大刀挖出来的话路国强占股五成，他们分剩下五成，如果没挖出刀，就吃顿饭结个缘，以后还有得玩。他们甚至去了一趟关帝庙旧址，那里的塑像早在很久前已经拆除，大殿还在，现在是丝绸厂的门市部。三个人看了看殿，主要是看大梁，觉得很不错，天下的房子最值钱的就是那根大梁，想必刀也是好的，于是决定下手。

焦队长那天夜巡，带几个徒弟走过河边，都是老战士了，一眼看出河堤上这三个人不正常，他们打亮了手电筒扑过去。那两个立刻跳河逃走了——被抓进联防队的下场很惨，国强晚了一步，感觉自己的胳膊又被焦队长那双大手钳住，但这几年他也强壮了，足以将焦队长甩开。他立刻被五个人摁在了土里。

"又是你，你又遇到了我。"焦队长用手电筒照着路国强的脸。

在派出所，路国强招了，他提到关王刀，他的想法是那地方反正也不可能再挖了，不如做个人情，送给国家算了。焦队长找不到他把柄，国家没有禁止人们在河边挖宝，国家只是禁止盗墓。第二天早上我祖母和五姐赶到派出所，警察也恰好决定释放路国强。他没供出同伙，声称不知道。

"我没打他。"焦队长很客气地告诉我祖母，"我不会因为老路过世了就欺负他儿子，我是个讲道理的人。"

"你做得很好。"我祖母提醒焦队长，"你也惹不起他老婆。"

我祖母想走，警察喊住了她，说这事会报上去，问那把木头大刀到底是什么样子，如果是文物，工地则需停工，请专家慢慢发掘。吴里这地方，文物不少，过去年代破四旧什么的也毁坏了不少，现在得把好东西找回来。我祖母摇头说不记得了，她没去过关帝庙，知情者全都死了。有个传说是日本兵进城时，关帝庙显灵了，可你信吗？说到这里，电话打过来，让警察去教堂看看，那边在改建，工人从一口枯井里挖出颗生锈的手榴弹，非常危险，没人敢靠近它。"这件事我倒是知道，手榴弹当年就扔在我脚背上，当年就没炸，现在不知道会不会炸。"我祖母说完，拉着路国强回了家。

那把木头大刀并没有找到，什么都没有，后来那片地方连树都掘了，造了一幢楼。为此警察还把路国强喊去，批评了几句，说他谎报消息，害专家在土堆里白忙活了好一阵。

到一九八四年，路国强已经不做钳工了，他办了留职停薪，掏出存款又借了家里不少，到花鸟市场租了个小棚子，卖各种奇怪的、无用的小东西——太湖石，印章，蟋蟀罐，还有一些不知道从哪里拔出来的文竹做成的小盆景，都很便宜。他容光焕发，坐在店门口，像是获得了极大的满足。我祖母说，铁饭碗没了，你怎么活。路国强梗着脖子说，当然活得很好，悠闲而有趣，能赚钱，不用每天去厂里听机器吵，这种生活你没见过。我祖母说，你才没见过，我是在赌场坐过账台的。

她的晚年生活多了一件事，帮路国强看店。更早以前她为了补贴家用曾经糊过火柴盒，拆过纱线手套，如今她又坐回到了店里，抽着烟，打量每一个进出的人。顾客被她看得发毛，他们只是来逛店，不是赌徒。她一点也不热情，仿佛买卖与她无关，而她的在场只是为了不要让店里丢了东西。

有一天路国强将一张太师椅搬进了店里，说是花了大钱从外面收进来的，古代的花梨木，打算卖给港澳台同胞。我祖母打量了一下太师椅，可能不是花梨木，是别的。她问路国强你懂木头吗。路国强不懂，他只知道是古董货，能卖出一个不错的价钱。

"你为什么不去看看你家那块匾，还在师范附小里吗？"

"这有什么好看的？"路国强不以为然，"我从来就不是黄家的人，黄家早就没了，我姓路。"

"那块匾我年轻时看见过，是崖柏做的，有五尺宽，字是金的。它很贵，很贵，很贵。"我祖母说，"师范附小也在改建了。"

路国强仍然不是很懂,他问明白崖柏到底是什么东西之后,告诉我祖母,这是老黄家的遗产,他必须拿回来。黄家确实没了,黄家所有的一切都在这个地界上抹除掉了,而他可以代表黄家的子孙去要回那块祠堂之匾,在这期间他暂时不姓路。话说到最后,他甚至有些激昂,像是要夺回什么。

"是的,现在你姓黄了,黄启宣会高兴的。"我祖母的语气不是讥讽,而是鼓励,"去试试吧,正派点,别落在警察手里。"

这一回路国强没找同伙,找的是他儿子。朱康就在师范附小读书,他说以前用的是木头黑板,这学期校舍改建完毕,变成水泥的,刷了黑漆,比木板好用。路国强感到不妙,这半辈子,他每件事都出了纰漏,近在咫尺而触不可及,想去汽车公司但落脚在工厂,想开厂车但做了钳工,挖关王刀一无所获,做生意租的门面小了半间,甚至他最爱的人——杨子红,也曾因错失而嫁给了别人。那块匾,显然一样,再次彰显了命运对他的捉弄。又过了几天,朱康告诉他:别难过了,好多旧黑板都在总务科的仓库里堆着呢。路国强大喜,拍着朱康瘦弱的肩膀夸赞:这孩子百无一用,打听消息的本事很好。

他找到了学校总务科的人,问清楚了,这批黑板本来要运到郊区的小学,可最近市里加大了对教育的投入,连郊区小学都不需要旧货了,只能等废品站的人来收。路国强说,我那儿需要些木板搭鸽棚。这完全是谎话,他不养鸽子。总务科的人请示校长,校长和我祖父认识,允许路家的儿子进学校。就这样,路国强走进了积满灰尘的仓库,借着老虎窗透进来的光,看到里面堆着破旧桌椅、过时教材、褪色旗帜,他来不及感慨,扑向角落里那一摞大大小小的黑板。

国强摸到了祖先的牌匾。其实他和黄家没有血缘关系，但老路告诉过他：你的名字在黄氏族谱里。至于黄氏族谱在哪里只有天知道了。那块木头刷了黑漆，黑漆也斑驳了，反面有凹凸不平的字，分量很重，他手刚捞下去就被钉子扎了，他吮着手指，尝着指尖的血腥味。这时他仿佛听到有人在笑，一个叫黄启宣的人在说，归你了，归你了，一个叫路承宗的人在说，好好保管。

"阿爸们啊，"国强一世无所谓，这时也不禁有点感慨，"你们留给我的好东西，谢谢你们，如果还有其他好货就托梦告诉我。"

为了掩人耳目，他挑了十块黑板，把崖柏夹在中间，也没敢细看，骑着黄鱼车载着朱康离开学校，中途有块黑板滑落，朱康跳车去捡，国强骂道：捡什么捡？然后他想起朱康是个爱传话的小孩，容易走漏消息，又给了他两角钱，让自己回家去玩，路国强一口气把车骑到了废太子基。回家一看，没辜负他，除了黄家的匾是真真的好货，另有一块小黑板反面是以前国民党什么机构的牌子，可惜是松木，不值钱。

我祖母再一次摸到了那块崖柏。"就是它，已经面目全非了。"

"我已经问清楚了，"路国强说，"如果它是崖柏，最起码可以卖两百块钱。"

"两百块钱？以前它值一根金条，现在只值一个金戒指了吗？说起来这也是你姓黄的爹留给你的，好好珍惜吧。"我祖母摇头。

"我怎么可能两百块钱出手？我做了很多年的黑市，是个懂生意的人。"路国强一笑，"但我也不会把它供起来。它就算是我亲爹，也得给我换成一笔大钱。"

路承宗死后七年，我祖母染上重疾，发展成心肌炎。这病不太好治，人们看着她一天天衰弱。她与我祖父多年来像是一张桌子上的两根蜡烛，一根灭了，另一根还能燃烧多久。那七年，家里有两桩婚事，一是国庆和袁芙蓉结婚，二是国权和五姐结婚，他们都搬了出去，单独成立家庭。我祖母一个人住在废太子基，请了个乡下阿姨照顾起居。心脏病得静养，医生让她不要给自己搞什么偏方，偏方治不好心，不要再抽烟是真的。

她时常去探望的那个孤儿吴芳芳还在福利院，已经七岁，喊她奶奶。她所担心的一件事，吴芳芳作为弃婴是否有什么隐疾，如今长到会读书写字的年龄，看不出有什么问题。孩子一直没人领养走，根据福利院老师的说法，再大些就不会有人要了，因这孩子已经长大，会认生。人就是这样，从小带大和半路进家门是有区别的，人和小猫小狗是差不多的。周爱玲对福利院的老师说，给小孩吃得好点是真的，菜里油少。她想把吴芳芳带到家里住，福利院为难，说是没这规矩，记在政府名下的孩子，走丢了责任很大。周爱玲每回去福利院，带的都是富含蛋白质的食物，把吴芳芳牵到角落里，一样样夹给她吃，怕她一口气吃噎过去。孩子很沉默，懂事后一直这样，心里知道奶奶的好，吃一口看她一眼。其他孩子也想吃，但周爱玲拿不出这么多。人只能认个缘分，没法照顾到所有人。最近一次，吴芳芳开口说，奶奶你把我领走吧，我可以照顾你的。周爱玲很伤心，放下筷子说，你让我想想办法哎。

她几乎是答应了这孩子，随后有半年时间病倒在床上，出不了门，胸闷，心悸，过去那些年里她尽可能保持镇定面对家里的各种不测，说起来那也就是些鸡零狗碎的小事，现在，在小事面前她也会显得有点慌乱。她变得惧怕寒冷，惧怕大动静，皱着眉头哼哼，扶着桌子走路。她对国庆说：我很不满意自己现在的样子。另一天她说：周爱玲已经死了。这是久病的老年人会说的话，不是赌气，而是带着遗憾或失望，说实话谁也听不懂她到底要说什么。

她梦见了鸣凤，醒来气色很不好，坐在床沿发呆。她说老路临终前也惦记鸣凤，鸣凤到底是怎么回事。后来她又说，唉，鸣凤就像我自己。五姐劝她不要多想，想点开心的事。周爱玲说，等你将来老了，也会觉得自己像鸣凤，小小年纪上了一条船，以后的事情没人知道，一辈子，找条回家的路，走很久，看见你自己站在前面。

有一天，福利院的老师来找她，说是吴芳芳最近情绪很差，奶奶半年没出现了，吴芳芳认为奶奶死了。另一个消息是，有一户人家看中了吴芳芳，按条件可以领养回家，正在办手续。周爱玲问是什么人家，老师说，白洋镇乡下种果树的，生不出小娃。周爱玲想起国权来自白洋，轻蔑地说：他们怎么也到孤儿院领小孩，他们随便捡就是了。

她特地选了个天气晴朗的日子去福利院，身体状况也不错，能跑远路。她搭上2路汽车，驾驶员是路国庆。那一年为了解决吴里公交车的拥挤状况，公交公司把车上的座椅都拆了，只剩车尾和中间有那么四五个，供老弱病残孕使用，余下的人都得站着。这是理想状况，实际上座位越少，老弱病残孕就越是抢不到。国庆让周爱玲坐到发动机盖上，就在他身边，然后开口数落五姐偷懒，应该陪一陪病人。

"五姐怀孕了。"

路国庆结婚几年一直没小孩，周爱玲再次提起吴芳芳的事。国庆摇头。他和袁芙蓉都没满三十五岁，无法从孤儿院领养小孩，再说袁芙蓉吧，她只是流产了两次，属于身体素质差，并非不孕不育。国庆说到这里有点没好气，"不要再说这件事了。"他制止道，"现在实行计划生育，就算我领养了吴芳芳，如果我老婆生下一个，我还得把吴芳芳退还给孤儿院。人又不是货，买到手可以退的。如果有了感情，舍不得退回去，怎么办？"

"那就没办法了。"周爱玲点点头。

"有办法，那就是我和老婆离婚，她带一个小孩，我带一个小孩。但这么搞的话，我的老婆就没了。"

国庆在说笑话，在轻轻地讽刺她。周爱玲没再接话，车到终点站，她下去换乘，抬头看看动物园的大门，想起还答应过吴芳芳带她来这里玩。国庆喊了她一声，她没搭理，一般情况下她都会说一声再会，国庆下了车，走到她身边。

"你不要难过，我不是那个意思。"他抱歉地说，"我给你叫个出租车，车钱我给你。"

那天她是坐着一辆夏利轿车到了福利院，吴芳芳很高兴，拉着她看自己写的铅笔字。小孩过了夏天就上小学一年级，如果被领养走,她可能就去某一所乡下的民办小学。周爱玲打开饭盒,看着小孩吃汤包,又叮嘱了几句,无非是上学要认真念书,不要欺负同学。"看你这样也不会欺负同学,给同学欺负了就自己找回来吧。"周爱玲说,"只好自己想办法了。"

她把福利院的老师叫过来,当着面给吴芳芳看一件东西:一张夹在塑料套里的十元纸钞。"这不是钱,可以算是信物,每一张钱都有号码,每一个号码都不一样,放在身边不要花掉它。万一将来有人来找你,说他是你亲爹娘,你也不要全信,也不要不信,让他讲出这张钱的号码。"她把纸钞交给老师,告别了吴芳芳往外走。孩子不明所以,跟着她来到门口。有个花匠举着修枝剪刀,踏在木梯上,居高临下看着她们,并叹息道:这个老太太人好啊,没有儿女,领养了五个,现在还在做善事哪。周爱玲仰头对着花匠说:"好好剪你的树枝,少对别人的事情品头论足。"

她坐着公共汽车回到了动物园门口,正是下班时候,街上车水马龙,夕阳照在远处围墙上,卖气球的小贩正在收摊。她在站头上抽了半根烟,等来了2路公共汽车,好巧不巧,司机仍然是路国庆。车上很挤,发动机盖上也坐满了人。售票员认出了周爱玲,招呼乘客给老人让座,但这车上一个人都不肯站起来。路国庆在前面听到,离座骂道:"今天要是没人让座,我这车就不开了。"有个女乘客很不服气,还嘴道:"她是你亲娘啊?"国庆让这女人滚下车去,被售票员劝住了。后来车尾有人站了起来让座,周爱玲拉着扶手向后面走去。国庆心想:照她以前的脾气,一定是轻蔑地站在车门口,都懒得往里挤,现在她需要那个座位,看上去真的不大好。

这趟车在拥挤的双车道上停停走走,开到人民路时,国庆脑子里闪了一下,我妈应该已经下车了吧。这时有人惊叫起来:这个老太死了。路国庆踩下了刹车,推开乘客往后跑,到车尾看见她歪在角落里,头靠着车窗,眼睛闭着,已经没有了呼吸。她的脸上有一种失望的哀伤,就在此刻,已经可以称之为遗容。人们纷纷下车,说这一趟车真是晦气。那女的还在嚷嚷,问这车到底还跑不跑,耽误了她回家。国庆说不出一句话,售票员抢白道:"还跑的,可以带你回老家,你去不去呀?"

国庆脱下外套,望着自己的妈,不知道是该把她放平呢还是保持那个靠在车窗上的姿势,最后他用外套轻轻兜住了她的脸。他听说老资格的司机都运送过遗体,而自己头一回运送的,竟然是周爱玲。"还得是我送亲娘上路。"国庆说。

车上已经没有乘客,售票员问该怎么办,国庆回到驾驶座,按规章制度,车上出了人命就直奔公安局。售票员说,开慢点,不要晃神,不要惊动了老太太。国庆给自己点了根烟,哑着嗓子说没问题,老司机了,刀山火海我爹都走了过来,我又怎么会腿软。他发动了汽车,外面人山人海,都在看热闹。他听到车窗之下有人赞叹道:这个老太婆福气真好啊,有好几百个人给她送终呢。

第十章 新中国

抗战结束后,美式卡车出现在城市中,这是盟军援助给中国远征军的,数量上千,仗打完了,远征军经滇缅公路将这些车开回了中国。对比美式卡车和日本五十铃的性能,老司机就笑笑,说日本的技术差得远了——半个世纪后,在中国道路上行驶的日系车省油,性价比高,但它似乎不怎么耐用。四十年代后期有一种道奇六轮卡,也称为道济,是专为滇缅公路运输而设计的越野军车,中国司机喊它滇缅路卡车,其中一部分改装成了民用公交车。有一款KR-11中型卡,二战期间美国曾大量支援苏联,苏联根据它仿制出吉斯150,到五十年代,这一生产技术转至中国,就有了解放牌卡车。

卡车具备一种神力,从硝烟和泥泞中钻出来的庞然大物,能带来战争,也能带来拯救的希望,在和平年代卡车意味着富足、强盛、通畅。卡车身上的所有部件都基于实用性,包括它的舒适性,也是实用性的一部分。开卡车的人必须遵从于这种实用性,卡车的复杂度、危险性、使命感,只有少部分人能摸得到边，而这少部分人也要时时接受考验。这一特性在卡车司机身上体现为一种矛盾：他们既是粗鲁、放浪的好汉，也应该是秩序的守卫者。

承宗开上美式卡车是一九四六年。正是那年春天，他的煤气车在公路上自动爆炸，成了一堆碎片，幸无伤亡，他带着儿子和助手走回运输公司。还没讲清事故发生的经过，角落里坐着两个便衣，要了他的证件，认了认脸，很不耐烦地说等了你大半天，随即押他往外走。承宗问自己犯了什么事，便衣照例不肯说。

他又被带进了宪兵司令部，这地方现在连块招牌都没有，是个审查机关，门口乱糟糟的没个人站岗，进进出出的人都在吵闹，讲最多一句话就是"我不是汉奸"。承宗明白，有人把他给检举了。到走廊里看见好几个熟人，有给伪政府开车的，有给银行办事的，正灰头土脸往外走。这些人在过去几年里多少是风光的，被人所羡慕的，如今也不知道是个什么下场，只听说害过人命的都枪毙了，在伪政府做大汉奸的都逮进了监狱。承宗在一间小屋子坐下，腿发软，肋骨又疼了起来。片刻后进来两个人，起初还很精神，再打量承宗的样子，两人顿时潦草起来，门都没关就审，无非是问他银行的情况，在职期间干过什么坏事，问得也不怎么细，语气很凶。这些人号称接收大员，或者是大员底下当差的，承宗猜想，他们是嫌自己穷，榨不出油水。他学了乖，提到两件事，其一是协助王组长刺杀逢阿大，其二是自己提刀追砍过杨翻译官，用杀汉奸反证自己不是汉奸。

"谁是王组长呢？"主审的人很疑惑，"能找到王组长给你做证吗？"

"找不到。要找到的话他还欠我一笔赏金。"

"砍翻译官的事情有人说起过，"记录的人看着本子说，"你和日军翻译官杨某争风吃醋，为了女人互相殴打。"

"我不是为了女人，那个女人是我老婆！姓杨的摸了她。把姓杨的叫出来对质。"

"他被枪决了。"

"杀得好。我还给太湖游击队的柳队长送过汽油，没有收钱。我是自己人。"

"他们是共产党。"两个审讯官终于认真地望过来，"他们不是我们的自己人。"

承宗脑袋嗡了一下，看这两人的表情，领会到通共又将成为一项罪名，心想就这么几个月的工夫又不是自己人了吗？那是二月里，国共还没开战，审讯的人也不知道该拿他怎么办。他咬定要拿赏金，当年一笔糊涂账，现在扯不清。那两人越听越不耐烦，让他回家等候消息，随叫随到，不可擅自离开。承宗说，随叫随到也难办到，平时出车，不在城里。那两人已不想听他再唠叨，只警告道：现在管得跟日本人时候一样严，出入都要看证件，不要瞎跑远，跑不掉，而且算你畏罪潜逃，那个翻译官就是这样被捉回来枪毙的。

承宗心事重重往外走，在走廊里和人撞了下肩，抬头一看，认出是许先生。承宗连忙鞠躬。"路师傅，你还活着，只是头秃了。"许先生很高兴。承宗摸摸自己的额头，这一年开始，他有点谢顶了，脑门锃亮，很有老司机的威势。两人来不及叙旧，只讲了讲家里情况，爱玲在给人帮佣，儿子在读书，又添了一句：

"其实是领养的。"许先生说知道这小孩,在重庆遇到杜参谋,讲起他们从上海撤退到镇江这一路的事,又是一言难尽。许先生留了张纸条,用钢笔写下地址,说自己已经搬回了吴里,让他有空去找她,带上爱玲。

承宗回到货运公司,天已经黑了,路志民坐在椅子上啃饼,公司的一群人唉声叹气,见他回来,公司经理说,老路,明天不用来上班了。承宗点点头,车都没了,工作当然也就丢了。经理说,我们不敢用身上背着罪名的人。承宗骂道:老子出生入死的时候你们在给日本人运货,不是也赚到钱了吗?经理说:我们没有给日本人端茶送水,你有没有,你自己知道。话说到这里,彼此一拍两散,承宗拉着儿子回家。路志民说:爸爸,他们说你要坐牢,我听到了。承宗说:男人不要传话。又说:算了,你是小孩。

这倒霉的一天,承宗十分烦闷,对爱玲说:做司机真难,开小汽车有了靠山,就得为这靠山顶缸,搞不好一起掉脑袋;开货车没有靠山,则不免风吹日晒,随时会失业,还被人喊汽车夫。爱玲也烦恼,帮佣的人家十分苛刻,经常让她拎一桶水去擦汽车,她是佣人,不是擦车的,更何况那户人家的司机总是色眯眯的。她想去找许先生碰碰运气,也许那里需要女佣。过了几天,夫妻两人拎了一盒糕点,照着地址去拜访,原来就在石库门街区一条弄堂里,一栋幽静的小洋楼,在大街上全然看不到。佣人告知许先生稍晚才能回来。两人站在街边等到了中午,一辆轿车开过来,开车的是许先生本人,摇下车窗打招呼,让两人进家门一起吃中饭。

过去八年，许先生先后到过武汉、重庆、香港，后期在上海定居。她原籍吴里，战争之后，家族在这一带的生意也都没了，只剩一点房产，兄弟都是读书人，不会经营买卖。话说到这里，她丈夫回来了，也是大学里的老师，研究古代文献的。许先生在南京和上海尚有人脉，都是上层人物，名字不便细说。"战后百废待兴，我受命在吴里开办长途客运公司，今年将会得到至少五部汽车，有旧车，也有滇缅路卡车改装的客车，明年添至二十部。"许先生说，"承宗，跟我干吧。"

承宗放下筷子，立起来鞠了一个躬。爱玲问自己能否在许家帮佣，许先生笑了。"我开给承宗八十元月薪，你不必辛苦做佣人。"爱玲听了，也立起来鞠了个躬。

做客车司机是另一种滋味，他就这么开上了客车，美式道奇改装，而且是个右舵，偏偏得靠右行。承宗会开右舵车。吴里到青浦，到南平，到福山，几条线都跑。最初人们以为他给许先生开私人汽车——这家伙又找到了靠山，居然是女老板。承宗说，如今他是汽车公司的雇员，给女老板的客车做司机，而这女老板自己会开轿车，她并不需要私人司机。他试图撇清自己，并下决心这辈子再也不做私人司机，但靠山终究是靠山，由于许先生担保，他给日本大班开车这一节就全部抹掉了，至于王组长，始终没有找到，关于他的刺杀任务也没有记录可询，再往上问的话恐怕要戴笠出来回答，也就不了了之。数十年后挖出的那颗手榴弹，或许可以证明这件事，但人间早已换了日月。总之，他在抗战期间无功无过，至于太湖游击队这一节，最好提都不要提，因为内战开始了。过后不久，许先生成了国民党国大代表，承宗则是吴里长途汽车公司的第一位司机，名正言顺，堪称元老，比之日本占领时期又不知道风光了多少倍。

这一年社会上发生了一件事，一部公映的电影《玉人何处》中出现了一句台词："你不过是一个臭汽车夫的女儿，算个啥东西？"不管电影本身的立意如何，"臭汽车夫"这个词深深地伤害了司机们，还有他们的亲眷。各地司机行业工会向政府提出抗议，要求禁止该片上映，再次重申国民政府已废除"汽车夫"这一称号，正式名号是司机，俗称驾驶员也可以。可这台词明明是从一个反派少爷嘴里说出来，反派就是这么讲话的，司机们不管，他们觉得电影里的反派表达了电影公司的想法。事情越闹越大，申诉了有两三年，直到人民解放军陈兵大江北岸才告终。事发期间吴里的司机行业工会来到汽车公司，听了听几位老司机的意见，同时给他们看了申诉书，上面写道："本会会员在抗战期内，担任地方运输，参加前线军用，夙兴夜寐，不无微劳……"众司机慨然同意这一说法，承宗也糊弄了一下，表现激愤："是的，我们是司机，不是臭汽车夫。"心里想的是抗战期间我没在前线，在后方，而且是他娘日本人的后方，真是倒霉。

吴里长途汽车公司有一位姚主任，是个残疾人，一条胳膊没了。他原是南洋华人，当年受陈嘉庚号召，回到中国支援抗战，在滇缅路开卡车，远征军战败时，他的车队被日军堵截在河边，日军俘获中国司机必杀，因为他们是技术人员。一行十多个同乡殉国，他侥幸脱身，重伤致残。战后落脚在上海，杜参谋将他介绍到许先生公司，做做管理工作。姚主任仍能单手开卡车，左右舵皆可，十分瞧不起承宗的车技，更遑论其他饭桶。说起滇缅路，那是一条伟大的公路，中国民工用石碾子压出来的长达一千一百公里的生命线，越崇山，跨大江。姚主任告诉承宗，筑路死三千，伤一万，我就是在这条路上来来回回开车。承宗说，佩服，你是司机中的虎。姚主任单手拍桌骂道：虎不敢当，司机不是汽车夫，司机是人！

过了几天，许先生找承宗谈事，说到申诉书的事。许先生说："承宗，达官贵人看不起下层民众，这不是平等的世界。"

承宗心想你可不就是达官贵人吗，穿得比较朴素而已，达官贵人也不都是坏人。"许先生，你知道谁最恨汽车司机吗？"他问道。

许先生说："不要套我的话，你自己讲。"

承宗说："拉洋车的最恨汽车司机，因为洋车挡路，我总是开车顶着他们跑。"

许先生说："承宗，拉车的跑不快又让不开，你要体谅他们。"

承宗说："乘客不体谅我，他们嫌我开得慢。"

许先生说："你到底想讲什么？"

承宗说："我在车夫和乘客之间轧扁头，达官贵人倒跟我没什么关系。"

许先生说："承宗，你这个想法不上台面。"

承宗此时已经是老司机，见过世面，工作稳定，自觉高人一头。许先生继续教育："承宗，长途汽车公司做的就是下层民众的生意，交通是为民众服务，不是为达官贵人服务，吃我这碗饭你不能有以前的想法。"承宗说："许老板教育得对，我改。"

长途汽车公司紧靠码头，该处交通一片混乱，很多黄包车在拉生意，拉车的苦力仍然被叫作车夫。这些人连同摆摊的小贩是客车司机最头疼的，按喇叭没有用，你不顶上去，他们就永远不会让路，有时甚至要下车帮他们推一把。某一天，城里出现了一种脚踏三轮车，比黄包车省力，跑得起来也刹得住，无需身强力壮，连女人都可以驾驶。这种车子很快普及到货运领域，也就是黄鱼车，在城市里比过去的平板榻车好用。许先生说："拉车是苦力，让劳工失去尊严，骑三轮就好得多，赚得也多。"承宗又想起很多年前黄老爷对他父亲二祥说的话，将来的世界，黄包车会消失。黄老爷没说错。忽然有一天，政府宣布取缔黄包车，全部改用人力三轮车载客，过去的拉车夫统一去政府部门换车。从那时开始，自清朝以来有五十年历史的人力拉车，就在中国逐渐消失了。

一日开车出城，见几个车夫站在汽车公司门口破口大骂，承宗好奇起来，凑过去问究竟。车夫们说，要去政府门口抗议，不要骑车，要拉车。

"脚踏三轮车又快又轻便，拉车苦如牛马，你们为什么不肯去骑车？"

"我们拉习惯了。"车夫告诉他。

物价又涨了起来。

穷人每天顾着一口饭，操心的是柴米油盐。米行的门口总是排着长队，贵还不一定买得到。有一种黑市米，比官家的便宜，但入口难嚼，还有一股霉味。许先生问承宗，这可如何是好，工资发下去，职员和司机们不够花销，工资的涨速比不上物价，总不能每个月涨工资。承宗说，每月工资一半发钱，一半发米。许先生搞得到官家的米，夸他这主意好。

有一天承宗开着公司里的小货车去码头仓库运米，忽见一辆豪华轿车开来，天蓝色的漆水，边角金光闪闪，擦得锃亮，不像汽车，像件珠宝。这车停下后，一名穿条纹西装的小开下车，叼起雪茄对库区指指点点，带着随从向里走去。司机找地方停车，从车窗伸出一只戴着白手套的手来，示意货车让出通道。承宗不理，那司机下了车，摘了手套，塞在他那件便宜西装的边兜里，从内袋掏出一盒烟，递上一根。承宗伸手去接，打照面认出是黄启宣。

"你变样了。"承宗指指启宣的板寸头。这是私人轿车司机的行头，那身衣服，那副手套，还有他的发型——私人轿车司机是不会留三七分头并往上面抹油的。承宗指着小开的背影。"那个人就像以前的你。"

"不要再讲以前了。"

启宣离开吴里后直奔上海，在铁路上找到份活，谎称欠了赌债逃离家乡，又托人换身份改名字，做翻译时叫侯启宣，现在又叫黄启宣，反正黄家的人也不会再追着他管他姓什么。手头无钱，不懂赚钱的门道，他想起当日扔给承宗的话，不如去当个司机。开车这技术他是忘了，但比他的祖宗还容易想起些，横下心去考了驾驶证，然后，战争忽然结束了，日本人在上海市民的一片嘲笑声中灰溜溜地回去了，接着是惩办汉奸。他心想自己运气真好，还在吴里继续干下去肯定脑后挨一枪。第二次抹平身份后,他落脚在一家卖汽车的商行,收入不高,够他吃饱饭。市面恢复得快,国军回来了,洋人回来了,赌场又能跑马,电影院上映好莱坞片子,旗袍样式翻新,满街跑的都是新式汽车。租界再也没有恢复,那些最繁华的地界还给了中国,日本巡捕朝鲜巡捕印度巡捕安南巡捕统统消失了。世道变了,实打实做过一阵汉奸的黄启宣也为此感到高兴,自己都不知道自己这么爱国。

商行经营卡车轿车摩托车,租售皆有,包括配件和汽车保养。启宣在那里当司机,帮客人试车。有一天,少东家开车撞死人,吊销了驾驶证,启宣被调去做了他的私人司机,开轿车,加两倍薪水。这位少东家在上海地界小有名气,被人叫作小开,十分贪玩,有喝酒开车的坏习惯。听到这里,承宗说:"那你和少东家在一起算是遇到知音了。"

"我早已洗心革面,做个老实人。"启宣一本正经说,"多亏得你当日教我,做私车司机的门道,我上去就会。大老板对我很满意。少爷车多,有两个司机呢。"

"少爷有多少车?"

"像这样的小汽车有两辆,还有一辆敞篷车,比这个更贵。"启宣指指车,"这是别克,现在上海最气派的车。"

"一个人要这么多车干什么?"

"有人喜欢车,有人喜欢字画,有人喜欢小老婆。不嫌多的。"

许先生曾经说过,一辆车是用,两辆车是玩,三辆车是败家。这时东家小开带人走了回来,启宣说商行最近要在吴里开办分号，以后经常要来，说罢跑过去迎接，哈着腰开车门，手扶车顶，让东家和跟班的钻进去，自己绕过车头，进了驾驶座，对承宗递了个眼色，意谓下回再会。承宗心想，他学得不错。别克豪车在仓库区调了个头，向外开去。承宗心想，司机没把车子停好，到现在才想起来调头，东家恐怕要嫌他不地道。豪车的发动机声音很好听，强劲而有底气，他再看看自己的小货车，撸起袖子让搬运工加紧干活，公司里等着发米呢。

吴里的茂友车行不久开业，许先生也去捧场，让承宗开她的福特轿车，这车也旧了。路上，许先生说，最近事务多了起来，需要一个私人司机，问承宗是否愿意担当。承宗当然答应。到茂友车行门口见到了小开的座驾，黑色的林肯，天蓝色的别克，还有一辆白色的敞篷车，司机和职员们拦起绳子，不给围观者靠近。"碰掉一片漆就赔掉你全部家当哪。"有个司机喊道。

许先生进了车行，承宗待在外面，也好奇，远远地张望着一排豪车，却没有黄启宣的影子，只见那个喊话的司机，膀大腰圆且憨头憨脑，既像司机也像打手。这情景像二十年前黄家姑太把车开到了袁塘镇，世道仿佛一点没变。承宗做了多年司机，对同行没兴趣，只是看那几辆车气派，令人啧啧称赞。忽然有人从背后捅了捅他的腰，黄启宣抬手遮着脸，把他拉到了角落里。

"我的样子不能让吴里人认出来。"

"已经没人记得你了。"

两人蹲在车行后门抽烟。启宣问承宗，豪华轿车怎么样，好看吗。承宗夸车好，那傻头傻脑的司机是怎么回事。启宣笑了起来，说这壮汉叫阿陆，特别忠心，少东家在外头喝到烂醉都是阿陆扛的。正说到这里,阿陆来喊:阿黄,阿黄。承宗说你这个东家不大像话,喊司机像喊狗。启宣踩灭了香烟,向着阿陆跑过去。阿陆说,看热闹的人多了,这人也摸一下,那人也摸一下,现在车上全是手指印子,赶紧护住车。启宣得令,一手遮脸,一手挡开那些看客们伸过来的爪子,爪子有的干净,有的黑乎乎沾满泥巴。"你们有这本事为什么不去抢块饼?"启宣说。忽然远处有人大喊:"放米了!"街面上的人嗡的一声散去,向着粮店方向狂奔。豪车前只剩三两个乞丐,坐在地上伸手,或笑或哭,向他们讨要零钱和剩饭。

这天夜里,小开在雅苑饭店包了一栋小楼,搞气派的酒会,许先生也去了,并告诉承宗,这回要在茂友买卡车,兼营运输业务。承宗在车库等,汽车停满,司机们都在树下抽烟,吹牛皮说自己老板厉害。有懂事的说,许老板最厉害。为什么?一个女人做这样的事业,后台硬得你想都想不到。大家就问承宗,承宗说我全都不知道,我是一个开客车的,临时调过来开开轿车,对政治一窍不通。大家说,你不要装死,你以前给日本大班开车的,同行清清楚楚,你车后面坐过宪兵司令,还坐过褚民谊,还坐过周佛海。承宗说,我全不认得,这种资历没啥好吹的,都是些已死将死之人。正说话间,茂友的经理带着侍者出来,给司机们送上点心消夜,每人发两包烟,一张兑换券,可以随时到车行拿礼品。

"茂友的车子好,茂友招待得好。我们会跟东家说的。"司机们应承道。

雅苑饭店也就是以前伪政府官员开会的地方,承宗很熟,往外走了几步,借着灯光看到黄启宣缩在远处角落里。"这些司机大半都是给汉奸开车的,我不能过去,过去了全把我认出来。"启宣说。

"既然都不干净,何妨相认呢?"

"你们是腿脚沾了泥,我是屁股沾了屎,不一样。"启宣长叹一声,"年轻时不懂事,走了多少错路,但这些错路不走,又会立刻撞在墙上。活了半辈子,就是走错路和撞墙。又或是像汪有光一样,路路都能走通,稍有闪失,还是掉了脑袋。我只好找个地方苟活,开豪华汽车,被人喊'阿黄'。东家规矩大,车里不能有脏,玻璃上不能有手指印,空下来就要擦干净。这哪里是开车,分明是替东家在开他的浴缸,有什么意思?"

"你都做得蛮好。"

"对东家来说蛮好,对我自己不大好。"启宣说,"活得冤枉。"

酒会未散,小楼里音乐声萦绕,隔着花玻璃窗能看到人影晃动,皆是名流名媛。承宗承认,司机这个职业,他们都做到顶了,一个开豪华轿车,一个开长途客车,一个载着有钱人,一个载着一窝蜂的穷人,责任重大,哪个都不能出事。两人边聊天边向小楼台阶上瞟一眼,也是一种职业习惯,随时观察东家的动向。过了一会儿许先生果然走了出来,承宗连忙跑过去,许先生问饭吃过了吗,承宗说茂友招待得好,吃了点心,不饿。许先生说这茂友还挺懂生意经,既然要卖车,可不得招待好你们这些司机吗。说着看看他身后,承宗回头见启宣蹭了过来,便介绍说这是小开的司机,姓黄。启宣鞠了个躬。车库那边阿陆又在吆喝：阿黄，阿黄哎，去哪里了哎阿黄。启宣气极，朝天学了两声狗叫，跑了。

一九四七年有一阵，承宗给许先生开轿车，事务繁杂，常要带上秘书和主任，当然不能由大老板负责驾车。不久又购入一辆黑色的公务轿车，问承宗是否愿意担任专职司机，他却嫌那主任粗鲁，经常啰里八唆，指责他不会开车，又嫌那秘书讲话阴阳怪气，他情愿回去开客车，甚至开卡车。许先生也不勉强他，乐意开公务轿车的司机有的是，承宗又回到了客车司机岗位上。奇怪的是有那么几次，许先生会招呼他，某时某地拉我跑一趟。车本该由专职司机驾驶，他也没多问，许先生特为提醒了一句：不要对别人提起。承宗看出苗头，她有机要事务，不放心的人不能接近这些秘密，包括司机、秘书、主任，他不知道自己为什么会被选中，这事也不能问。

许先生去的地方不固定，有时是福山镇，有时是城里高级饭店，另一次是在小巷。每次都让车停得较远，她再步行往前走，承宗只需看住车就行。几个小时后，她会走回来，还是一个人，手里可能多一个公文包。等她的时候，承宗不在车里待着，发动机开着，人站到街边抽烟，下雨天也这样。有一天许先生好奇了，问他："这个习惯是什么时候养成的？"

"现在养成的，"承宗说，"以前都待在车里。"

"两两有什么差别？"

"没啥差别，一个样。"

站在车外，是把自己当半个保镖，出事可以护着主人；待在车里，是护着自己，出事一踩油门就跑了。这道理他没跟许先生讲。另一个道理是：人不需要讲那么多为什么，把道理都讲出来的人没好下场。

事情揭盖是在年底，大城市刚闹过游行，刘邓南下渡过淮河，局面不稳。乡下老百姓不知道发生了什么，他做司机的总是听得到些真消息，共产党渗透得厉害，物价还会继续涨，新的货币将要发行，特别要紧的一条是：手上有钱就买黄金和粮食，最好不要买珠宝，不要买轿车，也不要买田。这些问题困扰有钱人，他只是个长途客车司机。有一天许先生又约他开车，说是到码头运个东西，他说当天要发车去福山，许先生说，另调一个司机去开客车，你这趟必须跟着我。他明白了，码头的东西挺重要。临到这一天，许先生却说，得去袁塘，东西在那边。承宗载着她出城向东，经过码头时看到那里有不少军警，知道这是在盘查。

袁塘镇的码头冷清，一艘小货船泊在岸边，空地上有一个方形包装箱，罩着油纸布，绑了几道麻绳，体积说大不大，说小不小，车后面能装得下。两个押货的男人守着，这一回，许先生让承宗把车开到了近前，叮嘱道：你不用下车。她自己下去，开了车后厢，码头那两人把东西搬上了车，又在车尾聊话。承宗瞄了一眼反光镜，见这两人时不时地张望，很警惕的样子。过了一会儿，许先生回到车上，去时她坐在副驾，返程坐到了后座。那两个男人快速地回到了货船上。许先生不多话，让承宗回城。这一趟没吃中饭，直来直回，他都没来得及多看一眼袁塘镇，只注意到早年很气派的黄氏祠堂，经历战火，化为废墟，现在已经彻底变作一块平地。

下午进吴里城，军警还在盘查，许先生在后座递上证件。承宗懂了，坐副驾不像达官贵人。这车没遭搜查，向北直开到汽车修理厂，那里有两座大车间，一排红砖瓦房，工作条件简陋，可以听到车间里传来的金加工声。几个废弃的车壳子扔在空场上，已经生了锈。轿车停在那里，有四个人出来接，一看就不是工人，肯定不是，工人没那种气势。居中者是领头的，身形高大，穿的衣服料子很好。许先生下车与他们说话，让承宗打开车后盖。他愣了一会儿，下了车。等这东西卸下，他扭着脸，想往边上躲，却偏偏和领头的人打了个照面。

"承宗，又见面了。"柳老板笑了起来。承宗说："并非我不认你，是我不想知道你们的秘密，你还偏要过来相认。"许先生问："你们怎么会认识？"柳老板说："说来话长了，这位路师傅以前帮过我们很多忙。"许先生说："承宗，你可没跟我说过这件事。"

"说出来要坐牢的，我兄弟连脑袋都掉了。"承宗看看许先生，这位汽车公司老板，吴里名流，国大代表，她的身份有点复杂，她最好有两个三个司机，开这一趟用甲司机，开那一趟用乙司机，这样比较安全。她也确实是这么干的。柳老板把承宗拉到旧车壳子后面讲话，许先生也跟了过来，接着，那几个搬箱子的人也掩过来。"不要杀我灭口，我是自己人，"承宗说着往许先生身边靠了靠，"你是哪边的人，我就是哪边的人。我无所谓的。"

许先生说她做事这么多年没干过杀人勾当，柳老板说既然是自己人以后都好办，人越多越好，将来都是要发动起来的。两人语气和蔼。承宗拱手说:"二位老板,真的不开玩笑,不要杀我,留着我能派点用场。"许先生说:"你这个人,怎么越安抚,你还越害怕了呢?"承宗说:"老板杀人前都笑眯眯的。"许先生说:"见你的鬼。"柳老板说:"承宗,许老板是我们的要人,不能出一点差错,因此有一句话说在前面:是自己人就不可以做叛徒。"承宗说:"这句话你是第二次说给我听了。"

这一天告别了柳老板,车子往回开,承宗心事重重。许先生当然问到他过去的经历,有很多事承宗并没有告诉过她,现在一一说起,等于是补充交代问题。许先生说:"为什么觉得我会灭你口?"承宗说:"我出卖过自己的老板。"许先生问是哪一桩。承宗又说到逢阿大:"我的确出卖过他,外头的传闻不是假的,柳老板也知道这事。司机出卖老板,终归是不对的。出卖过一次,就会有第二次。"许先生说:"原来为这个,你觉得我们信不过你。"承宗默然。许先生说:"死心塌地跟着坏人,才是没救。我信得过你是好人,你也要信得过我是正路上的人。"承宗说:"我信得过,不管你是哪边的人,你都是好人。逢阿大不管在哪边,他都不会是个好人。"

次年他获知真相:那一趟运的是秘密电台,货船从上海过来,押货接货的人,当然都是共产党。吴里的情报站就在修理厂后面的仓库里,单独隔出一间密室,挖了暗道,供地下党员在紧急情况下脱身。许先生本人倒不是共产党,她提供场地,电台也是她出钱买的。这个情报站就像他解放后看到的电影里所讲的,源源不断向组织上发送电波,幸运的是它从未遭到破坏,顺畅工作直至一九四九年吴里解放。

既然承诺了许先生，自此他就死心塌地，说是卖命也行。摊牌以后，他居然获得了一些单独行动的机会，接了几项任务，一次开卡车把柳老板送到太湖边，一次开轿车把几个女眷小孩从青浦运到了吴里，一次运了个瘦小的老头，半夜出车，此人一声不吭，到福山镇后他开口说，谢谢你，同志。听声音清脆，原来是个女子乔装打扮。这仿佛又回到了抗战时，开着车搞秘密行动，他喜欢干这活，尤其欣赏自己看上去忠厚老实但实际上夹带私货的派头。他想是不是还能再多干点，许先生却给他放了个长假，让他去上海待两个月，她有间屋子空着。

开车的人哪有假期可言，他不明所以。许先生说："前两年你说给新四军运过东西，有人记住了这句话，保密局的探子找到我，要把你带进去审一审。我把你保了下来，我的司机，他们不敢碰，但那边的同志就不能再接触了，怕你被盯梢。"

这边与那边是他们之间的暗语，承宗懂了，他问自己到底算不算"那边的人"。许先生让他不要多想，一旦抓进去就是酷刑，对付他一个车夫更不会用什么利诱，打就是了。他挺不住的，会把知道不知道的全都供出来。承宗听到动刑就胆寒，第二天背起行李，带齐证件，拿着许先生给他的钥匙，到上海帮她管空宅去了。

当日黄启宣到吴里，曾经去给汪有光上坟，抱怨说汪有光于国有功，却什么都没得着。承宗说，有光倒霉，都查不清他是为谁而死。黄启宣看着立碑人的名字，问到承玉和鸣凤，承宗默然很久，最后告诉他，鸣凤丢了，承玉疯了一阵，病好以后断了往来。事情落得很糟糕，没有回旋余地。承玉也不是从前的阿妹了，据宝生说，现在为人苛酷，成天阴沉着脸，笑都不笑。他曾经去赌场门口，远远张望一眼，她连相貌都变了，瘦而苍白，眼里闪着寒光。承宗害怕她这副样子。黄启宣要去找承玉，承宗拉住了他，说她恨我，更恨爱玲，也顺带恨你，另外你想不到，承玉快要嫁给半条龙了。黄启宣一听就明白，这是半条龙图承玉手面上的钱。承宗说，但愿半条龙对她好些，这人现在也当了个小吏，在城里管安防，变成好人了。黄启宣笑话说岂有开赌场还管安防的，这不等于当婊子还管风化吗。承宗说，当局就是这想法。

承宗到上海后，先去找了启宣，两人一同到许先生的房子里，石库门里弄，上下好几间屋，有个年老的管家守在那里。承宗得到了一个亭子间，有一张小床可以搭住，临街的矮窗朝北，带着黄启宣一起躬腰看景色，街上车来车往，落日照在某处玻璃上，反射到他们眼睛里。启宣羡慕，老板的房子肯给司机住，可见这老板仁义。承宗说，老板固然仁义，那我也得是她的心腹才行，你如今也是东家小开的心腹。启宣说，牵马坠镫，心不在焉，混饭吃。他讲了一下自己的住宿条件：大洋房车库边的一间小屋，和阿陆睡上下铺，隔壁是小开养的狼狗，阿陆打呼声重，狼狗动静大，狼狗叫富兰克林，他叫阿黄。

冬天很快就来了，承宗在上海住着，起初无事，过了阳历年，街上的军警渐多，每日军车往来频繁。他听了许先生的教导：做司机的要经常看看报纸，知晓天下事，不要只旁听些议论。到了报摊边，还没掏钱就听到人们议论：八路把长江以北都占了，有钱人可以收拾东西准备离开了。承宗憋着不能说自己和"那边的人"也认识。有人说八路过不了长江，长江太宽了，有人嚷嚷：早就过江了，上海有多少共产党的人？到处都是。

他站在路边听了一会儿，没买报纸，口袋里几个角子和银元还能换口吃的。那时物价已经涨得没边，纸币贬到不能用了。他沿着马路走了半个钟头，到小开家门口，见那花园大门紧闭，他自然不能敲正门，绕到后面小边门，正遇到黄启宣出来，裹着一件棉袄闷头走路。承宗喊他，启宣摆摆手示意不要说话，两人又往前，走过一条街，启宣才说："局势不妙，大老板去了香港，生意停了。再过一阵，我大概就要失业了。"

"你跟着去香港，也能做司机。"

"那边讲广东话，左行，就这些车运过去都开不了，我能做什么？"启宣嗤之以鼻，"老板用司机，必是本地人，认路识桥，行走方便。用打手，最好是外地人，欺压良民，下得去手。这道理不是你教我的吗？"

承宗被他讲话的样子逗乐了。启宣继续抱怨：原想老实做人，跟一个好老板，混过这几年再往上爬，台阶是找到了，可惜命不好，眼瞅着又是乱世，手上存的几张钱全都作废了，这老板也十分靠不住，把司机当个牛马。承宗说："倒不如你也回吴里，去给许先生开长途客车吧。会开大车吗？"

"会开，但太苦了。"

"习惯了就不苦了，每天准时出车，走固定线路，车上载的都是些普通老百姓，一人一张票，任凭是谁都不能逃票，买了票就得把他们运到站。风雨寒暑，你不能偷懒，因乘客信得过你这车会来,他们会在站头上等。车子开得稳,擦得干净,守时守信,不瞎开到别的地方去。做这样的司机有什么不好?"

"没啥油水!"黄启宣恶狠狠说道。

两人走到茂友车行,这里还在营业,顾客却一个也无。店员和经理见到黄启宣,上前喊他黄格里(colleague,同事),问说大老板还有他全家去哪里了,是不是准备把家当都搬走。启宣摊手说他也不知道,少东家还在,大概不会那么快歇业,那花园大洋房肯定是搬不走的,又反问他们生意如何。这些人说,现在上海最缺的是粮食、煤、布,谁还缺汽车呢,有钱不会买黄金囤着吗,买个带轮子的铁壳有什么用。启宣的手摸过那几辆展示的轿车,发出喟叹,就在此刻一个烫头发的年轻女子走进车行。经理笑了笑说,黄格里,找你。黄启宣露出由衷的笑,脱掉棉袄,里面是一身半新的毛呢西装。又拢齐头发,拉起袖子,晃了晃腕上一块银光闪闪的手表。承宗眼瞅着他变身,当年那个少爷果然又复活了。

"到别处玩去吧。"黄启宣推了承宗一把,"不要跟着我。"

一九四九年就这么来了。

快到春节时,许先生带着丈夫到上海,他们告诉承宗,市面很乱,已经没人追查他的行迹,差不多可以回吴里过年去了。承宗也惦记老婆小孩,问到汽车公司的情况,许先生说,卡车已经全部被征调走,汽油也将告罄,客车开不动,若再拖延则汽车公司办不下去,大家都得歇工回家。承宗说,没想到局面这么坏。许先生叹了口气:"百万军队,统统被歼灭在华北、江山易手也就是这一两年的事。"承宗不懂，心想你明明是那边的人，这边打输了，你应该高兴才是。再一想也没错，她所操心的是汽车公司，人散车亡，心血付之东流，这结果谁都不想看到。许先生忧心忡忡，上午出门办事，让承宗做跟班，正打算叫黄包车，忽然听到身后汽车喇叭声，原来是黄启宣开着白色敞篷轿车过来。许先生抢白道："你倒不嫌冷。"

黄启宣说："许先生好。冷不冷的也没几天可开了，要去哪里，我载你们，车篷是可以支起来的。"许先生也不客气，上了车，说去汽油分配委员会，车篷不必支，她也难得坐敞篷豪华轿车呢。承宗往副驾坐，启宣让他也坐到后面去。这车果然舒服，视野开阔，阳光直照在头顶，冬季的行道树尚留有几片枯叶，似是有意，也落在了承宗膝盖上。唯一的缺点是风大，干吹在脸上容易起皱。启宣把车速放慢，开了一段路，到茂友车行附近，又见那女子站在街边，穿一件分不清质地的棕灰色皮草，头上耳朵上挂着琳琅首饰。启宣停了车，不必招呼，那女子自然就上了车，坐在他身边，还回头看了一眼，问说："这男的我见过，这女的是谁？"黄启宣说："不要问东问西。"女的掏出一盒雪花霜，对着反光镜，一边抹脸一边嘟哝："讲好了只带我一个人的。"黄启宣说："多拉两个人又如何呢？一脚油门的事。"许先生在后面偷乐。到地方后，承宗和她下了车，黄启宣猛踩油门，车子轰的一声跑远。许先生进去办事，承宗站在街边抽烟，忽然又一辆黑色轿车开到眼前，车上跳下一个司机，是那高壮的阿陆。

阿陆是个愣人，未等承宗打招呼，一把薅住他胸口。"阿黄，"阿陆讲话，磕磕巴巴，"阿黄开东家车子，你坐了他的车子。"承宗的香烟掉在了地上，一句话都说不出来。阿陆说："等我捉了阿黄再来收拾你。"说罢松手，顺便推了一下，这人力气大得没边，承宗连退几步，后背撞在墙上，心想黄启宣这是完蛋了，除非他开车逃到天边去，但，那可是一辆敞篷轿车啊。

这天下午，许先生办完事出来，见承宗忧心忡忡立在一棵树下，面对街道，背后蹭满了墙灰。许先生替他拍干净灰，问什么事。承宗还没开口，黄启宣的敞篷轿车呼地开过，紧跟在后面是阿陆的轿车，也开得极快。这个车速在城里是可以把人撞飞到半空去的。

"他们在追车，这两个疯子已经绕三圈了。"承宗说。

阿陆在两百公尺外迫停了黄启宣，两辆车斜在街面上。许先生让承宗去看看，这不算管闲事，毕竟也是他兄弟朋友。承宗叹气："这是我白操心的朋友。"拔腿往那边跑，近前一看，女的正扶着行道树喘气，那边黄启宣在辩解："开开车子而已，车子又没坏。"阿陆一个耳光把黄启宣扇到了女的脚边。启宣回骂了一声，阿陆往他胸口加了一脚，骑在他身上朝着他的脸捶了两拳。"东家的车子，他带女人出来兜风。"阿陆向周围人说明情况，又问黄启宣："你做了坏事，你自己知道吗？阿黄！"

"阿陆，我开了东家的车，又不是开你的车。"黄启宣仍然嘴硬，脸上又挨了更重的两拳，后脑壳在地上震了好几下，这次服了。"阿陆不要再打了，狗咬狗也不用往死里咬。"

"开东家的车，载着自己的女人。"阿陆教训道。

"倒过来更好，开自己的车，载东家的女人。"

阿陆又加了一拳，这一次直直地打在黄启宣嘴上，启宣翻起白眼，往阿陆脸上喷了一串血。路人见阿陆凶暴，不敢来劝，远远地喊着：下手太重了，再打就死了。承宗也不想上前白挨一拳，只得喊道："阿陆，东家喊你回去。"阿陆果然听命，放了黄启宣，抬头张望，不见东家的影子。承宗说："阿陆，车子要紧，等下警察来了，你的豪华车要被拉走，剐坏了漆水不好办。"阿陆起身，用袖子擦脸上的血沫。黄启宣犹然躺在地上，歪过头仿佛人事不省。阿陆把他的黑色轿车停在路边，这车不要紧，要紧的是那辆豪华轿车，根据黄启宣的吹嘘，它可以换十间门面房、三十亩良田、一整家工厂。阿陆将那车发动起来，试了试，嘴里说了一句：车子还好，没坏。承宗心想，你个傻蛋，样样心思都会说出来。等到这车开走，他再回头去看，黄启宣已经坐了起来，许先生正蹲着用手帕给他擦血。

"女人呢？"启宣问。

"你挨打的时候她已经逃走了。"

"逃得好，凑过来衣服会弄坏。"启宣摸摸嘴巴，爬起来对着汽车反光镜照自己，"我的门牙松了。"

这天坐上黄包车回到许先生家，黄启宣说，这份司机的活计必定是告吹了，一旦失业，在上海待不下去。挨打本该讹点汤药费，但他私开老板轿车，两两抵消，轿车比他还贵些。承宗问那女人到底是谁，启宣说：她叫阿桃，原本住在茂友车行附近，喜欢看汽车，经常来看，那时他还在车行上班，一来二去就认识了。阿桃有一个梦，就是坐上豪华汽车在城里兜风，像美国电影里一样，不，更准确地说是像街面上那些学美国电影坐车兜风的女人一样。可惜阿桃无钱，身份卑微，不认识有车子的上流人物。想坐进这样的车子里，普通女人，不得修炼成精才行？其实黄包车也能兜风，但阿桃就是喜欢汽车，漂亮的汽车，让人瞪着眼睛看的汽车。黄启宣答应了她，豪车再豪，也是用来载人的，他不觉得有什么关系，若有一点小小的不对头那就是他在替东家做主。这一阵东家不在，等他们回来生意多半会关张，洋房里的车、车行里的车、仓库里的车，怕是统统都要运走。人生在世不尽兴，阿桃的心愿，除阿黄之外，又有谁能满足？

许先生问："那么阿桃到底是何等人物呢？"

启宣说："许先生，阿桃在你眼里不过是庸脂俗粉，不值得你打听。"

许先生说："屁话多，快点讲，我想听。"

启宣说："卖糕团的，我吃了她不少点心。"

承宗说："她穿得蛮好的。"

启宣说："衣服是借的，首饰是假的。"

许先生说："我看你们交情不浅。"

启宣说："十年修得同船渡，百年修得共枕眠，我修了一百一十年，但还是个半吊子——阿桃有丈夫，是做糕团的。"

上海最漂亮的一辆汽车，由个车夫载着个卖糕团的已婚女人，车夫穿西装大衣，卖糕团的女人穿着借来的皮草，寒冬腊月敞着车篷在市面上兜风，因为他们知道，再不兜风，这车就没有了。许先生说："极好，尽兴。"

黄启宣说："许先生，你这身家的大人物，不惜躬身给我擦血。我记得你的恩，以后可以做牛做马。"

"这话又是什么意思？"许先生说，"我帮你擦血，难道是为了请你来做牛马？"

"他这是想在你手底下找份工作。"承宗说。

许先生白了黄启宣一眼。"能吃苦吗？"

"苦中作乐的苦能吃，苦如黄连的苦吃不下去。"黄启宣摊手说，"许先生，我这个人不坏的，最多就是私开车子，约约女人，从来不曾出卖过东家，也没有拿过什么值钱的东西，更不会偷汽油，倒卖汽车轮子。我是懂规矩的，承宗可以做证。"

许先生教育道："今日之事，望你受到教训，以后不要这样。被人当街打的滋味不好受。"

"我也往阿陆脸上喷了血。"启宣气不过，"我就这点手段了。"

承宗摇头。"启宣，你江湖道行尚浅，记住血要往自己脸上抹。你往阿陆脸上喷，等到巡捕和警察来了，阿陆往地上一躺，说你打得他满脸是血，你不占理。"

"都是些耍诈的道行。"

当晚黄启宣搭住在承宗房间，喊痛喊了大半夜，第二天起来，脸上的瘀伤十分明显，两个眼睛乌青的，他偏要这副样子去东家的花园洋房，为的是拿回自己的铺盖。承宗陪着他，许先生这天无事，也说要跟着去。三人到了那洋房前，门开着，豪华轿车停在花园里，一个佣人正提着水桶仔细地擦车，看这佣人手伸进冷水里也是哆哆嗦嗦的样子。启宣喊了一声：把我的东西还给我。出来一个管家样的老头，让他一个人进去，启宣摇头说：进去挨打，不进去，结清工钱，房间里有我的私人用品，都在皮箱里。老头明白，过了一会儿阿陆拎着皮箱出来，往黄启宣脚跟一放，另一个佣人往箱子上堆了几件衣服，分别是黄启宣的西装、皮夹克、大衣，还有一双皮鞋扔在地上，都是好货。承宗嘀咕一声：行头不少。许先生嘀咕一声：佣人真多。管家瞄了瞄启宣的脸，启宣把脸凑上去给他观赏，管家摸出三个银元给他，既不说是工钱也不说是汤药费，摊在手心，就看他要不要。启宣刚伸手，阿陆凑过来朝那钱上吐了口唾沫。启宣说："多此一举。少爷我什么脏钱没挣过？"拿过银元，在管家衣服上擦了擦，塞进自己口袋。阿陆正式宣布：你被开除了，阿黄，阿黄，阿黄！

许先生对承宗说：黄启宣这人有意思。承宗说：一般人都看不上他，品性不大好，小节有亏，大节也没保住。许先生说：对女人不错。承宗说：做少爷时候对女人就好。许先生说：肯定不能让他开轿车，能开客车吗？承宗说：开不了，先让他跟我的车，我教教他。许先生说：若有犯事，一次都不能姑息，连带扣你的工资。承宗说：谢谢老板。

就这样，启宣和承宗离开了上海，又再回到吴里。临行之前，启宣把皮夹克送给了承宗，说这是美式的，旧货摊上买来的东西。开大车的司机，有一件皮夹克，十分威风。承宗问他，何以这么舍得，自己威风点不行吗？启宣叹气说：从今以后，我做你的跟班，我用不着威风，有什么事情你顶着。

自始至终，阿桃都没来看过黄启宣。事过好久，承宗才问起，当时不问，主要是怕黄启宣伤心。启宣说，我住在许先生家，阿桃并不知道，当然也就不能来找我，并非她没有情义。承宗说，你挨打时她到底是逃走了。启宣说，我让她逃的，难道我还指望阿桃来帮我担肩膀吗,不用以此来判别人之好坏,能逃就逃。承宗仍然纳闷,黄启宣居然也没去看过阿桃一次。

"她所要的是车,我车也没了,去找她干什么,难道诉衷肠吗?"黄启宣说,"我有屁个衷肠可诉,开心一场就够了。"

开长途客车是件开心事,黄启宣进汽车公司就明白了。

他落脚在车队,有一间四个人的宿舍,里面的人睡觉也打呼,但没人喊他阿黄,喊的是黄格里。早晨醒来,到小食堂舀一碗稀粥、抓一块面饼,承宗的早饭也在这里解决,吃完饭两人上车,去远郊城镇的乘客这时买了车票上来,黄启宣敲敲手里的票夹,第一喊大家坐好,第二喊没买票的人补票,送人的赶紧下车,第三是把大件行李都堆到车后面,小件行李放到座位顶上的货架,码稳了,汽车发动起来。汽车先在城里开着,马路不宽,行人没有一个遵守交通规则,都在路中间乱窜。承宗在前面连连按喇叭,让黄启宣伸头看清车左侧,右舵汽车开起来要特别小心,很容易把人剐进去,比如小孩,弯腰驼背的老太。伸头的同时也要注意自己脑袋不要被树干挤扁了,真的会挤到脑浆迸裂。如此停停赶赶,汽车开出城。每星期一三五往南,二四六往东,景色都差不多,往南会看见丘陵,往东会看见连片的小池塘和吴淞江。春天风景好,水田里的农人赤脚戴草帽,江上捕鱼的人船头养着鱼鹰,采茶的女人会在山坡上唱歌。晴天好风鼓荡,意气潇洒,雨天则多一分忧愁,但也愁不到哪里去,无非是想到一生中不如意的事,也都散了。车上的乘客大部分安详,也有为了小事吵闹的,承宗不吱声,专心开车,由黄启宣出面劝和。他的嘴可以饿死别人，也可以令人心悦诚服，看他愿不愿意。汽车一路载客，人们上上下下，到达终点站后，两人吃中饭，在站头里面找长椅浅浅地眯一觉，半小时后发车回城。依旧是这样，在黄昏前回到长途汽车站，赶上食堂的晚饭。路况熟悉后，承宗经常让他开一段，熟悉一下车况。有一条开车经验，承宗会告诉所有人：在城里开得快些，在乡下开得慢些。这辆道奇卡车改装的客车马力强劲，启宣手握方向盘知道它跑过千山万水，从美国运到印度，从印度开到缅甸，越过滇缅路，穿过半个中国才来到吴里，现在卸甲归田跑一跑客运，载着一群憨憨的乡民。黄启宣想，人活着要的太多了，但愿自己下半辈子像这辆车一样，也不错。

有一天回来，许先生愁着脸把承宗喊过去，两人心头一紧，以为要失业。许先生说，前几天开福山的老张出了车祸，被一辆军车侧向撞了车尾，车子损坏尚属小事，要紧的是车上有一个抱小孩的妇女重伤身亡，那小孩没多大，幸运地活了下来，是个男孩，之前养在福山，今日送了过来。承宗说，这事我知道，家里人没把小孩领走吗？许先生说，查访了两天才问清，女的叫范秀英，要去上海，夫家在江北。承宗说，那完了，江北过不去。许先生说，范秀英的丈夫是个司机，被军队带走了，部队番号不明，情况乱得一塌糊涂。承宗问哪边的军队，许先生向南指了指。黄启宣说，抓壮丁呀，有去无回了。许先生说，这叫封差，不叫抓壮丁。黄启宣说，有去无回是一样的。

许先生带两人去看小孩，原来是个吃奶的婴儿，也就四五个月大，车队没地方放，放在宿舍里，好巧不巧就躺在黄启宣的床上。承宗说，发生车祸往往是婴儿能活下来，一则轻小，二则大人会死死地护着小孩，这个做母亲的一定是护着他了。有一个阿姨在给小孩喂米汤。许先生说，车队全是男人，弄这个小孩费劲。承宗建议把小孩送到孤儿院，许先生不答应，说这乱世，送进去说不定就被人领走了，万一小孩的父亲将来找回来，她无颜面对。说完这个，许先生瞅着承宗。

"爱玲会养小孩，暂养几天，等我寻到合适的人家。"

"爱玲不但会养小孩，"承宗叹了口气，"还特别会养捡来的小孩。"

"此事非爱玲不能为。"许先生说。

两人回过头去看，发现黄启宣把小孩抱了起来。"亲娘没有啦。"黄启宣对小孩说，"我的亲娘叫侯秀英，你的亲娘叫范秀英，就差一个字。"

话说到这里，周爱玲叼着香烟来了。许先生说，是我差人把她喊来的。承宗说，你吃定我了，爱玲要是答应，我也没话说。周爱玲把烟蒂扔出窗外，看着黄启宣，喘了口气，从边上抓过搪瓷杯子喝了一大口凉水，让他把小孩抱抱好，要不然就交给自己。黄启宣觍着脸说："这小孩和我有点缘分，他一直在看我。"周爱玲："因为你脸上有花，小孩会盯着看。"黄启宣知道她在寒碜自己，讪讪地将小孩送到她怀里。周爱玲提了两条要求，第一，养小孩的钱由汽车公司出，第二，需得找房东多要一间房，房钱也得算进去。许先生说，养小孩的钱，还有房钱，都我私人出，你把孩子养好，不能弄丢。周爱玲愣了一下，说，这次不会弄丢。两个女人三言两语把事情谈定，边上一群没主意的男人很佩服她们。

这天许先生放轿车送他们回去，黄启宣负责驾车，到了废太子基，他却不走，跟着进了大宅。爱玲找到梁房东，要他立刻收拾出隔壁一间空房。路志民凑了过来，他已经十二岁，哀怨地问了一句："你们又领了小孩吗？"周爱玲脾气变得有点暴躁，让他滚进房间，下次再离家出走也不会有人来找他了，现在有弟弟了。路志民拉着黄启宣的袖子，哭出两滴眼泪。小孩也哭了。周爱玲说，小孩饿了，要吃奶。

"喂米汤不行吗？"黄启宣问。

"你才是米汤喂大的。"周爱玲骂道，"去，关帝庙后面，奶妈市场，赶紧找一个回来。天黑就落市了！"黄启宣懂了，拔脚往外跑，周爱玲追上去给了他一个大洋，又骂："请奶妈要先付定金的，你身上有几个钱，一副穷鬼样子谁会跟你跑？"黄启宣边跑边喊："不要忘记我是开轿车的。"

他走后，周爱玲抱着这个小孩，坐在客堂间的长凳上，小孩哭得响亮，不知道黄启宣要耗多久回来，让承宗煮一点米汤水，抱着哄着，说这孩子长得壮，亲娘爱惜，家里应该也有点小钱。承宗说，父亲是司机，被军队带走了，原本家底应该还好。爱玲说，亲娘没有了哎。那语气和黄启宣一模一样。承宗说，我亲娘也死得早。路志民哭丧着脸说，我被亲娘扔掉了。周爱玲说，见鬼，都在哭亲娘。炉子上还在煮着，过了一会儿有邻居送了米汤水过来，夫妻两人谢过，喂小孩吃了点，路志民也想喝，周爱玲给了他一根甜萝卜干，让他不要在周围打转。孩子吃了东西，止了啼哭，承宗问她，接下来怎么弄。周爱玲说，奶妈带小孩睡一间,奶妈是结月钱的,纸币不收,三个银洋最起码,还得管吃管住,吃的东西和咱们不一样,得开两个灶,一般奶妈还可以做做家务,烧烧饭,当半个娘姨用。但愿这孩子早点找到好人家,大户人家不敢想,殷实一点的小门小户也蛮好,养父母的人性厚道一点。说到这里,拉过路志民,问道:"我对你好吗?"

"你好的。"路志民说,"不要扔掉我。"

外头一阵汽车喇叭声,黄启宣回来了,带着一个二十多岁的女子,样子有点土气,但眉目俏丽,看上去身体底子也不错。这奶妈踏进客堂间,上下看了看,嘀咕道:"地方不大嘛,怎么该(吴语,拥有)得起汽车?"周爱玲也嘀咕道:"我就知道他会寻个漂亮的。"黄启宣左右解释:"这车不是他家的,也不是我的,老板的。不,我没有看面孔,我挑了个……看上去奶水多的。"

奶妈叫阿娣,虚岁二十四,家住乡下,有一个孩子说是八个月大,断奶了。丈夫是雇农,生计艰难,她不得不孤身进城寻份营生。爱玲知道她在讨同情,城里能雇得起奶妈的家庭,日子必然过得还可以,更不至于故意亏待奶妈——那结果是自己小孩倒霉。阿娣在家住下,吃得不错,荤菜多,口味固然清淡,似乎也不介意,说自己已经吃习惯了。爱玲见她穿得不大好,又送了些合身的旧衣服给她,阿娣照单全收,穿在身上,过两天又问爱玲讨要,说是乡下穷人多,有多少旧衣服都可以收的。"我给你的衣服都还不错的,"爱玲说,"是穿过,但并非我不想要。"阿娣茫然,听不懂她话里的意思。爱玲把这事情跟黄启宣说了,启宣说:"乡下人不懂贵贱,以为旧的就是坏的,新的就是好的。"爱玲问这奶妈到底是怎么寻来的,黄启宣说:"遵你所嘱,去关帝庙后面的关帝庙巷,巷口有个亭子,亭子里坐着五个女人,四个娘姨,一个奶妈,就是阿娣。哪里错了?"爱玲说:"倒是没错。"

黄启宣每日都来,头一天买了小衣服,第二天带来拨浪鼓。周爱玲让他不必费钱,路志民的旧衣服都在箱子底,可用,小小孩也不需要玩具。黄启宣走到阿娣身边,对着怀里的小孩看,阿娣往屋里走,黄启宣也跟着,周爱玲拽住了他。

"你到底是看小孩还是看奶妈?"

"看小孩。"黄启宣说,"活得没什么意思,看小孩觉得还有点盼头,看奶妈有什么盼头?"

"如此喜欢小孩不如赶紧找个女人结婚,自己生一个。"

"无钱无德,三十多岁,哪有女人肯嫁给我?"

"恐怕是你心高,喜欢漂亮的,其实普普通通就好。"

"不漂亮的合不来。"

"我简直在跟畜生讲话。"

爱玲本想帮黄启宣觅一门亲事,看他一副不着调的模样,也就打消了念头。倒是黄启宣反过来指摘她,小孩喂了一阵,瘦了,怎么回事,另外奶妈胖了一圈。爱玲心想,这混账少爷倒不是个粗坯,专门在人的模样上动心思。看黄启宣跑过去教育阿娣——阿娣你要好好喂小孩,这小孩是汽车公司的,是我亲自开车送过来的——周爱玲气不打一处来,拍桌子骂道:"黄启宣,你不要太过分,天天跟着奶妈干什么!"

一天出车，谈起小孩的事情，承宗也了然，让黄启宣不要这么上心。"我看你喜欢这男孩，但他是许先生托付的，并非我们领养，随时都可能来一户人家把他领走。你存了一份眷顾心，就不大好，人各有各命，不是你能管得了的。"

"我看许先生才是无心管他，这一阵忙得人都不见了。"

黄启宣提了一个建议，不要送人了，由他出钱来养这小孩，让这小孩姓黄，养在承宗家，这样他就能看着小孩长大了。承宗笑了："这不合规矩。养小孩烦心，又不是乡下人，把小孩扔在地头，像个山芋一样他自己就会长大。"

"儿子算你的，就让他姓黄嘛，仅此一条，反正姓黄姓路对你来说也没分别。"

"你们黄家不缺儿子，你还是个被赶出来的黄，宗谱上销了号的黄，黄什么黄？"承宗说，"你真是想不穿。"

"姓什么只是个标记，我总不能白出钱。"

"那就姓钱好了。"

两人聊到这里大笑一场。出车回来，黄启宣又跟着承宗去废太子基，进门见爱玲坐在客堂门槛上，面对天井闷头抽烟。但凡她摆出这种姿势，家里就没好事。承宗问何故，爱玲说，今日来了一户人家，想要领这小孩，先来看看情况，抱到手里说他瘦弱，一定是有什么病，不想要了，就此走掉。"我真是想不通，来的时候很壮实，怎么会越养越瘦呢？"爱玲十分苦闷，落下眼泪，"我懂医的，这小孩肯定没病，难道是我不会养？"承宗和启宣连忙劝她。阿娣正在房间里喂小孩，承宗说，要么让阿娣吃得更好点。这时路志民跑了过来。

"妈妈，妈妈，"路志民低声说，"我看见阿娣喂小孩吃米汤。"

"你说什么？"周爱玲一手叉住了路志民的脖子，"你再说一遍。"

"我扒在门缝上看见的，你们现在也可以去看，她正在喂。"

周爱玲松开了路志民，到阿娣房门口，那门闩着，有一道裂缝就在路志民身高最合适的位置，而她则必须弯下腰去朝里面张望。紧接着，周爱玲用上海话骂了一句脏话，这说明她真的急了。"阿娣，阿娣，"她喊了起来，"我看见你喂小孩米汤了，你不要把碗藏起来。不行，你也不用解开扣子假装喂他，你现在就开门！"阿娣在房间里发出一声嚎叫，周爱玲砰砰敲门，路志民往上加踹了一脚，阿娣喊道："杀人了！"承宗上去劝住狂怒的老婆，对屋里喊："阿娣，我们都还没进来，你怎么能诬赖我们杀人？"阿娣开了门，怀抱小孩，伸头往承宗肚子上一撞，又喊道："你们打我。"她像是背过气去，翻白眼往地上倒，黄启宣伸手接住，从她手里抢过小孩，然后让她软绵绵地瘫在了自己脚边。

周爱玲从黄启宣手里抱回了小孩，两个男人将阿娣又抬进了屋子，放在床上。事情变得更麻烦了些，孩子固然瘦弱，这奶妈看上去已经活不成了，启宣伸手探鼻息，说停止了呼吸，爱玲伸手把脉，说阿娣的心跳别别别的像兔子乱窜。"阿娣，你不要再装了，睁开眼把事情说说清楚。"爱玲说，"不扣你工钱，不送你去警察局，把事情说清——你到底有没有奶？"阿娣喘了口气，睁开眼。

她根本就没有奶水,她在乡下的丈夫也不是雇农,是个赌棍,她知道好人家不会雇用一个赌棍的老婆做奶妈所以隐去了这一节,她有一个小孩,已经五岁,养在娘家。她来到城里主要是为了躲开那个输了钱卖家当的男人,但她并不怎么会做家务,两回做娘姨都被东家辞退了,急需找个新户头落脚。她站在关帝庙后面的亭子里看到黄启宣过来问,身边都是些四五十岁的女人,只有她年轻,黄启宣的眼睛就盯着她的胸看。她说自己是他要找的人,奶妈,且奶水充足,能喂两个小娃。黄启宣信了。之后那些日子,她假装给小孩喂奶,实际上偷偷喂米汤,黄启宣经常来,还盯着她看,她说这人轻薄,从此就躲进屋子喂奶,这样谁都看不到她是怎么喂的。路家吃得不错,一天三顿,中晚餐都有荤菜,菜里没盐她就自己偷偷搁一点,这一阵她都胖了。

阿娣躺在床上把这些讲完,然后瞪着房梁。"四十五天,"周爱玲掰指头数了数,伸出左右手,左手四,右手五,比给阿娣看,忽然意识到阿娣是反着看的,又比划成了左手五,右手四,"我的小孩吃了四十五天的米汤。"阿娣才不想看她的手,再一次闭上眼睛。

"瓜田李下之嫌,我找的是奶妈,我不对着你的胸看难道盯着你的屁股看吗?"黄启宣大摇其头,"我平时来,看的也是小孩,不是你,真的不是你,你很难看。"阿娣睁眼瞪着黄启宣。

"我周爱玲在这地头上混了十几年,居然被一个假奶妈给骗了。这世道坏了,连奶妈都有假。"爱玲站起来往门框上猛击一掌,指着大门方向对阿娣说,"你现在就爬起来,给我滚。"

"走就走。"阿娣从床上下来,推开两个男人。她还穿着周爱玲送她的衣服，也不打算脱了。她稍微整理了一下东西，打了个包裹，她的工钱是先付的，所以路家也不欠她钱，还多给了半个月她也不打算再提这事。外面天色已暗，她提着包裹施施然走出去，忽然冷笑一声，回头对周爱玲说："胸大无奶，本来就是这样，你看走了眼，因为你没小孩，你不懂。"

"我去你娘的大头鬼呀。"爱玲抓起桌上的碗朝她扔了过去，阿娣一溜烟逃走了。

多年以后，路志民对这小孩说起往事，路志民很是得意，他说要是没我扒在门框上偷看那一眼，你就一路米汤喝下去，肯定营养不良死掉。他又说，因为这件事，爸爸妈妈还有黄启宣都觉得对你有所亏欠，一定要把你养大养胖才行，后来有人想领养你，他们全都不答应，所以你记住，你是家里唯一一个大家抢着要的小孩。这小孩就是路国强，他三分之一姓路，三分之一姓黄，还有三分之一据说是姓王，他的三个父亲都是司机。

这年春天雨水绵密，一直落一直落，后来有"钟山风雨起苍黄"这句诗。许先生从南京那边回来，没召见主任和秘书，先把承宗和启宣喊到办公室，她望着窗外的雨，沉思良久，回头过来对两人说："要封差，运部队去舟山，出两个名额。"话说得直接，脸也是青的，承宗与启宣面面相觑，事情这么快就落到了自己头上。许先生说："这差事逃不过，没有商量余地，我思前想后，非你二人莫属。"

"我家里有小孩。"承宗说。

"我也有。"黄启宣说，"刚刚请来新的奶妈。"

"你们的车也被征调了，如果你们不去，就失业。"许先生说，"到舟山码头，你们可以申请回来。"

封差有钱，给的是银元，一人三十个，按规矩先付了两成，许先生另拨了两百斤大米送到承宗家，黄启宣那份也算在里面。对这两人来说，许先生是世上最信得过的人，她说什么就是什么吧。她告诉承宗，这次来调人的，是过去认识的杜参谋，车和人都跟着他走。又掏出一封信给他，信封上并无一个字，只叮嘱道："万一走投无路，就拆了这信，给杜参谋，或是给其他长官看，他们会安排好你。"承宗问信封里是什么，许先生让他不必问，到时候就能用上。他没指望里面藏着一张支票，猜想此乃诸葛亮的锦囊妙计，但总不如支票来得管用。许先生最后提醒他："到了那边，千万不可说你认识这边的人，后台再硬都会被枪决。"在她嘴里，"这边"和"那边"倒了个个儿，承宗听懂，这边很快就是共产党的了，他说我也不至于这么笨，非要讲自己认识"这边"的人。许先生严肃地说："拷问你、喝醉了、给你钞票，统统不能承认，承认了就没命。"

他见到了杜参谋，现在已经是师部参谋长，军衔上校，部队在东北被歼灭了，剩些残兵，整编以后撤到南方。过去他是个白净书生，现在也变了模样，身形健硕，晒得黝黑，鬓角之下留着硬胡子，铁汉相仿。两人见面，杜参谋十分感慨，说这些年一直惦记着你，听说在许先生手下当差，只是我军务繁忙，没能抽出时间相会。承宗说，你是大官了，我还是个司机。杜参谋说不能这么讲，我们昔日是战友，我岳父一族抗日殉国，听说也是你葬了他们，咱们交情不一样，应该兄弟相称。承宗拉过黄启宣，介绍认识了一下，说这也是我兄弟，头一次跑远路，请你多包涵。他这么讲话，实际上还是在客气，他心里想的是"这边"的军队已经兵陈大江北岸，自己最好快去快回，别惹上什么麻烦。败兵军纪涣散，这他知道。

农历三月公历四月，谷雨这天，吴里的街道上飘着花香，空气中有一种凄凉的潮湿感。一大早，承宗开着那辆道奇客车出城，黄启宣坐在边上，道路湿滑，行人稀少，南城门上一名士兵正调试机枪，招呼射界内的老百姓走开。城头上什么工事都没有，就这孤零零的一挺机枪，也不知道要怎么守，一切都很潦草。一群小孩蹲在城外荒地上挖野菜，他们没有听到士兵的喊声，直起腰看着汽车。此时头顶隐隐传来轰鸣，声音越来越清晰，承宗停了车张望，云层之下，从北向南数架飞机飞过。"看飞机，看飞机。"小孩们叫道。

"挖好了野菜早点回家，要打仗了。"承宗对他们说。这个年纪的小孩没见过打仗，他又转头看看黄启宣，这位也没跑过大场面，无论如何，跟着兵走，或者说拉着兵走，是要攒点勇气的。

军队驻地在城外，到那儿一看就知道，是正规军，且没有伤兵。正规军的军纪严明，少有扰民，但一支军容整齐的正规军不往前线去，却反向而行，说明这仗已经没法打了。空地上的汽车不少，多数是军车，少数是民用车，一名士官指挥承宗将车停好，上来看了看车况，给了他们一个编号，十九号车，让他们原地待命。两人在车里等着，探出头张望，军车后面装有成箱的物资，可能是军需品，可能是弹药，也可能是其他值钱的东西。陆陆续续，又有一些民用车开到，细雨之中看到几名高级军官走进驻地，杜参谋也在其中。这是早晨，天亮了一下，似乎又暗了下去。士兵们列队。忽然见到远处两名戴钢盔的士兵拖着一个双手反绑、军装歪斜的小兵往营房里走，承宗猜想，那是个逃兵，按照战时的律令，他不是被判刑就是被枪决。他没有听见枪声，他想也不至于就要在这里把人给杀了，留条命总能做点事。过了一会儿，士官带队过来，士兵们疲惫、沉默，背着行李和武器有序登车。启宣站起来数，就像平时数乘客，一共三十一个兵。

车队打亮了大灯向南开去，当头是一辆吉普车，里面坐着长官。承宗对这段路比较熟，从吴里到浙江界的站名都报得出来。道奇客车没有副驾座，右舵边上横着一条长椅，带兵的军官姓曹，喊他少尉，也就二十五六岁，并拢双腿坐那儿，看了看身边的黄启宣，问了一句：两个司机？承宗说这车得没日没夜开，一个司机顶不住的。少尉嘀咕了一句："没日没夜逃吧。"听口音是山东人。承宗忽然意识到，其他车子或许就一个司机，这情况很不匹配，要么自己这十九号车甩开他们一路往前跑，要么就是走走停停，白白搭上了黄启宣。战时一切都乱，他问黄启宣，要不然你干脆下车吧？少尉瞪眼说："下车？你们封差钱拿了吗？"承宗说拿了——当然拿了，不拿钱谁愿意来干这个？

"走了算逃兵。"

"我不逃。"黄启宣说，"难得有人用得上我一次，再说钱我已经花光了。"

少尉一直瞪着眼，看人或是看路，看他的手表。真难得有人眼睛这么大，还凸着，像衙门口的石狮子。承宗已经不再怕兵，什么样的兵他都见过。他觉得还是拉一些撤下来的兵比较心安，把他们送上去真是罪过。他忽然想起这回出发前忘记去拜关公了，做客车司机太久，从吴里到各个镇之间的土地庙倒是都拜了。他转头看了一眼少尉，心想这些兵会拜关公吗，不，他们不会，他们拜那个最大的官，拜他们的军旗，拜他们的帽徽。那些东西给他们前程，发他们军饷，让他们打仗勇猛，舍生忘死。可是一个司机他就得拜关公，拜路过的每一个地方的土地爷，而不是去拜自己的东家。神仙鬼怪让司机顺遂些，仅此而已，车要是不走运坏了，怪不到任何人头上，这些兵也跟着倒霉，得靠腿走到海边去。

车队向前，经过近郊那些低矮的房子，一条河道在前方，河上新修了水泥桥，一次过一辆车。卡车很重，众人都瞪着眼睛看，怕这桥塌了。车过之后，少尉嘀咕了一句，该把这桥炸了。承宗心想，长江上也没桥，你们守得住吗，炸桥又有何用，白白地给老百姓添麻烦。对岸大片农田，砂石铺成的公路变窄了些，路况也不太好，坑坑洼洼的，车里的人上下左右晃动。少尉问是不是走得慢了，承宗说慢了一小半，天气差劲就是这样。又往前开了一段路，看见不远处田埂上一座土坯小庙，不过一人多高，香烛齐备，很多农民围在庙前烧黄纸。车队放慢了速度，一些小孩向着他们挥舞手里的草帽，在田埂上跟着车平行向前。车上的士兵也好奇，凑到一侧窗口张望。少尉问他们在干什么，启宣说，种田插秧，祭祀农神，求五谷丰登。承宗说，不是农神，各家在这庙里祭祖，祖宗保佑五谷丰登，本地风俗就是这样。启宣问说，祭祖不得去自己家坟头吗？少尉提醒他们，不要用吴里话讲来讲去，他听不懂。承宗继续说，农民不比你老黄家大户，

343

有祠堂，有冢林，农民的祖宗都零零散散葬着，且本地风俗远葬，近了怕不吉利，也占耕地，农忙时跑不了那么远，就在地头上烧烧香算了，人在哪里，祖宗就在哪里，太讲规矩了反而耽误正经事。启宣说，你讲得对，老黄家的人就是不懂这道理，臭规矩成了正经事。少尉又瞪起眼睛看他们。

午饭是在车上解决的，吃干粮和罐头，承宗吃饭的时候让黄启宣开车。车队渐渐拉开了距离，军车走得快些，有几辆民用车拖拖拉拉，能跑的车子索性超了过去。十九号车由于有两个司机，很快跑到了第三位。少尉很高兴，拿出地图看方向，外面一片雨，他能看到的最清楚的仍然是前车的尾灯。启宣说，就这么一条公路，顺着往前跑就行，一直跑到钱塘江。

"我们要过钱塘江的。"少尉说。

少尉确实是济南人，不是老兵，没去过缅甸，在北边打仗放了几枪就跟着部队逃过了江，然后被整编到这里，换了一身干净的军装。他不肯报部队番号，不肯讲自己的经历，承宗也不想知道，只问他爹娘还在原籍吗。少尉沉默了一会儿，说不谈这个了，车上这些兵，父母还在世的都留在原籍呢，讲了怕扰乱军心。大官能带着家眷走，小兵不行。黄启宣说大官还带着黄金走呢。

到黄昏时，车队落脚在一座小镇边，往南是嘉兴。军车不进镇，就这么停在路旁，后车陆陆续续赶上来。雨还是没停，这样的天气即使两个司机轮着开，承宗也不太敢走夜路，索性就一起歇下了。颠簸了一路，这些兵下车活动腿脚，卡车上押车的兵也下来，众人在细雨中凑在一起抽烟，低声嘀咕，摇头皱眉的样子似乎行动不利。天色很快就暗了，远处镇上有一些灯火，承宗拉着启宣往镇上走,少尉拦住了他们。军事行动,司机跟部队留在原地,最起码,得跟车子在一起。

"我们不是去玩,去找地方睡觉。"承宗说,"你们可以坐着睡,司机不能,司机得躺着睡,第二天才能坐着开车。"

"怕你们逃走。"少尉这时显得蛮横又无奈。有些人其实是懂道理的,但他必须做出不懂道理的样子才能把手上的活儿干下去。黄启宣提议,一起找个地方平躺下,把腿伸直了睡,带着你这三十个兵一起。少尉听不懂他在开玩笑。"绝对不可以。"他骂了一句娘,恰好前车的传令兵通知过来,所有人一律待在原地原车,不得擅离,不得进镇扰民,违者军法处置。少尉说:"这是命令,有命令就好办。"黄启宣还在嘀咕,说自己不是军人,不该用军法。少尉懒得再讲封差拿钱守军纪的道理,叫了两个兵过来,让他们看住司机。这两个兵扔了烟头,到车上去找枪,少尉又骂兵,管住司机靠眼睛就可以了,端什么枪!承宗暗暗摇头,心想这少尉,不像个兵,像个警察。

入夜后,承宗坐在驾驶座上犯困,车上的兵显然因为白天睡过,到这时间反而都很精神。他眯眼望望远处的小镇,浓黑的夜里看不清建筑物的轮廓,只剩些灯光,没多久也都熄灭了。黄启宣忽然说:"我倒有点想小囡了。"他们当时给路国强起的名字很简单,就叫小囡。承宗说不用担心,爱玲会照顾好小孩的,新的奶妈很靠得住。黄启宣也望着远处,说:"那个镇像不像袁塘镇?"承宗说:"看不清。"黄启宣说:"这里的镇都差不多的。"承宗不知道他要说什么,猜得出,大约是在思乡。

"当年想去东洋留学读书,其实这辈子最远也就跑到南京和

345

宁波,"黄启宣问,"你最远跑到过哪里?"

"开了十几年车,离家最远也就五百里地,其实日本也近,都谈不上远。"承宗又转头问少尉,"你最远跑到过哪里?"

少尉愣了一会儿,回答说:"这里,这就是我到得最远的地方。"又补一句,"越往前开越远。"

兵是不能思乡的,一旦思乡,就四面楚歌了。第二天一早,天刚亮,雨还在飘落,后车传来一阵啰唣,把十九号车上的人都惊醒了。少尉摸了摸腰里的手枪,率先下车去看情况,原来是一辆民用车的司机企图逃跑,被哨兵抓了回来。承宗认得那车,是吴里邮政所的,司机被喊作阿昌,虽然不熟但彼此跑在街上都认得脸。阿昌一脸沮丧,头发湿漉漉贴在头皮上,还在唠叨不休自己家里有七十岁的老娘。"我不晓得会这么远,我不晓得舟山在哪里。"阿昌这么说。可他一个开邮政车的怎么可能不清楚这些?当先的吉普车上下来了两个军官,一个是长官,一个是副官。副官安慰阿昌,这趟跑完就可以回家,老娘不用担心,又威胁阿昌,现在逃回去可就不好办了,算你临阵投敌。长官一言不发,看着茫茫雨景。阿昌缩着肩膀说,我只是个开车的。说了十遍,副官十分不耐烦,懒得再讲道理。少尉走到阿昌面前,摸了摸腰里的手枪,阿昌怕了,立即回到车上。长官看完了天气,下令车队十分钟后出发。一群兵下到田埂上去解手,少尉还在嘀咕:他只是个开车的,我们要的就是个开车的。承宗摇头说,你们封差封错了车,邮政这辆车恐怕跑不到舟山,太旧了,经常抛锚在马路上。少尉说,没封错,这是国民政府的车,一辆都不能留给共产党。黄启宣冷笑说,这只是一辆给老百姓送包裹的车,不过阿昌是应该枪毙,他们经常弄丢包裹。一群人并排站着,一边说话,一边尿完了,又找干净水沟洗了把脸,回到路基上,司机们对着阿昌比了个拇指向下的手势,然后哈哈大笑。"阿昌,你就算逃回吴里,也只能踩着三轮车送包裹了。"

车队继续向南行,承宗也没睡够,更不想拼了命地往前赶,把车开得拖拖拉拉的。很快军车就跑到了前头,民用车都在后面。进了浙江界,那辆邮政车的排气管冒出黑烟,很快就熄火在路边。这阿昌也不知道是不是故意的,车子半边还别进了水沟里,整个歪了过来。军车继续往前,民用车都停了,一群司机和兵下去看情况,少尉大为恼火。众人对着邮政车诊断了一番,确认这车没法跑了,也不值得把它拖出来,就歪在沟里算了。黄启宣又说风凉话:如果担心共产党得了它,可以放炸药炸毁这车。少尉说,你闭嘴。过了一会儿,领头的吉普车又开了回来,长官脸色铁青,副官下了车大骂阿昌是个笨蛋。这笨蛋现在毫无办法,他的邮政车也不是他自己的,车队没有维修工,司机们凭经验认为是发动机出了故障,多发动几次也许就能打上火,但它也随时可能熄火,然后重复这套程序,而目前首要的,是把这车拖出沟。他们费了点功夫,把邮政车牵引出来,阿昌还是发动不了汽车,承宗他们上去试了一下,也都摇头,说这车就是个运包裹的命,它可能不想去浙江。这么闹到了中午,长官再也没有耐心,算了算车队只跑了二十公里路,他下令继续前进,邮政车上的士兵分散着上了其他车,剩阿昌一个人站在原地。

"没有人管我了?"阿昌问。

"你自己走回去吧。"副官说,"要么你跟车一起去舟山,也行，那边缺人手。"

"我走回去。"

一辆辆车开过阿昌身边，司机们看着他淋湿的脸上露出的诡笑，这回再没人朝他比什么手势了。"我以为你会一枪打死他。"黄启宣对少尉说，早上这一档是他负责驾车，他手握方向盘一直在假模假样叹气，并低头看看少尉腰里的手枪。

到嘉兴时，在岔路口遇到了另一支车队，是从上海过来的，两支车队互相夹塞，公路拥堵起来。少尉抱怨说，要是早上没有阿昌闹这一出，车队就跑到前面去了，断然不会堵在这儿。承宗则说，路上的事情，说不清的。何谓说不清，就是你兴高采烈跑在前头可能一脑袋栽进河里，倒霉找上你，和你自找倒霉，结果是一样的。有很长一段时间，车子根本跑不动，停在原地，黄启宣下了车向前走了一段路，回来报告说：有一辆军车在前面桥上撞了头羊，一轮胎血！"轮胎不能见血，是不是？"黄启宣问承宗，而承宗的回答是：你跟当兵的讲什么不能见血？

车队就这样停停赶赶，又跑了一天才到达临平。中午听到的消息，正是他们出发那天晚上，共军渡江了，现已攻入南京——在另一边叫作解放南京，叫作百万雄师过大江。士兵们还算镇定，少尉冷冷地抽了根烟，嘀咕道，守不住的，然后就去吃中饭了。黄启宣偷偷和承宗商量，还回得去吗。承宗说不要紧，仗打完了就能回去，黄启宣摇头说："还是阿昌机灵，开邮政车弄丢了包裹也不在乎。"承宗笑了起来，说这两件事有什么关系，弄丢了包裹不在乎，那叫不负责任，不是机灵。

下午时，车队穿过杭州城，前方就是钱江桥。山色青绿，江流开阔，像一幅没尽头的画，守军正在制高点上搭建工事，路上一个老百姓都没有。江水是灰白色的，也没有船只，看起来是被守军收缴了，细雨在江面上像是裹了一层雾气，又被江水带领着缓缓向东飘去。承宗想起小时候私塾先生教的，逝者如斯夫不舍昼夜，先生说，河流和人间都是这样。先生还问他，山不转水转，逝者如斯，到底哪个是对的？这个问题像是在考他，怎么回答也都有道理。这时，车上的士兵望着一座古塔。少尉说，六和塔嘛，看一看，还从来没看过。承宗开着车，也仔细地望了望。大桥北侧是桥头堡，车队在这位置上停下，这是一座双层桥，上层走汽车，下层走火车。此时正有一列火车冒着烟从北边开来，一节节黑色的车厢里装的不知道是人还是货，它钻进桥下，过了很长时间才出现在对岸，只剩一条细细的黑影，仍然冒着烟，匀速向着南方去，远看缓慢，其实它跑得很快了。承宗把胳膊支在车窗口点了根烟，回头看了看车上的兵，这些人脸上全无表情，眼睛都望着车窗外。打仗的时候，人是没心情看风景的。雨水飘进来，他抽完了一根烟，也没什么可多说的，再看黄启宣正抱着胳膊打瞌睡，脑袋靠在少尉肩膀上，少尉居然没有推开他。车队缓缓启动，过桥的时候，承宗看了看情况，南北两侧桥头堡戒备森严，他估计自己没有可能开着车返回了，守军是不会放他过去的。

承宗对黄启宣说，我们必须逃了。黄启宣说正合我意。

过江以后天气就好了，车队马不停蹄赶路，半夜到达绍兴，只给休息了几个小时，又往前赶。出发时有个司机兵累倒了，发起高烧，少尉向长官报告，说自己这车上多了个司机，遂安排承宗开这辆军车，黄启宣继续开十九号车。这是一辆左舵的雪佛兰，尽管对车况不熟，承宗还是平稳驾驶着，下午到达宁波郊外，车队歇了下来，等候指令。这里的景色又大为不同，一侧是丘陵，一侧是海，远处军舰和渔船游弋。春季渔汛，捕捞甚丰，一些渔民挑着成筐的黄鱼经过车队。舟山就在海对面，到此刻大家也都松了一口气，士兵和司机下了车，对着海景，闻闻鱼腥味。承宗和启宣离队，找了个僻静角落，抽着烟商量。

"再不逃就回不去了。"承宗说，"我在车上听到他们说，要去台湾。"

"他们不会让我们去的。少尉说车子卸货以后还得往南去，去哪里不知道。"黄启宣说。

承宗摇头，这辆道奇客车涂成了红黄两色，它根本就不是军车，实在太醒目，开到哪里都是先挨枪子，更何况它也老了，再多跑一千公里可能就会趴下。黄启宣提醒道：他们并不缺一辆破车，他们有车，眼下是缺司机。两人继续合计，过海则回头无望，继续往南可能去厦门和广州，搞不好去缅甸，这一路上会发生什么只有天知道。黄启宣说少尉还让他穿上军装，他死活没答应，一旦穿上就是兵了。两人也都听独臂姚主任讲起缅甸，说那地方深山老林，毒蛇猛兽，落入土人手里，一刀砍下头颅，插在寨口的木桩上做摆设。承宗说，不要再讲这些吓人话了，该怎么办。黄启宣说："我们现在就跑，扔了烟头回家，开这么远，也对得起这些兵了。"

"其他司机呢？"

"承宗，如果一群人跑，怕是一个也跑不掉。其他人只好认命了。"

承宗回头望去，有两辆军用吉普车向车队驶来，看上去会有新的命令，不知道要开赴何处。道奇客车还停那里，这车他开了好几年，有点感情了。以前他领会不了这些，车就是车，没一辆是他的，车子会报废，会出事故，也会挨炸弹，人活下来就行了，现在他把这车扔在一个靠海的地方，心里想的是它到底会是什么下场。他对黄启宣说，我的车啊，也挺罪过的。

"你像个老农民连根扁担都不舍得扔。"黄启宣扯了他一把，"走吧。"

两人绕过一片树林，树木挡住了视线，看不到身后的车队，料想车队的人也看不见自己了。黄启宣还在说笑话：我们送他们到这里，希望他们不要来送我们。渔民们挑着担子在前边走，他们加快步伐跟上，想混到人堆里，忽然听到身后汽车喇叭声音，回头一看是一辆军用吉普车。黄启宣对承宗说："不要慌，假装不认识他们。"这车却分明是冲着他们来的，到眼前拦住去路，黄启宣喊道："不得了，要把我俩军法从事。"他拔腿往山那边跑，车上跳下来两个兵，其中一个是少尉，没几步赶上了他，左右夹住拖了回来。

承宗再一次见到了杜参谋。

"我来接车队，本想和你叙旧，却发现你溜了。"杜参谋问，"你要去哪里？"

"回家。"承宗说。

海风吹了过来，两人在吉普车前站着，对望着，反正这趟差事已经结束了。少尉把黄启宣拉过来,黄启宣很是懊恼,往地上一坐。杜参谋笑了,说:"承宗,你要回家,该和我打个招呼,我送送你。再说封差的钱你也没拿。可记得当年,你送我到镇江,接了我妻子全家,我也一文钱没少给你。"

"你还多给了几个大洋。"承宗说,"当年没跟你走,也是为了回家找老婆小孩。"

杜参谋十分感慨,搭着承宗的肩膀,两人走出去了一段,为的是不让别人听见他们聊家常话。杜参谋说,虽然相处不久,但视承宗为生死之交,当初江岸一别,如今再别,此生未必能再见到了,他的妻儿已经在台湾,家国命运如此,势不由人,该走的走,该留的留。说完掏出一袋银元,又从怀里摸出纸钞一把,统统塞进承宗的口袋。"回去跟着许先生好好做事,她也不肯走。"杜参谋说,"山长水远,各自保重。"

杜参谋讲得多,承宗听得多,两人踱了一圈又回到吉普车边。黄启宣还闷头坐在地上。杜参谋说:"黄师傅,你的那份钱,我也给了承宗。这一路你们只能靠腿走回去了。"黄启宣很惊讶,问说你放我们走吗。杜参谋说:"不是我私人放你们走,是军令,不拦人。"黄启宣看看少尉,少尉乐了:"我们是正规军,不裹挟老百姓。"说完从车上拿了一袋罐头,交到黄启宣手里,说了一句:"路上吃。"黄启宣站了起来,目视少尉,不知道说什么好。这一次是承宗扯了他一把,让立刻走。杜参谋和少尉送出去几步,承宗忽然又回头,问:"还有什么事可以交代?"

"有一件事。"杜参谋说,"我岳父与你有交情,他的坟在镇江,你要是能去,隔那么几年,替我和我老婆去烧点纸。其余无求。"

"我会去。"

"兄弟，再会。"杜参谋拱手。

"你家老娘要去看吗？"黄启宣问少尉。少尉愣了一下，叹口气，过了一会儿才说："你还是顾着自己的命吧，黄师傅。"少尉转过身去，竟不再看他们，很像是赌气的样子，上了吉普车，砰地关上了车门。杜参谋的心情似乎也不太好，挥挥手，让他们快走。承宗拱手告别，他这辈子也没再听到过杜参谋和少尉的任何消息。

军队仍然在向南撤，也有一些平民，那就是杜参谋所谓"该走的人"。承宗和启宣顺着来路向前，与之逆向，走到半路听说吴里一带也解放了。"我始终不明白许先生为什么不走，她是国大代表。"黄启宣说。承宗告诉他，事到如今，可以透露给你，许先生是共产党的人，多的不要问，就这么一句话，够了。黄启宣愣了半晌，抹了一把嘴，很生气地问："既然是共产党的人，她为什么又让我们跟着国民党走？"承宗说："因为她也是国民党的人。"黄启宣想了半天，摇头说："这种事情不是我一个司机能搞懂的。"承宗说："既是这边的人，也是那边的人，你跟着这样的老板，这边也能混，那边也能混，总不至于抄了你的老底，有什么不好？"黄启宣点头称是，这些年混得差，就是因为老板动不动就拔脚逃跑。

他们拖拖拉拉走了两天，经过绍兴，听说前方战事，无法通行。城里的市面倒还不错，旅店开张，饭馆也有吃的，全不像要打仗。两人找了家旅店住下，有一天在饭馆吃饭，听人说起，杭州那边解放军已经进城，一举攻占钱江桥，城里几无抵抗，老百姓上了街，敲锣打鼓欢迎部队。正说到这里，外面大街上一支溃兵经过，卡车横冲直撞，士兵或在车斗里，或在踏板上，更多人跟着车队跑。人马过后，街面一片狼藉，扔了各种东西在地上。承宗他们来时，车和兵尚整饬有序，眼下的场面就不那么好看了，称得上兵败如山倒。饭馆老板见此情景也决定打烊，承宗和启宣回到旅店，当晚被提醒不要开灯点火，怕被打了枪，深夜听到枪声，十分清楚，一城无眠，天亮时听到外面杂沓的脚步声，走出小巷贴着墙角伸头去看，布帽子上有红星的战士们正快速冲过街道。到了中午，城里地下党组织的宣传队出现，果然也是锣鼓喧天，告知人们：解放了。浙江以南，中国只剩三分之一，两人回到旅店商量了几句，确信一点，国民党政府再也不会回来了。

五月里两人走过钱江桥，天气大好，江水如蓝，远山清秀，六和塔的影子看得分明。桥上布防的战士让他们快速通过，不要停留。看这样子，防的是便衣特工搞破坏。黄启宣说，听少尉说这座桥会被炸掉，不知道出了什么意外，竟然还在。承宗说，还是不要炸的好，就这样吧。走到桥中央，他想起一件事，从包里摸出一个信封，那是许先生交给他的，只说到了"那边"可以救急。现在，"那边"是去不成了。他拆开信封，里面是一页纸，并无支票，纸上用毛笔写着几行字，落款是许先生的名字，并盖了朱砂色的名章。承宗边走边读那信，信首六个字：美龄吾姐钧鉴。承宗看了黄启宣一眼，把信交到他手里。黄启宣以为他不识文，把这信的意思念了出来："这封信是请一个叫美龄的人提携我们，此人与许先生姐妹相称，到台湾以后，她可以给我们职位——你知道这个叫美龄的人是谁吗？"承宗说："知道，可惜已经派不上用场了。"这封信放在手边会惹麻烦，承宗抬手，将信封投下桥。黄启宣犹豫了一下，也扔出信纸。就这样，飘飘荡荡，付之东流去了。

黄启宣曾经问承宗：你要回家，情有可原，我为什么不去台湾呢，我连个家都没有。承宗说，你自己的事情，倒来问我为什么。黄启宣说，实在我自己也想不明白。承宗说，大约你就是本乡本土的命，家里赶你走，你也就走出去五十里地，做汉奸在吴里，隐名埋姓在上海，混不下去又回到吴里，你还能去哪里？黄启宣说，是的，本乡本土的命，但是以后不要再提我做过翻译官的事了。

仗还在打着，汤恩伯军死守上海，陈粟大军围攻，战况激烈，史称上海战役。五月中旬，两人离开杭州，再往嘉兴走，遇到岔路则问道，有一次遇到个不是东西的，给他们指了条错路，越走越偏东。黄启宣说：我俩做了什么缺德事，遇到了这种闹路鬼。连忙拔了几根草，插在路边土墩上。既然说到闹路鬼，那就不能走回头路，又往前赶了几里路，见一队解放军战士正在推一辆雪佛兰卡车，后面还有一辆，歪在路边。两人好奇，凑过去看，战士们也不见外，招呼他们帮忙。承宗乐了，问说这车能开吗。战士们说，缴获来的，是军车，就这么扔在路边了，不知道能不能开。承宗上去试了一下，车子轻微抖动，发动起来，战士们十分高兴，又让黄启宣试后面的车，也能开。承宗坐在驾驶位，问身边的一个排长:"去哪里呢?"排长手往前指:"团部。"

到了团部,黄启宣下车就对承宗抱怨,怎么跟着你又进了兵营。团长和政委看到汽车,也十分高兴,政委多了个心眼,问这两个司机:"你们是汽车兵吗?"承宗说:"绝对不是,我们是开长途汽车的,被拉夫拉到这里。"掏出驾驶证给政委看,又把黄启宣推到面前,说:"你看他像个兵吗?"黄启宣会意,连忙说:"我是本地少爷出身,穿过绸缎喝过墨水,死也不能当丘八。"政委纠正道:"不能当反动派的兵。"

车既然到了,承宗想溜,政委却说,如今也找不到司机,能否留下来开车,前方就是上海,主要任务是运送辎重弹药,不上前线,如果干得好了解放上海算他们一份战功。承宗还没开口,黄启宣先答应了,承宗很是惊讶,黄启宣说:"这有什么奇怪的,我对上海很熟。我还想去看看阿桃。"承宗明白了。政委给他俩做思想教育工作,讲了讲解放全中国的目标。承宗说:"长官,我以前就给你们开过车,送人到外地去,车上的人喊我同志的。你们的游击队长,我也认识,我还运过你们的电报机,我是自己人。"政委说:"很好,以后喊同志,不要喊长官。"

两人出来,在车里等着派任务,那排长又来了,说是带他们去师部。承宗说,不要见师长了,就是两个普通司机而已,没立什么战功。排长乐了,说师长你是见不到的,辎重后勤部队在师部。两人把车开到辎重营,到那里正赶上吃晚饭,伙食不错,有肉有馒头,也没把他们当外人,跟着一起吃了。排长和小兵蹲在地上吃,承宗和启宣也学他们的样子蹲着,一边吃一边问家世。这排长姓赵,山东人,打过孟良崮战役、徐蚌战役、渡江战役。黄启宣想起少尉，嘀咕了一句，山东人追着山东人打。赵排长问他说什么，黄启宣说："其实我们可以去车里坐着吃的。"赵排长说："我坐进去了，战士还蹲着吃，这不对，解放军官兵平等。"黄启宣竖大拇指："从此以后，我都蹲着吃。"

吃饱肚子，赵排长带来了辎重营的战士，给他们两人讲了讲情况，汽车是重要运输工具，师部只有五辆，司机就他们两人，剩下的则是骡马，或靠人驮。赵排长说，打上海，很艰苦，首长有命令不给用炮轰，怕把上海轰烂了，都是我们战士靠人往上冲哪。承宗说这种场面打日本人的时候也有过，不忍心的，一片一片的大活人迎着子弹冲锋。赵排长说，这是战斗任务哪，要解放上海，解放全中国，解放以后老百姓就不会再吃苦了。一边说着话，一边给车加满了油。战士们将军需品一箱箱抬上车，有医疗品，也有弹药，承宗心想这车子要是挨一发子弹就得炸上天去。为了给自己壮胆，还是对赵排长吹嘘了几句：年轻时，在上海，打日本人那年，也被请去开军车，飞机在头上扫射，没怕过——那子弹，每一个都有二踢脚那么大。

当晚睡在车里，两人哪里睡得着，远处隐隐有枪声，近处的骡马也不安静，踢腾着，打着响鼻，轻微地骚动。黄启宣下了车，过来敲承宗的车门，让一起溜达一圈，但站岗的士兵不让他们乱跑。两人只得坐在汽车踏板上，低头一看，车底下睡着几个战士，是辎重营派来押车的，都睡得很沉。承宗说，老兵了，都不怕，能睡则睡。黄启宣问接下来会怎么样，承宗也难以讲清，他还记得一些打仗的事情，炮火震动，硝烟气味，军号声，战死和负伤的士兵，这些都会再经历一遍。"你要去看阿桃，应该打完仗再去看,"承宗说,"这是军车,你想开着军车带阿桃兜风,蛮难的。"

"你真以为我要去看阿桃吗?"启宣说,"我是找个借口。"

"那你想干什么?"

黄启宣回答:"我就是想干点什么。"承宗不解。黄启宣说:"要不然,我就带着点钱回吴里,继续开长途汽车。"承宗还是不解。黄启宣说:"再讲下去就没意思了。我比你大一岁,人生过半,你每况愈上,我每况愈下,样样事情做不到头,回到袁塘镇,黄家的人笑我是败家子,后来笑我是汉奸,最后笑我是车夫。现在共产党来了,我没啥其他念头,做点事情,风光一点回去,显得活出了名堂。"

"我懂了,"承宗说,"此战功劳统统归你就是。"

黄启宣很高兴,回到自己车里,承宗也不知道他有没有睡着,这一夜迷迷糊糊,天快亮时听到外面窸窣的动静,睁眼一看,部队动了起来。他连忙下车问情况,辎重营的战士让他继续休息,说目前开拔的是战斗部队。天边一缕微白,他爬上车斗向远处看,成千上万的人马正沿着道路向着东边行军。他想自己这半辈子也不是每况愈上,实际上,每次都和吃了败仗的军队在一起,说得迷信一点,简直是跟谁谁晦气,这一次他终于看到胜利的气象了。

上海一战,最初是阵地攻坚战,到五月中旬时,解放军部队攻入城市区,实施穿插战术,战线顿时混乱,有时都分不太清敌我。承宗和启宣开着卡车往返运过弹药,运过伤员,运过医疗品，也见到了大路上排着长队缓慢行走的战俘。汤恩伯声称可守上海半年，实际上，半个月后阵线即趋于崩溃。承宗想念爱玲，本来打算回一趟吴里，也就几十公里路，但战事紧迫脱不开身，他甚至讲不清是战斗任务还是工作任务，只能托人带了封信回去，报了个平安，总之没有渡海，又回来了。

部队很珍惜这些汽车，团政委说干了这么多年革命，终于看见自己的队伍有装备了。团长参加过百团大战，有一次说起，当年日本人造炮楼子就是欺负八路军没有炮，打仗本该挖战壕，日本人却把工事往高处造，那东西戳在平原上一炮就能轰掉，但我们得靠人扛着炸药上去，冲杀一个炮楼，得牺牲好多人。因为这个原因，他们的汽车没靠近过前线，车头上挂着红旗，跑后勤线时经常有战士向他们挥手，显得很高兴。有一天师长也来看他们的车，问他们开得怎么样，车子能开快吗。承宗让黄启宣回答，黄启宣说能开快但不敢开太快，我们的战士都是农家子弟，所有人都知道躲开庄稼，有个别人不知道给汽车让路。

部队给这两人发了旧军装，摘了领章，以示是志愿者的身份，又按部队规定剃了光头，倒也爽利。承宗头发少，这一剃，自此就喜欢上了光头，觉得以前非要像小开那样弄个发型，十分烦人，还耽误时间。在战场上跑运输，谁又在乎头发是不是光顺。衣服领子要洗干净，固然是军容仪表，但真打仗的时候也没人管这个。

跑了一个星期后，承宗那辆车坏了，停在路边，战士们把车拖回了辎重营，说缴获了无数装备，但分到他们师里，只有战车没有汽车，这辆卡车功高，还得指望它继续跑运输。承宗告诉他们，上海能修车的师傅很多，解放以后，请人来看看就行，这种雪佛兰不难修，还能用的。他也习惯说"解放"这两个字了。战斗已经快要结束，既已无车，他想是不是能告辞回吴里，哪怕走回去也行。黄启宣反对，说无论如何不能扔下他一个人，他们如今不是格里了，而是战友。承宗说，那你找辆车给我开。又隔了一夜，两拨人同时来找他们。一是辎重营的战士，在闵行找到了一家工厂的师傅，说是会修卡车，一问之下才知道这就是当年的顺昌机器厂，承宗学会开车的地方，现在叫作通用机器厂。厂里的工人接受了地下党的宣传，解放军一到就开了厂门欢迎，军队很得民心，承宗觉得没跟错人。第二拨是赵排长，拉着承宗和启宣去看两辆敞篷吉普车，说要开进城执行紧急任务，带上一个侦察班的战士。赵排长不认识路，把地址报出来，是一家银行，又翻开地图，黄启宣说："不用看了，跟我走，我以前就住那里。"赵连长拍他肩膀："任务派下来，我就想到了你们。"

两人不但是司机，还成了向导。赵排长已经升任赵连长，黄启宣恭喜他升官，赵连长说："我们连长牺牲了。"承宗说打仗没有恭喜升官的，让黄启宣好好驾驶，既往都是他跟在后面，此战他得打前阵，这是他最爱开的敞篷车。

他们的出发地在城市南侧驻地，往前走不多久就看见了徐家汇的教堂尖顶。过一道关卡时，车子停了一下，驻守的士官过来与赵连长讲话，说再往前分不清是谁的地界，打乱了，既有我军，也有敌军，不要被打冷枪，也不要被自己人误伤了。两辆车上连司机在内一共十个人，赵连长就近拿了两顶钢盔，扣在承宗和启宣头上,然后跳上前车副驾。黄启宣摘下钢盔看了看,这是国民党的盔,嘀咕说这一队人马开出去,真是谁见了都会朝他们放枪。"我们是去打仗吗?"他忍不住问,"就我们这几个人?"

"车上告诉你。"

"去打仗我也认了。"

黄启宣发动汽车,承宗跟在后面,赵连长讲的话他没听到。车上的战士告诉他两件事,一是突入上海时,我军有部队伪装成国民党军实施穿插,在城市攻防战中占得先机,二是此行任务紧迫,位于浦西城区的农民银行内部有地下党送来情报,需要尽快占领此地,至于银行里有什么,战士也不清楚,想必是钱。承宗了然,说一定是金条银元,早半年就听说运走了一船又一船,没给咱留点。说起农民银行,他也熟,当年的日本台湾银行就是被农民银行所接管。大街无人,黄启宣的车子在前面开得飞快,承宗拉开车距,跟在后面,又向战士们解释,这一带路窄,不能跟太紧,万一前车遇到敌情减速,后车来不及反应就撞上去了,行话叫"香屁股"。战士们说,老路,车开得很稳。承宗说你们不知道,我给有钱老板也开过车,稳稳的,我是有名气的。想继续吹嘘,忽然听到一阵枪响,子弹不知道从哪里打过来,也不知道打到了哪里。黄启宣的前车猛然左转,甩了个尾巴,发出一阵尖啸,赵连长半个身体挂在了外面。后车的战士们喝彩:好车技,神龙摆尾。这一手承宗不会,对战士们说:老黄以前开的都是好车,同志们,抓稳了。车子左转时他感觉两个右轮都已经离地,那子弹跟在后面兵兵乓乓像有人把鞭炮到处乱甩。车上的人伏低身体,承宗歪过身子开车,喊道,飞机扫射我都遇到过,还击呀,战友们。战士们说没啥可还击的,任务要紧,咱们侦察连的战士不跟打冷枪的斗气。黄启宣的前车右转,开进了另一条街,把承宗甩开了大约五十米,他说这个混账开车真快啊,以前跟在我屁股后面慢慢吞吞,都是装的。

没过十分钟,农民银行到了,这条街上也是静悄悄的,显然没有军队,黄启宣车未停好,赵连长已经端着卡宾枪带人冲上台阶,银行大门紧闭,忽然打开了一条缝,里面有人接应他们。承宗后车跟到,两名战士持枪在门口守卫,另外两个人也进去,战术娴熟不愧是侦察连。不过,车子该怎么停,他们好像也没经验。承宗把车调了个头停好,他也不知道这么做对不对,反正从哪儿来回哪儿去。他下了车,见黄启宣没有动静,以为他挨了枪子儿,连忙走过去察看,只见他瘫坐在驾驶座上,双手垂着,眼睛直瞪瞪看着前方,钢盔早就不知道落到什么地方去了。承宗推了他一把,说:"老黄,你这辈子赢了我一次。"黄启宣忽然跳起来,用吴里话大喊两声:杀念! 杀念! 然后哈哈大笑下车,跑到墙根撒尿去了。守门的战士问承宗,他喊什么来着,承宗说,杀念,就是过足瘾的意思,这个赤佬开快车过瘾。

银行里没有传来枪声,也无打斗,过了一会儿赵连长带着一名职员模样的人出来,有那么一点沮丧,说是来晚了一步,就在天亮前,银行的头头带着兵过来,把库存的金条全部转移走了,有一千二百两黄金呢,可惜可惜。赵连长说,按照部署,此处已被接管,现在由他们驻守在这里,银行里还有钱钞,需防败兵和地痞趁火打劫。黄启宣撒完尿跑回来。"黄金啊,将来国家用得上的,"他骂了一句,"害我老黄寸功未立,白跑一趟。"

车子停在路边,他们进到银行里,那职员就是传情报的地下党员,互相介绍了一下,又握手。空荡荡的银行里还剩三五个职员,也都是自己人,泡了茶,派香烟给他们。战士们不抽烟,两个司机到此终于放松下来,点上了烟猛抽几口。黄启宣说:"同志们,按规矩,让司机冒着子弹赶路,是要送一包香烟的。"众人大笑,抽屉打开,发给他们一人一包哈德门。

这天下午时,枪声在外面响了几下,随后有解放军部队通过街道,看来这一片的残敌已经肃清。承宗站在二楼,扒到窗户前远望,忽然发现黄启宣在街上,叼着香烟,穿过马路,正往西南角走。稍不注意他就能溜,承宗连忙下楼追过去,黄启宣已经走出很远。承宗喊了一声,黄启宣没听见,倒把赵连长喊了过来。赵连长让他不要乱跑,周围可能还有敌情,承宗指指前方黄启宣的背影。赵连长也很纳闷,后来想起,黄启宣在本地待过。"那也不能去走亲访友啊,太没有纪律了。"几个人往前追他,跑了好一段路,拐过一条街,看黄启宣鬼头鬼脑,正要往一条里弄钻,赵连长喝了一声:"老黄!"黄启宣吓一跳,连忙站住。

"想在侦察兵眼皮底下逃走吗?"

"非也,"黄启宣伸头看看里弄,那里也有几个脑袋贴在窗玻璃上朝他看,"我是来探访一个老朋友,半年不见,不知道她好不好。"

那还能有谁,当然是阿桃。赶过来的路上,承宗已经把阿桃的事讲给赵连长听,赵连长一个军人,如何愿意懂这种儿女情长,很不耐烦招呼黄启宣快走。黄启宣瞪大眼睛反问:"难道我看看朋友都不行吗？"

"首长有命令，任何人不得进入民宅，以免引起误会。"赵连长说，"你虽然是司机，也是部队上的人，要守纪律。走吧。"

"她丈夫在家，你现在带着兵进去，岂不吓死她丈夫？也可能把你打一顿，交给宪兵。"承宗劝道。

"我怎么会进去？我只想远远地站到她家近前看一眼。"黄启宣长叹一声，"不看了，走。"

抓住了黄启宣，承宗继续埋汰：我看你这本意不是去探望阿桃，是想把阿桃勾出来，坐上你的敞篷吉普车，你也不想想，你开着解放军的吉普车，上面载着个女人，在上海兜风，有多败坏军誉，部队的脸都会被你丢光。黄启宣大为光火，甩开膀子，走回到弄堂口，喊了一声："阿桃，我走了，事情全都办好，再来看你。"他转身来到承宗和赵连长身边，又叹了口气，"这一世的事情，什么时候能全办完？"

一行人走出去几步，承宗忽然拍黄启宣肩膀，指着街对面，这回真遇到熟人了，但不是阿桃，而是阿陆。阿陆高大，十分好认，与他们同向而行，缩着脖子步伐很快。黄启宣刚刚还有点伤怀，这时见了仇人，又高兴又气愤，大喊一声："阿陆！"阿陆扭头看过来。黄启宣说："阿陆，请你吃香烟。"他往街对面走，阿陆慌了，往地上吐了口唾沫，转身就跑。黄启宣更高兴，拔脚在后面追。赵连长不明所以，承宗只得再介绍说："那个人以前打过老黄，是个恶霸司机。"只听黄启宣大喊："阿陆，阿陆，东家把你扔在上海了，是不是？"阿陆逃得更快，喊道："东家走了，我守房子。阿黄你不要追我。"黄启宣吓唬道："你打过我，现在我带兵来找你了。"阿陆忽然转身，手里多了一把小手枪，朝黄启宣打了一枪，黄启宣一跤摔倒，那子弹嗖地飞过赵连长的耳朵边，击中一棵树。阿陆继续逃。赵连长久经战阵也吓了一跳，骂道："这恶霸，几乎打中老子。"身边的战士已经端枪追了上去。

阿陆狂奔一里地，前头也有解放军部队，没奈何往一间临街的库房逃过去，开了锁往里一钻，正打算关门，赵连长带兵追了过来，阿陆朝着他们又打了两枪，这下真成了敌军。黄启宣本来不敢再追，见赵连长带兵在前，再次爬起身跟上。承宗埋怨道："你去惹阿陆干什么，这是个浑人。"黄启宣说："浑人有什么了不起，我更浑，我偏要惹他。"跑近前一看，阿陆已经钻进了黑漆漆的库房深处，赵连长带人跟上去，据在门口，近处的解放军也赶了过来，问里面有多少人，赵连长说："听枪声只有一个人。"谁也不想在这种时候被小手枪打中，那未免太晦气，有战士从腰里掏出手榴弹，打算冲上前扔一个进去，黄启宣连忙拦住："这是茂友车行的库房，里面有汽油桶，炸了不得了。"阿陆又朝外面打了一枪。

"阿陆，阿陆，你怎么会有枪？"黄启宣骂道，"你要死啊，朝解放军开枪。"

"东家给我的。"阿陆在里面闷声闷气回答。

"东家要死啊，不给你钞票，给你枪。"

"东家说共匪……"

这下连战士们都摇头，这个家伙在胡说什么。赵连长问黄启宣，里面到底什么情况。黄启宣又解释了一下，纠正了承宗的说法，阿陆不是恶霸司机，只是脑子糊涂，对东家十分忠心，至于这库房,只有前门,后无通路,东家怕人盗窃,连窗都统统封死了,阿陆逃不掉,不过我们也没法抄他的后路。战士们说,确实有几个穿便衣的,也不是兵,是地头上管保安的,拿了小手枪冲出来抗拒,统统被打死了。黄启宣又朝里面喊:"阿陆,听到了吗,抗拒的统统被打死了,你快点投降,你子弹不够用的。"

"我还有一粒子弹,你过来我就打死你。"阿陆说,"东家的库房,你不许进来。"

"东家在库房里藏了什么黄金钞票?"

"没有黄金钞票,什么都没有。"

两人喊来喊去,没个落场。赵连长也没了耐心,说就这么一个小喽啰,居然挡住我军精锐部队,太可气了。黄启宣往前跑了几步,缩到一根柱子后面,那里已经有一名战士,他抱着这战士的腰,伸出头去,又喊道:"阿陆快投降,把枪扔出来,再不投降我就进来了。"一声枪响,子弹打在柱子上,黄启宣很高兴:"阿陆,子弹打光了吗?"

"打光了。"阿陆说,"你来抓我吧。"

黄启宣打算进去,那战士扯了他一把,说这种话你也信吗。黄启宣说,这浑人不会骗人,脑子是直的,骂我们共匪也是东家教的,不是他自己要这么说。他移步到墙边,觉得脸被什么东西轻轻碰了一下,一摸是根电灯开关线,他拉了一下,库房里顿时亮起来,只见阿陆靠坐在一个油桶边,脸上糊着泪水汗水和油污,右手拿着他的小手枪,仿佛瘫在了那里。黄启宣笑了起来:"阿陆,要不是我劝住,你就死了。"阿陆抬手朝他打了一枪,吧嗒一声,是空枪。"真的打光了,阿黄,不骗你。"靠前的战士们一跃而上擒住了阿陆。

"你为什么还在上海?"黄启宣冲到阿陆面前问,"东家逃了吧?"

"东家走了。东家让我看住房子,看住汽车。"

"东家不会再回来了,你看住它们有个屁用,你还朝解放军打枪。"

"东家会回来的。"阿陆朝黄启宣吐了口唾沫,"你不许碰东家的东西,阿黄!"

灯光照着库房里的一排车,全都用黑布盖着,赵连长带人进来,扯了一把,露出一辆白色敞篷车。"这车竟然没有运走。"黄启宣和承宗感到惊讶,上前把布都扯下,蓝色的,红色的,黑色的,豪华轿车一辆一辆出现在他们眼前,擦得干干净净,部分全新,皆如硕大的珠宝熠熠闪光,一共七辆。战士们也看呆,发出啧啧的赞叹声。目睹这些车,尤其是白色敞篷,黄启宣心头翻涌,他载过的阿桃,他被打花的脸,现在他居然把这货色缴获在手。"这是世界上最漂亮的汽车。"他介绍道。赵连长伸手摸了摸敞篷车的反光镜,说:"我的天,幸亏没扔手榴弹进来。"身后阿陆大喊一声:"不许碰东家的车。"阿陆仿佛又攒齐了力气,甩开押他的战士,向赵连长扑过来。赵连长是懂武功的,矮了一下身体,扛住阿陆,顺势把他扔进了敞篷车里。

阿陆就这样被押走了。黄启宣和路承宗,功劳很大,他们带着部队缴获了七辆豪华汽车。这件事赵连长答应给他们记在功劳簿上,不过到了晚上,团政委又告诉这两人:汽车属于私产,不能充公,再说部队只管缴获武器装备,不管缴获"世界上最漂亮的汽车"。黄启宣很是不解，难道阿陆朝他们打的枪，是白打的吗？团政委又解释了一下军纪，说这些车是有主人的，主人逃了，以后怎么处置不是战斗部队该过问的。"如果主人再也不回来呢？"黄启宣问，"我猜他们不会回来的。"

"车主人不回来，那就是你保全了这些车。"团政委一挥手，"不然一通乱打，车子报废，很可惜。"

"我懂了，总之不是我缴获的。"

上海在一九四九年五月末解放，距两人离开吴里，已经一个月有余。历史记载着一幕著名的场景：当上海市民早晨醒来时，成百上千的士兵，整整齐齐睡在潮湿的街沿上，军纪严明，秋毫无犯。路承宗和黄启宣，倒没有睡马路，睡的是卡车驾驶室，一觉醒来，听说胜利了。市民们纷纷上街，交通恢复，店铺开张。承宗对黄启宣说，现在你可以去看看阿桃了，老黄意兴阑珊，叼着烟不说话。承宗继续揶揄，阿桃的糕团你不想再尝尝吗。老黄铁青着脸说，那是她丈夫做的糕团。承宗听了亦感无趣。黄启宣说："不过如此罢了，还是回吴里去吧。"承宗说："我想回去了，你倒先开口了。"

恰好部队上有一支车队要西行，途经吴里，两人趁此机会到师部告辞，军干部给了他们各一封介绍信，敲上图章，让回到吴里给当地军管会看。承宗问这介绍信有什么用，军干部说，领军饷，安排工作。军饷不是大洋，不是金圆券，是中国人民银行的新币，人民券。承宗笑了，说我们是有工作的人，吴里长途汽车公司的司机，没骗你们，不是投诚的兵。军干部评价道，于解放上海有功劳，可耕可战，是好样的。又叮嘱道，今后好好工作，一路顺风。两人收拾了一下东西，赶到车队，这一路上没见着赵连长，也就这么散了。上了车，黄启宣说忘记了一件事，想给阿陆求个情，朝解放军开了枪，但没有伤人，不要枪毙他。承宗倒有点意外，说你现在气量变大了，当初阿陆毒打你一顿，你只恨不能报仇。黄启宣说，哪有那么多仇可报，逃得过报应都不错了，求情算是积德。承宗说，你求不了这个情，估计不会太为难阿陆吧，那么多国民党兵都朝解放军开了枪，几万战俘呢，怎么可能都枪毙。

车队从上海西郊出发，很快就到青浦，承宗和启宣这次没有开车，做了一回乘客。其时青浦、松江、奉贤等地仍属江苏辖区，一路过去看到田地里有不少碉堡工事，都是国民党军防守上海所用，黑沉沉的，有方有圆很是不祥，如今废弃，此后年代也不会派到用场了。两人感叹，走到这一步算不算衣锦荣归，出来时穿的是旧工作服，现在穿的是半新的军装，虽然没有领章，看上去还是很像那么回事，走在吴里的大街上，可想而知会引人注目。他们甚至可以找到那个送邮包的阿昌，嘲笑他临阵脱逃——等一下，阿昌逃离的是国民党军队，如果阿昌不逃，现在可能已经渡海再也回不来了，而他俩逃得及时，在最恰当的时候好巧不巧就加入了革命军队。黄启宣说，人的命不是自己选的，都是天意。承宗摇头不同意，倘若不是他当年认识了柳队长，后来认识了许先生，又怎么可能加入到解放军队伍里，这是他自己选的。黄启宣说，你不懂，人的命和国运一样，不巧了都不好，花多大力气都扭转不回来，巧了就像现在这样。承宗笑了，说你也不要想那么多，你回去仍然是开长途汽车，我也是，阿昌仍然是送邮包，实际没多少变化。"倒是阿陆，"承宗又追了一句，"你要是不拦住赵连长，他就死了。"

"未必，"黄启宣摇头，惋惜道，"倘若我不喊他那一声，他揣着小手枪回洋房去，也不会随随便便朝解放军开枪，很可能什么事都没有，以后还找个地方开汽车。"

"如果他开枪，他还是会死。"

"我也吃不准，他会不会动那把枪。"

"老话说，什么样的人做什么样的事。"

"我家老头子在世时说，做什么样的事，就会变成什么样的人。所以他爱做善事。你说到底哪些话是对的？"

"都对。"

车队途经袁塘镇时停了一下，稍作休整。黄启宣跳了下去。

解放袁塘镇时没发生战斗，部队直开过去，镇上的国民党官员和财主们皆逃得无影无踪，有一个开明绅士出来主持局面，不过军管会很快就行使权力，开明绅士也被请去接受审查了。至于黄氏家族，抗战开始后即一落千丈，黄大老爷管家事有一套，独不擅长做生意，到一九四九年初，也就是黄老太爷去世后十二年零五个月，黄大老爷没有离开，他手头只剩一家卖豆干的店铺，乡下还有几亩田，其余兄弟分散各处，有在城里开小店铺的，也有跑船运的。大老爷的两个儿子，也就是现今的大少爷二少爷，在北京读了大学以后不再回来。那二老爷和三老爷，已经亡故多年，另有一个阿姐和一个六哥，也都年纪轻轻病故。兄弟七零八落，产业十不存一，只是那镇口的万年桥仍在，卡车可以过桥,但过桥时人们并不知道这是黄老太爷当年的善举,而黄启宣也懒得再说半句。

这也是十三年后承宗和启宣首次同游袁塘镇,街上没什么人,市面不好。此地衰落非一朝一夕之事,最大的原因是日军当年劫掠,汪伪时期鸦片泛滥,正常的生意都做不起来,其次原因是抗战结束后交通日益顺畅,铁路与公路无阻,袁塘镇失去了赴上海的中转码头的地位。最后一个原因,黄启宣说出口,也不知道对不对:这镇上的乡绅财主们,到黄大老爷这一代,都是既精且愚的那种人,他们自己好不了,也不想让别人好起来。经过黄氏老宅,见墙内屋顶失修,大门紧闭,门口堆着垃圾,黄启宣又说,当年老头活着的时候,大门前后两百步都扫得干干净净,岂能容得下这种场面。

车队约定半小时后出发,黄启宣往镇上走,承宗跟着。街上的人并不认得他们,那两身军装醒目,惹人远观而不敢近前。走到黄家的豆干店门口,黄启宣本来只是遛过去张望一眼,只见黄大老爷跨出店门,打了个哈欠,睁眼看见他俩。他到底还是认得自己兄弟,急速打量了一下他俩的衣着行头,脸一板又回到了店里。"他居然还翘着屁股对我。"黄启宣跟了进去。

黄家一百年前靠做豆腐和豆干起家,已经没几个人记得。他家大大小小的生意,绸缎,石材,粮食,运输,到黄老太爷这辈,豆干店本来不必再经营,但老太爷说做人不能忘本,他活着的时候太会讲道理,没人讲得过他,这店和作坊就留了下来。若干年后,像是开了个玩笑,黄家的生意又退回到了这里,乡下还有些地,种的也是豆子。黄启宣一踏进门,又露出嘲讽的神色，这是他惯常的表情，黄大老爷连看都不看他，但也没往作坊里面躲，拉了一张凳子过来坐下。这店也萧条，卖的是香豆干，别的没有，掌柜和伙计不知道去了哪儿，或者连这些人都辞了。"生意做得不错。"黄启宣说。

"不要嘲笑我，家业在我手里做剩了这么点，是我没本事，但若交到你大人手里，恐怕灰都不剩一粒。"黄大老爷笑笑，"你投军了？"

"开开长途汽车，做个司机，没有家产，凭本事吃饭，穿的是军装，实际不是军人。"黄启宣说，"我并没有嘲笑你。世道乱，能剩这么点家业，已经不容易了。不过照我的看法，就算这点都嫌多了，以后你会懂的。你也不要笑我，这份家业成了灰也到不了我手里。我庶出的小儿子，从来没有这份想法。"

"是的，你做过汉奸，没死也算是你命大了。"

黄大老爷从柜台上拿过水烟筒，塞进烟丝，用火柴点上，吸了几口，发出咕噜咕噜的声音。黄启宣也搬了张凳子过来，点了根烟，坐在他面前，两兄弟面对面，承宗坐在门槛上听这两人说话，心想他们是不是会和好，毕竟十几年过去，当初大大小小那群兄弟都不在了，只剩他俩。人的一生就是这样，热闹的时候各各不服，等到凄凉的时候，又得把说过的狠话统统吃回去。"世道已经不同于过去了。"黄启宣慢慢地讲着自己的经历，大老爷一句话都没接，吸着水烟，忽然一根铜签掉在了地上，他也不捡。黄启宣止住话头，说："我找你是要说一件事，原先没想过，进了门才想到。"

黄大老爷仍然不接话。

"我改姓回黄,当初在族谱里把我的名字划掉,现在我要加回去。"

黄启宣叼着烟看着他大哥,能在旁边撺掇的人已经全消失了,现在就是这位大老爷做决定,当初决定把黄启宣的名字除掉的也是他,经他之手再回到族谱中,看起来是黄启宣决定做一件狠事。"随便,"黄大老爷很无所谓,眼睛看着房梁,"族谱就在家里,也没啥用了,废纸一样,你想要,我就把你的名字加上去。"

"这么容易吗?"

"随便。"黄大老爷又说了一遍,"根本无所谓了。"

"我有个养子,名字也要加上去。"黄启宣继续试探,生恐他大哥反悔,或是拿他开玩笑。

"都可以。"

"他叫……"黄启宣想了想,"你儿子叫黄国盛,我的儿子就叫黄国强吧。"

"蛮好,国家强盛,蛮好。"黄大老爷的语气,对这些事根本不关心,仿佛黄启宣的名字是不小心划掉的,又随随便便可以加回去。这态度教人疑惑,但是也挑不出毛病。

"你怕我,是不是? 你恨我,怕我,但是不敢顶撞我,因为我穿了这身衣服。"黄启宣问。

"我不恨你,也不怕你。"

"我们是兄弟。我既没发财也没掌权,过来看看你,何必做出我压你一头的样子?"

"你就说你是我爹,我也认。"

这就彻底堵住了黄启宣的话头,他站了起来。远处传来一连串汽车喇叭声,车队要出发了。他拍了拍承宗后背,低声说自己再抽根烟就过去,承宗会意,往车队那边走,告知他们再等片刻。车队就停在万年桥下,镇上的大人小孩正围拢在一个不太远的地方,看车,看士兵,看他们肩上的武器。这些人仍然像很多年前一样,对着汽车喊汽车,仿佛汽车是个活物。趁这工夫,承宗站到了那棵榆树下,就是当年黄启宣把二祥一家伙撞飞出去又弹回来的树,这些年来,但凡能回一趟袁塘镇,他都会看看它,拍拍树干。他想二祥要是活着看到他今天的样子应该很高兴,二祥也会为黄启宣高兴,甚至黄老太爷要是活着,也会高兴,他的倒霉小儿子成了一个见过世面、立过战功的人。但是这个黄大老爷似乎怎么也高兴不起来,这也没办法。离他最近的司机从驾驶室探出头来,问他在看什么发呆。承宗说,没什么,想想以前的事,挺难过,时间久了也不怎么难过了。

过了一会儿,街道那边小跑来一条人影,那是黄启宣,他还背着个什么东西,近前一看是块挺大的木牌,承宗歪过头去,读到那牌子上四个大字,黄氏祠堂。"你把你家的匾给搬走了?"

"祠堂都没了,这东西就扔在豆干店的角落里,我一眼看到,必定要带走,老大二话没说,挥挥手就给我了。你说奇怪不奇怪。"黄启宣喘了口气说,"他好像什么都不想要了。"

"我觉得你把整个黄家都背在身上了,这东西带回吴里挂在哪儿?"

"朋友,你只懂汽车,不懂木头,跟你讲也白讲。"

把这块匾搬上车,车队出发,前方就是吴里了。尽管黄启宣未予说明到底是什么木材,承宗听他的话头也能猜出,是个结实的东西,用来做长条形的桌面不错。接着,黄启宣一拍大腿说,忘记去树下磕头了。车已经开出去挺远,承宗说算了吧,你名字回到了族谱里,倒不如去给你亲爹磕个头,这么多年没去上过坟吧。"是的,我做翻译官时不敢去,做司机时没脸去,现在穿了军装,我怕吓到老头。"黄启宣说,"我应该去烧烧纸了,我亲娘也在那儿埋着呢。"

"你这么高兴,算是扬眉吐气了吗?"承宗问。

"非也,我高兴是因为明白了一件事,我家这位大老倌,是天生恨我讨厌我,并不是因为我没出息、乱撒钱、投靠鬼子,都不是。就算我好好做人,他还是恨我。一想到这里,我就开心了。从前如果我做了好人,那我就白做了好人,不知道有多冤屈。现在这样,我和他就算扯平了。"黄启宣哈哈大笑,仿佛真的高兴,或者不是高兴,而是好笑。"我临走前叮嘱他,把乡下的田卖卖掉,或者送送掉。这是我真的为他好。他搞不清为什么,我说我知道,政委告诉我了,城里保护私产,乡下要分土地,刻不容缓,马上就要分。可这大老倌一懂不懂,他把家业搞剩一家豆干店,仍然是个抱残守缺的乡下财主。他说如果没有田就没有豆子,如果没有豆子就没有豆干店。我说世道变了,世道变了,他说世道变了就去种田。"黄启宣说到这里用手指敲敲自己的脑门,"他大概忘记了,他根本不会种田。"

"你到底想讲什么?"

"世道变了。"黄启宣又说了一遍,"政委说的,穷人翻身了。"

吴里是一夜之间解放的,周爱玲住在废太子基,深夜里零星的枪声传来,她让路志民不要乱跑,又去隔壁房间看了看小孩,奶妈十分担忧,说自己家在乡下,不知道怎么样了。周爱玲也惶惶然,只说没有炮声,听上去不会有大麻烦。她坐在家里抽烟,心想路承宗是不是还能回来,等到翌日天明,解放军部队从大路上唰唰地经过,她想这下没个主张,三十多岁要守活寡了。这也不是第一次了,但这次老路和黄启宣待在一起,搞不好被这混账坑死。

部队一到,安民告示贴在街上,宣传单发进家里,没几天,纺织厂开工了,学校照旧上课,这说明市面已经恢复,然而汽车公司停运了,遇到公司职员,告诉她已经遣散,车全没了,许先生一家也都不见了。有人说她其实是共产党,现在去北京了,会当大官。周爱玲想,许先生年轻时就是个进步女性,但她为什么差我男人跟着国民党走呢。这件事想不通。养小孩的钱没再继续发下来,看他长到差不多六个月,可以断奶了,她辞了奶妈,把那间房也退了,再看看路志民也十二岁了,可以帮着带小孩,至于生计问题,她也不知道该怎么办。有人说许先生会回来,不论哪朝哪代,衣食住行四件事,长途汽车公司总得办下去,她想实在不行就去那边顶替男人,做个卖票员吧。

五月中,终于收到了男人的信,她欣喜若狂,但回信不知往哪处寄。信上说黄启宣和他一起投奔了解放军,正在上海跑战地运输。她很想取笑一句:老路,你出身虽然低,这三十多年没投错人,回回都中,这黄启宣如今也沾了你的光,看上去赌对了人。又等了几天，听说上海解放了，心里仍然担忧，男人不要挨了流弹或是踩了地雷。这一天她坐在客堂里，怀抱小孩，听到门外一阵吵嚷，两个男人熟悉的声音，他们经常吵。她走出去，看到老路和老黄各自剃着光头，穿解放军的衣服，拽着一块很大的木板，正在抢夺。她很是高兴，抬手往这两人身上乱打，问他们为什么闹，老路说：汽车开到路口放我们下来，我背着这块木板到家门口，黄启宣一定要抢着背在身上。老黄说：我寻思让你背着木板，我会被你老婆骂。老路说：那你就应该自己背回来。老黄说：我急着想回来看看小孩。两人继续扯着，还在发笑。爱玲说："不要穷开心了，你们两个都失业了，去码头背包吧。"说完哈哈大笑，把怀里的小孩送到他们面前看，一个月过去，他胖了，只是还没取个名字，目前叫小囡。黄启宣说："现在他叫黄国强。"

"好的，就叫路国强。"爱玲说。

小孩有了名字以后，就不能送出手了。那时她觉得自己还年富力强，多养一个男孩也不过如此。她要是猜到后面还会再领三个，大概就不会考虑领第二个了。这天他们聚在一起吃晚饭，她说到一件事：就在他们离开吴里的第二天，半条龙来了一趟，说是想看看这个男孩，那意思当然是要领养。

"半条龙结过婚，有一个儿子，他要再领一个做什么？"黄启宣说。

"他是想给承玉找一个过房儿子吧，从我们手里领去，也合情合理，只是承玉未必领情。"承宗摇摇头，"毕竟我们弄丢了鸣凤。"

377

爱玲闷头吃饭，承宗追问，后来怎么样了。爱玲说："我讨厌半条龙，不想把小孩交到你妹妹手里，我也不好做主，就让他走了。"

"你做得对。"两个男人都点头。

"前几天，半条龙被军管会抓了起来。"爱玲说，"城里的恶霸、流氓、吃白相饭的人，没逃走的统统逮进去了，也不知道会怎么样。"

"以半条龙的成就怕是没有好落场。"黄启宣一副了然的样子。

"捉起来敲点钱放他们出来，也是有的。"

"不大可能。"承宗说，"政委说过，听说过政委吗，政委说新中国要成立，今后没有这些人。"

这天吃完饭，爱玲让他们去浴室洗澡，一是卫生，二是去掉战场上的杀气，又拿出干净衣服让他们换。承宗说他们身上的旧军装断不能像以前那样一把火烧掉，必须得洗干净，最好浆一下，出去和干部同志打交道比较方便，一看就是自己人。爱玲让他们把口袋里的钱都掏出来，数了数，装进两个铁盒，并告诉他们，这是家里仅有的存款了，另外米缸里的米也不多了，又添两张大男人的嘴，最好赶紧找到工作。"我们刚从战场上下来，这就要去奔命找饭吃吗？"黄启宣说。

"城里已经没有汽车了，有也轮不到你们开，一打仗，到处都是失业的人，南城门外的野菜都被人挖光了。"爱玲叹气，"汽车多的时候，你们是个宝，没有汽车的时候，你们就是两块废料。"

奚落归奚落，等这两人洗好澡回来，爱玲已经把床铺好，客堂搭了个竹榻，也铺了褥子被子，这是给黄启宣睡的，她知道他没地方去。终于可以伸直了腿睡觉，黄启宣说，别无所求了。临睡前又跑到墙角看了看自家的匾，蹲在前面，凝视良久。爱玲说这木头有点值钱。启宣回神过来，笑笑说："这劳什子相当于我们黄家所有人的牌位，过去值一根金条，一不小心就值堆劈柴的钱。"

因为爱玲半真不假催着，第二天两人跑了一趟军管会，就在南城门里面，他们在进去之前特地到城墙外张望了一眼，果然挖野菜的小孩一个也无，空地上站着蹲着很多人，都是临时找活的，有雇主来，就喊走一个两个。其中有昔日同事，会修机器的，会做钣金的，但没有司机。干司机这活儿不是临时能喊的，也就是说，打临工他们都没资格。到军管会门口恰好看见阿昌骑三轮车载着邮包过来，他是个司机，但已经没汽车了。三人见面打了个招呼，阿昌连忙说："不要讲你们跟着国民党逃的事，也不要讲我。"说完骑着车走了。军管会里面很多人，除了办事的还有来诉讼的，或是检举本地恶霸，或是求寻失散亲人，有士兵在一边维持秩序，排了很长时间的队，轮到他们，拿出介绍信，部队的文书果然管用，接待他们的干部很是热情，让他们过几天来取军饷，至于安排工作的事情，军管会的人也无能为力，城里没有汽车，做勤杂工这两个司机又不情不愿，只说长途汽车公司一定会恢复营业，再等一阵子。

"我想问问半条龙的事情，"承宗说，"就是那个开赌场、管安防的人。"

"叫李义。"黄启宣说出半条龙的真名。

"要镇压。"军管会的干部拿过一摞油印文件,是判决令,顺便招呼年轻干部把这些纸刷到沿街的墙上去。"罪大恶极。"干部问,"是你们什么人?"

黄启宣连忙说:"不是什么人,吃过这家伙的亏。"

何谓镇压,别人听不懂,他们懂。纸上差不多写清楚了半条龙的罪行,开设赌场放高利贷,残害人命,早年贩卖妇女,最为严重的一条是在解放前夕,他带着几个徒弟上街,腰里别着小手枪,扬言要把解放军赶出城去。"一条命不太够赔的。"黄启宣感叹道,"如此滑头的人,混了半辈子,现在终于把自己混跌倒了。"他又翻了几张纸,看到很多熟悉的名字和绰号,什么插翅虎、太湖飞、小该死、六指阎王,都不是什么好东西,都被印在了纸上。两人摇摇头往外走,承宗心里越发沉重,想到承玉,不知道她情况怎样,幸好纸上没她的名字。"老黄,以后不要喊我小白龙了,听上去离死不远。"

两人寻不到工作,溜达到赌场那边,一眼望去,贴了封门令。这条街仍然很繁华,工纠队负责治安,黄包车跑来跑去,饭馆已经开张,大上午的,几间风月楼还静悄悄,黄启宣驻足看了一眼,承宗让他不要探头探脑。黄启宣问:"你现在还搞得清自己是谁吗?"承宗不懂他意思。黄启宣说:"我刚才糊涂了,好像又回到了从前。搞不清自己是谁。算了,还是寻饭碗要紧。"说话间往前走,忽然斜刺里跑过来一个人,一看是宝生。

宝生其时已经二十多岁,汪有光死后,他跟定承玉,后来跟定半条龙,与承宗一家几乎断了往来,只有路志民平时去看看他。赌场封门，不用说，他也丢了饭碗。宝生拉着他俩，哭了出来。"生意没有了。咦，你们为什么剃了光头？"

"宝生。"承宗站定，退开半步，告诫道，"半条龙是咎由自取，你要好好做人，不要被他带进去。这没什么好哭的。"

"你不近人情，"宝生继续哭，"的妹夫捉了进去，的阿妹要守寡，守第二次。"

大街上听到这种话，承宗十分烦闷，甩开宝生往前走，招呼黄启宣不许跟他讲话。黄启宣拉住他，说你这就耿了，最起码问问承玉的情况。宝生说，解放后，半条龙自知不免，带了点钱想往南边逃，刚出门就被军队给带走了，这一走再也没回来，外面的生意统统查封，徒子徒孙散尽，家里也被查抄，搜出了枪支鸦片，还有国民党的文件。承玉见这场面无法收拾，避走到城郊一间小屋里，独自等待消息，差宝生出来打探情况，宝生对新政府一无所知，如何探听得到？倒是探到过去那帮吃白相饭的人，多有被抓。这些抓人的公安，一部分是渡江过来的干部，一部分根本还是过去的警察，知根知底，抓这些地头蛇不会有错。承玉不敢进城，今日宝生在街上晃，看到有人贴告示，一票人都要严惩，其中就有半条龙。"不知回去如何交代，怕她又疯，你这个做哥哥的不管，我好歹是你堂叔，用得着你教育我好好做人？"宝生讲着讲着又哭了出来，拉住黄启宣的袖子诉苦。老黄说不要占我便宜，我怎么成了你侄子了？

承宗决定搭理宝生，三人身上都没钱，也不下馆子，就把他带回了家，一路上讲了点封差和打仗的经历，宝生伸长了舌头说不得了，你们是新政府的人了。承宗吹牛说，我们自有战功，

381

更何况许先生在北京,要当大官。回到废太子基吃中饭,爱玲见到宝生,也问了问他近况,又问半条龙和承玉。为了让宝生多说点,她拿了半瓶酒出来,承宗两杯下肚就醉了,拍桌子大骂,半条龙不过是个地痞流氓,承玉就不该嫁给他,亏他兄弟汪有光还是堂堂汉子,死在日本人手里。黄启宣劝道,算了,毕竟鸣凤弄丢是你家的责任,承玉这脾气,岂肯再听你的话。说完瞅了一眼爱玲。爱玲一言不发,立起身去热菜了。承宗十分沮丧,说我护不住这个阿妹,半条龙死了更好,死了清净。

"我有个请求,"宝生说,"半条龙捉了进去,我也没了饭碗,你们把我搞到汽车公司,让我看大门也好。"

"你没出息,看什么大门?要么就学开汽车。"承宗说。

"我左右不分,坐在汽车里看见马路上横穿一条狗都心慌,我开不了汽车。"

"汽车公司已经没有了,你没看见我和老黄在寻工作吗?"

"你说许先生要当大官。"

"那是骗你的,是我吹牛。你就记得住这些,天天想着飞黄腾达。"承宗继续数落,"当初你贪省力,在赌场混得好,不想寻份正经工作,也不想学一门技能,如今知道苦,不如早点回家种田。"

"的家里穷得乒乓响,哪有田可种?"

"就要分田了!"

宝生猛喝两口酒,饭也不吃,抹泪而去。启宣又打圆场,连劝带埋怨,说:"你这是强人所难,宝生在城里待得久了,小时候就是个脸皮厚手脚懒的人,宁可讨饭不愿种田,如今大了,城里也灯红酒绿的,已经把他养刁,断然回不了乡下。"承宗骂道:"你这刁都可以做工,他为什么不可以?"黄启宣悠然回答:"我读过书,见惯大风大浪,如今是市隐,岂能与讨饭出身的相提并论?"说完也生起气来,连哼三声,放下酒杯,从铁盒里抓了几张钱出去玩了。承宗觉得头晕,回到房间倒头就睡。

这天下午,承宗醒了过来,屋前屋后空荡荡,没有一个人。他的头仍然痛,寻了一圈,猜是爱玲抱着国强出去了,路志民还没放学,客堂饭桌已经收拾干净,穿堂风吹过,五月末还是很凉。他搬了一把藤椅坐到天井里,面对大门坐下,近处不知哪户人家的半导体里播放着一个女人讲话的声音,但听不清讲什么。过了一会儿,暗暗的走廊里那块长方形的门洞亮处有人影晃动,这人跨过高高的门槛走到他眼前,是承玉。

"你要我做的事情,我没有能力做到。"承宗说。他没有站起来。

"我要你做什么?"

"汪有光出事的时候,你怨恨我没有去救他,那时福山大班不在,纵使在,也救不了他的重伤。今天仍是这样,我并不认识军管会的人,许先生也不在。"承宗慢慢地讲着,就像半导体里的声音,"我救不了半条龙,也不想救他。"

"我怨恨你的事情很多。"

他打量承玉,她比之前瘦,眼窝陷下去一层,肩胛骨是尖的,穿着件黑色的布褂子,孤零零站在他面前,起了一阵风,显得更瘦。他当然知道自己妹妹为什么会变成这样,他可以说这都是她自己选的路,但这里面也有他的错,因为事情桩桩件件缠绕在一起，几年不说话不见面，再要讲清对错就很难了。她还没提起鸣凤，如果提起，他立刻无地自容。人是不能这样相面对的，人禁不起这种像拷打一样的提问。

"你老婆呢，黄启宣呢？"承玉抬头看看客堂里，没有人闻声出来，"都不在吗？"

"他们都出去了。"

"我是打算一个人来见你们所有人，没想到是我们一对一说话。"承玉拉长了声音说，"这样也好的。"

她一个人可以让所有人颜面扫地，承宗深知，爱玲沉稳，启宣皮实，在她面前都不是对手。她站在那里身后还有两道鬼魂就是汪有光和鸣凤，对承宗来说，大概还添了他父母的鬼魂，统统在问他，有没有亏待自己阿妹。"不要找他们麻烦了，要找就找我吧。"承宗叹了口气。承玉蹲了下来，蹲在他脚边，拍拍他扶在藤椅把圈上的手背："我是来求你的，如何敢找麻烦？"

"真的没有办法。"

"你认识很多人的，肯定有办法。我就是不想做寡妇，把半条龙捉进去，判十年二十年，我也可以的。你去谈一谈，我的家产和钞票交出去，送他到白洋去开石头。留条命不好吗？"

"半条龙做过的坏事一件件都在桌上摊着，瞒也瞒不掉。多少受害的人在告发他，你心里有数。我既没有本事救他，也要多劝你一句，不要再多想了，此事没有株连到你已经是万幸。"承宗讲着讲着，声音大了起来，"他是要被镇压的人，我当初就应该劝住你，不要嫁给他。"

"他对我蛮好的，你们这对夫妻在私下说他会坑我，我知道的。但他对我蛮好，你想不到吧？"

"纵使对你好，我讲的也不是这件事。是他走到今天必死无疑，我也没有办法。"

"汪有光死，你没有办法，半条龙死，你也没有办法。"承玉站了起来，"那你把鸣凤还给我吧。"

鸣凤这两个字出口就像她亮出刀子在挖自己的心，承宗一闭眼睛，他想这几年来他和爱玲已经不再相互说到鸣凤的名字，他们回避谈论这件事，尽力托人寻访，在汽车上贴寻人告示，求神拜佛，皆无下落。其实他心知肚明：即使寻回了鸣凤，焉知她是怎么个样子？桩桩罪责，他夫妻逃不过。"你要是想讲鸣凤，你就讲吧，"承宗说，"我都听着。"

"鸣凤已经没有什么好讲了，如果我杀心起来，就把你的小孩带走。但是有什么用？你的小孩都不是自己的。你就受着吧。"承玉说完往外走。承宗觉得她是在咒自己，再睁眼看到她的身影已经隐没在黑暗的走廊里，连脚步声都没有，接着在门洞口晃了一下。承宗竟然有点害怕，似乎找他的不是承玉，而是一道怨恨的影子。他拍了一下额头，让自己醒一醒，然后追了上去。承玉已经走到街上，他喊了她一声。

"如果过不下去，就搬过来和我住，你仍旧是我阿妹。"承宗说。

"和你住，天天对着你老婆，她吃得消吗？天天看着你的两个过房儿子，我吃得消吗？"承玉笑了笑，"阿哥，你要体谅我，不是我为难你，是我不想让自己的两个男人都死在刑场上，那不是好死，如果是好死那我也认命的，可那是杀头。"她说完上了一辆黄包车,承宗又追了几步。承玉摆摆手:"等我搞停当了,你来找我。"

他当时没有听明白这句话,只是目送了承玉离开,回到天井坐在藤椅里发呆。到了黄昏,黄启宣和爱玲都回来了,吃晚饭时看他还是呆着,也不说话,以为他是酒醉未醒。第二天他精神全无,躺在床上不肯起来,爱玲摸摸他额头,猜出几分,问可是为了半条龙的事情。承宗仍旧是摇头不肯说。爱玲说,你该去找宝生,让他带你去见一下承玉。"昨天她已经来过了,"承宗说,"我救不了半条龙。"

"她是个可怜的人。"爱玲说。

枪毙半条龙正是在这天早晨,他和一群犯人被押上军用卡车,前后共三辆,拉到城南之外的荒地,五花大绑跪在地上。行刑时有人在远处观看,说是极其干脆利落,没有给这些坏人任何讲话的机会,似乎也没怎么验明正身,反正一枪一个结果了性命。那独眼龙必是半条龙无疑,枪决后,也没有曝尸荒地,等了好长时间,人们猜是为了放干净血,之后行刑队把尸体又拖上了汽车,就这么开走了。荒地上的鸟群被枪声惊飞,过了很久,人们还是不敢过去看,鸟飞了回来。

中午时承宗在家吃饭,黄启宣从外面进来,端过饭碗往长条凳上一坐,报上这个消息。承宗不说话。黄启宣说:"咦,今天桌面上全是素菜,怎么回事?"承宗说:"你想说什么,我总不见得要为了半条龙吃斋吧?"话说到这里,手中的筷子掉了一根在地上。爱玲说:"人死了,不要提了。"承宗弯下腰去捡筷子,又把另一根碰落,两根筷子在地上,筷头一个指西,一个指东。

他越发犹疑，爱玲让他不要去捡了，给了他一双干净筷子。承宗说："不吃了。"

他推开碗走到天井里，脑中有点混乱，看外面停了一辆黄包车，车上下来一个人直扑进门洞，一脚绊在门槛上，几乎是撞到了承宗怀里。他看清是宝生，宝生满脸是泪，结结巴巴讲不出话。承宗返身往回走。

"我阿妹出事了。"

他扶住门框，听宝生讲出承玉的死讯，她是跳河死的。他说小红菱会游水。宝生说小红菱把自己绑在一块大石头上，跳进了河里。承宗听到身后黄启宣放声大哭，但他自己却哭不出来，旧年的伤像是又发作，胸口剧痛，他弯下腰想吐血，但一口一口，吐出的只是苦水。

小红菱的遗书只有一句话，将她和汪有光葬在一起，只字未提承宗，亦不提走失的女儿。承宗无颜出面，她的后事是黄启宣和路宝生二人操办，家中的固定财产已全被查封，旧日在赌场的股份，包括汪有光和半条龙两个人的，瞬时便成为云烟，至于她身上还有多少浮财，宝生也不清楚，多不到哪里去。她留了一份钱给宝生，留了一份给自己买棺材寿衣，余事不提，则一切都变得简单了。有人劝承宗，花工夫再找找承玉的钱，一定还有，做赌场生意的人说不定就在哪儿藏了些黄货呢，那一年里往地下埋财宝的人也不在少数。承宗恶声恶气，说这钱谁拿到手谁该死。

整个夏天，他变得沉默寡言，也不出去找工作，天天搬了把藤椅坐着。他问爱玲,究竟我有没有资格领养小孩,你看我昏头昏脑,连自己亲妹都保不住,我们路家是没有祠堂和族谱,如果有,大概也把我的名字给划拉掉了。爱玲见他说话缺了根筋,也不知道该怎么劝,心里明白,这男人没办法出去工作了,容易出车祸。

黄启宣隔三岔五去一趟汽车公司,那里只剩独臂姚主任还在,姚主任说,许先生在北京共商国是,很快就回来。黄启宣说,没工作,家都撑不下去了哎。姚主任说,不要慌,据我所知,以后这汽车公司就是公私合股,可以在国家那里拿工资了。黄启宣就偷偷问他,你为什么不逃到台湾去。姚主任说这种话不要多讲,我跟定的是许先生,我一个残废,去台湾做什么,坐在地上伸出半条胳膊讨饭吗?

没有好消息,但也没有坏消息,南边的仗还在打,广播和报纸都讲得很清楚,舟山还在国民党手里。承宗听听广播,有时也想,偌大的中国,要打到什么时候才能全部解放。到了十月,黄启宣说,新中国成立了,市里的公共汽车也开起来了。正说完这句话,忽然有汽车公司的同事来报,姚主任让老司机老职员去开会。黄启宣一声欢呼,拔脚往外跑。承宗却还是坐着,他说自己开不了汽车,脑子有点木。

这天傍晚,黄启宣开会回来,抱了自己的被子铺盖就走。长途汽车公司的宿舍又可以住人了,许先生不日即将回吴里,南京和上海方面调了好几辆车过来,有卡车,有客车,也有烧木炭的,反正能运人就行,长途线又再跑起来,司机,司售,调度,维修,包括看大门的,重新召集在一起,是新的集体。"现在你去看,公司门口挂着红条幅,写着庆祝中华人民共和国成立。"黄启宣说,"重新扯旗,重新立码头。"又问承宗,"你反对吗?"承宗有气无力,说我不反对,我只是提不起精神。过了两天,他听说许先生和车子一起进了公司大门,职工夹道欢迎,并放起鞭炮,敲起锣鼓。陪同许先生到场的是新任的区委柳书记。承宗一听就知道,是柳老板、柳队长,他当上大官了。如此场面承宗没有看到,又过了两天,许先生亲自来找他了。

"老路,你面子真大,要我登门请。"许先生还带了个小工,背了一袋米,有五十斤。物资紧张,送什么礼物都不如白花花的大米来得实际。许先生说:"好了吧,去上班吧。"

关起门来,承宗说:"当初你说,到了舟山,申请一下就可以回来。实际你的那封信,也知道我和黄启宣是回不来的。你是这边的人,为什么要让我抛家舍妻跟着国民党走?"他见许先生不说话,又追问道,"抛开其他不谈,我和姚主任一样,心里跟定了你。国民党要封差,你让我去顶,下棋有弃子之说,莫非我是弃子?"

"你不是弃子,"许先生说,"黄启宣也不是,我手里没有弃子,都是要为国家出力的人。"

"我不懂你的意思,去台湾给国家出什么力?"

许先生说:"本来不该告诉你,你疑心我做人不厚道,那实不相瞒,到了台湾,你去做了高层的司机,那边还会有同志联系你。老路,台湾也有这边的人。可惜你惦记家室,逃了回来。逃回来也是应该的,并没有按特工的要求来委派你任务。"

承宗愣了好久,说:"我是个司机,做不了特工。"

"人有多少本事，自己不一定清楚，真到了那里，又是另说的。"许先生说，"如果做不了特工，那就好好做司机嘛，那边也不会亏待你。"

承宗想想又不对。"你是共产党，你写了信举荐我，我最多熬到今天，等你水落石出，我的人头就放在国民党的桌板上了。"

"我并不是共产党员，我只是个开汽车公司的商人，至今也就开汽车公司，没有当官，没有参战。"许先生劝慰道，"好啦，不追究这些了，你既然没去台湾，就不用再多想了。回来开汽车吧。"

"我不是弃子，我是过河卒。"承宗说，"我也不想开车子了，做个门房吧。"

许先生笑了起来："不要赌气，工资差了很多。"

话说到这个份上，许先生已经给足了面子。看他还是想不通，她多说了一句："老路，你和爱玲都可惜的。"承宗问什么意思。许先生说："你们都是有才干的人，或是机遇不好，或是想法不对，活得平平常常，其实可以做一番事业。"承宗说那我也不想做特工，被人毒打以后活埋。这是气话，许先生摇摇头走了。承宗在家，一夜未眠，爱玲问他想什么，他说许先生这人，看上去宽厚，其实也是个狠角色。爱玲劝道：能做一番事业的人，对人对己都狠，而且是暗暗的狠，不是摆在脸上的狠，你做不到的，不要多想了。

许先生和爱玲都让他不要多想，这是对的，一个司机不必多想前程后路，他该想的是眼前的实实在在的路况。承宗十分烦闷，在家又坐了半个月，有一天爱玲说，家里已经没钱，五十斤米吃完以后,就得去借钱借米了。他嫌她啰唆,独自出门,发现吴里的街道已经变了颜色,很多红旗,很多标语,确如黄启宣所说,新中国成立有一种不一般的气象,豪迈,朴素,威风凛凛。他被这气氛感染了,又往前走了一段路,来到师范小学的操场边,远远望去,路志民正和一群小学生在泥地上踢着球。

"你为什么光着脚踢球?"承宗拦住了路志民,"会把脚趾甲踢坏的。"

"穿布鞋不好踢,布鞋会坏。"

"你应该有一双球鞋。"承宗说,"我最近老是走神,没注意到你的鞋子,司机开车也要有一双好鞋,布鞋底上钉上橡皮胶,最好是软皮鞋。"

"你去舟山的时候,妈妈给我买过一双球鞋,是白颜色的。球鞋都是白颜色的。后来梁房东说,小孩死了爸爸才穿白鞋,妈妈就把这球鞋扔了。"路志民说,"我很喜欢这双球鞋的,但是我也不想你死。"

球滚了过来,路志民光着脚丫追着球又跑了。承宗站在操场边看着儿子,想了很长时间,他走到操场中央把路志民又拎了出来。

"还有什么事?"

承宗摸了摸口袋。"我想了又想,我身上的钱还够买一双球鞋,现在我就带你到商店里去买,以后不要光着脚踢球。新中国了,如果有人说你要死爸爸,你就说,以前的老话都不管用了。"他摸了摸路志民的头,听其发出一声欢呼。他说:"这钱花光我也该去开汽车了,我要多赚点钱,不然你得光着脚踢球,国强得光着脚学走路，这很不好，十分丢脸，好像你们没有爹似的。"

他拉着路志民往外走，看见一辆卡车过来，那是长途汽车公司的车，目前用来运人的，乘客都坐在车斗里。他认出司机是黄启宣，接着从驾驶室里跳下来一个女的，穿得十分体面，半长的头发烫得卷卷的，挥手与司机道别，然后走进了学校。

承宗问："这女的是谁？"

路志民欢快地回答："黄阿伯，黄阿伯的汽车。"

"我知道这是老黄的车，我问这女的，是学校里的老师吗？"

"对呀，这是陶老师，教音乐的。她还没结婚。"

"我的妈呀，老黄随便开什么车，都能搭上个女人兜风。"承宗感叹，再次摸摸路志民的头，"你不要学他。"

那时的师范小学，也就是后来的师范附小，还十分简陋，人并不需要上学念书，城里很多小孩稍微认几个大字就去做学徒和工人了。政府动员人们去上学，到一九四九年秋天已经出现了一些大龄学生，此后更多，十一二岁跟班念一年级。社会被重新改造，童养媳风俗禁绝，女孩也得去念书。这么一来，校舍不太够了。

黄启宣不肯讲自己怎么认识的陶老师。过去的教员，现在被称为人民教师，过去的汽车夫，现在得喊驾驶员同志。问起陶老师的情况，爱玲知道，说这位老师是从外地调过来的，二十五六岁还没结婚，住在教工宿舍，人虽然不是很漂亮，但规规整整，有一副好歌喉，还会弹脚踏风琴。她很适合老黄，或者更准确地说，以老黄目前的条件是高攀。老黄衣服行头不少，实际没有家底。

黄启宣说:"我和陶老师是正当朋友关系,不是你们想的那样,我对她亦无非分之想。谈得来是谈得来。"

爱玲说:"你变得正派了。"

黄启宣说:"汽车公司对司机有要求,必须是正派人,以前不正派的司机,现在开不上车子。对不起,我也虚岁三十三了,我变得正派点,不奇怪吧。"

如此一来,他们也不好再多问黄启宣的事。做人正派变得重要了,到了一九五〇年,烟馆、赌场、妓院被禁,又枪毙了几个罪大恶极的。有一天宝生来找他们,再次提出想进汽车公司,要不然的话他会被当作"游民"抓进去,承宗又教育了他几句,带着他去找公司领导。那边除了姚主任,还新添了好几个别的主任,有些事情连许先生也不能做主,得听主任的。宝生见着主任,自我介绍,我是路承宗的堂叔。主任乐了,瞅瞅他的样子,问了问经历,对承宗说:这可不就是个游民嘛,赌场烟馆里混出来,应该去维修厂敲铁皮,端正思想。承宗问宝生可愿意去敲铁皮,宝生一连串摇头,说自己可以端茶送水。主任笑着说汽车公司不需要这样的人,茶水都自己倒。承宗带着宝生出来,又教育道:"宝生,以前的想法要改改了,不要觉得服侍人是好事。"

"你开车子就是服侍人,倒要让我去敲铁皮。"宝生说,"你在汽车公司,向来吹得自己有头有脸的,是个老师傅,我是你堂叔,你也照顾不到我。"

承宗气不打一处来,叉住宝生的脖子,一直叉到墙角。"宝生,你这十几年一直做我堂叔,当初大庆和幺贵拉你到我家门口，说了一句，你是我堂叔，实际我连你爹娘长啥样都不知道。从现在开始，你得喊我师傅！"宝生梗脖子不肯，承宗大怒，一手叉他脖子，一手捏他嘴巴。宝生哇的一声哭出来，承宗撒手，只听宝生喊了一连串："不敲铁皮，不敲铁皮，老子也不认你这个侄子。"就这么跑远了。

这一年汽车公司又换了一批客车，是苏联产的，半新不旧可以开开。老路做上了师父，几个小伙子都二十出头，以前是师父挑徒弟，现在是领导委派，一个师父对一个徒弟，有个叫张再兴的跟着老路。这张再兴长得黑黑的，个头不高，讲话慢条斯理，经常走神，两人讲着话，他就定定地对着师父看。老路问，你有没有听进去我的话。张再兴说，啊。老路说，你这样到工厂里做徒弟会吃亏，师父的话没听进去。张再兴又说，啊。老路问，你爹妈是干啥的。张再兴说，啊，种田的。老路说，难怪呢，工人的儿子肯定不像你这样。第二天张再兴倒过来问老路：听说你爸爸是拉黄包车的。老路语塞，心想这小子很邪门。

过了一个星期，老路去找了公司领导，说是跟张再兴不投缘。领导说，他学得怎么样。老路不想说不行，只说不投缘。这就不太好解释。领导反倒把他教育了几句，教徒弟要耐心，以前的工厂里，拿摩温欺负小工，现在不可以。老路说我不是拿摩温，我的师父对我可好了。话再多讲他嫌晦气，心想这还不如宝生呢。再回到车队，看见张再兴拿着扳手在拧一个零件，干了两下把扳手当的一声扔在地上。"张再兴，"老路说，"一个工人，一个司机，是不应该把工具扔在地上的。"

"他们干完活都这么扔。"张再兴说。

"应该放在地上，而不是扔。"

"铁扳手不会扔坏的。弯下腰放在地上，多费一份力气。"

"把工具扔在地上，是吃相难看。"老路压不住怒火，又添一句，"只有农民才把锄头扔在地里。"

第二天领导把老路喊了去，笑眯眯说了一句：老路，爱护生产工具是对的，但不能看不起农民，以后讲话要注意。老路心知肚明，出来以后对黄启宣说，现在徒弟可以去领导那儿告师父的状了。见黄启宣萎靡不振，问原因，老黄先是不肯说，后来被老路拖回家吃饭，看着呀呀学语的国强，老黄吐出了一句话：陶老师觉得我不行，现已断交。

"你们一直蛮好，怎么她忽然看穿你了呢？"爱玲还在当笑话听。

"她去调查了我的背景。"老黄说，"我以前的事情不堪提。"

"交交朋友，还要调查你，这陶老师心机重。"

"是我向她求婚了。"

"那是应该调查一下的，嫁错了人，一辈子的事。"爱玲叹了口气。她早知道黄启宣高攀不上人民教师，她也替他考虑过，以他的身份最好娶一个没什么文化的工人、农民，不要高攀有知识的人，更不要高攀顾惜前程的人。她这话没说出口，是因为老黄也不会在乎工人、农民，如果这样，老黄最好一辈子打光棍，可是老黄到了三十四岁好像比以前还帅了，旧社会那副猥獕样子不见了，现在是个很挺拔潇洒的司机同志，打光棍太委屈他。这么一来，爱玲也没有什么好办法。

这一年朝鲜战争爆发时，老路收了第二个徒弟，原先的张再兴被退，回到维修厂去敲铁皮了。十月里志愿军入朝，徒弟问老路，我们打得过美国吗。老路不说话，夜里找姚主任聊天，问了同样的问题。姚主任摇摇头，说中国的武器装备不如美国，其他不懂，就汽车来说，你开过雪佛兰，开过道奇，知道那些车有多好，我们有一辆卡车，美国就有一千辆。老路说我记得，打日本人的时候，日军的装备其实不大好，但中国兵是穿着草鞋和他们打，死很多人。姚主任说，后来美国把日本打成了焦土。

他们很快在报纸上看到了胜利的消息，惊讶于志愿军能将美军赶过三八线。战线拉长，有一个传闻，前线司机兵短缺，各地征调民间司机赴朝支援。那时的中国，会开汽车的人真不多，拿得出手的职业老司机更少，除北京以外，主要集中在沈阳和上海。老路有个师兄，当年在上海给工厂开卡车，解放后调至汽轮机厂，这时到吴里，特地来看望他，说自己即将赴朝。又过了两个月，听说这上海师兄牺牲于朝鲜——他倒车时伸出头去探视，躲闪不及，被车左侧峭壁上突出的山石挤碎了头颅。老路大为悲恸，说师兄在上海马路上跑得久，没开过山路，而自己也忘了交代他这些事。

次年元旦过后，吴里长途汽车公司召开了一次会议，许先生主持，动员司机赴朝，名额两个，为期六个月。几十个司机面面相觑，无人敢报名，许先生也叹了一句："我公司老的老，小的小，残的残，实在也为难。"会堂里只见一人举起手，大家以为是老路，没想到是坐在他身边的老黄。许先生在台上，犹豫地说："老黄驾龄不太够。"老黄在台下朗声说："领导，我上过战场，运过解放军，黄某人是见过大世面的。"台下一片掌声。

那天的会议还讲了一件事：老路在年前出了一次小小的车祸，把郊区农民养的羊撞死了，还是一头怀孕的母羊。农民闹到了公司，按照老路的规矩，除了赔羊以外，轮胎不能见血，还得换轮胎。这钱都是公司出，他自己赔不起。领导在台上点名路承宗，要求大家注意安全行驶。老路对老黄说："我他娘的一辈子也没有被这么点名批评过，当着一百多人的面，比挨日本人的打还难受。"老黄还陶醉在光荣之中，说："真希望陶老师也在这里。"老路说："真希望你亲爹娘也在。"过了一会儿大家看见老路把手也举了起来。领导问他有什么想法。老路说："没想法，报名去朝鲜。"老黄在一边扒拉他的手，让他冷静点，家里还有两个小孩，不是光棍一条。但他那只手竖在半空放不下来，驾龄够，年龄够，惯行丘陵地带，同样上过战场，运过解放军，见过大世面。他有两个儿子，牺牲了也不用担心断后。事情就这么定了。

上等司机是虎，中等司机是马，下等司机是狗。这句话老路已经不能再讲了，新社会人人平等，工作无贵贱，更无三六九等之分，只有同志和敌人之分。他常对爱玲念叨，这辈子唯一做虎的那次，就是在上海给解放军开车。这天他回到家，兴致勃勃，面带红光，爱玲一看就知道他喝了酒。问喝了多少，老路说，一杯。然后伸出一根手指，伸到她眼前。"爱玲，我要去做司机中的龙。"爱玲不解。他说："我报名去朝鲜了。"

爱玲为他俩准备的东西，是防冻疮的油膏，整整五十管，别无他物。老路说一应物品部队都有，爱玲说，我们的部队艰苦，没有这些东西的,朝鲜冷,这油是必需品。老路问爱玲怎么知道朝鲜的天气,她说这是当年福山大班告诉她的,福山去过那里。老黄说,五十管用不掉的。爱玲说,那就给你们的战友。

那一阵,路黄二人都停了工,出发之前给了他们十天假。汽车公司的领导多,他们长期出车在外也不太熟,只认得许先生,两人去见她,既是告别也是问计,恐怕她又掏出什么密信。进了她家门,饭桌上只有几道家常菜。许先生说,大家都不太会喝酒,不喝了,吃晚饭。三个人一起扒饭,许先生给他们夹菜,吃着吃着,许先生说:"有人说我两次送你们上战场,这话是不对的。"老路接话:"是不对,上次是逃,拉着国民党逃,这次是保家卫国,迎敌而上,而且是我们自愿的,不是为钱。"许先生说:"你们明白就好。待遇方面也不会差,人民政府是要奖励你们的。"两人倒也很开心,问奖励什么,许先生说:"回来以后再谈,这又不是封差,哪能明码标价?"饭吃完,许先生请他们到沙发上坐,派了烟,给他们点上。"上一次我给你点烟是什么时候?"她问。

"一九三七年在上海。"老路说。

许先生点头,却没再说话。香烟抽完,又从柜子里拿出几包,塞给他们,说:"带走吧。"顺手送了个煤油打火机给老黄。话至此就全结束了,老路不知她为何情绪低落,心想大约是因为战场危险,却又不太好说出口,毕竟上前线之前是不必谈论这些的。走出许先生家门,到了街上,再扭过头去看,她还站在门口,只有一道身影。这一回,什么信也没给,街灯暗暗的,他回身去看着前边,黄启宣已经独个走出去挺远。

去前线究竟还有什么东西可带，比如随身纪念品，老路连顶帽子都不愿多拿，他只想要一辆好车，等着部队分配给他。老黄说："我拿了爱玲的油膏，拿了许先生的香烟打火机，照理来说，我该把东西都留下。"爱玲让他不要讲这种话，听上去是懂人情，实际是不讲人情，都在咒自己。老黄并无家当，赴朝期限半年，不算长，因此也没有撤掉宿舍的床铺，但他还是拎了个箱子到废太子基，其中有他较为不错的西装、长衫，还有一件呢大衣，爱玲说呢大衣是好货，长衫有点过时了。老黄又摸出一把钱，其时仍在用第一套人民币，面额都是过万的，装在大信封里，交给了爱玲。"如果回不来，这钱就花在国强身上吧。"他顺手拍拍路志民的头，"花在志民身上也一样，都一样，没什么不一样。"

爱玲问他，你主动要求去前线，究竟是为什么。老黄笑笑，说你倒不如问问自己男人，为什么要去，难道他想陪我？爱玲说我问过，他说想做点不一样的事，讲好听点就是建功立业，实际我也不懂，他这个人一出远门就想家，怎么会想去战场。老黄说，我的想法也一样，但我无家无室，更容易些。

"你是为了陶老师。"爱玲说。

"就算没有陶老师，我也会这么决定的。"老黄说，"我一点也不怪陶老师，要是没遇到她，人世仍旧一场空，并无不同。"

"回来之后再去求婚。"爱玲鼓励道。

"她已经订婚啦。"

这一天老黄做了个决定，把黄氏祠堂的匾送到师范小学，说起来也十分荒唐，因为路志民提到音乐教室的黑板太小，陶老师写乐谱很不方便。老黄又说怪话，这么大的国家连块黑板都

399

找不出来吗。事到如今,他决定把匾捐出去。这天他找了个木匠,把匾的背面刨平,敲上钉子,挂了根绳。木匠一边干活一边惋惜,说这么好的木头,做个啥不行。老黄说我偏要这么干,又把木板扛到油漆坊,两面刷黑,放在墙角晾了一天,这就成了一块非常不错的黑板,他老黄家过去的荣光就此隐没在一团乌漆墨黑中。

他不想自己出面,大清早喊了辆黄包车,让老路陪着,两人端着那块黑板,像一块帆,可惜是顶风,把踩三轮的累得半死。到了师范小学门口,这一天是星期天,学生都放假在家,老路挂着黑板,让门房去教工宿舍喊陶老师。门房去了很久,两人在校门口站着,寒冬天气,北风吹进脖子。老路说:"竟然送了块黑板给陶老师,那么阿桃你又送什么给人家呢,我好像记得你说过,要去看阿桃,陶和桃。"老黄吃着北风大笑:"不要再提这些事了,都是我的命惨,你倒越讲越开心。"

门房领着陶老师出来,老黄吸了口鼻涕,缩脖子转到一棵树后面,她看不见的地方。"有位朋友送了块黑板给你,请你务必收下。如果你不想要,就当是他送给学校的,也可以。"老路照着老黄教的话讲了一遍。

"路师傅,我认识你的。"陶老师说,"我也晓得你们要上前线的事。"

"这位朋友让我对你说,保重,再会。"老路说完转身就走,留了个背影给陶老师,也不回头看。陶老师什么表情,跟他没有关系,与此同时他也把老黄扔在了树后面。该拜的人都拜过了,他还得照自己的规矩去关帝庙烧香,尽管这已经是一九五一年,过去拜关公的那些人有很多都被镇压了，他还是决定去一趟，那是他的义父。

出发前一夜，老路梦见了自己全家，父亲二祥，母亲小玉子，妹妹承玉，都还是从前的样子，还住在菱塘边的老房子里。他对他们说，我要走了，去参加志愿军。三个人不说话，都看着他，那样子是赞许。老路说，你三人好好看家，若我以前有什么事情做得不对，我们见面再叙，这段时间要帮我。讲到这里，他醒了过来，听到客堂里窸窸窣窣的声音，爱玲还在收拾东西，他再也睡不着，他知道此后半年也难有安稳觉可睡，倒不如从今天开始就重新适应起来。他走到天井里，夜空晴朗，满天星斗闪着凛冽的寒光。爱玲问他，你看得懂星星啊，那你晚上不会迷路。老路说，这是古代的水手的本事，司机不需要学会这个，顺着路开就行了。爱玲还在收拾东西，老路说，我明白你的意思了，我会活着回来的。

爱玲收到老路的信，知道他在沈阳接受训练，一是政训，二是军训。他交到了不少朋友，说那里面个个都是开车的老师傅，大家很开心，没人怯战。老师傅们谈谈过去的经历，东北的，好多人都给日本侵略者开过车，上海的，好多人都给国民党反动派开过车，但现在，都是革命战友了，连黄启宣的腰杆子都硬了。总而言之，要上战场，拿得出手的就两样东西，一是车技，二是不怕死。信上又说，真被你讲对了，我们的车队是在夜间行车，因为要躲开美国飞机的轰炸，车灯不能开，看得见满天星星。第二封信更有意思，开篇就称她为"周爱玲同志"，讲了

401

些刚刚接受的革命道理，最后说诸多军事机密不便在信里透露，吴里当地还有敌特，作为志愿军司机家属，务请她多加警惕。

这些信走的是军邮，第三封还是从沈阳寄出的，说自己即将出发。收到信时，爱玲估算他已经过鸭绿江了。随信附上一张照片，比邮票大不了多少，是他和老黄两人穿着绗缝棉衣，头戴棉帽，站在一排卡车前，双手叉腰的是老黄，单腿踩着车踏板的是老路，两人威风，更远处是漫无边际的白色，那显然是雪。他说东北这地方太冷了，车不好开，但是，告诉你，咱兄弟二人分到了两辆道奇卡车！不是苏联的，苏联卡车不行，故障多。说起来这还是部队照顾他们南方司机，到了这里，脸都冻糊了！

那以后就不太能收得到信了，她寄出去的信，也只是到沈阳的驻地，不知道什么时候能转到朝鲜。春节时听到街道上敲锣打鼓的声音，一阵一阵的声浪，政府送来了米和肉，装在黄鱼车里，由工人拖着，前后很多个领导，有汽车公司的，有军区的，他们身边呼拥着人。她出去一看，也太多了，人也多，吃的也多。领导说你家是双份，黄启宣的也送到这里来。锣鼓声不断，双方讲话都放大了嗓门，喜气洋洋，引得四邻来看。除了老路以外，废太子基还有一位医生参加了志愿医疗团，大门口都贴了"光荣人家"。路志民十分兴奋，到处乱喊，我老子是志愿军。梁房东纠正道，你爸爸是志愿运输，不是志愿军。爱玲听了，问梁房东，有什么不一样。梁房东慑于她的气势，胸前还别着一朵红花，嗫嚅道：没有不一样，都是革命战士。

她当然知道还是不一样的。志愿军战士在前方靠腿跑，司机是后方运输，会遇到轰炸，毕竟不用迎着子弹往前冲。她的男人纵然豪气万丈可是一辈子最发抖的就是迎着子弹往前冲,他缺这点胆色,他喜欢稳稳地开车,让乘客舒服点。那一次她又接到了信,老路抱怨说没怎么拉过自己的战士,基本上都是军火和物资,倒有一次开回来时拉了些战俘,活活的美国人,老黄还跟他们用英语说了几句,哈喽,拜拜,但美国战俘好像很害怕,也不回一句话,老黄最后说这些美国兵在上海时很威风,现在打傻了,打仗总是这样。

冻疮膏派上了用场,他俩分了点给运输队的司机,自己留了点。老路说有天和老黄两人开车,半夜找地方落脚,睡外面真会冻死,敲门进了一户人家,送了两管冻疮膏给朝鲜阿妈妮。老黄讲日语,阿妈妮还听得懂几句,她很高兴,烧热了炕让他们两人睡到天亮,临走还给了两个熟鸡蛋。他说道奇卡车是真好,在南方还比不出来,到了极冷的地方,性能优于苏联卡车,发动快,提速快,敌人的炮火在前方轰炸,车队等在原地,有一段时间炮火停止,他和老黄的道奇一马当先冲了过去。她回信说你们打仗怎么像玩一样。他来信说当然不是玩,美国人打的就是我们的运输线,为的是让前方弹尽粮绝,我见过很多战友牺牲,车队的,前线的,都有,但是我不可以在信里细说。

一九五一年的社会气氛宽松中带有紧张感,建国一年多,政权稳固下来,城里该清除的恶霸地痞都抓得差不多了,物价不稳,能买到的东西也少,以前觉得乱,现在觉得穷。她听说物资要用来支援前线,或者是支援大城市,她家能吃到肉,别人家没有。城里谈得较多的不是打仗,而是工厂招工。那时的吴里,大部分工厂是民族资本家开的,还没开始大规模公私合营。看汽车公司的情况，大家就知道国营单位会很不错。

有一天宝生来了。宝生也不知道在做什么营生，衣服脏，脸更脏。宝生拉着她说："苦啊，承宗又被封差了，黄启宣也是，这下活不成了，他们应该去乡下躲一阵的。"爱玲说："他们是自愿的。"宝生说："啊呀，一定是拿了很多的钱。"爱玲说："也没有钱，部队送些米和肉，吃得比别人家好些。"她问宝生如今靠什么活，宝生说："城里活不下去了。家里给我找了门亲事，是个乡下女人，我要回乡下去了。"爱玲说："你可以在城里招工，去做工人，工人比农民舒服些，可以拿工资的。"宝生说："的本事不行，做不了啊。我去玻璃厂学吹玻璃，腮帮子都快吹破了，吹不起来。我去做小工，推着车子把玻璃都打碎了。我去看大门，坐着打了个瞌睡，被厂长看见，他让我回家去睡。"爱玲说："你被开除了，是吧？"宝生说："的钞票快花光了，我只能回乡下去种田了，我想在你家吃点肉。"爱玲说肉也吃完了，没有那么多肉一直等着她去吃，但是有猪油。她煮了一锅菜饭，拌上猪油给宝生吃了。宝生还在感叹以前吃得好的日子，爱玲说："你不要再想以前了，以前你跟着汪有光混，跟着半条龙混，没有人管你，东家大人对你好就行了。现在是新社会，再也不能跟着谁混，就连承宗，也不能跟着许先生混，人必须要有自己的样子了。"她看看宝生还是听不懂这番话，只能往他口袋里塞了几张钱，让他回乡下去算了。

南方暖和起来，春天一到，周爱玲也想出去工作了，把这想法写信告诉了老路。以她的身份在汽车公司找份工也不难，但自从宝生那件事以后，老路就放出话，谁都别想托他的关系进公司，除非他自己不干，一个萝卜一个坑地顶替进去。她把国强送到托儿所，自己来到医院，就是过去的日本宪兵司令部，把她男人差点打死的地方。她说自己做过战地医院的勤杂，能不能试着干几天。医院正缺人手，给她安排的是白班，八小时工作制，离家也不远。可是干了一个月以后，国强在托儿所里摔断了鼻梁骨，她在医院也累得半死，老路来信，说你在家好好待着带小孩，别出去上班，更别出去瞎玩。他要是知道小孩摔伤，肯定不能这么客气。她只能又回到家，心想就算是新社会，也只能一辈子待在家了，看着别的女的每天拎着饭盒去工厂，虽然累，但有份工资挣，有工会和班组，小姐妹轧在一起能说话能玩，不受外边人欺负，她十分羡慕。她当然知道，别人也反过来羡慕她，丈夫挣得多，可以养四口之家，让她每天闲着不知道该干什么好。

她在医院工作的短暂时间里，见到了从朝鲜撤下来的志愿军伤员，多数是重伤恢复中，有时会见到没撑住的。他们战友之间用"没撑住"这个词，就这么牺牲了。有一个连指导员，斯斯文文，一只眼睛被弹片炸瞎了，腿上也动过大手术。指导员和她聊了几句，知道她丈夫也在前线开汽车，他说很巧，自己是辎重部队的，在朝鲜他就是在拆汽车时候被炸了。她问怎么拆汽车。指导员说，美军逃走时扔下了他们的辎重装备，包括那些开不动的卡车，我们缺机器配件，就得去拆他们的，但美军不会让这些东西落在志愿军手里，很快就会有飞机过来，把抛下的辎重装备炸毁。这个时候，我们的战士和司机，就得抢时间，把配件装车运走。周爱玲说，是的，我们没有装备，靠人去这么打，是苦战。

一开始是艰苦，现在的装备比刚刚入朝时强多了，部队也会打了，越打越强。指导员继续和她聊，说司机安全行车一万公里就能拿一等功，帮她算了算，老路在朝鲜半年，应该能开得到这个公里数，但他是民间司机，立不了军功，回国以后政府可以嘉奖其他的，比如一个好工作岗位。她问指导员，你立了几等功。指导员笑笑，说我没立什么功，很多牺牲的战友，也立不到一等功。她说，那安全行车一万公里，司机肯定是活着的，他们为什么能拿头等功？指导员不说话。她想明白了，她说因为我们的车少，毁掉就没有了，我们的司机也少。指导员说我们还是把美国人赶过了三八线，以后等我们国家能造自己的车，就不会这么苦了。都很壮烈的，都很壮烈的，说了好几遍。

她几乎每天去一次汽车公司，就经过办公室窗前，让他们看到自己，也不多说话。这么做是因为她知道阵亡的电报会先到部队，再到汽车公司，最后由某个领导出面告诉她，可是她不想待在家里收到噩耗，不想做着家务然后一抬头看到个脸色发灰的人站在门口。汽车公司的领导看到她，一开始让她进办公室，喝口茶，坐一坐，久而久之每天到场，她也明说了不用回回都招呼她，他们就任她去了。在过去那些年里，她作为司机家属见过些场面，包括杀头的事。这些人认为她害怕丈夫死掉，她当然怕，但不是他们以为的那种怕。

五月里的某一天，周爱玲来到汽车公司，觉得气氛不大好，调度员们小声地交头接耳，领导都不在，倒是许先生那间办公室，平时她不常来，这会儿开着窗，说明她在。周爱玲快速走到办公室前的走廊里，独臂姚主任出来，拉拉她的袖子说："去一趟许老板的办公室吧。"周爱玲脸色铁青，姚主任连忙说："不是老路。"这个坏消息姚主任不肯说出口。她跟着进了许先生办公室，几个领导都在那里，见许先生单肘支在桌子上，手扶额头，撒了一地的文具和报纸。

黄启宣就这么战殁了。

老黄没有家小，有个哥哥在袁塘镇，具体住哪里不清楚。爱玲告诉了他们，开豆干店的，两兄弟也没什么往来。公司最后决定让某个长途汽车售票员途经时告诉一声，这售票员带回来的消息更让人吃惊，就是那位黄大老爷，如今喊他豆干店的黄老板，不久前因为造假被抓了进去，他往豆干里掺了豆渣，这些东西被运到了前线。现在他退不出钱，也不想做检讨，正在进一步等候审查。他是个奸商，这一点毫无疑问。

爱玲在家里收拾老黄的遗物，按照规矩，他生前的衣服都该烧了，可这些衣服都还不错，她想干脆等老路回来再处理吧。她不知道还能告诉谁，最后对着学说话的路国强讲了一句：你姓黄的爸爸牺牲了。国强咿咿呀呀说话。爱玲说：其实他是个好人。

那以后她也不再去汽车公司，再往那儿站着就显得愚蠢了，她等着老路的信，她想信里应该会讲清楚到底是怎么牺牲的，但从那以后，仿佛老路也觉得写信很蠢，再也没有消息过来。有天路志民回家，他小学快毕业了，比过去懂事了些，路志民说学校也知道了这事，陶老师似乎很悲伤，在音乐教室弹了一下午的琴。

"是不是纪念黄阿伯？"

"大人的事不要多管，"爱玲说，"他们俩只是认识过的朋友。"

她心情很不好，夜里睡不着，第二天就起得晚，白天也昏昏沉沉。有天上午眼睛半睁开，忽听外面一个女人站在天井里骂道：立功立功，做你的寡妇去吧。爱玲躺在床上怒睁双眼，掀开被子就往外冲，骂人的早就逃得没了影子。她气不过，找了公安局，公安同志一听也气不过，来了几个人调查，一定要找到这毁谤军属的坏分子。那时社会上已经知道发动群众了，没一个钟头就问清，是附近街上的一个王阿姐。爱玲跟着公安，愤愤忿不平去找王阿姐，还得忍受梁房东在背后的奚落：他家是厉害，回回都能找到官家护着。

王阿姐先是不承认，后来抵赖不过，告诉爱玲：你儿子在学校和我儿子打架，扯坏了我儿子的衬衫，我也不敢找你赔，骂一声出出气，又没指名道姓，犯什么法了。公安同志说：鸡毛蒜皮的小事不要惹大了，赶紧立刻道歉。王阿姐鞠了一躬，说：对不起啊，对不起天，对不起地，对不起挨骂的人。

周爱玲独自往家走，觉得心情坏透了，这些事情她应付不来，心想家里确实要有男人，没有男人，连女人都斗不过。走出去几步，见对面过来一个人，戴墨镜，背行囊，白衬衫束在军裤里，光头还留着大胡子，手里捏着一顶八角帽。周爱玲仔细看他，这人走过来，摘了墨镜，两人对看很久。老路伸手拍了拍她的脸，让她回过神。"爱玲，我又回来了。"说完掏出口袋里的烟："吃根香烟。"

爱玲拉着老路往王阿姐家里跑，他不明就里。她这一路还在问,才六月底,还没满半年,怎么能回来。老路说,开满了一万公里,最近在后方跑运输,修飞机场,生了一场病,部队首长批准我回来了。爱玲说你讲话声音不一样了。老路说病还没好,人有点虚。爱玲说管他个蛋,你不是逃回来就行,跟我去找王阿姐。到了她家门口,喊出其人,拽过这光头大胡子的大汉,往他胸口捶了一拳,大声问:"开了多少公里?"老路说:"一万公里,没报废一辆车,道奇好好地交还给部队了。"爱玲仰天大笑,拉着他走了。

老路回来三天,没去汽车公司报到,搬了藤椅坐在天井里,抽着烟,抱着路国强,有时不抱,他就一个人发呆。人们经过他身边,知道这个男人活着下了战场,这半年让他变成了另一副样子。从前,他是个干干净净甚至油头粉面的司机,客气,周到,语速很慢,后来变成一个大老粗,讲话亮着嗓门,经常不屑一顾,现在,他沉默了,像是听不见周围的声音。有人怀疑他被炮火震聋了耳朵,但事实证明他不是聋,也不是反应慢,他只是回到了家。

有一天,废太子基77号来了个扬州人,他说自己姓范,是过路客。他是国强已故母亲范秀英的哥哥,这次去上海出差,中途过来看看,打听到汽车公司,辗转找到了路家。老路正在天井里坐着,带他进屋子看了看国强,小孩睡着,范先生摸了摸他,说蛮好的,养得很胖,又左右打量屋子,点点头夸路家的家境不错,打扫得也干净。这时爱玲买菜回来,三个人坐了下来。爱玲有点局促。范先生说:"小孩命苦,没了娘,父亲也回不来了,我只是来看看,别无他意。早就该来,拖延到现在,是我的错。"

"你是小孩的亲舅舅,我怕你觉得我没养好他。"爱玲说。

"养得很好的,像亲娘一样。"

老路给范先生倒了杯茶,慢慢地讲自己家的情况,也讲到黄启宣,已经阵亡在朝鲜。范先生听着,也不插嘴,也不多问,一直点头。老路问,家里可有打算把这孩子领回去。范先生摇头,还是不说话。老路问,有什么困难吗,有什么苦衷吗。范先生说,领回去谁养呢,交给你们总是放心的。

他看出范先生其实是不放心的,但也没有更好的办法,他想这就像自己送路志民去上学,老师让他放心,他嘴上说放心,实际上还是忐忑的。一样的心情。小孩必须乖巧,必须健康,必须有出息,养父母才会觉得好,不像亲娘能包容一切。这也是人之常情。老路说:"小孩可怜,才几个月大,就出来闯江湖了,对吧?"范先生愣了一下,听懂了他的意思,从口袋里掏出香烟派给老路一根,他自己却不抽。"倘若小孩不听话,你们多教教他,不要打他。"范先生说,"我只有这点要求。"爱玲说我答应你。

范先生要去赶火车,起身走前,留了几张钞票,老路也没推辞,双方互留了通信地址。范先生到房间里又看了看小孩,最后说:"我妹妹就葬在了吴里,地方太远,我也没能去祭拜,将来小孩长大,也请你们带他去坟上磕个头。我妹妹就这么一个孩子,活着的时候,是极疼爱他的。"说完长叹一声,就这么走了。

范先生与路家通过信,一年来一封,写得简短。一九五七年之后寄过去的信忽然全都退回,国强家中也就这么断了音讯。

老路对爱玲说:"以前觉得老黄做不了爸爸,现在老黄死了,我觉得,是我想错了。"爱玲问:"想错在哪里?"老路说:"老黄若想对人好,是不讲条件的,不管这儿子有没有出息,身上多少缺点毛病,老黄都会对他好。我就不一样,我瞻前顾后,要讲这个道理那个道理,都是些混江湖的浅道理,没有深道理。我不如老黄。"爱玲说:"我觉得你不是这样的,你对人好可以一直好下去的。"老路说:"我要学老黄。"

他回到了汽车公司,又开起了长途汽车,有一种说法是当时的市委柳书记想喊他去做驾驶员,开小车,被老路婉拒了。这只是一种说法,老路自己不承认有这回事。他开长途汽车和以前一样,稳稳的,话不多,是个模范司机。如果乘客不守规矩他会数落他们,有一次,在公路边,一个男乘客对着汽车后轮胎撒尿,被他一拳打进了沟里。"不许对着我的车轮撒尿。"他撂下一句话把车开走了,乘客告到车队,给了老路一个记过,把他调离了那条线。那是他此后近二十年里受到的唯一的处分。

他只对爱玲一个人说起黄启宣的死。

那是五月里一个下雨的日子,他赶到的时候老黄已经受了重伤,人还是清醒的。车队返回途中挨了炮击,有一些车毁了,老黄坚持把他的道奇开了回来,车玻璃全碎了,下车一看胸口扎进去一枚弹片,不看还行,一看就倒下了。来不及抢救了,老路把他的头枕在自己腿上,看着他的血流尽,非常难过,想起当年关师傅的死。爱玲问老黄说了些什么。老路说:他还在吹牛皮,说自己技术好,汽车也保全了,后来,他知道时间不多了,就拉着我的手说,承宗,对不起你,对不起二祥。他很快就糊涂了,产生了幻觉,好像是回到了小时候的某一天。是哪一天呢？他亲娘去世那天,那天是我亲爹拉着洋车把他从邻镇接回家去奔丧,下鹅毛大雪,冻得要死,那场面只有他自己见着,他说我亲爹穿着一双单布鞋,拉着车走在雪地里,稳稳的,嘴里吐着白气。那条路很远很远,一直走不完,一直在走。他最后脸朝着天上说,亲娘,二祥拉我来看你了,然后就睡了过去。

第十一章 满江红

　　这一年早春时到城外的路全都不通，人们告诉老路你休想去得了南平。落了一点小雪，刚沾上地面就化了，空气冰凉潮湿，比冬天更凛冽，站在城门楼上向外望去所有的土都因沾了融化的雪而发黑，白茫茫的远处，像一道环绕着城的帘幕。

　　城墙有两车道那么宽，年久失修，砖都松了，平时没人上去，荒草从砖缝里生出来，冬天枯了，这会儿还没来得及长出新绿。老路踩着草往下走，免得自己滑倒，他看见一个人抱着个篾壳热水瓶往上爬，走近了发现是个半大小伙子，戴着雷锋帽，胸口佩着红彤彤的徽章。那热水瓶只有壳子，没有瓶胆。他问这人上去干什么，小伙子更警惕，反问说你上去干什么。他说看看天气，然后又盯着热水瓶壳子看。小伙子说，这瓶壳子里是个早产的死婴，有人给了他一元钱，让他去城墙上埋掉。

　　"医院都没有医生了。"小伙子说，"你要看看吗？"

　　"我不想看。"

　　老路还是头一次知道这种规矩，死婴得埋在高处，这城里没有高坡，人们也不想出城。他离开了那地方，顶着风往家走，心想遇到这种事情也不知道是不是晦气，他这一天已经够晦气了。

他到家门口时，隔壁79号的薛师母还在哭，声音一阵阵传出来。老路不想去安慰她，也不想告诉她具体情况，什么情况他也不清楚，能说出来的全是瞎猜。他进了77号的大门，由于走得太急，被路志民的自行车把手钩住了口袋，这衣服旧了，到亮处一看撕开了一道裂口。这又是一件晦气事。

戴眼镜的男孩独自坐在客堂长凳上，那是路国权，他十二岁。他比一般男孩长得高些，老路记得扔掉他的人也是个高个子，百分之八十是他亲爹，身高是遗传的，但你也不得不佩服路家在"三年困难"期间把小孩都喂得不错，别人家的小孩没这么高。你也不得不遗憾，路国权高而瘦弱，还是个天生的近视眼，这会儿他正对着空饭碗垂泪。

"你在哭什么？"老路进房间找他的棉大衣，又找出路志民的自行车钥匙。目前家里就路国权一个人，早在去年年底，周爱玲就带着路志民去上海堂姐家住着了，顺便带上了路国庆，把另外两个儿子留给了老路。他想，其实爱玲应该把国强带走，此人更麻烦。

"薛师母刚才过来骂过了，是国强带着薛大头去了南平，现在回不来了。"国权说。

"原来你也知道了。告诉你，那是不可能的，大头比国强还大两岁，这主意肯定是大头出的。"

"但是薛大头没去过南平，国强去过。"

"你说得对,不要再哭了。"

这时他听到一声微弱的猫叫,路国权下了长凳,跑到大床后面,床和墙壁之间有一条窄过道,是用来放马桶的,现在那儿多了个草窠,他家的白猫趴在上面。

"猫怎么了?"

"老梁说猫快要生了。"

老路走过去看了一眼,去年爱玲养的时候它还是个小猫,喂点猫鱼,或者自己去逮耗子,现在它已经可以生小猫了。老路皱皱眉头,他不记得这只猫怀孕了。"它是头胎吧,平时在外面瞎跑,要生小猫了它倒是来了。"

"这本来就是我家的猫呀。"国权说。

"你说得对。"

这句话是老路五十岁时的口头禅,就算是遇到蛮不讲理的乘客,他也这么说。他从衣架上摘下军用棉大衣,这是好货,一九五八年部队回访志愿司机时送给他的慰问品,和劳保用品完全两个等级。他估摸着得在外面过夜,总得盖点什么。接着他找出了军用水壶,用热水瓶往里面兑了点温水,水很快会凉,但那也比在外面吃河水好。他又回到草窠边,伸手从纸盒里抓了一沓草纸,这是爱玲交代过的,出门必备之物。猫对着他叫了一声。最后他又从抽屉里翻出八角帽,他家有一顶冬天用的雷锋帽,四个儿子抢着戴,这会儿都不知道在谁头上,他只能戴布帽子了。这些事情他花了一分钟搞停当,又来到客堂,揭开饭锅,里面就剩一口稀饭,是早上吃剩的。他有点生气,把这口饭盛进饭盒,拿在自己手里。

"你要去哪里?"国权问道。

"我去南平,"老路走到暗处,开了自行车锁,把饭盒夹在后面书包架上,"你中饭吃什么,给你粮票和钱,你到外面自己买东西吃。"

"我也要去南平。"国权跑过来抓住了自行车的书包架。

这时猫又叫了。"你待在家里,好好看着母猫生小猫,等到我和国强过来,家里就多一窝小猫,肯定有白的,也会有其他颜色的。你可以把猫鱼放在煤炉上煮,你会吗?不要让煤炉熄掉。"

"我都会,我在家时煤炉从来没熄掉。"

"你不错。把猫鱼汤放在猫面前,让它吃点,续一续体力。不要去碰小猫,也不要离母猫太近,会被它抓。生了小猫的母猫很凶。"

"我要跟你去南平。"国权不撒手。

老路没了办法。他想了想,又回到客堂,从碗橱最高的格子里找到了放猫鱼的碗,那里还剩一条,又从饭锅里刮出最后一点稀饭,放进一口奶锅,然后揭开煤炉上的盖板,打开底下的风门。给这锅猫鱼汤加热又多花了五分钟,他端着猫食盆进屋子,嘀嘀咕咕对猫说了几句话,最后关上房门,司必灵锁发出咔嗒一声。他把房门钥匙放进了碗橱里。

"我们骑自行车去南平吗?"国权问道。

"当然不是!"

他们避开了薛师母,顶风向北。老路已经是老年人了,常年坐着开车,体力并不是很好,他甚至比一般人更白些。国权骑坐在后面,抱着饭盒,冻得哆哆嗦嗦的。到关帝庙边上,老路停下喘了口气,关帝庙还在,里面的泥塑已经没了,旧年贴的大字报在风里像彩旗一样丝丝缕缕飘摇着。

"你又要进去拜吗?"

"我拜他个鬼,'破四旧'啦,你妈不准我提这档事。"老路搓着手,他还是忘记了这个天气骑车需要一副手套,"我就是休息一下,我的手和脸都冻木了。"

国权注意到老路只是停了一小会儿,像是发了个呆,连根烟都没抽,接着他又奋力踩动自行车的脚踏板,龙头歪歪扭扭。他骑车的技术很差,特别喜欢揿车铃,但这会儿路上根本没人。国权想的是这辆车要是被老路弄坏,路志民从上海回来非得暴跳如雷不可,路志民的脾气很差,他敢对所有人发脾气。国权抱紧了饭盒,从城南到城北,最后到达汽车维修厂的大门口,那里有个下坡,水泥路面上终年铺着一层薄薄的砂石,自行车一捏闸会横甩出去,因此老路是双脚蹭着地面停在了传达室前。国权早就出溜下来。"我快要死掉了。"老路喊了一声。国权从怀里掏出饭盒。

"爸爸,稀饭被我焐热了。"

维修厂的门房是去年才调来的,老路说国权是他的三儿子。他说得这么详细是因为门房不久前错把国庆当成了是他孙子,还把自己孙子牵出来给他们看,和国庆一样大。现在,门房让老路看住小孩,不要乱跑,注意安全。实际上维修厂停工也很久了,有些工人去了城外,并且驻扎在那里,有些想来就来,想不来就不来。厂里静悄悄的,老路把自行车停在花坛边,拉着国权进了车间。姚厂长正坐在门口划火柴,他只有一只手,他用两个膝盖夹住火柴盒,伸出右手划,然后放到嘴边点烟。风太大了,几次都把火柴吹灭,老路过去帮了他一把。姚厂长说,国强的事我已经知道了。

路国强和薛大头两个人前一天去了南平,他们是搭一辆卡车去的,到那边不知道为什么被扣了下来。今天早上有一个女人打电话到汽车公司,不肯报自己的名字,就说了这件事:老路家的国强在南平镇,还有一个薛大头,赶紧来救,不然挨打。那人又多说了一句:找张再兴。这消息很快就从汽车公司传了出来。

"挨打是逃不掉的。"姚厂长说。国权的眼泪立刻挂在了眼眶,这当口谁也没心思管他哭不哭,老路把姚厂长往僻静角落拉。姚厂长说不必,今天星期天,工人都歇着了,厂里还来上班的就只有三个人,门房,厂长,还有一个,他指指角落里闷头扫地的老柳。老柳在这里干了已经一年,他没有休息日。接着,姚厂长提到了张再兴,他问老路还有印象吗。

"南平镇是张再兴带头。张再兴已经调到砖厂去了,他曾经是你的徒弟。"

"张再兴也曾经是你的工人。"

"是你和他结仇。"

"是他学不会开车,但他在外面说是我徒弟,我也没有否认过,我至少教会了他怎么使扳手,让他学了点规矩。"

"不要再讲什么规矩了,现在没规矩。"姚厂长指了指老柳,"我连让他给我划根火柴都不敢,以前是我们给他划火柴。"

"他以前给我划过火柴,打日本人的时候。"

这时老柳从角落里抬起头来,对着老路笑了笑。他头发全白了,戴着一副老花镜,左边眼镜腿用橡皮膏和橡皮筋绑着。过去他是个高大壮硕的人,现在佝偻着背,长条扫帚能到他鼻梁这么高。老路走过去,也不知道该怎么喊他,喊了一声柳老板。这世道已经没有老板了,就像所有的汽车都是国家的。老柳愣了一下,拍拍他胳膊,没说什么,让他赶紧去办事。

老路回到姚厂长身边,指着那辆停在车间后面的长途客车。"有人给我指了一条路,说现在能开出城、能到南平的,就你这里还有一辆。"

"这车能开,就是刹车偶尔失灵,找你其他徒弟借辆卡车吧。"

"没有现成的一辆卡车给我开到南平,他们是我徒弟,但卡车不是我徒弟,卡车是国家财产。"老路说,"你有你就借。如果我把你的车开坏了,我就到你厂里干一年维修工,就这么说定了。"

"凭你的车技也不一定能把这车开到南平,但是我可以。"姚厂长说,"你不要以为抗美援朝开过一万公里就很厉害,我一只手都能做到的事。"

"如果你很厉害,就陪我去南平。"

"我不去,我和砖厂的人有仇。你去,你也小心被打断骨头。"

姚厂长几乎又要说到去年夏天的事,那时候城里城外打得厉害,砖厂的人不知道打断了多少人的骨头呢。老路让他不要再啰唆了，如果这件事路承宗办不成，那再多十个姚厂长也还是办不成。他接过了车钥匙。这是一辆JT660，解放牌CA10底盘改装，中国第一款平头客运汽车，五挡变速，时速五六十公里，车体红色。长途汽车公司现在统一都是这种型号。他上去试了一下，看了看油表，足够从南平开回来。这时国权麻利地从车门那儿钻上车，到副驾位置坐下，然后把饭盒放在了发动机盖上。老路把自行车钥匙递给了姚厂长："等会儿帮我把自行车骑回去，把车钥匙放进碗橱里。"

"我怎么会骑自行车？我是个只有一只手的人。"姚厂长这会儿像是在比赛谁脾气更大。

"你就只会吹牛一只手能在朝鲜开战车。"老路发动了汽车，"那就帮我把自行车推回家！"

姚厂长最后对他说的是：把国强好好地带回来，不要被人弄死，弄死了你没法跟黄启宣交代，这也是老黄的儿子。老路听到这种话头疼，一踩油门把车开了出去，上了马路又说，忘记交代姚厂长，带看一眼猫生了没有。他对国权说自己今天忙乱了，思路不清楚。国权说，姚厂长看见猫生了也没啥办法，再说他心里也不会有猫。老路说，很对，国权你这一路上必须和我多说话。

"为什么？你以前开车都不许别人跟你说话，怕分神。"

"其实不要紧的，我是老司机，说话不会分神，我是懒得跟人说话。"老路说，"但是我今天心里有点躁，如果不说话，我就会走神。"

"那我说说妈妈，她为什么还不回来？"

"也不要说你妈,她回来会把我骂死。说别的。"

南平在市区以西三十公里,天气好的时候,一小时之内就能开到。过去他专跑这条线,记得它的每一处坑洼,现在也许更多,也许填上了。总而言之,他对这趟行程很有信心,在这条路上他出过的事故是炸掉了一辆车、撞死了一头羊,还有,捡到了一个路国权。他扶了一下军用水壶,把它放到了座位边。这水壶是漏的,漏在了盖子上,如果你颠啊颠地走路,它最后就只剩一半水了。

国权讲着去年的事。国权平时话不多,也不运动,是个安安静静的小孩。他讲得磕磕巴巴的,关于去年夏天,路志民参加的体育场万人集会,城里怎么就打了起来,路国强到处乱窜认识了一个叫杨子红的女红卫兵。这些事情老路知道些,也是零零碎碎的,当时他除了开车就是在家睡觉。老路问这女的怎么了。国权说:"国强去年借了一本书给她,她一直没还,有半年没找到她。国强打听到她住在南平,要去南平找她。"

"所以,还是国强起了念头去南平。"老路说,"那么薛大头为什么要去?"

"薛大头说要去探探敌情。薛大头的叔叔是侦察兵。"

"见他的鬼。这些事情为什么不早告诉我呢?"

"国强不让我说。"

"你是吃谁的饭呢,吃我的还是吃国强的呢?"

国权沉默了。老路觉得自己的话有点重,"吃"这个字其实是打个比方,但国权会理解为吃。四个儿子中,志民和国强吃过点好的,国权和国庆则比较差,到如今吃的东西分不匀。"你吃得不多的，"老路温和地说，"你是我的儿子，我有责任喂饱你。"他腾出右手，往国权那个方向摆了摆，"家里有事你还是得先告诉我。"

客车对穿了吴里市区，开出南城门，老路注意到刚才遇到的小伙子正从马道往下出溜，手里已经没了热水瓶壳。就这一个多小时，莫非一直在上面，他甚至连个工具都没带，想不通他是怎么干的。老路片刻走神，他决定这辈子再也不去城墙上站着了。汽车钻进城门洞时他按了几下喇叭，那里黑，有时会躺着乞丐，尽管这年头已经没有乞丐，但他多年养成的习惯如此。城墙外一群寒鸟惊起，有上百只，呼的一声落到更远处去了。再往前开，桥头堆着拒马桩，周围一个人也无，汽车顺利过了关。若有人从后面望过来，会发现他们是开进了一片茫茫寒冷的雾气中。

国权把鼻子贴在车窗上，远处的风景看不太清，嘴里呼出的热气蒙在玻璃上，他用手指划拉着。这动作让老路想起了多年前。"你哥小时候陪我出车，也是去南平那边，我说的是路志民。我很久没带小孩出车了，男孩一个一个长大，现在我已经是老头子了。"他说得有点动情，又伸手去晃，国权转过头看看他。这儿子的反应比其他三个慢一拍。"这天气又不像雪，又不像雨，又不像雾，它就是让我们看不清，你也帮我看看前面。我现在开着车灯，开车灯是为了给对面的汽车打信号，我还得按着喇叭，时不时按一下，因为过路的农民是不看车灯的，他们经常昏头昏脑。我讲的这些你记住了吗？"国权用力点点头。老路暗想你记住了也没多大用，你可能当不成司机。

"我去过南平的，我认得路。"国权低声说。

那是一九六五年的事，老路和志民两个带着小孩去了一趟南平，找到镇政府的人，还是想替他找回亲人。一九六五年情况不错，吃的东西也够了，大家有力气办事。到了那儿，刚下车，路国权就抱住了电线杆，瑟瑟发抖，以为要把他送掉，裤裆全尿湿了。志民又心疼他，又尴尬，喊了一声，咱不找亲爹了咱回家，他这才撒手。后来他们都没敢直接回家，捂着小孩的一裤子尿坐车回到城里，立即在阀门厂的浴室里洗了把热水澡。

"那你还记得自己是怎么来的吗？"老路问。国权不说话。这件事老路从来没问清过，他想这小孩要是记得自己怎么来的，就会记得些别的，比如自己家附近有什么，山或池塘，树或街道。某些拐走的小孩就是凭借这么一点记忆，成年后又找回到了家乡。但在这七八年的时间里，一提起这事儿，小孩就沉默。

他们经过楼家，这是在吴里和南平之间的一个小镇，老路打方向盘，汽车进了岔路。"你开错了。"国权说。

"我没开错，我去楼家镇找点吃的。"老路说完这句话猛踩了一下刹车，尽管姚厂长说这车的制动时灵时不灵，这一把它还是足够争气。国权从座位上弹了起来，车就此停下，老路伸出头看。"有个小孩。"他先是嘀咕，然后叫嚷，"他奶奶的刚才有个小孩！在哪里？"

他在车上呆了几秒钟，想这一早上遇到的晦气事，那都预示着出行不利。那会儿是中午十一点，父子二人下了车，在前轮下面看到个人，确实是小孩。老路这辈子还是第一次把人碾到车底下去，他也不知道该怎么办，脑袋撞了一下保险杠，帽

423

子都掉了。他捂着头四下里看,楼家镇就在前面,有一排挺坚固的红砖房子是汽车站。他想去喊人,又觉得作为一个老司机,这种情况下,未免丢脸,他也不敢开动车子,这时国权喊了一声:"爸爸,她动了。"老路再次弯下腰,这次看清,是个扎小辫的女小孩,她正匍匐着爬出来,露头以后,她仰着脸朝他们看,那脸上全是泥。

老路把这女小孩抱出来,放在眼前,让她立正。"你被轧着了吗?"他问道。女小孩摇摇头,大声说:"没有。"她看上去六七岁的样子,穿一件全是补丁的旧棉袄,缝线的地方又裂了,棉花钻了出来,下面是单裤单鞋,扎着歪把辫子,用红布条当发绳系了个结。现在老路想起来,刚才在他眼皮底下晃了一下,令他注意到并猛踩刹车的,就是这么一点红色。

"她出血了。"国权拉起女小孩的手给老路看,手心蹭破了一层皮,有一道伤口正渗出血,她手背上全是冻疮,老路问:"你疼吗?"她说:"不疼。没有冻疮疼。"老路再问:"你身上还有地方疼吗?"她说:"没有了。"老路喘了口气,心想今天她躲过一劫,我也躲过一劫,路国强亦然。他让国权把她带上车,自己捡起帽子上了司机座,往车站方向开。"我要告诉你爹妈,不要让小孩在公路边乱跑。"

"他们死啦。"女小孩说。

"我不会找你爹妈赔的,我还要跟他们说,用点防冻疮膏吧。"

"他们真的死啦,全死啦。"

他把车往站头开时还半信半疑,因为废太子基的某一户人家父子决裂就互称对方死了，这年头一旦翻了脸就会这么说，小孩也不例外。等这车到了站头，一个同样扎着歪把辫子、系着红头绳的女同志走出来接待他，她是这里唯一还在上班的职工，看发型老路猜她是女小孩的妈。这女同志告诉他，真的是个孤儿，前年女小孩家房塌了，还死了爷爷奶奶，一家五口死了四个。老路问谁带着女小孩，女同志认得老路，拉着他袖子讲话，说这女小孩没人要，还剩个外婆在乡下，给她吃口饭，今年开春外婆也死了，她就在镇上东吃一口西吃一口，晚上睡在站头里。老路问到底谁带呢，总要有人带。女同志说，是我呀，我也住在站头里，我不是她亲戚，就是可怜她。老路说那我要批评你半句，阶级感情是你深，但不要让她跑公路上去，太危险了。女同志说这小孩皮得很，管不住，一转眼就不见了，一转眼又回来了，像猫一样。

楼家镇的站头里面空空荡荡，这是个小站头，本身搭汽车的人就少，天气差了更没人出来。既往人们还会去吴里，把乡下的鸡蛋带进城换点粮票钞票，现在是不太可以了。女同志说，最近这条线上，长途汽车断断续续的，有开过的都是去浙江，几乎不在楼家镇停。她说再这么搞下去她也得回家，她在这站头上干了五年还是个临时工。老路说我明白了，我回去和车队说，他们是应该搞搞生产了。

他回到车上去取水壶，没看见国权，向前望去发现他正拽着女小孩过来。老路伸出头吼了一声，又怎么了。国权说这女小孩又往公路上跑。老路说你管住她，我去找吃的。他提着水壶到站头里面，女同志给他续了热水，水壶很烫，他焐了焐手。

他想到饭盒里那点稀饭肯定不够爷儿俩吃，问哪里能买到点心之类，女同志摇头说镇上吃食店和供销社都关门了，她到自己工作间从饭盒里拿出两个白馒头，分给了老路一个。老路要给她粮票，可她不肯收，说你当初跑这条线的时候每次来续水都给同志们派烟，一个白馒头不算什么。她这么一说，老路索性又派了根烟给她，尽管她是女的。她笑着说路师傅你今天一定会有喜事，有喜事才派烟给女同志。

"我这一天够倒霉了。"

他拿着馒头回到车上，还在想自己的"战备储存"，加外一口稀饭，一壶热水，半包烟，能不能撑到下午。国权在车上，正端着饭盒，女小孩坐在位子上拿着叉子在刮，钢和铝摩擦发出呲呲的声音。"她饿了。"国权说。

老路瞅了一眼饭盒。"她吃得挺快，全吃光了。"他把白馒头举在手里，"咱俩现在就剩一个馒头了。"

"她还是没吃饱。"

"这个馒头本来也该是她的，怎么办？"老路索性把这馒头送到她眼前，看着她啃，然后告诉国权："咱俩现在就剩半包香烟了。"

他在这地方耽搁了半个钟头，不管有没有吃的，现在都必须走了。他让国权把这女小孩送下车，送远点，不要再滚到车轮底下。等他跨过发动机坐到驾驶座上，通过反光镜看到国权一动不动，他按了按喇叭，国权低着头，他不得不返回，一边还埋怨着这小孩反应慢。他弯下腰抱这女小孩，她从他胳膊底下钻了过去，他再回头揪住她的衣服，试图将其提起，女小孩双手抱着车杠子哇哇地叫了起来。"怎么回事？"老路也跟着叫。他稍微一松手，女小孩就往车尾跑去，他想去追，这时冷不防国权抱住了他的腿。老路失去平衡，一跤摔了下去，军大衣缠住了他。他勉强翻过身，坐起来看着国权。

"我不是特为的。"国权低着头说。这小孩犯了错就只会说这么一句话，不是特为的，不是故意的，不是存心的。老路这回警惕起来，问他到底想干什么，国权指指女小孩。"她想坐汽车，和我们去吴里。"

"她怎么可能知道我们是从吴里来的？"老路指出，"是你在说给她听。"

"她从来没坐过汽车。"

"你在见鬼，你想学我领一个小孩回家，你在见鬼。"

这当口女同志听到动静，也从车站走出来看情况，老路抱着女小孩下来，把她往女同志怀里塞，嘴里还在喋喋不休数落着国权。女同志听明白了，说："路师傅，你的事迹我们都知道的，你把她带回吴里也没错，就养几天嘛。"

"我会被我老婆骂死。"

"不会的。"国权说，"妈妈不会骂你。"

"她在这站头上跑来跑去确实会出事。"女同志说，"把她带回汽车公司吧，在那边她能吃得好些。"

"不，这一次我再也不想捡人了。我开了二十年长途汽车，捡到过钱，捡到过黄货，捡到过雷管，捡到过病得半死的女人、发傻的孤老太太和塌鼻子扁脸的真傻子，我不想再捡一次小孩。"老路说，"我没有思想准备。"

"你这个儿子就是在车上捡来的——不知道是不是这个,反正我们站头上的人都知道。"

"是的,全中国都知道。"老路把女小孩塞了过去,她伸出胳膊挂住了他的脖子,喊了一声爸爸。"你在喊谁?"老路很烦躁地问。女小孩对着他又喊了一声。"你得喊我爷爷!"他几乎是扔出了女小孩,上车以后又揪了国权一把,让他不要往车外面看,那里正传来女小孩的喊声,爸爸,哥哥,哥哥,爸爸。他回到驾驶座喘了口气,点上一根烟,现在他只剩九根了。他学着从前电影里的部队首长的语气又说了一声:胡闹!乱弹琴!

这趟车向西南方向开去,公路坑坑洼洼,已经是中午,那层雾气散去了,能看到很远处丘陵的轮廓,等这轮廓由淡青色变成深灰色,就差不多可以到南平了。老路还在教育着国权,他说这是个女小孩,不是你的猫猫狗狗,不可以随便捡回家。国权说,是她想跟着我走。老路说那也很为难,咱家伙食不够分,等那猫生了以后,添的嘴巴更多。国权慢慢地说,每人省一口就把她养活了。

"你说得倒是容易。"老路说,"等一下,你怎么也说这句话?"

"你说过的。"

那是当年他捡到路国权的时候,在汽车上说过的话,后来带着这瑟瑟发抖的小孩回到家,看着爱玲和志民,他也说过。那时候国权只有四岁。"你记得当年的事,对不对?"老路按了一下车喇叭,"你要是记得,就该告诉我,你是怎么上的车,你家大概在哪里,那附近有什么。"他扭头看了一眼,见国权又把鼻子贴在了车窗上。他从来没见过这么心事重重的小男孩。

"不要送走我。"国权对着车窗说。

"憋住,不要尿裤子。"老路指指远方的天际,"看,那里有一架飞机开过去,是太湖空军基地的战斗机。如果你今天不尿裤子,回来时我就给你讲我遇到美国飞机的故事,这故事我从来没给你们讲过。"

"你以前为什么不讲?"

"因为不好乱讲。"

车终于到了南平,他看看手表是十二点半,对国权说,南平的站头比别的地方气派,解放前造的,曾经是火车站,人们可以不必在露天等车。他不确定站头里是否有人,正想把车停过去,前方忽然出现了两个戴红臂章的人,张开双臂拦车。他停了车,有那么一段时间,他没动,又过来几个人拍打车门,把他从驾驶室揪了下去。这些人上车搜了一圈,只看见一个小孩,没其他东西,问他来干什么。老路说,去砖厂。那些人说,我们就是砖厂的。老路说那就好,我找张再兴。那些人问他哪派的,找张主任干什么。他说,我无门无派,来领回我儿子,对了,还有一个叫薛飞的小孩,绰号薛大头。他想这年月过得挺快的,连徒弟都做主任了,另外,他还是第一次被人从车上揪下来。

其实他不是陌生人,年纪大一点的工人都坐过他开的车,但这会儿没人想和他攀谈。熟人都翻脸了,何况是他。穿过南平镇,他觉得饿,镇上同样萧条,没有一家吃食店开张,他喝了口水,把水壶挂在国权脖子上。戴红臂章的人呼拥着父子二人,有人推了老路一把,让走快点。老路说,朋友,不要动手动脚,我不是你的俘虏。那人年轻,在身后嚷嚷说我怀疑你是城里派来的奸细。老路说,你见过开这么一辆大车来做探子的吗。国权轻轻拽他的袖子,那意思是让他少顶嘴,老路就拉住了国权的手,把他夹到自己胳肢窝下面。后面那年轻人果然踢过来一脚,追问道,这次来了多少人。老路说只有我,还有这小孩。他们问这小孩是谁,老路说我的情况你们应该知道些的,这小孩,领来的呀。有人大声讥讽道:路承宗,你的儿子都是领来的。老路说,没错,你想要吗,我可以送给你。

砖厂有一座很高的砖窑,老远就能看见,走近了发现那上面也站着人,应该是放哨的。厂门口站岗的人进去通报,让他在外面等。老路说小孩要上厕所,这里没有厕所,他摸出草纸,带着国权绕到一排红砖垛后面,那群人让他们跑更远些,他们又往里走了三排砖垛,闻到很重的尿臊味。老路让国权站定,把自己身上的军大衣脱下来,穿在他身上。小孩挺高,衣服下摆盖到他脚背,略长一截,这会儿他正拽起大衣下摆困惑地看着老路。要是运气不好,这辈子就是最后一次安慰这个爱哭的儿子了。老路把自己的手表也摘了下来,上了上发条,塞进军大衣的口袋。

"我不会送走你的,你妈也不会答应,你哥也不会答应,我们都很喜欢你。"他蹲下来摸摸儿子的头,"我是骗他们,显得我不把你当回事,这样你就可以脱身了。如果我说你是我儿子,他们就会为难你。其实我不该带你来,而你既然来了,就帮我做件事,一定要办好。"

"什么事?"

"如果我出不来，你回去报个信。"

"给谁报信？"

"给姚厂长，给汽车公司，或者给你妈和你大哥。"老路帮他把军大衣的袖子挽上去一层，露出两只手，"你得自己走回去，有三十公里路，搞不好走一夜，你可以分两段走，到楼家镇的站头上休息一下，天亮再走。记住如果我两个小时还没回到汽车里，你就一定要离开南平。"

"那你会怎么样？"

"我也不知道。"

"我觉得我回去报信也来不及救你了。"

"回去报信不是为了救我，没人敢来这里救我，人来得越多就越危险。回去报信就是告诉他们一声，说我在南平出不来了，他们都懂的。"老路说着掏出了驾驶证，里面夹着些钱和粮票，全都交到国权手里，最后说，"房门钥匙在碗橱里，等你回到家，猫应该已经生了。"

他拍了拍国权后背，让慢慢往汽车那边走，不要引起注意。接着他绕出砖垛，朝那五六个人走去，连头也没回。他这么做是为了显得不把儿子当回事，国权明白，但还是一阵伤心，有被遗弃的感觉。他听见老路说了一声："不要再等了，让张再兴滚出来见我。"门口那些人忽然激动起来，揪住他的中山装，好几个巴掌抡过来拍掉了他的帽子，推推搡搡，就这么将他押进了砖厂。

师父和徒弟闹翻，两者皆被人诟病，不够宽厚，不明事理，天生不懂何为礼义忠信，长大了也教不会。做师父的人，一辈子最多只能闹翻一个徒弟，若再多一个，都显得他是个蠢货。至于那做徒弟的，如果闹翻了师父，他最好一辈子都别提这事，那相当于在脸上烙了个印。

砖厂很大，老路被一堆人呼拥着，经过那个大砖窑，又穿过制坯车间，来到办公室前边，他想照理来说自己应该被蒙住眼睛带进来，但这毕竟不是绑匪窝，对方也只是一群工人。然后他看见了张再兴，穿中山装，披一件很旧的劳保棉大衣，斯文，朴素，挺拔，像个首长那样走到他对面五米处站定。老路已经多年没见到这个徒弟，他和以前不太一样了，这也在意料之中。"跟我来。"张再兴淡淡地说了一句，返身往走廊尽头一间屋子里去。他的样子令人发怵。老路想事到如今，就算那屋里有个阎王，也得进去。

他就在这屋子里待着了，张再兴脱了棉大衣，挂到门背后，把那伙人支出去，关上了门。"这是我的办公室。"他对老路说。那书桌前方有一把椅子，老路坐了下去，张再兴搬开了桌上高高的一摞材料，坐到书桌里面，这样他可以隔着台板清楚地看到老路的脸。老路心想，你这是砖厂，搞那么多材料干什么。

"你的肚子在叫，你吃了吗？"张再兴问道。老路摇摇头。张再兴又出去，喊工人到食堂去拿两个热包子过来，他自己拎了个煤炉进来，往上架了一吊水，屋子里稍稍暖和起来。他很周到，老路想到的是一时半会儿走不掉了，这是打持久战的意思。"人在哪里？"他先行发问。

"分开了关在后面。"

"人我带走。"

"先不要急，"张再兴又整理他桌上的材料，"你干得不错，一个上午就从吴里单枪匹马赶到南平，进门就让我滚出来接你。总归是你厉害，你是我的师父，对吗？"

想到当年事，是老路把张再兴退回了维修厂，因他学不会开车，把扳手乱扔，还去领导面前告师父的状。这件事除了姚主任这种资格极老的，再无其他人知道，后来老姚调去维修厂做副厂长，一直升到正厂长，也没有为难过张再兴。再后来，张再兴调到砖厂，这里离市区很远，工作条件差，技术工人没几个，大部分是粗坯，还有释放的劳改犯。他在这里做上了小干部。老路跑这条线时，曾有一次遇到张再兴带着老婆坐车去市里，双方视若陌路，没打招呼。"我并不是你师父，我教过的人，也不让他们喊我师父。"老路说。

"徒弟多些不好吗？"

"如果要认我做师父，就要知道我的师父是谁，师父的师父是谁，这没有什么意思，像旧社会的青帮，看上去厉害，实际是些瘪三。"

"你讲得不对，师父是有威信的，我见过最有威信的师父，是工厂里的。徒弟结婚，除了告诉单位和父母，还要跟师父说一声。师父死了，徒弟要去守灵。师父能把徒弟喊过来，也能让徒弟滚出去，难道不是这个原因吗？"

"做司机的不一样，一人一车一天地，车子开得好是自己的本事，倘或有天吃饱了老酒撞到倒霉的人，也不要说师父是谁。师父不沾光，不背黑锅。"老路说，"我叫你滚出来是因为你们欺负小孩,把两个不满二十岁的人关在这里。"

食堂的人端进来一碟白馒头,吊子上的水烧开了,张再兴拿了个搪瓷茶缸,倒上一点热水,晃了晃把水泼在地上,再倒满。"茶叶全吃光了,只能请你喝白水,不嫌弃吧?"这时老路已经拿起馒头啃了起来。

国强和薛大头被审过了。张再兴道出,这两人搭了一辆去浙江的卡车,到岔路口跳了下来,大白天摸到南平镇,长了个心眼是从后面绕进来的,可后面就是砖厂,刚溜达到门口就被人认出了脸,顺势押了进来。

"听说跪了一夜。"

"没有的事。薛大头倒是想跪,我们没让他跪。你儿子比较硬气,不肯跪,我们也就让他躺着了。"

"他们没有做错事,你押两个小孩,是没道理的。"

"他们做错了一点事,"张再兴发笑,"他们在砖垛那边劈红砖,用手劈,一掌劈开一块,说这是军事技能。我这边的人看不下去了,红砖是用来造房子的,不是给他们劈的,他们冲过去制止,薛大头朝他们飞了一砖头,就这样,被逮住了。"

这简直荒唐。老路眼前几乎出现了薛大头和路国强傻乎乎的样子,他们挑了个天气很差的日子,兴致勃勃地从吴里赶到南平,然后空手劈砖头,然后被一群如狼似虎的青壮年男人给抓了起来。"我当年是因为拿菜刀砍翻译官被日本人打。"他对着搪瓷茶缸摇头,"现在是怎么回事我也不懂。"

"现在就是不要顶嘴,要服软。"

"你手下的人踢了我。"

434

"他们不是我手下的人,就像我不是你徒弟。他们是这厂里的工人,是保卫这里。"张再兴说,"你都不知道他们为什么恨你吧?因为你以前跑这条线的时候,他们中间有人被你数落过,有人对着车轮胎撒尿被你扔在了公路边。以前你是司机,是老师傅,他们是烧砖的小工,不敢对你怎么样。现在呢?"

老路苦笑起来,现在是什么情况他很清楚。他把馒头全都吞了下去,拿起茶缸喝水,让张再兴继续讲。他今天不讲完是不会罢休的。

"十八年前,你把我退回了维修厂,我本来应该是个驾驶员,最后做了个工人。开汽车很威风。普通人别说坐汽车,连摸都摸不到。"张再兴说到这里把手往嘴边挥了挥,"我说的是轿车,不是公共汽车。一九五六年定工资的时候,你是多少?七十一块四角,驾驶员中最高级,还有津贴,而我们这些人的工资是二十多块钱,到现在三十六块,你能养四个儿子和一个不上班的……师母,但我就做不到,我一对在农村的父母拖累着我。如果我做了驾驶员,情况不会是这样。我从维修厂调到砖厂,维修厂已经够远的了,在郊区,砖厂离市里三十公里,里面三分之一的工人是从石场放出来的劳改犯。我的日子过得有多苦。"

"你想讲什么呢?"老路困惑地看着这个打开了话匣子的人,"你做到了小头头,坐在办公室里看材料,不比开车好吗?"

"你从来就讲开车苦,开车受气,其实你心里最清楚,开车比别人高一等。"张再兴挥了挥手,这次是伸出来挥在老路眼前,"不要再嘴硬了,也不要假装嘴软讽刺我,你再这么讲话走不出砖厂大门,你的儿子也走不出去。师父!"

两人话讲到这里,办公室的门被一脚踢开,一个瘦寡寡的老工人带头闯了进来,戟指老路:"你就是五年前把我扔在公路边的司机。"老路已经不记得这人,此刻承认:"是的,这件事我被处分了,而且调离了这条线。"老工人说:"你还打了我一拳。"老路拍桌子说:"行行有规矩,你对着我的汽车轮胎撒尿,你是个男人,为什么不去对着树撒尿要对着我的汽车?"张再兴趴在桌上,伸过手扒拉老路,让他不要再说。从老工人身后闪出来三个壮小伙,一人一拳挥过来,老路倒向墙角。老工人向他介绍,这是我徒弟们。老路第一次挨到别人的徒弟的拳头,他想要是我那些徒弟在,非得开车撞死你们不可。这世界就是这么打起来的。接着他看见张再兴从书桌后面跳出来架住了一群人,大喊道:谁都不许动手,这是我师父。烧砖的小伙子动起手来不认亲爹娘,张再兴也被打到了墙角。

国权在站头上等着,前面就是那辆红色的客车,南平镇的车站比别的地方大好几倍,可那大门却锁着,没法进去。作为一个司机的儿子,他从小关心天气,他在避风的地方蹲着,觉得寒气升起,看了看天色他认为雪或者冷雨又该落下了。有挺长一段时间他不发出任何声音,以免引起几个戴红臂章的人的注意,这些人很警惕,一直看着公路,那里并没有一辆车开过。后来有一个小伙子从砖厂那边跑了过来,对那些人说:有人打了司机,张主任说司机是他师父,于是张主任和他们对打起来。戴红臂章的那群人很激动,跟着报信的人跑了回去。国权看得出他们都是认真的,也知道挨打的司机是老路。他掏出手表看了看,还没满两小时,但他决定即刻往楼家镇方向走。

得过很多年以后他才会道出一个真相,他记得四岁时发生的事,尽管那记忆极为破碎,但细节都是对的:他在一辆汽车上吃到了煮鸡蛋,下大雨淹没了他的脚,下一个场面是他在一个地方被人围着,车灯照得很亮,像是站头。他确信那不是吴里,而是南平,老路也证实了这一点 —— 车开到南平时他曾经打算把小孩交给当地镇政府,后来打消了这个念头。老路说那镇上所有人都饿得不想说话,如果把小孩留这儿,会活不成。

国权上了公路以后走得飞快,双手提着军大衣的下摆,后来他觉得这样费事,干脆把衣服脱下来,兜在头上,下摆正好垂到他脚踝。公路上没有人,走着走着,他又回头看一眼,南平的站头已经被一片枯树林挡住,能隐约看到砖厂的窑,像是在天边。

他又继续往前走,整条路是寂静的,他想着老路在那砖窑下面不知道被揍成啥样,会不会死,还有他二哥,搞不好已经半死了。他受过革命教育,知道抓敌特的故事,小孩子回去报信是完成任务,不是临阵逃脱,但他还是忍不住为爸爸和二哥担心,包括邻居薛大头。在他爸爸讲过的故事中,最壮烈的一个是被日本宪兵队毒打,拖到刑场上要砍头,后来他 —— 根据他自己的说法是机智地逃脱了。这不大可能,国权想,反正不可能每次都机智地逃脱,而且国强会拖他后腿,薛大头会拖他们两人的后腿。他走了很久,觉得饿,像是有个皮撅子在吸他的肚子,打开水壶喝了一口发现连水都不剩多少,再回头看,南平镇已经望不见了,前方与身后都像是无人的世界,他有点害怕,向两边望去。路基之下,黑沉沉的田野里没有庄稼,那层冷雾弥漫在土地上。离他不远处,有一个高高的稻草人被绑在十字形的木桩上,身上兜着的黑色布条正被风吹起。稻草人没有脸,有一个稻草扎成的脑袋。他下到路基边,歪着头仔细看,发现在这稻草人的身边还有个小稻草人,矮矮胖胖,脑袋垂在一边。大的是爹,小的是儿子,风继续吹过,这对稻草人父子发出噼啪的声音,像笑也像叫喊,像是从死了活过来但却仍然保持着死人的样子。国权一阵骇然,连滚带爬地上了路基,喊了一声爸爸,没指望有人回答,要是有人回答就更见鬼了。他辨清方向,向着楼家镇跑去。

天快黑时,他望见了一些农舍在道路一侧很深的地方,其中有灯火,格外清晰。他已经累得快吐了,两个脚趾很疼,应该是磨出了泡,他也没脱下鞋子看。再往前走,距离道路不远出现了更多的房子,他掏出手表看看,差不多四点。他知道公里数,知道汽车一小时跑五十公里,在坑坑洼洼的地方跑二三十公里,不比自行车快,而人的步行速度是一小时五公里,小孩和老人更慢些。他从南平走到楼家花了两个多小时,大概十公里,这中间没停下休息过。

快到那条岔路口时,他还没决定是不是去楼家镇休息,或是继续走五个小时把这三十公里路程一口气干完,就看见那女小孩站在路口向他望,歪辫子上的红发绳飘着,那应该是某一面旗帜上撕下来的布条。这时他觉得快饿死了,他向那女小孩走过去,听到她远远地喊了一声:哥哥。

这个下午剩下的时间老路是在张再兴家度过的。那些工人把揍张主任的师徒四人给绑了起来，看上去快要内讧了，经老路劝说，给松了绑，发了四根香烟，大家恨恨又释然地散去了。老路说我他妈要早知道这样，我进门就发烟了。张再兴说你也小看我们砖厂的战士了，他们对你有气，对我也有，动过拳头出了气，香烟才能管用。老路说我只是这么一说而已，五年前我就做过检讨，开车打人是不对的，他们批评我是"车阀"，跟军阀、财阀、文阀一样。

事情到这一步，老路和张再兴又师徒相称了。他急于要见到儿子，张再兴说，一听你来，我怕出大事，赶紧让人把两个小孩都转移到我家去了。老路说你机智，果然能做到小头头。张再兴发问："师父，你知道早上是谁打电话到汽车公司的吗？"老路明白了。张再兴说："当然是我派的人。"可以放掉这两个小孩，又偏要老路来领人，张再兴说："我无非是想借着机会看看你，要你在我面前低头。实际上不想为难你，要真想，去年夏天就带人冲到市里砸你家了。那我也做不了人，你儿子多，徒弟多，说起来都是我师弟。"

张再兴家就在镇上，有三间房，屋子里生着煤炉，用白铁皮打了一个通风管，像北方人家。看得出这套取暖设备是新做的，但这房子结构不好，朝北的板壁房，照不到太阳还漏风。外间四五个工人围着煤炉，押住路国强和薛大头，这两人已经泄了气，坐在小板凳上低着头。看老路进来，国强恢复了元气，响亮地喊了一声："阿爸！"工人摁住他的肩膀，不让他站起来。老路上前扒拉开工人的手，看儿子的脸，确定他这样子没挨打，也确定他一夜没睡，再看看薛大头，额头上有个大包。问怎么回事，工人们说，审他的时候在墙上撞的，自己撞的，不是我们干的。大头说，我记不清了。工人说，简直笑话，我们是吃过官司从牢里放出来的，要真想给你动刑，你脸上不会有一点伤。

张再兴让这些工人回去，关上门，让两个小的坐到条凳上，让老路坐到椅子上，又倒上热水。他家的条件不是很好，家具都旧，没有玻璃杯，只有搪瓷茶缸，过了一会儿他的两个女儿出来了，一大一小，对着老路喊爷爷。老路看着她俩忽然想起在楼家镇遇到的女小孩，随即想起路国权，这会儿已经是傍晚，他超时很久，国权要是走得快的话，已经可以到楼家镇了。老路找回了一个儿子，又跑丢了一个。他让张再兴不用再招待，现在就得走。

"我还想与你叙叙旧，这十几年的事。"张再兴说，"走过的路，吃过的亏。"

"以后再叙，我可以申请调回来开这条线。"

他站起身，招呼两个小的也起来。这时张再兴的妈妈抱着个小娃出来，小娃还在襁褓中，老路问是男是女，张再兴的妈妈叹气说，女娃，刚生半个月，是早产，不大好了。她这乡下口音大家听不太懂，大意是张再兴有两个女儿，现在又生了个女儿。

"早产儿送暖箱里。"老路打断说，"不要觉得女娃命贱。"

"医院不收了，医生都下乡去学习了，小孩生了没两天就让我们回家。"张再兴说，"我只能用黄鱼车把人拖回南平，骑三十公里。"这时产妇也从里屋挪了出来，说这小娃生错了时候，医

440

生叮嘱多晒太阳，可这季节阳光不够，连续半个月都阴天落雪，烧煤取暖也不大管用，前两天差点全家中毒。张再兴叹气说："做小头头也就这点权力了，从厂里搞几十斤煤。"

"你们跑错医院了。"老路说，"市里大医院是跑空了，还有军医院开着，军医院是有妇产科的。"

"我不知道。"张再兴说。

"你知道部队是最靠得住的吧？你这头头白做了，什么都不知道。"老路说，"你女儿连哭的力气都没有了，现在就上我的车吧，到明天我也借不出一辆汽车来南平了。"

"阿爸认识院长的。"国强添了一句，"院长是正团级。"

"师父啊。"张再兴拉老婆过来，拽着老路的袖子说，"我师父什么都办得成。"

老路不想看这户人家的女人给他作揖道谢，让她们收拾些必需品，他开始分配任务。张再兴无法离开，还得回厂里去调解，家里两个女小孩就交给他带，老太太和产妇带着婴儿去吴里。薛大头的任务是照应住这三个人，路国强的任务是扛行李。两个小伙子没白来，大客车足够坐下这些人。老路要他们不要拖延，这趟车必须往前赶，他不想开着开着看见一个躺倒在公路上的路国权，或者一直到家也没看见他，这都是要命的事。

天黑时他终于可以发车了，汽车发动机轻微的振动让他觉得还有希望，任何事情都不至于太糟，世界大乱，终有一天也会恢复秩序。这时砖厂又有工人打着手电筒过来，张再兴问是不是要多带几个男人过去，可以做帮手，老路笑了。

"你的亲妈、老婆、女儿都在我手上，你担心什么？担心我把她们拉到外国去？"

"你是老师傅，我不担心。"张再兴准备下车，又回头，对老路说，"我做的事情多有不对，我不想多讲客气话了，当年学不会开车是我没本事，今天把你诓过来，让你挨了拳头，还是我的错。不要怪罪我。"

"你的衬衫领子洗得蛮干净的。"老路说，"在砖厂能这么体面不容易，我看了，其他人连衬衫都没有。"

"这是跟你学的。"

"我知道，我说的就是这个。"

老路听到身后传来一阵动静，他回头去看，一条人影蹿下了车子，稀里哗啦仿佛是被人追打了出去。路国强拉上车门，开心地说："阿爸，这朋友哭着逃走了。"

杨子红是谁？回去路上，老路问国强。国强笑嘻嘻不肯回答，薛大头替他说了：十三中的女生，去年跟国强认识，一起跑到一中看打架，两人还去偷书，国强偷了一本《石头记》上册，杨子红偷了一本下册，国强看完上册想看下册但寻不到杨子红了，打听很久知道她今年住在南平的爷爷家。老路问，那么找到了吗。薛大头说，没来得及啊。老路说，那么以后再来，慢慢找吧。薛大头说反正我再也不想来南平了，这里全是劳改犯。老路问说，你们到底挨打了吗。薛大头说，没挨打，有个劳改犯他很奇怪，摸我们俩。老路问男的女的。国强说，男的。薛大头说，男的。老路说，劳改犯是这样的，你们搞也搞不清，以后不要来了，再碰到这种事要立刻告诉家长。

车往前开了一段，国强着急起来，这一路上没看到国权。老路让薛大头看好车左边，让路国强看好车右边，如果有国权的身影就立刻告诉他，再一看薛大头已经睡着了。老路摁着车喇叭，把大灯开亮，那动静真是大极了，薛大头还是没醒。

"国权不够机灵。"国强说。

"他已经够好的了。不机灵就会按我说的做，如果是你，现在我会更担心些。"

"谢谢你来救我。"

"我觉得这趟不是来救你，而是后面的女娃。"老路看看反光镜，两个女人缩在车尾暗处，他让国强喊她们靠前坐，不然容易晕车。国强在车上比较懂事，比在家里会照应人，等他再次坐到发动机盖上，老路说："我要找个地方让你去上班，你还小，照理应该再读点书，但现在的世道，还是去上班吧。不要觉得我是赶你出家门，劳动对你有好处。"

"学开汽车，到汽车公司来。"

"你想都不要想，我的儿子一个都不许开车。"

老路把方向盘往左打，汽车开进岔路。楼家镇上有灯光，但站头一片漆黑，他往车灯照亮的地方仔细看过去，台阶上站起一个人，穿着军大衣，拖到脚踝下。国强欢呼起来，老路踩了刹车，这车没反应，又踩了第二下，停在了路国权眼前。"我的妈呀，"老路对车说，"不要和我过不去。"这时连薛大头都醒了，问是不是到家了。"人都收齐了。"国强往他脑袋上拍了一掌，跳过去拉开车门，夜间的寒气透进来，国权哆哆嗦嗦往上爬，国强伸手拉了他一把。"这小子快冻死了。"国强喊道。张再兴的老

443

婆递过来一个玻璃盐水瓶,那里面装着热水,用来焐小孩的。

"现在我们可以回家了。"老路再次启动这辆车,他嘟哝了几句,让这车争气,平平安安,跑得起来。如果车况不好他会这么做,类似祷告或交谈。这没什么用,该出问题还是会出问题,但你要是说几句,总比什么都不说的好,那意味着你知道它不好,仅仅是它不够好,在你和车之间没有其他什么见了鬼的东西在作祟。

"这是什么人?"国强喊了起来,"一个小姑娘。阿爸,一个小姑娘,国权带上来一个小姑娘。"

"把她送回去。"老路说,"她有人管,不能跟我们回家。"

"没人管了,站头上的女的回家了。"国权说,"她让我管,我就在外面坐着等你的车。"

"她爹妈呢?"国强问。

"死了,都死了。"女小孩大声说,"哥哥,不骗你,真的死了。"

国强蹲下来,把这女小孩从国权的军大衣后面整个拉出来,发现她在笑。"我和你一样,爹妈也全死了,这事情很开心吗?"

"放你的屁。"老路说,"还有二十公里到家,明天把这小姑娘送回来。"过了一会儿他说,"明天我可能借不出这辆车了。"这时他已经把车开上了公路。

"她叫陈文贤,七岁了。"国权说。他正在和国强交换衣服,把军大衣穿在国强身上,把国强的短棉袄穿到自己身上,然后这女小孩就坐在国强的膝盖上,国强用大衣裹住她。薛大头说:"我的天,路师傅,你又捡了一个。你坏了规矩。"老路很不耐烦问什么规矩。薛大头说:"你说过超过五岁的小孩领回家养不熟,你说过只领儿子。"

"我没说过这话,这是你听来的谣言。我已经五十岁了,就算捡只猫养着都嫌累。"老路说,"家里那只猫该生了,几乎把它忘记了。"

这天距离吴里还有两三公里时,国权忽然想起老路说的美国飞机的事,国权要他讲。国强也好奇起来,实际上老路从来不讲朝鲜战场上的事,他只说一句话:我的战友们很英勇,很壮烈。听得懂的人知道他的意思,他见过太多牺牲的人。这一次三个小的缠着要他讲,美国飞机到底怎么了。老路说快到家了,以后再讲,他们不答应,老路说那就讲得简单些,他让国权帮他掏出香烟点上,这意味着他会不由自主打开话匣子。国强和薛大头也要抽,老路让国权发给他俩一根,轮着嘬,接着他开始讲这件事。

那是他快回国之前,那时黄启宣已经牺牲了,老路开着空车从前线撤下来,独自往回赶。地平线上方的夕阳晃着他的眼睛,他戴上墨镜,道奇卡车在空旷的原野上跑得很惬意。他有点发烧,还能坚持一阵,他跑满了一万公里,对自己很满意。接着他听到了天空中传来一阵嗡嗡声,一架战机从南边飞了过来,也就是他的左手边。

战机见卡车必定攻击,老路心想麻烦大了。他是老司机,年轻时就知道,所有关于开着卡车逃避战机的故事都是假的,包括他的钻到卡车后轮之间躺着的老办法也不管用,那仅够用来躲避弹片。在这旷野上,一架战机存心想杀人毁车,怎么逃怎么躲都是白费劲。他想起一九三七年在上海,那辆亨舍尔卡车,当时他跳车了,但这一次,他不想跳下道奇。这时飞机开始降低高度,向着他过来,老路停了车子,打开车门下去,跑到车右边,贴边站着,顺便打开了这一侧的车门。战机从他头上飞掠过去,没有开机关炮。这也是一架孤零零的战机。

他以为就此结束,可是那飞行员似乎是对这辆道奇卡车有了兴趣,他又绕了回来。老路骂了一声娘,又跑到汽车左边,贴边站着,战机再次从他头上掠过,往南去了。

"后来呢?"国强追问道。

后来这家伙在空中兜了一圈又飞回来,仍然没有开炮。老路再次逃到汽车右边,战机再次掠过。由于高度紧张他忘记跑了几个来回,可能八次,可能十次。夕阳已经落在地平线上,霞光从车头方向照过来,他摘下墨镜,天边如同一条红色的江河,其余的暗色的云团则像山峦叠嶂起伏,汽车和人的影子被拉得很长。老路问那飞行员,当然是在心里问:你到底想怎么样呢?

后来他不想跑了,他给自己点了根烟,坐在驾驶室左侧的踏板上,心想爱怎么样就怎么样吧,老子不想再这么害怕了。战机这一次做了个俯冲,飞得极低,从他脑后方向过来,带着巨大声响掠过头顶,香烟上的烟灰跟着气流飞散。战机随后拉起,老路望着它,这一次它没再返回,直投向暗蓝的天空,做了个侧身翻滚,箭一样地往它来的地方去了。

"后来呢?"

"没有后来了,就是这样。"

"他为什么不开炮?"

"他要是开炮,你们就听不到这个故事了。"

"是不是飞机上的子弹炮弹都用光了呢? 还是说那飞行员想饶你一命?"

"老天爷知道,关二爷知道,我不知道。"老路摁了两短一长三下车喇叭,车灯照亮了前方的城门洞,"小孩们,我们回城了。"

第十二章 欢乐英雄

那块匾一直挂在我二叔路国强的古董店里,九十年代中期他在吴里的古玩街上先是摆摊后是租了个门面,取名宝华堂,有十多个平米,离涉外饭店仅五十步路。他和这条街上的其他古董老板一样,主要做港澳台同胞的生意,这些人有钱,来旅游或投资,把市面带得挺时髦。每个老板的行事风格当然不同,有人像大款,有人像书生,有人像个厨师,路国强的气质像个真诚的骗子。他的门面是最小的。人们跨进宝华堂第一眼看到的就是"黄氏祠堂"这块匾,古朴而神秘,像一部词典的封面。如果攀谈起来,国强会向顾客讲述这个半真不假的故事:此乃家传宝物,失落于混乱的年代,是我爹临死前告诉的我,我从小学仓库里扒拉出来的一块黑板,一块崖柏料子的黑板,这件事让你吃惊吗?我家的宝物很多,看,这些瓶子罐子扇子都是。

店门口还有一把木制的关王大刀,请最好的木匠做的,关于这把刀则有另一个故事:这是我爸爸在抗战年代埋在地下的,真正的关帝庙的大刀,尽管关帝庙已经没有了,它还剩一个空壳子大殿现在是丝绸厂的门市部，但是这把刀货真价实，是我从河边挖出来的，为此我在八十年代挨了联防队的打。

在宝华堂的玻璃柜台里有一枚色泽陈旧的纪念章，关于抗美援朝，关于战功。这是他的第三个故事：我爸爸的纪念章，真货，非卖品。如果有人把这三个故事听齐全，会说，你爹好厉害。

"我亲爹有一半可能去了台湾。"路国强对这些没有血缘关系的兄弟说，"当然也有一半可能死了。"那几年确实有台湾人回到吴里访亲，国强的老家不在这里，在苏北，他猜想如果他亲爹回来，得从苏北亲戚那儿得到消息才能来到吴里，然而连他本人也不知道苏北亲戚在哪块。世事茫茫，他看到报纸上台湾同胞刊登的寻亲启事就说自己应该去台北登个广告，五姐劝他算了，说他亲爹也有可能在那边穷困潦倒，搞不好还得倒过来养爹。国强现在挺有钱，不靠单位，没有下岗之忧，做古董生意如果搞到一票大的，他会迅速致富。

这一年我爸爸路志民六十岁了，他还没退休，但人民商场的柜台已经不需要他这样的老头，结果被派去看管库房。他怨气冲天，领导更不愿让他上柜台，没人想听一个年过花甲的老家伙唠叨，他能撒气的只有那些货车驾驶员，他们多半是外地人，跑到吴里来打工赚钱，卑微而勤劳。他唠叨或是指责司机倒车技术差，这很伤人，货车司机最主要的技术就是倒车。他说自己爸爸是一个伟大的司机，唬得那些开货车的发愣，也不敢得罪他这个管仓库的。只有一次一个女同事多嘴，指出那不是他亲爹，他，领来的。这三个字路志民听了半个世纪。

路志民来到宝华堂，他搬了个板凳坐在店门口，对国强说：

"兄弟啊，你本家姓王，三弟姓石，四弟姓周，五姐姓陈，只有我不知道自己姓啥。我六十岁了，不知道自己姓啥啊。"国强说你姓路，咱都姓路，就算是国权改姓了石，他在家还是被喊作路国权。

国权和五姐，那时就在涉外饭店上班，他会英语，管接待工作，她在餐饮部，他们有一个十岁的儿子叫石磊，英文名字叫查理。这个家族及其外围的人数有点多。五姐经常从餐饮部带点吃的出来，当然不是客人吃剩的，小市民也有他们的尊严，新鲜的饭菜放在宝华堂门口的折叠小圆桌上，傍晚时，一群人就在那儿吃吃喝喝。

他们所谈的除了家长里短，还有"形势"。形势不太好啊，纺织厂下岗了，肥皂厂没了，玻璃厂的厂长，嘿他被抓进去了，从他家地板下面撬出来的现钞够给全体工人发一年工资的。形势不好之外也有好啊，古玩街的生意越做越大，涉外饭店同样，开往市郊的长途汽车生意统统被中巴车抢走，但杨子红没受影响，她悍然地开上了出租车。干这行很赚钱，她保持着当年开大车的尊严感，轻易不说话，驾车既稳且横，相对来说路家那群没有驾照却爱讨论形势的人，倒像是轻佻而自作聪明的出租车司机。他们还经常在马路边指责管交通的协警偷懒，古玩街堵成长龙没个人来疏通。

路承宗去世后十二年，吴里出现了私人牌照的轿车。老路当年所说，中国所有的汽车都是国家和集体的，这件事也就成为了历史。首位拥有私车的是个叫四毛的老板，他开夜总会，他的车牌号是0808，也就是4的倍数，4这个数字不吉利。0808是一辆白色自动挡凯迪拉克，四毛亲自驾驶。到了这个年代，豪车比过去容易驾驭，大老板们也就不怎么需要私人司机了。

姚厂长还活着，八十岁了。有一天他看见四毛在街上开车，敞开车窗，放着轰轰的迪斯科音乐，左手持板砖一样的黑色"大哥大"，右手把着方向盘，天线戳在外边。这车停在红绿灯路口时姚厂长走上前，告诉老板，不要用一只手开车。四毛不认识老头，一按车窗键打算开溜，姚厂长很生气，一抬手把自己的拐棍塞进了窗缝里，戳了半截在外边，车就这么开走了。姚厂长还颠着步子往前赶，可能是想拿回那根拐棍，那车停了，夜总会里冲出来十个方脸寸头的小伙子把他架了进去。

姚厂长的儿子在外地工作，无法出面。那次是国强和五姐去领人，白天那地方静悄悄的，进门就看见角落里供着一尊关公像，赳赳威武，花了不少钱买的。这世道，神佑其谁乎，国强连哼带叹，上前参拜了五秒钟，嘴里嘟哝道：路承宗之子敬拜。两人走进去，哪有资格见到四毛老板。五姐很是不服，国强知道底细，让她不要跟着姚厂长一起冲动，这城里没人敢惹四毛，他放高利贷把欠债的人全家都吊在房梁上，他不是社会小混混。他们面对的是四毛的经理，经理的助理，助理身后的小弟。五姐对他们说，你们也真是胆大，把个残疾老头押了进来，万一他一口气上不来死在这里，该谁来负责？经理笑笑说，老板不高兴，天王老子也敢碰。五姐知道这回遇到了横的，嘀咕一声，黄金荣杜月笙又回来了。最后是国强凭借自己在古玩街的一点微末地位，把赔偿金谈到了三千元，带着姚厂长出来的时候他还说这价钱便宜，又花了五块钱给老头买了根新拐棍。

"如果你爸爸活着，看到这样开车……"姚厂长说。

"不要再提我阿爸了，"国强说，"四毛不是不懂开车。他是坏人，你明白吗？坏人就是这样开车的，故意这样开，一定要这样开，他才能让全世界知道他是个坏人，让全世界看到这个坏人开着0808的凯迪拉克在街上打转。"然而姚厂长还是不理解，既然是坏人就应该严打。哪有那么简单呢？以前的坏人都穷，一打一大片，现在不一样了，有钱坏人能严打你。国强见讲不通，又换了一种方式叮嘱：以后不要再去惹四毛，架到这种地方被赎出来，别人会以为你八十岁逛夜总会还没带钱，很不体面的。

他们坐在一起，开始感叹世风日下，主要指那些开车的。如果爸爸还活着，如果爸爸看到人们这么开车。"不，解放前爸爸什么都见识过，他不会觉得奇怪。"只有路志民知道，"爸爸说除了虎、马、狗之外还有一种司机，是猪。"接着他们谈起了那个会开车的男人，很久没见到国庆了。

国庆是一九九六年从公交公司离职的，那个词叫作"下海"，照他自己的说法，车还给公家，人走了。那年他三十八岁，一直没小孩，袁芙蓉身体不好，流产了三次，尤其最近一次发生在半年前，他说以后不要再流了，就这样吧，没小孩挺好，在死之前允许自己把钱都花光掉。

公共汽车已经实行投币上车制度，以前的售票员全都不需要了，司机负责开车，指挥登车的乘客投币，查月票，告诉他们前门上后门下，遇到纠纷停车处理，每天自己打扫卫生。他对朱康说：我不是做不了这一系列工作，我是觉得孤独，一个人开夜车的时候尤其孤独，想抽烟，但现在公交车里不给抽烟了。他之所以把这些话告诉朱康，是因为后者在吴里大学读书，能理解孤独这个词，其他人不能。然而朱康也是睁大眼睛看着路国庆，他说人生本来就是孤独的，但是，阿叔，这种话是用来和女生搭讪的，你我之间聊什么聊？

朱康仍然是个嘴巴漏风的家伙，没几天把这事儿说了出来，路国强夫妇很疑惑：难道国庆缺一个卖票员就活不下去了吗？他们问了五遍，这时就连读初三的路晓娟都觉得不平，觉得他们在刻意贬低国庆（她还说不出"庸俗化"这个词），她说四叔十年来就开这条线，从精神病医院到动物园，他觉得没劲很正常啊。国强说老四从小就很乐观，开心得不要命，倒是老三经常一副活得没劲的样子，这到底怎么回事。路晓娟说，一贯开心的人要是难过起来，哎呀，那真是难过。

他离职还是因为四毛老板。有一天他开的大车在夜总会门口别了凯迪拉克一下，接着那车开过来把他逼停了。这种事情他开了十年公交车当然遇到过，有自行车逼停他的，有三轮车逼停他的，还有大活人攀到保险杠上不许他走的。但这一次，夜幕之下，两个戴金项链的马仔跳下豪华轿车，上了公交车把他揪出来扇了俩大嘴巴，车上的乘客还笑了。0808闪着红色尾灯开走的时候，他心想，该去干点别的了。他继承了父亲的手艺，这手艺到底是什么，他需要反思一下，如果只是开车的话那去任何一所驾校也能学到，这手艺不仅是开车，还是态度、道理、品格，实际上他继承了一种地位，但那地位已经不再存在了。如果你和四毛都开车，你开公交车，他开属于他自己的凯迪拉克，那么你们之间比的不是什么司机的手艺和道理，比的是谁钱多，谁官大，谁能打。这么一想，他把车开得飞快，再次超了0808，超了前面两辆慢慢腾腾的公交车，又超了一辆警车，发动机轰响以及车窗震动发出的噼啪声像是要四分五裂，他喊了一声"有人下车吗，没人下车就不停了啊"，然后从站头前呼的一声开了过去。他知道这么开公交车是不对的，这让他想起多年前头一回开车出城，在空旷的公路上独自跑着，脑子发热，身体愉悦，心里估摸着回城以后可能会写检讨，现在他有了同样的感受，然后他想起自己老爹开着侧三轮摩托车在后面追，那滋味应该也不错。他一下子高兴起来，不像挨了黑社会一记耳光，倒像是加入了他们。最后那车一头扎进终点站，也就是动物园门口，夜晚这一带很冷清，能听见墙里面猴子在叫，被月光和路灯映得十分明亮的夜空中有一些野鹳鸟飞起，猛兽在更深的地方。他摘下了白手套，挂在方向盘上，然后跳下车对站头上的调度员说："我不配开公共汽车。"第二天去公司办离职手续，没有引起任何注意，他既不是模范驾驶员，也不是惹麻烦的人，没人问他接下去怎么活。一个开车的，接下去还能怎么办，无非继续开车罢了。

九十年代中期，吴里的出租车逐渐多了起来，车型是夏利和桑塔纳，桑塔纳是暗红色的，夏利则是一种明亮的带有橘色的红，起步价分别是八元、六元。杨子红与人合伙，日夜轮转开一辆夏利。国庆这一回又找她学生意经，杨子红说，想挣钱，学宰客，办法有很多，漫天要价，中途讨价，兜圈子骗公里数，修改计价表……你必须长年累月这么干，打定主意做个瘪三，否则你干一单坏事也就只多挣个百十来块，这毫无意义。这些门道国庆都知道，自忖不是个缺德的人，问她平时宰客吗，杨子红说，你脑子坏了吗，我是个女司机，乘客不揩油都不错了，我四十多岁了，但他们还是会一边坐车一边缠着我聊天。与宰客相反的是，你也得小心被客人宰了，坐霸王车的，在车上发作精神病的，要你开进小巷然后你这车卡在中间倒不出来，甚或让你开到荒郊野外往你脖子上套根钢丝。

这些事情说起来好笑，也挺真的，杨子红的本意是让路国庆认清现实，别再把自己当成是一个不可侵犯的公交车司机，开出租车靠的是自己，言外之意：即使你爸爸，也没开过出租车。"生意不一样，人就不一样。"她说出了一句挺有道理的话，一如我们路家人所擅长的，讲各种正经或不正经的道理，用来教育人或是气人。路国强适时地为老婆做注解："是的，阿爸一辈子都有靠山。我们没有。"他指指自己和杨子红。

"爸爸把你从砖厂救出来那次靠的是自己。"国权说，"那次连妈妈都不在。"

"你想说那次阿爸靠的是你。"国强抢白回去。

国庆在家休息了一阵，这一年去麒麟山扫墓，他缺席了。路家人的惯例，约齐了在清明前后某天到山脚下给路承宗、周爱玲上一炷香，磕几个头，然后由国庆背着姚厂长往山上爬一点路，给许先生全家鞠三个躬。如果天气好，国强还会一个人坐长途汽车去福山给他亲娘扫墓，但不是每年都去，至于他亲爹在哪儿就只有天知道了。这天国庆不在，姚厂长就在山脚下坐着，说起黄启宣的坟在更远的地方，靠近烈士陵园的一片公墓。老黄没能评上烈士，一辈子散漫的人，实际上心里有所谓，活着的时候想进家谱，死了一定想做烈士。姚厂长揉着腿又唠叨，说他自己，当年要是死在滇缅公路，那就埋在云南的山上了，也能算个抗日英烈，尽管不会有人记得名字。朱康说你这样挺好的，太太平平活到老。姚厂长说，死了这么多人，才有今天的日子哪。

他们很欢乐地下山，山道上神情各异的人，有的平静，有的凄凉，也有爱吵闹的。麒麟山平时少有游客，唯在清明冬至前后热闹，新的公路已经铺好，从市区到这里开车不过半小时，上海那边过来的人也多。他们还在说着表姨妈的坟地该怎么定，说到各种迁坟的计划，最好把所有坟都聚到一起，但这样又搞得很奇怪，好像不是扫墓，而是开宴会。这很不严肃，也很刻意。这么说着话，到山口看见一辆暗红色的桑塔纳停在一群卖山花的乡下老太太中间，车里放着音乐，司机蹲在一边抽烟，脸朝着天，那正是路国庆。

"我老丈人介绍了一份工作，袁塘有个老板要小车司机，必须本地人，男的，高中文化。好几个人竞争上岗，我以前是开公交车的，老板信得过我，目前工资一千二。"国庆指指汽车，"已经上工半个月，今天拉老板来给他爹妈扫墓，他已经上山去了。"

"你倒不给自己爹妈扫墓？"国强问。

"我现在是给私人老板打工，是工作时间。"

"你的车里放的音乐很时髦，是摇滚乐，是重金属乐队，"朱康把脑袋探进车里听了听，又缩了回来，"我们大学里也流行听这种歌的，你的老板蛮时髦。"

"不是老板，是我自己听，老板在车里时不能放这种音乐。"

国庆伸手摸出磁带盒子,和朱康交流,"我有一次经过音像店,觉得很好听,很释放自己,就买了一盒磁带,后来听腻了又买了第二第三盒。"

"你越活越年轻了,以后我带你去蹦迪。"朱康说。

"这辆桑塔纳有点旧了。"国强故作惋惜,"你应该找个有钱老板。"

"这个老板够有钱了,他马上要在市里开公司,他要一对大花瓶,两米高的,我会介绍到你店里来买的。"国庆说。

"我是古董店,没有这种大家伙,但你只要开口我肯定能给你搞到,花开富贵,生意兴隆,松鹤延年,样样都有。"国强好奇起来,"你这个老板是做什么生意的?"

"开私人厂,做纸板箱的。"

话就这么讲定,他们把国庆撂在原地,继续下坡往山口走。路志民嘀咕了一声,做纸板箱不就是个小作坊吗。国强说你外行了,如果全世界的纸板箱都由你来做,你就是个托拉斯。路志民又说,爸爸在世时,最不想提的就是做私人司机,能赚点钱,可是低三下四,遇到坏老板掉脑袋,遇到好老板也有倒霉时刻,说不定。国强说,他做私人司机时日子过得滋润,但只有你一个人享了这福。路志民被堵了话头,十分扫兴,一赌气扔下他们走了。

纸箱老板四十多岁,聊两句就知道他没读过什么书,身上还有一种乡下老板特有的一本正经。他提出想要黄金色泽的龙的花瓶,国庆开车拉他到宝华堂,看一对落地大货,瓶胆上各有两条上升的金龙，龙身带火，龙尾甩水。这一次国强没说它有什么历史，是的，它是新货，新气象，新开张志喜。名片交换过，老板叫方国兴，属龙。国强说你这名字和我家的人怎么那么像。老板的眼睛一直看着那块匾，对花瓶不怎么感兴趣，国强的话讲得费劲，派了根中华烟给纸箱方老板，后者摆摆手说烟酒不沾，兄弟俩只好站在店门口抽自己的那口烟，国强递眼色给国庆，国庆就干巴巴地说：这花瓶蛮好的。老板显然还不是很信任国庆，根据老路当年的说法，私人司机在最初四十九天随时都会被辞退，就像死人一样要过七。过了一会儿，纸箱老板自言自语，不知道他说了些什么。国强试图让他的注意力回到花瓶上，拿了根花梨木敲打瓶口，发出当当当的声音。国强说这声音，你听，多脆，是个好货，我还可以请书法家给你往上面写红字。方老板背着手转身往外走，扔下一句话：我不喜欢水火。国强追到车子边说：是的，我懂了，纸板箱怕水怕火，那我给你找个浑身带钱的龙。这时方老板已经钻进了桑塔纳，对兄弟俩说，弄好了告诉我。那语气俨然古玩街宝华堂的路老板是他手下的另一个司机。

国强这花瓶是从同行手里借来的，甚至没机会对着方老板喊价，不得已又雇了辆三轮车运回去，同时埋怨国庆不会做事：给老板开车，应该是半个管家，他怎么搞得像捎客，没个主张还两头不是人。又过了一星期，朱康带来消息，国庆闯祸遭开除。国强打电话找国庆，问他怎么回事。

"前天我放空车去袁塘镇接老板娘，在公路上看见了0808的凯迪拉克，我开心得要死，连踩三脚油门追了上去，开到凯迪拉克边上我就对着四毛笑。"

"你不要对他笑，对他瞎胡笑的人都会挨打。有一次在饭馆吃饭，一个人笑嘻嘻从他面前走过，他的手下就给了那人一耳光，让那人哭着走了。"国强说，"喂喂，你是一边开着车一边对着他笑？你是要跟他赛车吗？"

"二十公里路，我就稳稳地压在凯迪拉克前面。后来我钻进了袁塘镇，我开心死了。"国庆在电话里哈哈大笑，又叹气，"不过这事情结果不太好。"

"你被四毛打了？"

"没有，我车牌号被记了下来，四毛打电话到城里，他的人查到了纸箱厂，冲进去把方老板打了一顿，鼻梁骨打断了。"

"报警。"国强说，"算了，不要报警。"

"就这样，我回到厂里，行政把我开除了。老板在医院里没见到。"国庆挂了电话。

很好，很过分。国强对此评价，阿爸一辈子都被老板差来差去，有时被老板坑，国庆可以做到坑老板，前途不可限量。朱康让他不要说反话。"不，我没说反话，"国强说，"我兄弟大错不错，这个纸箱老板本来就有点欠揍。"

国强来到废太子基。自从父母去世后，国庆就带着老婆搬到了这里住，国强敲门不应，回到天井里拉开了窗，见国庆大中午的还在闷头大睡，就从窗台上爬进去，把被子揭了，把那个像虾米一样团着睡觉的路国庆扶起来坐正了听他说话。"工作不能丢，无论如何要去医院探望一下方老板。你就这么溜回了家，阿爸要是活着，你腿已经被打断了。"

"爸爸从来也没打过我们，你是在做梦吧。"

"对不起，这是杨子红经常对朱康说的话，我张冠李戴了。"国强说，"不要再睡了，为你的饭碗考虑吧。"

两人到了医院，在门口买了一篮水果，进病房一看吓一跳，方老板岂止是鼻梁被打断，整个脸都已经花了，头上缠着纱布且口不能言。老板娘很生气，要赶他们出去，方老板躺在病床上摆摆手，他的右胳膊只能抬起来一半，指指国庆，做了个弹鼻屎的动作。老板娘会意，把国庆叉了出去。方老板又指指国强，勾勾手指，国强会意，走到他病床边，把水果篮子举起来给他看。"这是一点薄礼，请笑纳。"国强做了古董老板后也会拽文，但又觉得这些词不太合适，他为自己皱眉头，又想到纸箱老板也没啥文化，他不配挑我的刺。方老板就拉住国强的衣摆，盯着他看。那眼睛被揍得一大一小，一青一红，国强忍不住笑了。方老板摇摇头，指指国强，勉强伸出个小拇指，这是骂人，又伸出大拇指，指指自己。国强心想，就算生气你也该骂国庆，指着我干吗。他交叠双手，摆在胯前，并且用右手转动着左手无名指上的大金戒指。"我兄弟有错，对不起，方老板。司机的工作，还请不要断他饭碗，我会好好教育他。"他鞠了一躬，那边老板娘一迭连声骂过来，方老板摆摆手，嘴巴里发出三个音节，国强听不明白。老板娘翻译道：吃不消！

就这样，两兄弟被赶出了病房。是的，吃不消。国强对国庆说，我有点吃不消你，你又要去寻工作了，你老婆袁芙蓉在私人柜台卖鞋子，天天蹲着给顾客穿鞋脱鞋，从此以后，你就可以在家一直闷头大睡了，再会吧。

我四叔又消失了,朱康说他去了外地,因为他的故事从纸板箱厂传了出去,现在他想在吴里找份司机工作已经很难,没有老板敢雇他。连他自己都不相信,路承宗的儿子,混成这样。从春到夏,他在外地做什么营生无人知道,有一点路家人可以断定,他不会去开大卡车,不会去跑公路运输,那太苦,都是外地司机干的,并且由于长期疲劳驾驶、超载、车匪路霸等等问题,安全没有保障。他们确信路国庆细皮嫩肉,受不了这份罪。他们猜对了。有一天路国庆打电话回来,让国强电汇一点钱给他,国强让他去找自己老婆,国庆说,袁芙蓉已经不肯掏钱了,夫妻关系有点紧张。国强问他究竟在哪里。

"边境。"国庆在电话里说,"隔着一条鸭绿江,看对岸。"

"你去那里干什么?"国强说,"你想去看看阿爸战斗过的地方吗?"

"我不是去那里,我是路过那里。作为一个司机,我从来没跑过这么远,我开着汽车在吴里这个小地方跑来跑去,很无趣。我看过外国录像片,人家开着房车去见世面,背一个背包在公路上搭车也能周游世界,为什么我不能呢?"

"这是小青年做的事情,你几岁了?"

"我现在不做,到老也做不成。"

电话就这样中断了,路国强捏着听筒发愣,闻到一股焦煳味,像是国庆带来的,但他立刻清醒地认识到这是哪个摊上在烧烤。这一天路家的人又聚在一起吃饭,见我四婶袁芙蓉哭丧着脸走来,她站定,她的皮鞋擦得光水锃亮,像是踏着两块黑色的水晶,但他们知道她只是卖鞋,在工厂做了些年现在下岗,她并不擅长做营业员，因为不怎么会说话，更不会推销东西。每当看到她又看到自己时，路国强就会感叹，这个本来应该出一窝司机的家庭，包括五姐在内出了一窝吃商业饭的人，连杨子红开出租车也算得进去。商业很重要，这世道变得和以前又不一样了，人人都想从商，或者把自己变成商品，要么挣利润要么出租出去，管你愿不愿意都得这么干。你没理由跷着二郎腿在国营单位里磨洋工，你必须自己找饭吃，然后把税金和管理费这些乱七八糟的上缴，有时还要交罚款，得到一张发票。国强心想，赚钱苦，老子也想赚够了钱天南海北玩，甚至去台湾找找亲爹，但国庆居然就这样天南海北了，让老子很吃醋。

袁芙蓉打断了他的思路。"我要和路国庆离婚。"路家桌面上的碗碟筷勺发出了一片叮叮当当的声响，却没有一个人说话。"原先我想，他要是回家，我就不离了。现在我想，他就算回家，我也要离。"

"我去教育他。"路志民说，"先坐下来吃口饭。"

"你应该教育我。"袁芙蓉说，"为什么我要守在家里，靠卖鞋子挣点生活费，而他可以不负责任地满世界跑，一跑出去两三个月。为什么。因为我是女的，因为我下岗，就活该要这样吗？"

"类似的问题，妈妈当年也问过爸爸。妈妈做家庭主妇也很苦闷的，爸爸失业的时候，妈妈做佣人养活全家，但那实际上都不是她想做的事。她是个心气很高的人，比爸爸高。她为什么愿意呢，因为她喜欢爸爸，看见他就高兴。这是很难得的，一个人看见另一个人觉得喜欢，为这人心甘情愿，是很难很难的，做夫妻难，做父子难，做兄弟难。"路志民讲了一通，总结道，"要是不情愿，好比车到山前无路，离就离吧。"

"你在胡说什么！"路国强拍桌子，"哪有像你这样劝离不劝和的？"

袁芙蓉一口饭都没吃，就这么走了，路家的人也吃不下去，没有人经历过离婚，他们搞不清离婚是一种背叛呢还是放弃，或者仅仅是要拆伙，就像猪八戒要回高老庄。国权很伤感，他认为当年自己在袁塘镇喝得烂醉，是为国庆的婚姻做出了贡献，但结局竟然这样。五姐说的是：不要慌，芙蓉很喜欢国庆，就算离了婚还是会后悔，不信走着瞧。朱康说，看来你们是打算让国庆实践一下，离婚到底是什么。路晓娟总结：四叔真倒霉啊。他们一通乱说，没个头绪，剩下的事，就是等这个倒霉鬼回家了。

夏天时方老板又来到了宝华堂，他的伤已经好了，新任司机是个精干强壮的小伙子，方脸寸头，胳膊上还纹了条龙。国强奚落方老板，你这司机是从四毛那里借来的吗。方老板没接茬，从车上扶下来一个乡下老头，进了店，对着"黄氏祠堂"的匾指指点点，并且当着国强的面耳语。国强看着不耐烦，抽着烟在一边等。方老板开口问道：这块匾多少钱。国强说：不卖。方老板说：万事都有个价钱，你的店都能盘下来。国强笑了，说我的裤子能盘下来，我的蛋不能盘给你。他举起花梨木棍子，敲敲那匾：崖柏的，我爹家里祠堂上挂着的。方老板也笑了：你不姓黄。

这一次国强没耐心讲他的半真不假的故事，要赶走一个顾客的好办法是开个恶贵的价钱，他伸出五根手指，让方老板猜后面有几个零。"五十万啦。"他对着那双狡黠的眼睛，轻描淡写说出口，然后想起同行说的，开高价时不要看对方眼睛，很容

463

易暴露自己的企图心。他移开目光时又觉得怀着企图心的人不是自己,而是对方。

"你不是黄家的人。我在医院躺着的时候以为你是黄家的人,这三个月我多方打听,你不是。这块匾怎么落在你路家手里也讲不清。文物必有出处,你得讲清楚。"方老板说,"我看不到五十万,这块匾值一万块。"

"我不用讲清。"国强继续敲木板,"上次有人出四十五万我都没卖。"

"这是黄家的东西,你要还给黄家。"老头说。

"什么黄家,谁是黄家?"

"我本家姓黄,我改姓了方,我有黄氏族谱。"方老板说。

"滚出去。"

国庆回吴里的消息仍然是朱康带来的,但国庆并没有即刻出现。他们猜想他在家安慰老婆,这得花点时间,更好的安慰是去找份工作,最好的安慰是啥都别干直接掏出一箱子钱,这当然不可能。五姐替他物色了一份工作,可以在酒店做个保安小队长,杨子红说她要把夏利换成桑塔纳,以后可以和他轮流开车。就在这时,路国庆骑着一辆半旧不新的嘉陵摩托车出现在了他们眼前,他连头盔都没戴,这可把几个小的乐坏了,而老的统统认为他脑子出了错。

"不要惊诧,我刚拉了一单生意,十块钱到手了。"国庆说,"我这次出去,在火车上看了一本书,书上说,只要事情做得在路子上,开摩的也能过得不错,叫作富贵可求。"

"我不担心你赚不到钱，我担心别的。"路志民忧郁地说，"吴里最早开摩托的七个人，现在只活剩下一个半了。我给你一百块钱，你去买顶头盔。"

"给我两百块吧，乘客也要一顶头盔。"

国庆就这样汇入了浩浩荡荡的车辆营运大军。在吴里，私营载客业务除了出租车以外，还有面的、摩的、残疾人三轮摩托车、人力三轮车（在南京被称为"马自达"），轿车司机也会在业余时间把车开到车船码头拉一单，有证没证的全都混在一起，价钱随便喊，宰外地人，对本地人也不会很客气。生意门道国庆已摸清，做小汽车生意的最喜欢跑上海，去虹桥机场，一单几百块，返程运气好还能再拉一单生意；三轮车喜欢在市区来来回回，五百米路赚个十块钱。他的车子最适合跑不远不近的地方，比如工业园区和郊区。上下班高峰堵车，只有摩托车可以跑得起来。他特别感谢园区的日资企业，造得够远，工资够高，规矩也够大，绝对不许迟到，让那些骑自行车上班的白领们不得不改乘机动车，如果遇到塞车，他们就得选摩的。他把车停在那个通往园区的新时代大道口，一早上接两单活，有时后座装两个瘦小的女生，当天的饭钱就回来了。

他变成了另一个人，不再像过去那样傻了，而是傻乐。一天中剩余的时间他开着摩托车到处逛，到晚上找个地方喝酒。摩的在晚上几乎接不到生意，另外就是下雨天，他可以终日喝劣质白酒，看雨，翻一些他自认为有道理的书。他喜欢和家里的小孩打交道，路晓娟或是查理，下雨天他坐在废太子基的老宅里会想起当年妈妈说的，领养一个孤儿也不错。很可惜他当时没

465

这么做,现在要做也来不及了,袁芙蓉并没有原谅他,她要离婚。一开始他不同意,她扔下一句话:那我们各自养活自己吧。然后就搬了出去。

"我不再挽留她了,"他喝多了在电话里告诉路国强,"书上说,人应该是自由的。"

"你这个猪想想她有多伤心。"国强说。

袁芙蓉搬回了袁塘镇,她干脆也不卖鞋了,热水龙过去开的老虎灶现在变成了一个小饭馆,由大女儿和女婿打理,袁芙蓉留在那里帮工。国庆开摩托车去看她,大夏天的顶着太阳狂开二十公里,就像当年偷开了大客车去袁塘镇,但这一次他心里空空的,也不会有人在前面等他,也不会有人在后面追他。他独自来到镇上,进了饭馆,喝上冰镇啤酒,又把这话说了一遍,"人是自由的",被热水龙臭骂一顿。热水龙说我女儿三十八岁要改嫁难道还得你来讲什么自由的道理吗,难道她不懂吗,我看是你要自由,不想被人管,见你的鬼,你比你爹差了三个档次。热水龙现在也老了,讲话越来越冲,在他面前任何人都无法为自己辩解,国庆开着摩托车又回来了,觉得这世界上也没人听他讲什么。"以前开公交车,我说点什么还有乘客听,现在开摩托车,戴着头盔,我只能说给自己听。"他拉着路晓娟和朱康说,然而这两人也溜了。

"查理,查理,"国庆把石磊喊过来,"你知道我想讲什么吗?"

查理九岁,是个善解人意的男孩,五姐把他打扮得油头粉面的,夏天穿着有背带的西装短裤,脚上是白色短袜再套一双凉鞋，白白净净，爱讲普通话，很小年纪就开始背英语单词。查理说，阿叔，你想说，你是个好人。国庆听着，眼泪掉了下来：是的，我是个好人，来，查理，陪我喝一杯。查理就把左手背在身后，摆着右手说：我是小孩，不能喝酒，你开摩托车，也不能喝。国庆就把查理放在车座上，自己骑上去，小孩在他怀里，向前趴着。国庆说我带你去兜风。查理说我害怕。国庆说车子开起来就不害怕了，只会高兴。查理说你是高兴，我只会害怕。

查理没什么朋友，路国庆比他更孤独些，孤独这个词是他自己说的。现在是查理坐到了路国庆身后，抱着阿叔的腰，脑袋上顶着一个玩具头盔——朱康说这头盔比纸做的差不多，除了捂汗以外没啥大用。摩托车轰然作响开上了街。路晓娟问朱康，怎么不是你坐上去，很威风哪。朱康说我才不敢，我怕自己脑壳撞碎掉，让查理爹妈知道的话准保打死国庆。

"你想看公路吗？"在出行的路上，国庆放慢了车速问身后的查理，"夏天的公路光线是弯的。"

"什么是光线弯？"

"像沙漠一样，远处的东西会弯弯扭扭。"

"想看。"

"你想去钓鱼吗？我有摩托车，可以开到很远的鱼塘去钓鱼，现在他们造工业园区，土不够，就到处挖鱼塘。"

"你没有钓鱼竿。"

"是的，我可以到袁塘镇我老丈人家去借一根。你想去袁塘镇吗？"

"我不想，太远了，我坐车去过一次，憋尿憋得膀胱都快破了。"查理迟疑地说,"你是不是想去看婶婶?"

"算了,这么热的天,我开不动。我想秋天多去几次。"国庆说,"那么我们究竟去哪里呢?"

"动物园,那里有一只狮子快死了。电视上说的,这只狮子在动物园里关了三十年。"

"那就是我小时候见到的狮子吧,可是它怎么能活这么久?我妈妈养的猫,五年就死了,它生的小猫又生小猫,一代一代生了下去,现在废太子基那片的野猫全都是它后代。"国庆说,"这么一说我有点怀念我妈妈了。"

查理安慰式地拍拍国庆的后背。国庆看见公共汽车站上站着个拎旅行袋的人,就停了摩托车,问要不要搭车。那人说去火车站,赶时间哪。国庆说,二十块钱,一刻钟把你安全送达。那人抱着手提袋看看查理,国庆对查理说,你先下去,在站头上等着,不要跑远,我送完了人就来接你。查理扶着他的腰从车子右边慢慢地爬了下去。国庆等身后的人坐上来,说了句坐稳,摩托车冒出一股青烟,轰的一声向前猛冲出去。那人喊了一声,哎哟,头盔没有吗。国庆说不用戴,没人查的,抱紧你的行李。半个小时后国庆又回到原地,查理已经不见了,国庆心里一慌,四处问,站头边摆摊的阿姨对国庆说:你侄子说他先坐公共汽车去动物园了,让我告诉你一声。国庆很高兴,说我这侄子像我,独来独往的。

然后他追到了动物园门口,查理正在被一群黑不溜秋的小孩戏弄,他们拨弄他的西装短裤背带,抚弄他的头发。国庆开着摩托车过去一按喇叭,查理甩开众人,麻利地爬上了后座。国庆说你不是要看狮子吗。查理说不看了，狮子快死了，爸爸说过不要去看那些快死的动物。国庆心想我也快死了。

"查理，将来你给我送终吧。"他说，"我没有小孩，你是我的侄子，可以给我送终。你知道什么叫送终吗？"

"我知道，"查理说，"小宝哥，康康哥，娟娟姐，也可以给你送终的。"

"我觉得他们都靠不住，送终要找个靠得住的人。"

"我也不一定靠得住，你多找点人也是好的。"

"你说得对，像我爸爸那样。"

"反正还有很久哪。"查理叹了口气。

到了开学，查理没法出来玩了，国庆继续过着一个人的生活。有一天查理打电话给他，先问他有没有去过袁塘镇。国庆说最近没去。查理说国庆节想去动物园看熊猫，国权和五姐都有接待任务，他们抽不出空。"我完全可以带你去。"国庆说，"但是吴里动物园哪来的熊猫，熊猫是国宝，这里没有的。"

"是上海的熊猫，它叫豆豆，电视上说了，它在吴里展览一个礼拜，然后就去别的城市了。"

"我也很想看看，我从来没看见过真的熊猫。"

国庆节时候，他们跑到动物园，全城的小孩似乎都来了，熊猫笼子前面堵了有十米厚的人，国庆把查理扛在肩膀上，他感觉自己有点老了，已经没力气挤开人群，问查理看见了吗，查理开心地说看见了竹子，还有熊猫的一只脸。国庆认识这动物园的人，也认识这条公交线另一头的精神病医院的人，他想去通通关系，能不能到后面去看熊猫。至于"后面"是哪里，他也不清楚，反正总有后门可走。查理说不用，他已经见过熊猫了。

然后又去看了猴子，看了狮子，隔着一层笼网，里面灰灰的看不太清。国庆问是哪只狮子快要死了，查理说最老的那只，实际上还是没搞清究竟哪只。查理回到花坛边坐了下来。国庆说，你好像不怎么高兴。查理说还好，蛮高兴呀。国庆看看这小孩，他觉得自己不太明白成年人，不太明白青少年，现在也不太明白小孩是怎么回事。

假期最后一天，五姐打电话让国庆去钢琴班接一下查理。国庆说，查理会弹钢琴吗？五姐不耐烦地说刚学，琴还没买呢，开车小心点，你要是撞坏了他的手指我就跟你拼命。国庆眼前飘过一个穿着黑色燕尾服坐在舞台上弹琴的男孩形象，弹完了还会站起来给大家鞠一个欧洲式的躬，很适合查理，他说我们家全是些贩夫走卒，境界很低，到第四代终于出了个音乐家。五姐说刚学，刚学，说了三遍。

这天中午国庆开车出城，实际上还在市里，一九九五年之后城市扩容，近郊的农田变成了居民区、工厂区、开发区，吴里人习惯把护城河以内称为城里罢了。他去的那地方是新区，离楼家镇近，过去的城界向外扩展出至少五公里，这里道路宽阔，楼宇高大漂亮，沿途皆是刚种下的细小的香樟树。路上没什么车，但得格外小心，刚刚平整过的大道上偶尔会有砖石或者硬土坷垃，摩托车磕上就飞出去。他笔直向前，一直开到这条路的尽头，再往前又是过去坑坑洼洼的二车道柏油路，施工还在持续中，大道显然会一段段地覆盖掉旧路，像是一条大蛇在吃掉一条小蛇，再过一些年，世界会是另一个样子，就像世界从来不是此刻的这个样子。他拐进一条岔路,找到了钢琴培训班,在一个还没有居民入住的漂亮社区外围的商业门面里,听到叮叮咚咚的钢琴声,然后他看见查理背着个双肩包就坐在人行道的花坛边。

"你已经下课了?"

"是的。"查理说,"我摸到钢琴了。"

"钢琴没那么容易学会,那你学了一上午,你会那么一点了吗?"

"我好像一点都学不会。"

国庆从摩托车上下来,陪着小孩坐了一会儿。"学会一个东西很难的,"国庆说,"我爸爸说他这辈子只学会了开车,但是学会开车以后,他又学会了别的。"

"别的是什么?"

"做人的道理,做事情的办法,交往的人,赚钱的门道。反正就是这些,我感觉我学会开车以后就只会开车,其他都没怎么学会。"

查理困惑地看看国庆。"阿叔,你没有喝酒吧?"

"没有,大中午的喝什么酒。"

"那你好好开摩托车,拉我回家吧,你小心点,早上我坐车过来的时候看见有辆摩托车磕在石头上撞飞出去了。"

"我会当心的。"

摩托车从小路出来时,国庆先是看到一辆小货车从眼前经过,接着他看到了熊猫。熊猫就装在笼子里,有一块灰色的蒙布兜住了两边,正后方暴露出来。国庆觉得自己可能产生了幻觉,他开摩托车跟了上去。查理说,阿叔,你开错方向了。国庆说,查理你伸出头往前面看,那辆货车装的是个啥?他把摩托车往马路中心开偏过去一点,给查理让出一个视角,然后听见身后的小孩怪叫起来。"是豆豆呀,阿叔。"

小货车上了那条柏油路,车速降了下来,国庆问查理,你还想再看吗。这一次查理激动起来。"我想一直看着熊猫呀,我看见它的脸了。"

"我也看见了,我第一次看见熊猫呢。以前开这条路看到的都是运猪猡。"

摩托车一直跟在小货车后面,就这么开上了省道,这条路再熟不过,经过楼家到南平,然后去浙江。这叔侄俩一直在笑,有那么一阵,熊猫也趴在笼门口看他俩,发出咩咩的叫声。然后国庆注意到,笼子上的绑绳正在松掉,这车再开下去的话整块蒙布会像风筝一样飞走。"查理,我可以让这车停一会儿,让你看个够。"国庆把摩托车开了上去,开在货车驾驶室边上,让查理对着那司机挥手。

那司机注意到后面的摩托车一直跟着,已经烦透了,转头对国庆喊道:"滚远点,你吓着熊猫了。熊猫是国宝,你吓着你赔不起。"然后疯狂地按喇叭。国庆喊道,绑绳松了,查理挥手喊道,绑绳松了。那司机朝他们扔了个烟头。国庆说真该死啊,你是天下最差劲的司机。这时货车减速了,它停在了一座桥上,国庆的摩托车往前多开了二十米,从反光镜里看到司机还有押车的人往后走去。"查理,这个司机的素质很差,"国庆说,"他把汽车停在了桥上。"然后他们听见哐当一声,还有男人的尖叫声,一只熊猫从车上跳了下来,朝他们奔过来。

"阿叔啊，豆豆逃出来啦！"

国庆这时已经下了车，他没敢拦这个胖家伙，只是在它跑过身边时伸手拽了一把，他的手摸到了熊猫，有几根毛留在了手心。接着他看见熊猫以极快的速度往前蹿出去几十米，随即下了公路，沿着田埂一直往南去了，前方是一片树林，过了树林就是山。"我的天哪，"国庆说，"熊猫逃走了。"货车上的两个人追到了摩托车边，国庆正摘了头盔，点起一根烟看着远方。那两人身上沾了不少灰尘，就停在了他身边，一起看着。人没有熊猫跑得快这件事也是他们刚刚认识到的。

"你没锁笼门吗？"国庆幸灾乐祸地问司机。

"缠了道铁链，没锁。"司机看了看国庆，"是你逼停了我，你闯大祸了，朋友。"

路家人知道一个规律，国权不高兴时会闯祸，以及，国庆高兴时会闯祸。所以尽可能要让国权开心，以及，尽可能不要让国庆太开心。

国强待在宝华堂里，先是接到了电话，然后看到国权冲了进来。国强说我心情很差，今天中午那个纸箱老板又来了，他每次来都会提醒我一件事，我的爹不是我的爹。

这小半年光景，纸箱方老板来了四次，头两次都带着个乡下老头，后来乡下老头不见了，国强问起，方老板说他一跤跌死了。国强心想指着我要把匾交出来，可不就得跌死吗？老头何许人也？黄家的旁支，也姓黄，家中藏有半本黄氏族谱，就只有半本，另一半被老鼠给啃掉了。国强说族谱这种东西，这

473

条街上多得是，我还能给你找到康熙皇帝的诏书呢。两人价钱谈不拢，为了这块匾，方老板提价到三万，国强说三万是木头钱，它的历史和家族意义根本没算进去呢，自砍一刀降价到二十万，终究是差得太远。后来两人也有点熟了，还吃过一次饭，讲了不少往事。国强问方老板，这木头放在你家能撑什么门面呢，你一个做纸箱的，那镇上姓黄的人早已风吹四散，它能让你干吗。

"我要再造祠堂。"方老板说。

谁允许你造这种东西？国强免不了嘲笑。你造这么个鬼屋出来难道是要收门票吗？出去看看，这座城里关帝庙已经拆了，现在是丝绸厂的门市部，然而连丝绸厂也快搬迁了，你现在要搞的是以前的以前的以前的事儿。

"如果照你说的，那这块匾还有什么历史价值？"方老板狡黠一笑，"不如三万块让给我，难道还会有一个姓赵钱孙李的人来买黄家的匾吗？"

"这不一样，我父亲在世时说过，我有一半是黄家的人，我寄名的爸爸黄启宣算是半个革命烈士，不是你说的那个被划出家谱的瘪三。实际上我的父亲也不是亲生的，他临终前就告诉我一件事：这块匾是他和黄启宣从袁塘镇扛回来的，他们商量好了由我来看管。从这个道理来说，这块匾对我而言不是木头，也不是你家里的鸡零狗碎的事——那些事我全不知道，也不关我什么事——这块匾就是我要看住的东西。"国强说，"你是个做纸箱的，你不懂。"

"为什么做纸箱的人不懂？"

"纸箱这东西，风吹火烧水泡就没了，你只求扎成一捆卖出去换钱，你还能有什么念想？但是这块木头，我就负责看住它一辈子。我也不是要霸占它，这些东西都活得比人长久些，将来我不在了，我的名字就和它在一起。它满足了我的心愿，就不能满足你的心愿，明白吗？"

"如果我出二十万呢？"

"那你就端着真金白银来见我，我可以附送你一把关王刀。不要再跟我讲什么黄家的故事了。"

两人话里话外，既能聊，又不投机。到了国庆节，方老板又来，这次捧了个木盒子，打开一看是个布包，再打开布包一看是族谱，纸都脆了，上面繁体字竖排版写着人名。国强懂点这个，知道是真货。他问这是什么意思。方老板说："这份族谱我从来没细读，其实读它也没什么意思，不过我前几天看见了这个。"他的手捏住族谱，先把它翻了个身，然后从最后一页翻过去。"你的名字在最后。"方老板有点动情。那上面写了一行字：启宣寄名子黄国强，公元一九四九年生。"这是我爸爸亲手写上去的，我爸爸认了你。"方老板说。

"你爸爸就是黄家的老大，黄启宣的哥哥，对吧。"国强说，"为什么没有你的名字？方国兴，黄国兴？"

"因为我是遗腹子。"方老板揭秘，"我爸爸被镇压时我才出生，我的妈妈并不是他原配，他被抓进去后这本族谱上就再也没添过一个名字。"

"那黄家的事情关你屁事呢。"国强叹气。

"我爸爸有两个儿子，一个叫国盛，一个叫国富，当时在北京念书，听见吴里这边出事，统统不肯回来，断了父子关系。他们不配姓黄，我才配，我妈妈给我爸爸守坟的。凭什么现在他俩回到袁塘镇，姓着黄，做着退休教授和干部，要让镇长出面接待？而我只能跟我娘姓，我娘没有改嫁，就这么孤零零地死了。你说，凭什么？"

"原来黄家还有这么个故事。"

"族谱有你，你也是黄家的人。"

"我不是。"国强发笑，"不要把我扯进去。"

"他们买不起你的匾，三万块也出不起。是我诚心诚意来求教你，你凭什么不卖给我？"

"我已经被你吵得头昏了，三万块肯定不能给你。这样吧，你就把我的宝华堂当成是你黄家的祠堂，以后你想上供就到我这里来，我每次收你两百块钱。"国强拍拍方老板的后背，劝慰道，"好啦，不要难过了，人活着不要为过去的事情想不开。"

支走了方老板，国强坐在店里喘气。照路志民的说法，当年就是因为国强跟了黄家的辈分，后面三个男孩也都成了国字辈。国强想到自己的来历，觉得像个妖怪，讲不清是什么东西变的。这也是一种想不开，人只会劝别人想开点，劝自己就很难，像一匹马无法勒住自己的缰绳。后来他翻出口袋里的钱数了数，稍稍定心。钱是个实实在在的东西，每当他心神不宁时就数钱，已经是十月份，再过两个月就要付明年的店面租金。然后他接到了国庆的电话，说是和查理两个人被扣在了楼家镇，警察和动物园的领导都已到场。国强眼前一黑，对着电话大骂：你闯的祸真是稀奇古怪啊，你怎么能把熊猫给搞丢了？

国权来后，他们坐下来商量。国权不敢把这事告诉五姐，想去找路志民，得知他去了上海。这时朱康也来了，他说熊猫的事情闹大了，在电视台实习的同学已经坐了面包车赶往事发地点，要拍一个特大社会新闻。这时国庆的第二个电话打了过来，语气很高兴，说这熊猫不用他赔，但搜寻熊猫的钱得他出。国强已经没力气再骂他是个蠢货，他淡淡地讲明白了一个道理：熊猫只要不死就不用赔，如果有人弄死了熊猫，就由那人赔，但是搜熊猫的钱——那得赔到什么时候？搜一天是一天的钱，搜一年是一年的钱。

"他们说一次性赔五万也行。"国庆说，"弄死熊猫是要判无期徒刑的，熊猫是国宝。"

"阿叔被司机赖上了。"查理在电话里说得更明白。

"是的，"国庆终于也说明白了，"但是所有人都帮那司机。"

挂了电话，商量的就是钱的事。国强知道，去讲理也许能讲赢，但在讲赢之前，国庆休想脱得了身。国权手面上有一万块现钱，那是准备给查理买钢琴的。国强不接话。国权叹了口气说："还是把志民叫回来商量吧，他是家里的老大。"

"我才是老大。"国强说，"一个家里的兄弟姐妹，如果年龄差得太大，是很难有感情的，有时还会变成仇人，这么多年来你以为志民是老大，其实他是独生子。我才是老大，是你们的哥。"

他这道理十分不讲理，如果路志民在的话，可能会说自己是他们的半个爹，比他更不讲理。国强让国权和朱康出去一会儿，在店门口站着。他把椅子搬到小店正中不大的那块空位置上，面朝里，坐着看那块匾。过了很久，他从台板下抽出方国兴的名片，看了看号码，拿起电话拨了过去。

他走出宝华堂时变得像另一个人，让朱康来说，就是他身上的市侩气忽然没了。也许他本来就没有，朱康也搞不清，但他同时又散发出一种与神相仿的气息让朱康感到很好笑。他站在店门口唯一的台阶上，高他们一头，先把朱康喊过去，问是不是要买一双运动鞋。朱康说是的，挺贵，要五百块呢，杨子红一直不肯给。国强从手包里掏出一沓钱，抽出五张甩给朱康，发出噼啪的声响。"现在咱爷们有钱了，给你妹妹也买一双。"朱康很高兴，拿了钱就想跑。国强说见你的鬼，家里这么多事都要爷们出面呢，你先给我站定了，帮我一起把那块意义非凡的匾摘下来，再扛上那把假关王刀，方老板立马就要来取货了。

十月中旬，吴里进入秋天，暑热退去后，人们会体验到一年中难得的凉爽感，阳光变得醇厚温和，没有雨水，草木仍然茂盛但停止了疯长，果实在成熟。一种显形的饱满和隐隐的荒芜会同时呈现，并达到平衡。这是很短暂的季节，它的存在可以让人们更好地理解事物，理解四季，以及自己经历过的人世。

长达十天时间，熊猫一直没下落。吴里电视台播放了关于熊猫豆豆走失的新闻，但没有提到路国庆，只说是车辆出了故障。这倒也没有说错，本来就没有国庆什么事。演播室里的主持人问，那么熊猫逃进了山区，会不会出危险？专家说，放心吧，熊猫的野外生存能力并没有你们想得这么差，再说这儿也没有天敌。接着，摄像机拍到了一个忧心忡忡的小学生，站在事发现场，那是查理，被摄制组临时拉来充数的。查理说我很担心豆豆没有吃的。画面又切回到演播室，专家说，这位同学放心吧,山里全是栗子,熊猫可喜欢吃栗子了,栗子比竹子有营养。这时那个爱讲笑话的主持人说,如果熊猫生存在咱这片,它就不会灭绝了。专家说咱这片主要是夏天不太行,熊猫受不了,如果一直是秋天就好了。主持人又请教搜救问题,另一负责搜山的专家说这事还挺难的,有二十个人在搜山,还不能带狼狗,当狼狗闻到熊猫的时候,熊猫也闻到了狼狗,然后就溜了。那么怎么办呢?专家说靠人喊啊,喊它名字,它从小和人一起生活,跟人亲。主持人说我建议用另一只熊猫去喊它,是不是这主意很棒?国强就对着小饭馆的电视机傻乐,然后骂:愚蠢,低智商。

国庆背着包进来。国庆的摩托车由于违反了诸多交通规则,现还扣在交警大队,他借了辆自行车,没两天就被人偷了,不得已靠腿走。倒霉的事情是没边的,国庆说,摊上了赔大钱,以为到头了,还是会被偷走自行车。国强一个人已经喝得有点多了,这饭馆是朱康和他同学的聚餐点,离大学不远,老板娘东北人,喊国强大哥,喊朱康大兄弟。国庆问朱康这小子去哪儿了,国强说今天就没他,我俩喝。国庆自从上半年跑过一趟东北以后,也爱吃东北菜,觉得本帮菜不够热闹,而且一吃就凉,东北菜热乎。就这会儿店里还有几个外地男人,一边吃一边冒着酒气互相说:哥,你就是我哥。国庆乐了,先撩筷子吃了一口猪肉粉条,给自己灌下两杯酒,低声说:哥,你就是我哥。国强说:那你跪下,给我磕头,我认你是我小弟。国庆哈哈大笑说:你本来就是我哥。

国强说我最近真认了一个弟弟,是那纸箱方老板。自从那块匾和关王刀以三万八千元的价格卖给他之后,他就张罗着要在袁塘镇搞个黄氏祠堂,但这东西国家不许乱搞,我就教他搞了一个黄氏图书馆,把匾挂了进去,再买点五块钱十斤的书塞进去就够了。我还撺掇他改姓黄,这一点他比较犹豫,我说没人拦着你姓什么,你也可以一起姓路。方老板一听就来劲了,但他还是舍不得丢掉他老娘的姓,他比较爱他老娘,现在他自认是我堂弟,因此也就成了你的堂哥。

宝华堂少了块镇店之匾,国庆说。

国强说没事,我又花了三百块钱做了个新的,有点假,大差不差,但是那关王刀我不想再做了,因为本来就是假的。我寄名爹黄启宣,啥都没留下,年代太久了,后来方老板把阿爸的纪念章也借了去,放在那里展览,就说是黄启宣的。

没事,他们也是兄弟,活着的时候爸爸说过,发小、手足、战友,借点东西没问题。国庆说着敬了国强一杯:钱我会还给你和国权的。

三个人平摊吧,这属于倒霉钱,买路钱。国强哼了一声,说这五万块搜救费我必须得要回来,我认识那个搜救队长,他那帮人就是南平镇负责打狗的,他哪来的狼狗,一天五十块工钱他们愿意给你干任何事,但任何事也干不好,除了杀狗。在山里空转十天,一万块工钱。国强指指挂在墙上的电视机,熊猫的故事已经结束了,现在播的是一起交通事故,去往南平的公路上一辆摩托车和一辆拖拉机相撞,拖拉机运的是人,还超载,有十二个。骑手已经死了,事故有点惨烈。这时邻桌喝酒的汉子们也凑过来看,镜头扫过公路边的一条横幅:近期熊猫出没,行车注意。一伙人都乐了，全然忘记伤亡，说路过的人会以为这地方的人疯了。国强生平不爱看交通事故，说，别再开摩托车了，我查了，志民没瞎编，吴里最早开摩托车的人现在确实只剩一个半，太危险了。国庆说，我还打算开着摩托车去周游全国呢，但我没钱了。你应该复婚，国强说。国庆说你喝糊涂了，我还没离呢。国强说你应该把你老婆请回来，跪着请，哭着请，而你呢，骑车二十公里去她饭馆里笑嘻嘻地坐着，你是在嘲笑她。国庆说，我没有嘲笑，芙蓉懂的，她说我笑得比哭还难看。

这一天喝到晚上十点，两个人都糊涂了。中间朱康踮进来一次，又找国强要了二百块，国强从手包里掏钱，只摸出了薄薄的一沓，抽了一张给朱康。朱康说你还挺清醒的，万事拦腰砍一刀，一百就一百吧，随即溜走。国强拉着国庆的手说，儿子，不要嫌钱少。说了三遍，很难过的样子。这时电视机里开始放歌，国强听了一会儿，摇摇头，站起来结账。老板娘很细心，把背包挂在国庆脖子上，把手包的带子缠在国强的腕上。

两人跌跌撞撞走到街上，伸手拦车，开过的出租车都不肯停，等了很久，越等酒劲越往头上翻涌，最后来了一辆黑色的桑塔纳，司机说，去哪儿，可以带你们。司机是本地口音，国庆说，废太子基。通常司机会说一句，小巷开不进，但这司机没说，直接开价五十块，先付。国强从手包里掏出一百给了他，两人钻进了车后座。

车在黑暗的道路上跑着，前方的大灯照过来，一切景色都模糊了。在一个转弯时国强倒在了国庆膝盖上。国庆拍拍他的头。国强嘟哝说：你知道吧，妈活着的时候对我说，要给国庆留点情谊,不是亲兄弟,以后会散,但一定给国庆留点情谊,为什么呢,因为周家就剩国庆了,这是妈妈的面子,我记得住。国庆说,妈妈活着的时候说,要忘记周家的事。国强说,对嘛,因为你亲爹就是被冤枉死的,你要忘记,我要记得住。国强说完这话就睡着了。国庆仍然抱着他的头,过了一会儿他问司机,为什么对面过来的车全都打着大灯。司机说,夜里行车,开亮点没错。国庆说,换了我爸会说,这些混蛋不给人留点余地。他完全没意识到这车已经上了公路,接着也睡了过去。

国庆是冻醒的,天其实已经挺亮了,但在树林里感觉还是暗的,太阳从斜下方照过来,他睁眼看到很多高大的水杉树,这是次生林,身下是一层绵软的落叶。他立刻明白这是在山上,接着发现自己的外衣、裤子、背包全都没了。他捂着头想昨晚的事,想起来一部分,再想那辆轿车是怎么回事。"我被司机给劫了,我还从来没吃过这种亏。"他站起来四下里望,看见国强在树林不远处躺着,基本上和他一样,外衣、裤子、手包,统统不见。他怕国强死了,近前一看,睡得很香,在打呼。国庆乐了,再比对,发现他比自己更惨些,脚上只剩袜子,皮鞋也被扒走了。是什么样的下九流司机会扒客人的裤子鞋子?国庆心想这家伙该下地狱。有一只蟋蟀从国强的内裤里钻了出来,两下就蹦没了影子。国庆推了他几下,喊一声哥,国强没醒。国庆本能地想脱自己的外衣,给他盖上,然后想起自己也光着膀子,身上就剩一件汗衫了。

这是哪里呢?他抬头看了看,不远处是铺了柏油的山路,绿荫覆道,可以进车,他认出这是麒麟山,至少不会离太远。他想这司机够可以的，随便找个小巷就能把他俩踹下去，他竟然开了有十几公里，钻进了山里才干这票。"哥啊，我们被司机劫了，你说这事好笑吗？"他又推国强，后者翻了个身，抱着胳膊继续睡。

国庆不想喊醒他了，他觉得自己能醒过来都是运气，这片山里以前有过出租车司机遭劫杀的案子，假如被司机劫杀还挺出人意料的，这也不是没可能。想一想，这要是冬天，这要是东北，就算不扒衣服，他和国强也已经变成两根冰棍。这么一来，他觉得吴里的秋天特别可爱，树林里有一股清凉的气息。他站起来踱了一圈。"这里有人吗？"他没喊，只是嘀咕了一声。远处一只画眉用叫声回答了他。

他觉得高兴，虽然被劫但说不出的轻松，仿佛还了一笔债。他走出树林，走到柏油路上向远处望，这里地势挺高，可以俯瞰数百米外的公路，秋天的空气尽管明净但还是有一层隐隐的雾障，使远处的景色偏蓝。国庆伸了个懒腰，从这里穿着短裤走回市区，他想这事儿该怎么弄呢，倒霉事没个尽头，但心情很好，真是难以理解。

接着他听到了身后一阵稀里哗啦的动静，他转回头去看，一只黑白色的胖家伙从林子深处钻了出来，然后停在了那里。"我的天。"国庆想起自己还薅了它一把毛，那毛都送给查理做纪念品了。"豆豆，"他低声说，"你不要跑。"他掐了自己一把，确定不是幻觉。"我两次看见熊猫都像做梦，以后我要多看看熊猫。"他慢慢地挪到国强身边，有那么一下子，熊猫仿佛要离开。国庆坐了下来，熊猫也就不走了，坐在那里玩自己的。国庆觉得自己要是爬过去摸摸它，似乎也可以，这熊猫是人养大的，不过他还是打消了这个念头。隔着十来米远，他看清了熊猫是长着眼睛的。查理说过熊猫的眼睛不容易辨识。这家伙一定是吃饱了，它很悠闲。"我是全中国第一个弄丢熊猫的人，他们这么说的，让我赔了五万块，可临到播新闻的时候，他们连提都不提我。你说冤不冤？"国庆对熊猫说，"不过我已经不难过了。"

这时国强睁开了眼睛。

"发生了什么，我们在哪里，你说谁冤？"

国庆按住了他，让他不要起身。"给你十秒钟醒一下，然后把你的头转过去，向左看，看见任何东西都不要叫。"

"我冷。"

"你先看了再说，以后你看不到这场面了。"

国强向左扭过头去。"我的妈呀，"过了好一会儿才说，"我看见神仙了。"

图书在版编目（CIP）数据

山水／路内著．--北京：人民文学出版社，2025．
ISBN 978-7-02-019440-7

Ⅰ．I247.5

中国国家版本馆CIP数据核字第2025UR9040号

责任编辑	徐子茼　王昌改
责任印制	王重艺

出版发行	人民文学出版社
社　　址	北京市朝内大街166号
邮政编码	100705

印　　刷	涿州市京南印刷厂
经　　销	全国新华书店等

字　　数	316千字
开　　本	850毫米×1168毫米　1/32
印　　张	15.375
印　　数	1—15000
版　　次	2025年8月北京第1版
印　　次	2025年8月第1次印刷

书　　号	978-7-02-019440-7
定　　价	69.00元

如有印装质量问题，请与本社图书销售中心调换。电话：010-59905336